BATMAN

MATTHEW K. MANNING

Tradução
Carlos Henrique Rutz

OS ARQUIVOS SECRETOS DO HOMEM-MORCEGO

Batman: Os arquivos secretos do Homem-Morcego

É difícil ser o Batman quando você está morto.

Aprendi isso recentemente em primeira mão, quando o mundo inteiro acreditou que eu tinha morrido pelas mãos de um deus de outra dimensão chamado Darkseid. Eu pensava que estaria pronto para qualquer eventualidade, mas parecia que eu não havia me preparado para minha própria morte como deveria.

Para simplificar, Batman e Robin não podem cair na obscuridade. Gotham precisa demais de nós para que isto aconteça. A cidade precisa de alguém que vigie seu lado sombrio, alguém para lutar pelo impossível.

Quando "morri", Dick Grayson, o Robin original, assumiu o meu manto e a minha causa. Era o que eu esperava e, talvez de modo um pouco arrogante, presumi que o fizesse. Mas, a despeito de tudo isso, eu o deixei despreparado, sem as ferramentas necessárias para assumir o meu posto. Para se tornar o Batman por inteiro.

Eis o motivo da existência deste livro: para que, na eventualidade de minha morte ou desaparecimento, ele sirva como um guia para o meu sucessor. Eu reconheço o prejuízo que ocorreria caso caísse nas mãos erradas ou viesse a público, mas a necessidade deste manuscrito supera os danos potenciais. Este livro é uma crônica de minha vida, da morte dos meus pais até a recente ideia de levar o Batman a um patamar global. Dentro deste volume estão trechos dos meus diários particulares e arquivos criminais, com destaque para os casos mais importantes — das maiores vitórias até as piores derrotas. Este livro é a obra de minha vida e deve servir tanto como manual de instruções quanto alerta.

Pois o Batman não pode morrer.

Não podemos permitir que isso aconteça.

Bruce Wayne
Da batcaverna sob a Mansão Wayne
Condado de Bristol, Gotham

Meu primeiro dia de vida.

Quando eu era garoto, caí numa cratera no jardim e vi pela primeira vez as cavernas debaixo da Mansão Wayne. Não me machuquei, mas o que vi me marcou para sempre.

Os primeiros registros com minha família.

Depois de cair na caverna, obviamente fiquei traumatizado. Minha mãe achou que seria uma boa ideia eu tentar expressar minha experiência desenhando. Este foi o resultado.

Uma foto minha e de Dawn Golden na propriedade dos meus pais num verão. Ela foi... muito importante para mim.

Tommy Elliott, meu melhor amigo de infância. Prefiro me lembrar dele assim.

Dia das Bruxas com a minha mãe. Eu me vesti de Zorro, um dos meus heróis favoritos.

Outra amiga de infância, Zatanna Zatara. Ela se tornou uma mágica tão boa quanto o pai dela era, dentro e fora dos palcos.

Uma foto do nosso fiel mordomo, Alfred Pennyworth, como eu o conheci. Depois de todos esses anos, e depois de tudo o que viu, ele nunca perdeu seu senso de humor.

Meu pai vestido de Zorro no Dia das Bruxas, no ano em que ele salvou a vida de um dos homens de Lew Moxon, um mafioso cuja filha brincou muito comigo quando éramos crianças. Ainda penso nela às vezes.

O Dia das Bruxas era de longe o meu feriado preferido. Sim, sei quanto isso é irônico.

Tribuna de Gotham

Todas as Notícias de Gotham

EDIÇÃO XXLVII ★ ★ ★ ★ ★ TERÇA-FEIRA, 27 DE JUNHO DE 19-- ★ ★ ★ ★ ★ 50 CENTAVOS

EDIÇÃO MUNICIPAL

Parcialmente nublado. Frio atípico. Máxima de 18°C e mínima de 15°C ao anoitecer. Possibilidade de pancadas de chuva pela manhã.

CASAL WAYNE ASSASSINADO

FAMÍLIA MAIS FAMOSA DE GOTHAM MORRE EM TENTATIVA DE ASSALTO

Por NELSON MAJORS

PARK ROW — Um passeio noturno em família deu lugar a uma noite de perdas e sofrimento, quando os famosos beneméritos Thomas e Martha Wayne foram alvejados e mortos na última noite ao saírem do Cinema Monarch. O único sobrevivente e também testemunha foi o jovem Bruce Wayne, filho do casal.

De acordo com relatos, a família Wayne assistiu à sessão das 20h50 do clássico "A Marca do Zorro", de Douglas Fairbanks, lançado em 1920. O casal foi visto, pela última

Pelo que a polícia conseguiu compreender do relato de Bruce Wayne, o assaltante saiu das sombras e exigiu que Martha Wayne entregasse o colar de pérolas que usava. Thomas colocou-se diante da esposa e o criminoso disparou-lhe um único tiro no peito. Em seguida, Martha foi alvejada, antes de o assassino fugir pelo beco. O legista confirmou o horário do óbito às 22h47.

Quando a polícia chegou, minutos depois, encontrou o pequeno Bruce ajoelhado diante dos corpos dos pais. "Foi horrível", disse James Hall, um dos pri-

Tiroteio na Zona Leste?

Por MIKE W. GOLDEN

ZONA LESTE — Moradores do inseguro bairro dos armazéns relataram ouvir tiros perto de um depósito na noite de ontem. De acordo com testemunhas, três tiros foram disparados pouco antes das 23h. Eles também viram quando viaturas da polícia chegaram ao local.

Apesar dos depoimentos aparentemente desconexos, a polícia nega o incidente e afirma que não houve nenhum tipo de perturbação na região. O capitão Loeb não teve nada a declarar, mas as fontes disseram que não seria inco-

Crise da gasolina afeta a maior parte dos EUA

Frustração com os distribuidores gera mais violência

Por KEVIN REAGAN

A crise da gasolina, que começou na Costa Oeste e atingiu proporções críticas no Nordeste, começa a ser sentida em outras partes do país.

Da Costa do Golfo à região dos Grandes Lagos e o Noroeste do Pacífico, muitos motoristas encontram dificuldade em obter combustível. Os postos reduziram o horário de atendimento e muitos estão fechando nos finais de semana. A quantidade de passageiros que utilizam os transportes públicos aumentou nos últimos meses.

Motorista baleado em Dallas

A violência tem se tornado algo comum. Na última semana duas pessoas foram mortas a tiros na cidade de Gotham, e na noite de domingo um motorista foi alvejado na cabeça numa disputa por lugar na fila num posto de gasolina.

A indignação ainda não se compara àquela atinge o país, vinda dos caminhoneiros autônomos. Em Bristol, Pensilvânia, oficiais declararam estado de emergência após duas noites de conflitos *continua na página B1*

Bruce Wayne, aqui consolado por um dos Melhores de Gotham, é o único sobrevivente do brutal assassinato.

mas era um respeitado cirurgião e benfeitor, conhecido pelo público por seu trabalho com entidades assistenciais, tanto locais quanto no exterior, como em Santa Prisca, um pequeno país do Terceiro Mundo. Wayne era especialista em cirurgias de altíssimo risco, algumas consideradas impossíveis por seus pares, que ficavam assombrados com seu excelente índice de sucesso. Fã de desafios, Wayne costumava trabalhar como voluntário, procurando devolver à comunidade os benefícios que sua família recebeu por tantas gerações.

Thomas Wayne conheceu Martha Kane, socialite e defensora de causas humanitárias, há alguns anos, através de amigos em comum. Os dois iniciaram um romance que logo atraiu os olhos do público. Filha de outra rica família de Gotham e figura fácil nas rodas da sociedade local, Kane marcou seu nome na filantropia ao fundar uma clínica médica para os desfavorecidos, ao lado da médica da família, a estimada Dra. Leslie Thompkins. Com o casamento e a chegada do filho, Bruce, Thomas e Martha Wayne passaram de casal favorito a família mais importante da cidade de Gotham.

Como acontece com as pessoas que se tornam o centro das atenções, surgiram alguns rumores sobre o passado dos dois. Os nomes de Thomas e Martha Wayne se tornaram sinônimos de Gotham, assim como a arquitetura e o justiceiro surgido na década de 1940, *continua na página A3*

Estado discute o futuro do filho dos atuais Bonnie e Clyde

Por GRANT JORGENSEN

STAR CITY— Em meio a uma história que tem fascinado e apavorado uma nação, o futuro do jovem filho de Carol e Matthew Morrison, mais conhecidos como "Os Carniceiros Alucinados", ainda está indefinido, de acordo com as autoridades.

Quando seus pais foram mortos num tiroteio com a polícia no mês passado, após o mais recente de seus violentos assaltos a bancos, o garoto de oito anos sobreviveu ao incidente, apesar dos 107 tiros desferidos contra o carro usado para a fuga. O jovem foi então levado sob custódia da polícia.

"Ele estava vandalizando as coisas como um animal", disse o policial Sterling Lieberman, do Departamento de Polícia de Star City. "Ele virou uma fera, gritando e chamando os policiais de assassinos."

E foi este comportamento agressivo que gerou um acalorado debate no tribunal sobre a sanidade do garoto e sua cumplicidade nos quase cinquenta homicídios cuja autoria é atribuída a seus pais. Enquanto alguns o descrevem como um garoto transtornado que entende a gravidade dos crimes cometidos, o Serviço de Proteção ao Menor destaca o óbvio trauma físico como sinal de inocência. À frente dos argumentos vem o fato de que o cabelo do garoto ficou branco imediatamente após o *continua na página A3*

---

o garoto imitava o personagem de Fairbanks, desenhando a letra "Z" no ar, com uma espada feita de jornal na mão.

Mas a inocência infantil seria perdida instantes depois, quando a família ia encontrar o mordomo da família, Alfred Pennyworth, mas foi interceptada por um assaltante que estava à espreita.

tar em choque, e eu já vi muita gente em choque. Era outra coisa, algo que eu nunca vi antes e espero não voltar a ver."

A polícia ainda não divulgou os nomes de nenhum suspeito até o momento, mas fontes na corporação declararam não acreditar que este foi um ato premeditado. Herdeiro da fortuna da família e presidente das Empresas Wayne, Thomas Wayne é um dos homens mais ricos do mundo.

Divisões da OPEP brigam pelo preço do petróleo

Sauditas podem ceder ao aumento se as sobretaxas baixarem

Por FAROUK AWARI

GENEBRA — Numa conferência para alteração de preços ocorrida aqui, esta noite, a Organização dos Países Exportadores de Petróleo terminou o primeiro dia com fortes indícios de que elevará o preço do barril de petróleo cru dos atuais US$ 14,55 para US$ 20 ao fim do encontro, programado para amanhã.

Os ministros de pelo menos seis dos treze países-membros da OPEP deram declarações favoráveis ao aumento, justificado pelas condições caóticas que atingiram o mercado de petróleo ao redor do mundo.

"Haverá um aumento para, no mínimo, US$ 20", declarou Abdoul bin Khubul, ministro do Masour-Kuwait, Líbia, Irã, Venezuela e Emirados Árabes também se mostraram a favor do aumento.

Outros representantes disseram que o principal obstáculo para o preço de US$ 20 seria a Arábia Saudita, a maior exportadora da OPEP e produtora de 17% a 20% de todo o petróleo mundial, que insiste em aumentar o valor do barril para US$ 17 ou US$ 18.

Na sessão de abertura da conferência da OPEP, o sheik Ahmed bin Abdoul, presidente da Aramco, descreveu o valor de US$ 20 como "anormal", mas os representantes sauditas evitaram comentar o assunto.

Baseado no preço oficial da OPEP de US$ 14,55 o barril, um aumento para US$ 20 aumentaria o preço do litro da gasolina *continua na página B1*

TRIBUNA DE GOTHAM, TERÇA-FEIRA, JU

Bruce Wayne ajoelhado diante dos corpos dos pais.

FAMÍLIA MAIS FAMOSA DE GOTHAM ASSASSINADA

Continuação da página A1

Lanterna Verde. Cidadãos e moradores de Park Row se preocupam com o que a morte do casal Wayne representa para a cidade. "Para mim, não há dúvida de que Gotham foi construída sobre um barril de pólvora", disse o Dr. Edward Burton, famoso psicólogo especializado em comportamento urbano. "Quando algo assim tão terrível, aleatório e inesperado acontece a um casal tão famoso num bairro seguro, é bom que a cidade reflita sobre essa tragédia sem sentido e sobre a própria segurança. Na pior das hipóteses, as tensões explodem e a cidade desmorona, incapaz de encontrar apoio firme no solo instável do medo e da desconfiança." Existe também a indefinição da guarda de Bruce Wayne. Especialistas especulam que, como único herdeiro da fortuna da família, o procedimento padrão e a burocracia legal que normalmente afeta uma criança órfã não se aplicariam a Bruce. Até o momento, não há menção sobre quem ficaria com a guarda legal do garoto. Conhecidos da família especulam que talvez a Dra. Leslie Thompkins pudesse ajudar na criação do menino, por conta de seu relacionamento pessoal com Martha Wayne.

A Dra. Thompkins foi uma das primeiras civis a chegar à cena do crime, mas não quis dar declarações.

O funeral de Thomas e Martha Wayne ainda está sendo organizado, mas fontes confirmam que será uma cerimônia particular.

Funcionários das Empresas Wayne marcaram uma coletiva de imprensa para amanhã de manhã a fim de discutir a atual situação do conglomerado. Especialistas especulam que a empresa tentará acalmar os nervos dos acionistas sobre o futuro da corporação multibilionária, mas não acreditam que um novo presidente será nomeado no momento.

17 de outubro

Tomo cuidado para abrir a janela. Meu novo colega de quarto, Harvey Dent, está roncando a menos de um metro e eu não quero que ele acorde. Ele resmunga enquanto dorme, como se falasse sozinho e não é a primeira vez que isso acontece, então não me surpreende. Ele se vira e eu saio pela janela, mas volto antes de ele acordar para a primeira aula da manhã.

O Harvey é legal, mas não sei se temos muito em comum. O mundo dele parece tão perfeito, ele tem amigos, namorada e, pelo que diz, a família é bem bacana. Ele faz de tudo para me agradar, não sei se pelo meu dinheiro, mas acho que não. Harvey parece ser um cara genuinamente bom. Não tenho tempo para amigos, mas se tivesse, ele seria um ótimo começo.

Nosso dormitório fica no quarto andar, então saltar para o gramado não é uma opção. Eu abro minha mochila e tiro um arpão que mandei vir do exterior. É forte o bastante e funciona muito bem, mas seria legal um que enrolasse os cabos automaticamente. Algo que me economizasse o tempo de escalada.

Por sorte, desta vez são apenas dois andares. Meus pés alcançam o telhado e eu dou uma boa olhada no campus. A Escola Preparatória de Gotham para Garotos. No lado calmo do condado de Bristol. Calmo e seguro. Mas, infelizmente, um lugar iluminado demais para meus objetivos desta noite. Eu observo o Muro Leste e o bosque além dele. Analiso o telhado até a saída de incêndio na extremidade do prédio.

Quatro minutos depois eu estou no bosque. O plano é começar com quatro horas de corrida e depois treinar meus katas e talvez um pouco de meditação e observação. A lua está cheia, brilhando por entre as árvores, por isso a floresta está mais iluminada do que eu gostaria. Mas a luz não é problema até que eu ouço um galho se quebrar atrás de mim.

Eu me escondo atrás de uma árvore e ouço vozes a poucos metros de distância. Não compreendo as palavras, e me abaixo até quase o nível do chão. Eu reconheço o guarda, Tom Valente, mas não o ruivo que está com ele. Talvez seja professor, ou será alguém

Alfred Pennyworth e Leslie Thompkins. Eles fizeram de tudo para me criar após a morte de meus pais. Eles não têm ideia do quanto devo a eles.

Cemitério de Crown Hill, onde meus pais descansam em paz.

da tesouraria? Isso não importa, eu acho. O que importa é que eu volte para o meu quarto sem ser visto. Ainda mais com uma mochila cheia de equipamentos de combate que não combina nada com a imagem de Bruce Wayne.

As vozes se aproximam, eu fico de pé e começo a me afastar da árvore. Dou um passo para trás e acabo pisando em folhas secas. Pronto, foi o suficiente para Valente voltar a agir como segurança e, em segundos, sua lanterna ilumina a árvore ao meu lado. Ouço-o gritar e começo a correr. Não há tempo para me esconder, mas aposto que os cigarros que ele fuma o tempo todo em frente à biblioteca vão me dar alguma vantagem.

Chego ao Muro Leste e ouço Valente atrás de mim por todo o caminho. Pelo que percebi, ele não chegou perto o bastante para poder me identificar, então ainda tenho isto a meu favor. Salto o muro e caio nas sombras perto do dormitório. Pelo som, Valente decide não tentar a escalada e corre para o portão perto do Edifício Elliot e ganho tempo para voltar pela escada de incêndio e passar pelo telhado antes que ele entre no campus. Estou sem fôlego, e parece que Bruce Wayne vai ter que responder a algumas perguntas indigestas pela manhã.

Faz mais de um mês que estou aqui e as coisas já não estão fluindo como deveriam. Preciso de uma válvula de escape e, obviamente, muito mais treinos. É hora de começar minhas aventuras, mas a questão é como equilibrar minhas viagens e a aparente "vida normal".

Eu entro pela janela do quarto e ouço Harvey tendo um sono agitado. Escondo minha mochila debaixo da cama e fecho a janela. Por um ou dois breves minutos, não paro de pensar na vida de Harvey e em como deve ser legal ser um garoto normal de catorze anos numa escola preparatória. Mas aí eu lembro quanto minhas técnicas de meditação precisam de prática e como seria bom passar algumas horas concentrado no controle da minha respiração. Sento na minha cama e fecho os olhos, tentando ignorar o ronco de Harvey.

Tribuna de Huntsville

Edição da Manhã

ASSASSINO BALEADO
Harris acaba com onda de assassinatos

Por Mark Augustyn

HUNTSVILLE – A série de homicídios que assolou Huntsville nas últimas semanas teve um fim dramático na noite passada, mas a um preço bastante alto. O filho mais querido de Huntsville, o detetive Harvey Harris, perdeu sua esposa num tiroteio contra o inescrupuloso assassino Benjamin Carr.

Foram duas semanas terríveis para esta pacata cidade do Alabama. Nesse primeiro caso de homicídio em quase duas décadas, Brian Johnson, o banqueiro aposentado e membro proeminente do Lions Club, foi encontrado amarrado ao mastro do lado de fora de seu antigo emprego, com a garganta cortada e o sangue drenado de seu corpo.

Assim que o corpo foi descoberto, o xerife local Michael Dewey chamou o detetive Harvey Harris, de Birmigham, para uma consulta. No entanto, apesar da reputação de Harris e de sua impressionante carreira, o antigo morador de Huntsville não encontrou nenhuma pista que pudesse ajudar na solução do caso.

Menos de uma semana depois, o comerciante Brian Delaney foi encontrado morto pregado em sua varanda nos fundos da casa, com a garganta também cortada de orelha a orelha e o sangue drenado. O terceiro corpo, do juiz Val Wright, foi encontrado pelo delegado Samuel Morrison seis dias depois, pendurado pelos

Ben Carr foi baleado e morto pela polícia num tiroteio, mas antes ele desferiu um tiro fatal no detetive Harris e esfaqueou Cloris Pratt, que segue em estado grave no hospital.

tornozelos à margem da rodovia, morto da mesma maneira. O aposentado Ralph J. Hopkins foi assassinado em iguais circunstâncias na noite seguinte. O intervalo entre os homicídios estava diminuindo, e Harris e Dewey sequer estavam mais próximos de solucionar o caso do que na primeira morte.

A interrupção na investigação veio com a quinta vítima, o empresário Wallace Sykes. Harris descobriu uma cruz dourada no bolso do homem com as iniciais P.O.C. gravadas. Harris logo soube que a cruz era o brasão da família de Richard Hunt, descendente dos fundadores de Huntsville. Mais que isso, o crucifixo era o símbolo dos Paladinos da Cruz, um grupo já extinto, defensor da supremacia branca e envolvido no incêndio de uma favela há cerca de cinquenta anos, onde vários negros perderam suas vidas.

De acordo com o relato de Harris, cada uma das vítimas era um antigo membro dos Paladinos, uma trilha que, ontem à noite, levou Harris à casa de Cloris Hunt, hoje Pratt, viúva de Hunt. Quando Harris e Dewey surgiram, eles estavam surpresos em encontrar Benjamin Carr, o faz-tudo local, envolto em roupas vermelhas e prestes a atacar a Srta. Pratt. Eles trocaram tiros e o assassino foi baleado e morto. Harvey Harris também foi atingido, e levou um tiro fatal no peito. A polícia ainda não compreende o motivo por trás da matança de Carr, mas o xerife Dewey declarou: "Ben Carr sempre foi meio esquisito. Qualquer um que já encontrou com ele pode confirmar o que digo. Mas, sobre o que deu nele pra fazer uma coisa dessas, ou o envolvimento com os Paladinos da Cruz, isso eu acho que ninguém faz ideia."

Quando perguntado sobre como Harris descobriu a conexão da Srta. Harris com as outras vítimas, Dewey disse: "Foi o garoto que andava pra cima e pra baixo com o Harris, acho que se chama Frank Dixon. Não tinha mais que 17 anos, mas o menino descobriu tudo sozinho!"

Até o momento, não conseguimos contatar o Sr. Dixon, e soubemos que ele deixou a cidade para ir a Gotham. Uma ligação para a Polícia de Gotham revelou a ausência de registros sobre Frank Dixon, tampouco telefonemas para as escolas e universidades da região.

Cloris Pratt está em estado grave no hospital do Condado de Huntsville. O velório de Harvey Harris está sendo providenciado para este sábado ao meio-dia na Funerária Baird, na Rua North Market. A família de Benjamin Carr recusou-se a comentar sobre o funeral dele.

Eu me "apropriei" destas fotos de Harris examinando o corpo do juiz Val Wright do armário de provas de Huntsville. Era importante que não restasse nenhum registro fotográfico de "Frank Dixon".

A verdadeira mente por trás das mortes em Huntsville, o Dr. Malcolm Falk. Sua mãe foi morta num ataque à sua comunidade, o que o inspirou a induzir Ben Carr a participar de seu violento plano de vingança.

A cruz dourada de Wallace Sykes.

27 de junho

    Hoje vou embora de Gotham.

Quando eu era garoto, fiz uma promessa diante do túmulo dos meus pais que eu vingaria suas mortes de algum jeito. Eu me lembro de ajoelhar sob a chuva sentir meus joelhos afundando na lama. Olhei para o céu e gritei. Eu era apenas uma criança, fazendo uma dessas promessas impossíveis típicas da idade. E aqui estou, prestes a embarcar no voo das 8h15 até Okinawa, minha primeira parada de muitas para cumprir a tal promessa.

    Tem uma parte de mim... admito que é uma parte grande... que acha que sou louco, que o que estou fazendo é totalmente irracional. Estou deixando meus amigos, Alfred, tudo e todos que conheço para trás, quem sabe por quanto tempo, tudo por um sonho impossível. Não importa o que eu faça, Gotham nunca mudará, não importa o quanto eu treine, o que eu ensine meu corpo a fazer, eu ainda serei incapaz de consertar este lugar. Eu sou apenas um homem e talvez nem isso, ainda.

    Mas não tenho opção, não posso voltar para a escola, casar com a garota dos meus sonhos e viver do dinheiro que meu pai deixou. Não posso sentar e não fazer nada. Não enquanto Gotham continuar a apodrecer de dentro pra fora. Não enquanto outras crianças perdem suas famílias por aí.

    Venho me cobrando a vida inteira, praticamente. Treinei com os melhores instrutores que o dinheiro pode bancar, me afastei da escola para estudar com os maiores especialistas de cada assunto, mas até hoje eu não me comprometi totalmente ao meu objetivo. Não entrarei num avião para retornar antes de estar pronto para fazer o que for preciso, o que eu prometi fazer. Em vez disso, fico apenas parado e adiando.

    Eu ainda sinto a falta deles e penso neles todo santo dia. Acho que isso nunca vai mudar.

    Eu ainda sinto a falta deles e fiz uma promessa impossível.

    É isso, hoje eu vou embora de Gotham.

Saindo de Gotham para seguir meu treinamento.

A imagem de Dan Mallory na câmera de segurança, um detetive particular com uma inclinação pelas sombras com quem "Frank Dixon" treinou em Chicago.

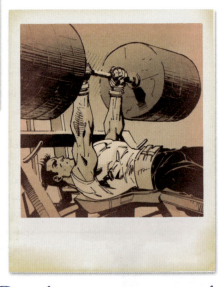

Parte de uma extensa rotina de treinos que eu adotei quando passei um tempo em Washington D.C., concebida por dois treinadores chamados Christian e Jessica Fox.

Fotos de minha estadia nas montanhas Tanggula Shan, perto da fronteira entre a China e o Tibet. Meus três meses lá, aprendendo o taoismo com Shao-La foram inestimáveis.

Uma foto tirada por um nativo da minha visita a Xinjiang, província da China Ocidental. Esta cidade saqueada se chamava Waiguo e eu levei o seu algoz à justiça.

Treinando em Paris

É noite de terça-feira, então Ducard já deve estar na rua bebendo há algumas horas. Tenho tempo de sobra para sair do hotel e esticar as pernas. Ducard acha que estamos perto de encontrar Jeremiah, e disse que esta deve ser a última parada. Ele é um rastreador e tanto, um caçador nato, então é claro que eu confio em seus instintos, mesmo não confiando nele como pessoa. Se ele diz que estamos perto de acabar com um terrorista, posso acreditar que estamos. Mas isto não significa que não possa sair e ver o que a cidade tem a oferecer. Meu jeito particular de curtir a noite.

Paris é muito diferente de Gotham. Eu fico nas sombras e me escondo, mas me falta ar. É um lugar estranho, diferente, e levaria um bom tempo para eu me acostumar, se fosse preciso alongar minha estadia. Mas enquanto eu considero a ideia de voltar para o hotel, ouço algo que me faz lembrar de casa na mesma hora.

As vozes parecem vir da Catedral de Notre Dame. São duas, e eu não vacilo em pular em cima deles como se fosse um zagueiro que tomou uma garrafa de café. Coisa de amador.

Eles estão em três, com máscaras de abóbora do Dia das Bruxas e armados. O homem que era vítima do assalto não pareceu muito aliviado com minha chegada. Não sei se eu ficaria, no lugar dele.

Com um soco, eu derrubo o que está mais perto da vítima. Minha mão agarra o outro pelas costas da jaqueta e eu o puxo para junto de nós. O impacto no primeiro não foi o que eu esperava, e eu tento um chute lateral no estômago. Pelo som da respiração dele, foi mais eficaz.

Eu também sou meio desleixado com os outros dois, como se tivesse esquecido todo meu treinamento. Meus socos não estão precisos, eu não antecipo suas reações. Se não fossem apenas uns garotos, ainda mais verdes que eu, esta luta já teria terminado antes de começar. Mas, são apenas meninos e ficam parados apanhando até cair. Quando tudo acaba, somos só eu e o homem que salvei.

Descubro que seu nome é Lucius Fox, trabalha no financeiro e parece ter me reconhecido. Amador idiota, eu estava sem máscara, coisa que até os moleques com máscara de abóbora pensaram. Imediatamente, Lucius me transmite confiança, mas não digo nada, sou curto e grosso, o mais distante que consigo. Saio dali e gravo no fundo de minha mente o nome de Lucius Fox e parto para as sombras das ruas parisienses, em busca de algo mais que me lembre de casa.

Lucius Fox, futuro presidente das Empresas Wayne.

Uma das poucas imagens de meu antigo professor, Henri Ducard, feita por uma câmera de segurança.

Alasca

Eu fico encantado por pessoas viverem aqui. Na verdade "humilhado" descreveria melhor. A paisagem é linda, não há discussão sobre isto. O Alasca é um dos poucos lugares nos Estados Unidos em que a beleza natural ainda está preservada em sua maior parte. Mas o vento que sopra aqui no alto das montanhas, é um vento a que eu nunca me acostumaria. Trinta e cinco graus negativos e o vento ainda baixa mais uns dez graus. Gotham é um bocado fria no inverno, mas nada comparado a este local.

Enquanto uso minha picareta contra a rocha congelada diante de mim, ouço Toggett me chamando da borda lá embaixo. Ele sugere que a gente pare para almoçar, o que, no conceito dele, se resume a uns goles de uísque e barras de cereal. Comer é uma boa ideia, assim como recuperar um pouco de sensibilidade nas pontas dos dedos.

Conheci Willy Toggett do lado de fora do que dizem ser o bar local. Parecia o típico bar de motoqueiros que você vê em filmes de baixo orçamento: néons vagabundos anunciando cerveja ainda mais vagabunda, homens vestindo coletes de couro preto e bandanas jogando sinuca, uma camada espessa de fumaça tão densa que nem as piores espeluncas de Gotham sonhariam em ter um dia.

Eu entrei e sentei perto do balcão. Todos repararam, mas ninguém pareceu se incomodar. Pedi ao barman um copo d'água e um homem encolhido do outro lado começou a rir. Eu olhei para ele, e o homem sorriu, empurrando sua caneca vazia na minha direção.

"Tá vendo a caneca, moleque?", perguntou ele. Eu fiz que sim.

"Não parece que tá limpa, né?", disse ele. "Uma coisa leva anos pra ficar imunda desse jeito. É sujeira à beça nessa porcaria."

O barman começou a reclamar e depois deu de ombros, não valia a pena. O homem na outra ponta do balcão parecia ter razão.

E prosseguiu. "Isso significa que um lugar que nem mesmo usa água pra lavar os copos, cara, não é o tipo de lugar em que você entra sem beber algo forte o bastante pra matar todo tipo de micróbio que infesta essa lousa nojenta."

Eu sorri educadamente, mas o homem agora falava sério.

"O que você realmente está fazendo aqui, garoto?"

"Você é Willy Toggett?", perguntei.

Ele sorriu e olhou para o barman.

"Não foi o que eu te falei ontem, Nicky?"

O barman concordou.

"Eles sempre vêm atrás de mim!", disse Toggett. Ele me olhou. "Dependendo da tua reação, tem dois lugares pra gente ir. Aqui é pra falar de negócios, a gente pega uma mesa na janela e bate um papo. Lá fora é o melhor lugar para conversar em particular."

Preferi a mesa, e dois dias depois, Toggett e eu estamos em busca do assassino chamado Thomas Woodley num dos picos mais íngremes do Alasca.

Toggett senta na beirada onde eu estou de pé e balança os pés no ar, tão confortável quanto se estivesse na carroceria de uma caminhonete estacionada. Ignorando o frio, ele ergue os óculos protetores e toma um gole de um cantil que tem algo mais forte que água, tenho certeza. Antes que eu me acomode a seu lado, Willy já começa uma de suas histórias. Ele pode ser o maior caçador de recompensas do Alasca, e eu já aprendi muito com ele, mas silêncio e paz não fazem seu estilo. Eu sento e ouço enquanto como uma barra de cereais.

Depois ele levanta, se alonga e avisa que estamos perto. Ele acha que nesse ritmo alcançamos Woodley amanhã pela manhã, no máximo. Eu me levanto, pergunto a previsão dos ventos para as próximas 24 horas e o sigo pela beirada.

A última foto tirada de Willy Toggett, quando nos preparávamos para deixar a cidade em nossa expedição de busca. Logo depois, Thomas Woodley pôs uma bala na cabeça dele.

21

Nós achamos que estávamos caçando Thomas Woodley, mas, na verdade, era ele quem nos caçava. No alto dos picos sobre Otter Ridge, ele nos emboscou e matou Doggett sem vacilar. Porém, subestimou minhas habilidades e em nossa luta ele despencou da montanha, mas o estrago estava feito. Eu perdi minha parka no duelo e, sem abrigo ou suprimentos, comecei a congelar até a morte.

Uma foto do Xamã que salvou minha vida. Ele disse que viu uma marca em meus olhos e sabia quem eu era antes de mim mesmo.

Acordei e vi esta máscara de um morcego gigante. Uma tribo indígena me encontrou e me levou para sua aldeia.

Um pedaço da exposição "As Armas de Gotham", que eu patrocinei. Ela mostra a lenda da cura que o Xamã diz ser a responsável pela minha recuperação no Alasca.

Nunca aprendi o nome da neta do Xamã, apesar da impressão que ela me causou. Bem que eu queria que ela quisesse me contar.

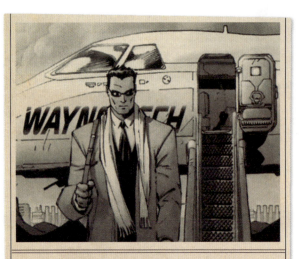

Filho pródigo de Gotham retorna

Por DAVID MILLER

GOTHAM — Uma Gotham muito diferente saudou Bruce Wayne quando o bilionário desceu as escadas de seu jato particular no Aeroporto Internacional Archie Goodwin, lotado de repórteres e curiosos.

O jovem herdeiro da fortuna Wayne era apenas um garoto quando deixou a cidade anos atrás, numa época em que os índices de criminalidade apenas começavam a subir, nada parecidos com os recordes de violência de hoje. Mas, enquanto a cidade está mais hostil, a paciência e a simpatia de Bruce Wayne com a multidão no aeroporto disse muito sobre o objetivo de seu retorno triunfante.

Enquanto um ar de esperança cerca os planos do filho preferido de Gotham, ainda há uma aura de mistério sobre os objetivos da viagem de Wayne. Até a quilometragem percorrida pelo jovem parece ser tema de debate com relatos de doze anos sabáticos até meros sete anos vivendo no exterior.

Mas, seja lá qual for o motivo, os cidadãos de Gotham parecem empolgados com a volta do solteirão de 25 anos, esperando que esta chegada aos olhos do público possa terminar o exílio a que se submeteu, iniciado com a morte de seus pais, Thomas e Martha Wayne, há quase dezenove anos.

Quando perguntado sobre seu suposto romance com a atriz iniciante Amanda Lauber, Wayne se recusou a
continua na página B4

Cidade dá boas-vindas ao novo tenente

Por RICHMOND KLEIN

GOTHAM — Como parte do novo esquema de recrutamento do comissário Loeb, James Gordon, um dos Melhores de Chicago, desembarcou na cidade hoje para assumir o posto de tenente, no que podemos chamar de uma volta ao lar, já que Gordon foi transferido de Gotham para Chicago logo que entrou para a polícia, há quase duas décadas. O tenente foi recebido pelo detetive Arnold Flass, conhecido por seu duro combate à

corrupção. Os detalhes envolvendo a transferência de Gordon de Chicago ainda não são conhecidos, assim como a razão de sua partida da cidade. O tenente deve começar a trabalhar na segunda-feira, após uma reunião com o comissário Loeb.

"GATO ASSALTANTE" MORRE DURANTE ASSALTO

Por JIM GORFINKEL

ROBINSON PARK — A carreira do ousado criminoso conhecido como "Gato Assaltante" teve um final súbito no fim da noite passada, quando a polícia encurralou o criminoso que estava prestes a invadir uma cobertura onde mora o casal Michael e Nicole Valle. Ao pegarem o famoso marginal em pleno ato, a surpresa dos policiais foi descobrir que se tratava de uma mulher.

A polícia recebeu uma chamada do Dr. Valle às 2h13 e chegou em seguida, graças à iniciativa recente do prefeito em aumentar as rondas na região onde o Gato costumava atacar. Já dentro do apartamento, os policiais descobriram uma jovem entre 18 e 21 anos, vestida de preto e admirando um colar de pérolas que pegou dentro do cofre do casal Valle.

"Era uma herança de valor inestimável", disse Nicole. "Ele pertencia à minha mãe e, antes dela, à minha avó. E aquela maldita mulher entrou aqui e o pegou."

Entretanto, as pérolas seriam a única coisa que o Gato Assaltante levaria naquela noite.

"Nós observamos a mulher esvaziando o cofre da parede", disse o primeiro policial a chegar, o oficial Robert Dickerson. "Anunciamos nossa presença e a suspeita veio até a luz. Ali percebemos que ela estava armada e reagimos de acordo."

O tiroteio subsequente forçou o Gato Assaltante a saltar pela janela e despencar de uma altura de doze andares até chegar ao Rio Finger. Nem o corpo nem as pérolas foram encontrados, apesar dos esforços da polícia.

"Apesar de não termos encontrado o corpo, os ferimentos causados pelos tiros foram fatais. Se não foram, a queda terminou o serviço", declarou Dickerson.

"É assustador que alguém assim simplesmente entre em sua casa", disse o Dr. Valle. "Estes homens são verdadeiros heróis. Eu fiquei paralisado diante de tudo e eles reagiram com perfeição. Eu sequer percebi que ela estava armada."

O comissário Gillian B. Loeb deve condecorar o trabalho do oficial Dickerson numa coletiva de imprensa amanhã pela manhã.

Os demais policiais no local se recusaram a dar declarações.

Um dos vizinhos dos Valle tirou esta foto depois de ouvir os disparos. Apesar de não terem significado algum naquela época, hoje eu seria capaz de identificá-la em qualquer lugar.

Antes do morcego

Idiota. Eu sou mesmo um idiota. Baleado e esfaqueado como um amador.

Eu viro o volante do carro, escorregadio por causa do sangue. Meu sangue. Sangue de um idiota.

Vou repassar o que aconteceu, pelo menos para me manter acordado. Já desmaiei uma vez. Tem muito sangue. Parece... o que houve há dezoito anos. Parece aquele beco.

Preciso me concentrar. Começar do início.

Na garagem do estacionamento. O disfarce era simples. Gorro de lã, jaqueta militar e uma cicatriz que chamasse bastante a atenção. Saí daqui para a Zona Leste, passando pelo Parque Robinson.

Havia um cafetão chamado Stan. Stan, o cafetão. Ele agarrou a garota e aquilo me incomodou, ela era jovem demais e ele a pegou pelos cabelos, arrastando a menina como se fosse uma coisa.

Eu o provoquei e ele puxou uma faca. Desviei. O amador aqui se divertia. O amador não ficou de olho na menina.

Ela não era uma princesa aguardando o resgate. Ela tinha uma faca e me acertou na perna. Foi profundo. Não aliviou nem para o homem que a defendeu. Num segundo, suas amigas estavam em cima de mim. Um idiota patético que puxa briga com mulheres. Elas não tinham medo algum. Fiquei parecendo um caloteiro qualquer que não quis pagar pelo programa. Elas não tinham medo mesmo.

Eu me livro delas, e outra chega. Magra, forte, linda e chiando como um gato acuado. Mas ela sabia como agir. Lutava caratê. Mas apenas caratê. Eu a derrubei quando vi as luzes dos carros da polícia. Um idiota estragando tudo.

Eles eram da polícia de Gotham, então eles atiram antes para, quem sabe, fazer as perguntas depois a caminho da delegacia. Eu duvidei.

Idiota sortudo, a bala atingiu apenas o ombro, mas foi o bastante para me atordoar. O bastante para me tirar de combate.

Acordei no banco traseiro de uma viatura e consegui escapar. Voltei mancando até o estacionamento. Entrei no carro.

Falo para mim mesmo que o pior já passou.

Os faróis mostram a propriedade à frente. Eu entro rápido demais e acerto a traseira do Chevy 57 que era do meu pai. Do meu pai...

Sigo mancando em direção ao escritório dele, deixando pequenas poças de sangue no chão.

Pai...

... tenho medo de morrer

esta noite.

Uma câmera de segurança mostra como a Zona Leste decaiu.

Eu sento no escritório do meu pai, e aquilo entra voando pela janela. Está doente, acho que também está morrendo. Um velho soldado cujo último esforço foi estilhaçar uma janela. Pousa no busto de Shakespeare.

Era a resposta. Era a resposta para a pergunta: como posso assustá-los?

Era um morcego.

Eu estou lá sentado, com o sino de minha mãe na mão, pronto para pedir que Alfred venha tratar meus ferimentos. E me lembro de quando caí na caverna, ainda criança, e do medo que senti ao ver o morcego voando na minha direção. Um medo primitivo, urgente. Um medo que nunca havia experimentado. Algo extremamente real.

Pergunto ao meu pai e ele responde do jeito dele...

Eu vou me transformar num morcego.

Xilogravura que comprei de um comerciante anos atrás. Assustadoramente familiar.

Meus primeiros esboços para o Batman

O capuz deve ser reforsado, mas leve. Talvez polímero de alto impacto?

É impraticável usar uma armadura, limitaria a mobilidade. O Kevlar deve ser uma boa alternativa.

A chave é a capa. Deve atrair a mira dos inimigos e me ajudar a sumir nas sombras. Mas sua função mais importante é imprimir a ideia de "criatura da noite". Ela deve mascarar minha forma e me fazer parecer inumano.

O Homem-Morcego

ANOTAÇÕES

Alfred,

Me desculpe se o material é difícil de trabalhar, mas acho que estamos no caminho certo. O Kevlar vem direto do laboratório de pesquisas e desenvolvimento das Empresas Wayne.

É uma trama de alta tecnologia e baixo peso que é mais difícil de ser penetrada do que o material padrão usado na indústria, e é por isso que torna a adaptação mais difícil. Mas eu presumo que você esteja costurando a capa e não a máscara. Claro que, num dia como hoje... posso estar enganado...

Por outro lado, eu acho que está quase pronto. Um detalhe: o que acha de fazer as "orelhas" mais compridas? Poderiam ajudar na intimidação, e depois, com o passar do tempo, podemos colocar no espaço extra antenas de rádio e uma ligação com os satélites. Em breve, eu também quero colocar lentes de visão noturna, talvez infravermelho, mas acho que estou muito longe de desenvolver algo viável no momento. Confira se a equipe da Wayne Tech pode trabalhar em algo assim. Diga que é para uma firma de vigilância ou coisa do tipo.

Tenho certeza de que pensará numa explicação plausível.

— Bruce

Meu coração palpita com a oportunidade, senhor.
Se tudo mais falhar em sua campanha contra o crime, talvez considere mostrar aos malfeitores de Gotham o relatório de despesas com seu departamento de pesquisas. Os dados por si só já causariam terror no mais temível dos criminosos.

— A

A primeira noite

Quase não consigo saltar sobre o beco. Já me acostumei com a capa, mas é mais pesada do que eu imaginava. Praticamente dobra minha dificuldade, mas eu faço um rolamento e fico de pé sem problemas.

Olho por cima do telhado, o vento empurra a capa e eu quase me desequilibro. Ela se agita e faz barulho. Não é o ideal, pois pode alertar para minha posição no momento errado. Talvez tenha que deixá-la mais leve. De qualquer jeito, precisa ser testada mais vezes na prática.

Na rua abaixo de mim, vejo a entrada da clínica gratuita de Leslie Thompkins. Pela janela vejo a silhueta de cinco pessoas. É um problema, pois deveria haver apenas uma.

A clínica de Leslie já foi roubada três vezes no último mês por viciados em busca de uma dose de qualquer coisa que encontrem nos armários de medicamentos, então não preciso pensar muito para entender o que está acontecendo. As sombras empurram a porta e eu vejo o que não conseguia através da janela embaçada. São três homens com a Leslie, além de outra mulher, que eu não esperava. Pelo semblante apavorado, ela é a paciente, está grávida e tem todos os motivos para sentir medo. Um dos homens está armado, e pelo jeito não vai hesitar em atirar.

É quando o homem armado comete o maior erro de sua vida. Ele acerta Leslie.

Chego ao beco o mais rápido possível, desacelero e avanço sobre eles emergindo das sombras, que a encenação surta o efeito devido, que a capa pesada mostre seu valor.

É o que ela faz. Eu venho à luz, eles se assustam, mesmo que por um segundo.

É mais que o suficiente.

O homem com o revólver toma a grávida como refém. Enquanto ele pensa no que dizer, nocauteio seu amigo para deixar claro com quem está lidando. Tomo cuidado para manter um acordado. Quero uma testemunha.

O homem armado entra em pânico, como eu esperava. Não está raciocinando direito, solta a moça e começa a atirar nas sombras. Ele diz algo, mas não consigo entender por causa do barulho dos tiros. Ele logo esvazia o pente da arma, eu fico no escuro e espero, e espero um pouco mais...

Neste ponto, ele está suando, com a respiração pesada. Quase sinto o cheiro do medo. É hora de um espetáculo ainda maior. Eu salto sobre ele, e o envolvo com a capa. Ele grita, mas é sufocado, e um golpe no nervo o apaga de maneira rápida e indolor. Mas seu amigo não sabe disso. Seu amigo, minha testemunha. Mais apavorado que nunca, e com uma história incrível para contar a todos que conhece.

Deixo que fuja, e Leslie corre para acudir os que estão no chão. Atrás dela, a jovem grávida pega uma faca e quando percebo o que ela pretende, já é tarde. Ela treme de medo, assustada comigo. Ela grita a palavra "Chubala" com uma voz gutural, distorcida e, antes que eu possa impedir, enfia a faca no próprio peito.

Ouço Leslie murmurar um "não" em voz baixa... sincera... comovente. A jovem está morta e Leslie apenas me observa. Não há o que eu possa fazer, então me recolho. Para as sombras. Para a capa.

O CULTO AO HOMEM-MORCEGO

por Sergius Hannigan

GOTHAM – Uma sociedade secreta está à espreita nas esquinas escuras de Gotham. Nossas fontes optaram por permanecer anônimas para sua própria segurança, mas temos a informação de que há na cidade uma seita bizarra que prega o sacrifício ritualístico de vidas humanas. Se já não fosse algo perverso o bastante, este grupo de fanáticos adora o demônio de Gotham, o Homem-Morcego.

Se você acompanhou o *Rumor* nas últimas semanas, certamente viu nossos vários artigos e matérias investigativas sobre o Homem-Morcego de Gotham. Muito além de uma lenda urbana que certos tabloides tentariam fazer você acreditar, esta horrível criatura das sombras vem ganhando fama entre os cidadãos locais. Juiz, júri e carrasco, há relatos de que o misterioso Homem-Morcego chega a sugar o sangue das vítimas de sua justiça cruel.

Até o momento, o Homem-Morcego age sozinho, em caçadas solitárias. Ele ataca apenas os criminosos de Gotham, o que há de pior numa sociedade sem esperanças. Isso até recentemente, quando o Homem-Morcego resolveu fundar sua própria religião.

Seus seguidores são chamados de Seita de Chubala e são devotos de seu semideus tanto quanto zelotes sempre foram, chegando a sacrificar vidas inocentes para amansar seu impiedoso senhor. A sequência de assassinatos violentos atinge a todos em Gotham, de donas de casa solitárias até membros da polícia. A Seita de Chubala não apenas mata suas vítimas, eles as mutilam e arrancam seus corações para finalidades sombrias.

Falaremos mais sobre a Seita de Chubala e o Homem-Morcego nas próximas semanas, incluindo uma lista de suas vítimas conhecidas. Mas não importa como questionaremos o passado, quem será a próxima vítima do Homem-Morcego? E quando esta criatura ficará farta do sangue dos inocentes de Gotham? O tempo vai dizer, mas tenham certeza de que o *Rumor Nacional* será o primeiro a descobrir.

RUMOR NACIONAL

Homem voador visto nos céus de Metrópolis!

O CULTO AO HOMEM-MORCEGO

E mais: Uma mulher para Bruce Wayne: "Meu romance ideal!"

Imagem da câmera de segurança da clínica. Garanti que fosse o único a vê-la.

senhos realistas da abominável arquitetura de Gotham feitos por Cyrus Pinkney.

Estes desenhos foram encomendados por meu tataravô, o juiz Solomon Zebediah Wayne, que construiu o primeiro dos prédios de Pinkney no que veio a ser o Distrito Financeiro de Gotham.

O prédio imediatamente atraiu investidores, permitindo que Solomon tivesse a liberdade de tornar o sonho de Pinkney realidade, apesar dos protestos dos críticos.

O resultado é o que chamamos de "Estilo Gotham", um ambiente escuro, mal-assombrado, responsável por boa parte da fortuna dos Wayne e, talvez, pela criação do Batman.

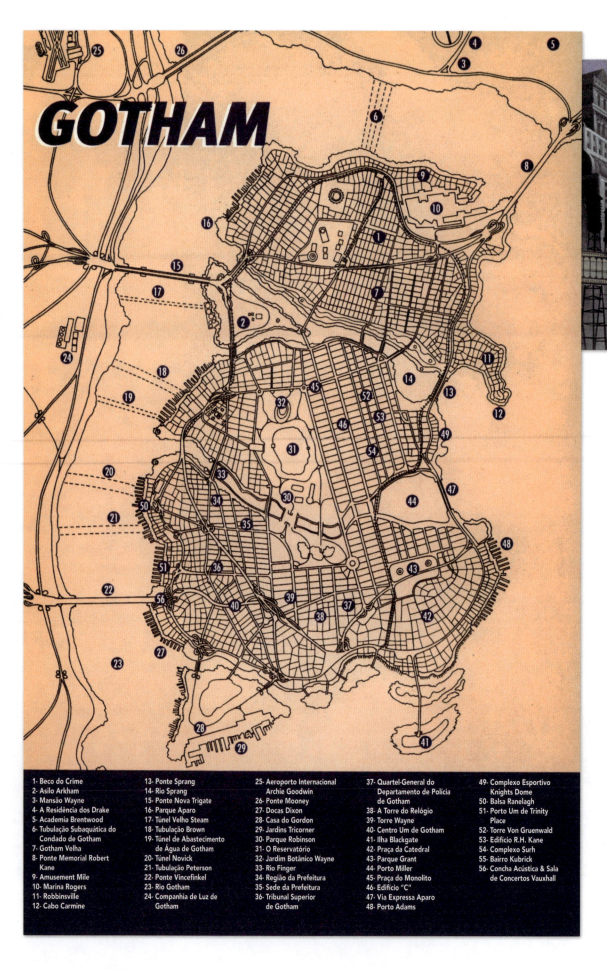

GOTHAM

1- Beco do Crime
2- Asilo Arkham
3- Mansão Wayne
4- A Residência dos Drake
5- Academia Brentwood
6- Tubulação Subaquática do Condado de Gotham
7- Gotham Velha
8- Ponte Memorial Robert Kane
9- Amusement Mile
10- Marina Rogers
11- Robbinsville
12- Cabo Carmine
13- Ponte Sprang
14- Rio Sprang
15- Ponte Nova Trigate
16- Parque Aparo
17- Túnel Velho Steam
18- Tubulação Brown
19- Túnel de Abastecimento de Água de Gotham
20- Túnel Novick
21- Tubulação Peterson
22- Ponte Vincefinkel
23- Rio Gotham
24- Companhia de Luz de Gotham
25- Aeroporto Internacional Archie Goodwin
26- Ponte Mooney
27- Docas Dixon
28- Casa do Gordon
29- Jardins Tricorner
30- Parque Robinson
31- O Reservatório
32- Jardim Botânico Wayne
33- Rio Finger
34- Região da Prefeitura
35- Sede da Prefeitura
36- Tribunal Superior de Gotham
37- Quartel-General do Departamento de Polícia de Gotham
38- A Torre do Relógio
39- Torre Wayne
40- Centro Um de Gotham
41- Ilha Blackgate
42- Praça da Catedral
43- Parque Grant
44- Porto Miller
45- Praça do Monolito
46- Edifício "C"
47- Via Expressa Aparo
48- Porto Adams
49- Complexo Esportivo Knights Dome
50- Balsa Ranelagh
51- Porto Um de Trinity Place
52- Torre Von Gruenwald
53- Edifício R.H. Kane
54- Complexo Surh
55- Bairro Kubrick
56- Concha Acústica & Sala de Concertos Vauxhall

O famoso horizonte de Gotham

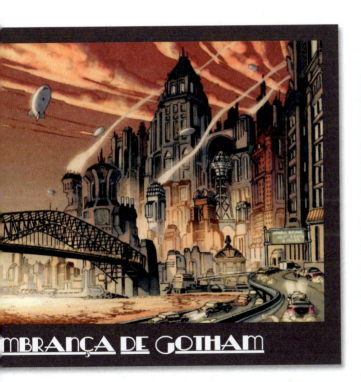

NOME DO ARQUIVO	NOME REAL
JAMES W. GORDON	O MESMO
ALTURA	PESO
1,75 m	76 kg
OLHOS	CABELOS
AZUIS	BRANCOS, ANTERIORMENTE CASTANHOS
PROFISSÃO	BASE DE OPERAÇÕES
COMISSÁRIO DE POLÍCIA	GOTHAM

CODINOMES CONHECIDOS

CONEXÕES CONHECIDAS
filha BARBARA GORDON, esposa SARAH ESSEN GORDON (falecida), ex-esposa BARBARA GORDON, filho JAMES GORDON JR.

AFILIAÇÕES
DEPARTAMENTO DE POLÍCIA DE GOTHAM, ANTERIORMENTE DEPARTAMENTO DE POLÍCIA DE CHICAGO.

ARQUIVOS ASSOCIADOS
Ano Um, A Piada Mortal, DPG, Gordon de Gotham, A Lei de Gordon, Terra de Ninguém, Policial Ferido

ANOTAÇÕES

No instante em que conheci James Gordon, eu soube que o queria a meu lado. Ele era um policial honesto em Gotham, uma agulha num palheiro e encrenqueiro como eu. Exatamente o tipo de pessoa que eu precisava agindo comigo, mas dentro da lei.

Assim como fez comigo, Gotham mudou Gordon. Quando era um iniciante, ele baleou um criminoso num caso evidente de homicídio justificável, mas o que ele não sabia é que o criminoso andava fardado durante o dia. O caso foi varrido para debaixo do tapete, e Gordon foi transferido para Chicago por seu capitão, Gillian B. Loeb.

Anos depois, ele retornou a Gotham e a encontrou bem pior. No mesmo dia em que eu desci do avião vindo do Alasca para reivindicar a mansão de meu pai e começar minha missão, Gordon voltava ao DPG como tenente. Quando eu salvei a vida de seu filho James, nós formamos uma conturbada aliança que, com o passar dos anos, evoluiu para a compreensão e o respeito mútuos, eu gosto de imaginar. Para ser completamente honesto, Jim é uma das pouquíssimas pessoas que eu poderia chamar de amigo.

Durante sua escalada de tenente a comissário, Gordon não teve tempos fáceis em sua vida pessoal. Embora parecesse o perfeito pai de família aos olhos do público, na verdade o seu casamento estava, nas melhores horas, tenso. Sua esposa o deixou e levou o filho, abandonando Gordon com a missão de criar sua filha, Barbara, quando não estava preso no trabalho.

Mas Barbara era uma menina forte, que se tornou uma jovem brilhante, e veio a adotar a identidade da Batgirl, cuja carreira terminou quando o Coringa a atacou diante de Gordon, deixando a garota paralítica. Por sorte, Barbara era um verdadeiro soldado, e conseguiu superar, mas não sei se um dia Jim fará o mesmo. Somos muito parecidos neste aspecto.

Gordon mais tarde encontrou um lampejo de felicidade quando voltou a se relacionar com a antiga paixão e ex-colega Sarah Essen. Os dois se casaram e conseguiram seguir seu relacionamento pessoal e profissional até que outra arma do Coringa acabou com a vida de Sarah.

James Gordon já perdeu tudo o que amava, mas segue em frente e isso fez dele um homem melhor e mais forte. Agora trabalhando com a capitã Maggie Sawyer, que pertenceu ao Departamento de Polícia de Metrópolis, Gordon conseguiu limpar o sistema de Gotham até onde foi possível, e encontrou parceiros confiáveis na polícia ao longo dos anos, incluindo o tenente Harvey Bullock, o chefe Mackenzie "Capa-Dura" Bock, a detetive Josie MacDonald e os ex-detetives Renée Montoya e Crispus Allen. Ele administra as coisas de maneira severa e não tolera nenhum tipo de corrupção. (CONTINUA)

O MELHOR DE GOTHAM? NEM PERTO DISTO

Por Alexander Knox

Ontem, o comissário Loeb não retornou minha ligação, como prometido por seu escritório. Esta foi a terceira vez essa semana e a 16ª vez neste mês, mas não deveria ser surpresa para alguém que já tem uma história com o "estimado" comissário de polícia.

Trabalhando no *Globe*, recebo várias ligações e correspondências não solicitadas, tudo está no pacote, e já me acostumei com isto. A maioria destas cartas vem de chatos e esquisitões que reclamam do vizinho de cima ouvindo música alta ou dos preços abusivos do supermercado. Mas, uma vez na vida, aparece uma pista interessante esperando ser descoberta em meio a tanta porcaria, e foi o que aconteceu no mês passado.

Rumores de que a corrupção de Gillian B. Loeb precedem em anos sua promoção a comissário. Então o cidadão médio de Gotham tem ao menos uma ideia do caráter de um homem responsável por aqueles que devem "servir e proteger." Mas a informação que eu encontrei chegou a surpreender este calejado repórter.

Você não deve se lembrar de ter lido sobre a explosão na Zona Leste de Gotham no dia 6 de junho. Isso se deve ao fato de que nenhum jornal quis cobrir o fato, apesar da insistência dos repórteres enxeridos, e eu me incluo entre eles. Porém, naquela época, me faltavam fatos para sustentar minhas acusações. Nenhuma testemunha quis fazer a denúncia.

Mas, graças à minha pilha de porcarias, tudo mudou.

O que você não teve a chance de ler no dia 6 de junho foi que uma bomba incendiária foi detonada numa das áreas "menos desejadas" de Gotham. O comissário Loeb ordenou a demolição de um prédio tarde da noite, numa tentativa de abafar o tal de Batman, o vigilante mascarado que o porta-voz do gabinete do comissário diz não existir.

Vamos recapitular? O comissário enviou uma equipe da SWAT para acabar com uma pessoa que oficialmente não existe, do lado de fora de um prédio onde a pessoa não esteve oficialmente.

Mas se o comissário quer uma caça aos fantasmas, qual o prejuízo? O edifício estava prestes a ser demolido, então a cidade nada tinha a perder, certo? Errado. Muito errado, para ser sincero.

Vamos pegar Kimberly Wuhl, por exemplo. Ela estava à procura do sogro desaparecido há doze anos. Rob era um veterano de guerra e estava sofrendo de transtorno de múltiplas personalidades há algum tempo. A busca de Kim a trouxe para Gotham, especificamente para a Zona Leste, quando ela recebeu uma ligação do legista, dizendo que os restos carbonizados de seu sogro foram encontrados no mesmo prédio que a SWAT do comissário Loeb incendiou.

E Kim não está sozinha em seu luto. Também afetados pela suposta demolição inconsequente do edifício para

(Continua na página 3B)

MULHER-GATO?

Por David Miller

ZONA LESTE — O misterioso Homem-Morcego de Gotham pode estar cometendo seus crimes em parceria, se os relatos de alguns cidadãos preocupados da Baixa Zona Leste forem reais. De acordo com as testemunhas, uma mulher vestida dos pés à cabeça numa roupa de couro cinza foi vista saltando do alto de edifícios ontem à noite.

"Nunca vi uma coisa daquelas," disse Jenni Smith, 32 anos, moradora da Praça da Catedral. "Eu estava na escada de incêndio, regando minhas plantas, quando esta... mulher pousou bem no corrimão ao meu lado. Ela estava tão perto que dava até para tocar nela. Ela vestia uma roupa dessas de dominatrix, ou coisa do tipo."

De acordo com a Srta. Smith, a mulher mascarada olhou para ela, sorriu e subiu as escadas de incêndio a uma "velocidade assustadora."

Smith disse ainda: "Ela era algum tipo de alucinada, olhou para mim como um animal. Esta cidade está ficando cada vez mais perigosa.

E ela não foi a única a alertar a polícia sobre a tal Mulher-Gato naquela noite. Um mecânico local na Rua Mazzucchelli, Andrew Kruse, 56, também viu a gatuna durante seu trabalho noturno. "Eu estava no meu intervalo e indo até a esquina comprar cigarro, quando eu vi essa sombra esquisita no beco ao lado da pizzaria", relatou Kruse. "Eu olho lá para cima e tem essa dona com as orelhas de gato, e tal. Mas olhar para ela não foi muito sacrifício não, se é que me entende."

Enquanto circulam rumores de que a Mulher-Gato da Zona Leste está ligada ao Homem-Morcego que, dizem, anda circulando pelos telhados da cidade, a prefeitura preferiu não comentar esta onda de justiceiros na cidade.

(Continua na Página 6E)

Recrutando Dent

Gordon acha que Dent é o Batman.

É engraçado, no lugar dele, eu talvez chegasse à mesma conclusão. Harvey é um dos poucos homens bons em Gotham. Como promotor paladino da cidade, ele vem tentando desmantelar o império criminoso de Carmine "O Romano" Falcone há anos, mas toda vez que chega perto, testemunhas mudam seu depoimento ou desaparecem. Seria o bastante para levar um homem decente a tomar medidas extremas, até mesmo fazer justiça com as próprias mãos. Talvez vestido como um morcego gigante.

Por isso, fez sentido quando James Gordon invadiu o escritório de Harvey minutos atrás. O tenente foi incumbido da missão de prender o Batman, e Dent é um forte candidato. Não sei se Gordon acredita na sua própria teoria ou mesmo se sabe quanto está perto da verdade.

Eu ouvi quando Gordon leu uma lista de datas para Dent e exigiu um álibi para cada uma delas. Contudo, Harvey não está preocupado, mas preparado para isto. Quase confiante demais. A primeira data eu reconheço de imediato, pois foi quando eu parei os garotos na escada de incêndio na Zona Leste. A segunda é da noite em que acabei com uma negociação de drogas encaminhada pelo detetive Arnold Flass, do DPG. A terceira, 19 de maio, foi quando eu finalmente comecei a dominar o uso do traje. Eu invadi a mansão do prefeito e dei um aviso à elite de Gotham. Uma noite e tanto.

Gordon tem um caderno inteiro de bat-aparições e, lógico, quase todas estão corretas. É desagradável. Gordon está quase lá. Ele é um bom policial, um herói na cidade. As pessoas "certas" parecem odiá-lo, o que significa que eu e ele estamos do mesmo lado, e ele não deveria estar trabalhando contra mim.

Ter Dent a bordo vale a pena, ele me dá informações e me ajuda a driblar a lei no rumo certo, mas eu preciso de alguém na polícia com determinação e força de vontade ao meu lado. Alguém como o tenente Gordon.

"... achei que ele nunca fosse embora", diz Dent quando Gordon sai. "Pode aparecer agora".

Eu tiro a cadeira do caminho e fico de pé atrás da escrivaninha de Harvey. Se eu não tivesse ouvido Gordon vindo do salão, esta pequena entrevista teria sido um tanto diferente.

Harvey sorri e eu dou um passo atrás, de volta às sombras de seu escritório mal iluminado. "Você sabe que um dia destes pode me dizer quem está sob a máscara e fazer com que estes encontros sejam mais fáceis de serem arranjados", disse enquanto se inclinava no banco de supino.

Eu não respondo, pois conheço Harvey desde que éramos colegas de quarto na escola e ele não precisa ouvir minha voz mais que o necessário.

"De qualquer maneira, Gordon vai começar a pressionar", diz Dent, que vai em direção a seu diploma na parede e arruma a moldura. "Precisa se cuidar daqui para a frente." Ele se vira para ver minha reação, mas o que está diante dele é uma janela aberta.

Eu já fui embora.

44

NOME DO ARQUIVO	NOME
CARMINE FALCONE	O MESMO
ALTURA	PESO
1,86 m	93 kg
OLHOS	CABELOS
CASTANHOS	BRANCOS
PROFISSÃO	BASE DE OPERAÇÕES
CHEFE DA MÁFIA	GOTHAM

CODINOMES CONHECIDOS
O ROMANO

CONEXÕES CONHECIDAS
FAMÍLIA MARONI, FAMÍLIA VITI, FAMÍLIA GIGANTE, FAMÍLIA GAZZO, FAMÍLIA SULLIVAN, FAMÍLIA SKEEVERS, GILLIAN B. LOEB (falecido)

AFILIAÇÕES
FAMÍLIA FALCONE

ARQUIVOS ASSOCIADOS
Ano Um, O Longo Dia das Bruxas, Vitória Sombria, Mulher-Gato: Cidade Eterna

ANOTAÇÕES

Quando comecei minha carreira como Batman, Carmine "O Romano" Falcone era o criminoso mais conhecido de Gotham, além de seu mais intocável controlador. O Romano tinha a cidade na palma da mão, e minha missão era fazer com que ele a libertasse.

Eu sabia que o Batman estava fazendo a diferença quando passei a fazer parte de sua lista de alvos, algo que provavelmente consegui ao invadir a mansão do prefeito e dizer ao Romano e seus comparsas com toda a clareza que eles não estavam mais seguros. Deve ser o que o inspirou a descer o chicote em seu lacaio comissário de polícia, Gillian B. Loeb. Claro que não ajudou em nada o fato de eu invadir sua casa, amarrá-lo em sua própria cama e estacionar seu Rolls-Royce no Rio Gotham. Mas eu mandei a mensagem que precisava ser compreendida: Gotham não lhe pertencia mais.

Enquanto Romano fez todos os esforços possíveis para retaliar as novas forças da lei e da ordem em Gotham, inclusive sendo mandante do sequestro do filho pequeno de James Gordon, ele logo percebeu que manter seu lugar no topo da cadeia alimentar seria muito mais difícil que antes.

Logo estava bastante evidente que o Romano havia se tornado inimigo de outros excêntricos cidadãos de Gotham. Por motivos que só fazem sentido a ela mesma, a Mulher-Gato se tornou uma constante pedra no sapato de Falcone, assim como o assassino em série conhecido como Feriado. Mas o inimigo mais perigoso de Falcone seria mesmo Harvey Dent, que desferiu o golpe final no mafioso.

Apesar da morte do Romano, a família falcone ainda é uma organização poderosa em Gotham. Com a volta ao lar de seu filho Mario, ela volta a lutar por um lugar no competitivo submundo de Gotham.

Eu estou em minha missão pessoal para garantir que ele não tenha sucesso. Por nenhum outro motivo além dos velhos tempos.

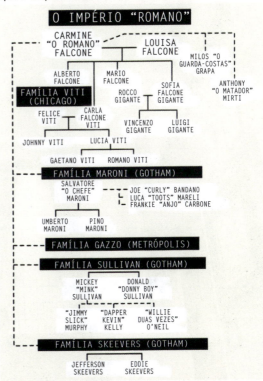

Um mapa da caverna sob a Mansão Wayne que eu descobri na biblioteca da família. Não sei ao certo qual de meus ancestrais a idealizou, mas é surpreendentemente precisa.

As cavernas eram mais complexas e extensas do que eu imaginava. O refúgio perfeito para alguém que se veste de morcego.

AGENDA DE TREINOS
Para a semana de 20/02 a 26/02

DOMINGO 20/02

MANHÃ
- 30 minutos de corrida
- 30 minutos de meditação

NOITE
- Levantamento e arremesso de peso — 8 séries de 3 repetições. 120kg
- 5 séries de condicionamento metabólico:
  - 400m de corrida
  - 21 *swings* com o *kettlebell*
  - 12 exercícios de barra fixa
- 30 minutos de alongamento
- 30 minutos de treino de boxe

SEGUNDA-FEIRA 21/02

MANHÃ
- 30 minutos de corrida
- 30 minutos de *kata* tradicional (voltado para as formas japonesas)

NOITE
- 5 séries de 20 escaladas na corda
- 30 minutos de ginástica nas argolas (membros superiores)
- saltos altos na caixa – 8 séries de 12 repetições
- abdominais – 5 séries de 50 repetições
- 30 minutos no saco de pancadas
- 30 minutos de alongamento
- 30 minutos de treino de mira

TERÇA-FEIRA 22/02

MANHÃ
- 30 minutos de corrida
- 30 minutos de ioga

NOITE
- 800m de natação
- levantamento de peso pesado — 7 séries de 5 repetições (280 kg)
- levantamento de peso leve — 30 repetições (140 kg)
- 30 minutos de treino de boxe

QUARTA-FEIRA 23/02

DESCANSO

MANHÃ
- 32 km de corrida – semana passada fiz 3 km/min. Melhorar trinta segundos.

NOITE
- apenas treinamentos de habilidade
  - 30 minutos de treino de mira
  - 30 minutos de alongamento
  - 30 minutos de membros superiores (básico)
  - 30 minutos de membros inferiores (básico)
  - 30 minutos de observação
  - 30 minutos de meditação
  - 30 minutos de imobilização e pontos de pressão

QUINTA-FEIRA 24/02

MANHÃ
- 30 minutos de corrida
- 30 minutos de de *kata* tradicional (estilo de Okinawa)

NOITE
- agachamentos – 10 séries de 5 repetições. 240 kg
- uma hora de escalada
- 30 min de alongamento
- abdominais — 5 séries de 50 repetições
- 30 minutos de treino de mira
- 30 minutos no saco de pancadas

SEXTA-FEIRA 25/02

MANHÃ
- 30 minutos de corrida
- 30 minutos de meditação

NOITE
- Levantamento e arremesso de peso — 8 séries de 3 repetições. 120kg
- 5 séries de condicionamento metabólico:
  - 400m corrida
  - 21 *swings* com o *kettlebell*
  - 12 exercícios de barra fixa
- 30 minutos de alongamento
- 30 minutos de treino de boxe

SÁBADO 26/02

MANHÃ
- 30 minutos de corrida
- 30 minutos de ioga

NOITE
- abdominais – 5 séries de 50 repetições
- agachamentos – 10 séries de 5 repetições
- flexões – 5 séries de 50 repetições
- 30 minutos na barra de macaco
- 30 minutos no cavalo com alças
- 30 minutos no saco de pancadas
- 400m de natação

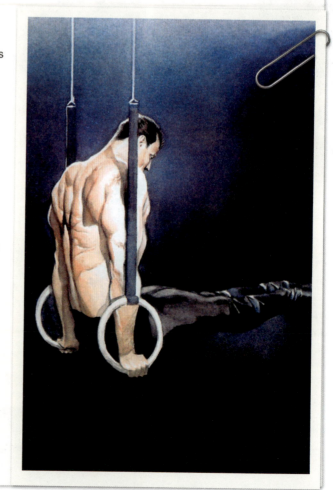

48

MANSÃO WAYNE

> Num esforço para inspirar o soberano Cavaleiro das Trevas a abrir espaço em sua lotada agenda e consumir refeições decentes e substanciosas, tomei a liberdade de arregimentar um cardápio para as refeições de hoje. Tenho esperança de que estas iguarias elegantemente preparadas não terão o mesmo destino de suas antecessoras, que jazeram frias e sós ao lado do computador.
>
> – A

de terça-feira

Café da manhã

seis ovos pochê sobre alcachofra e pesto de sálvia
presunto assado finamente fatiado
salada de frutas frescas orgânicas
suco de laranja fresco
leite de vacas em pastoreio
4 gramas de aminoácidos de cadeia ramificada
2 gramas de óleo de peixe

Almoço

salmão local com redução de gengibre
aspargos orgânicos com limão e alho pulverizados
sopa asiática de inhame com cebola em cubos
2 gramas de óleo de peixe

Jantar

contrafilé de gado local em pastoreio
cama de espinafre orgânico e pimentas piquillo
batatas douradas assadas com ervas
2 gramas de óleo de peixe

O Capuz Vermelho

    Estou ficando cada vez melhor com fechaduras. É difícil sentir os pinos com as luvas, mas estou quase lá... ou o cadeado na entrada da cobertura da Indústria Química Ace não é um primor de segurança de última geração.

    O ar faz arder meus olhos assim que entro. As lentes no capuz devem compensar este tipo de coisa, mas precisam de alguns ajustes. As condições de trabalho dentro da fábrica não poderiam ser mais ultrapassadas, mesmo para os padrões de Gotham. Para minha sorte, a iluminação no corredor é tão antiga quanto. Pelo que percebi, eles melhoraram a segurança na fábrica, então as lâmpadas quebradas e os cantos escuros me ajudarão bastante. O plano é entrar e sair, impedindo o Capuz Vermelho no processo, sem erros como da última vez que o vi.

    O Capuz Vermelho é outro bandido fantasiado cheio de truques. A primeira foi a Mulher-Gato, e agora este homem de terno e com o capuz vermelho berrante. Não consigo evitar a ideia de que estou inspirando estas pessoas. O Batman deu a elas uma desculpa para correrem fantasiadas pela cidade e o pior é que eu tenho certeza de que são apenas a ponta do iceberg.

    O som dos tiros me traz de volta para a ação. Os rumores na rua eram de que o Capuz estava planejando um assalto à fábrica, e pelo som, minhas fontes estavam certas. Está havendo uma troca de tiros lá embaixo e acho que os seguranças encontraram o Capuz Vermelho antes de mim.

    Eu sigo o barulho até a Ala Norte, onde vejo o Capuz Vermelho no pátio central, indo para trás de um grande tonel com um produto químico borbulhante. Em seguida vejo dois de seus cúmplices serem alvejados pelos tiros dos guardas no chão. O Capuz vai para a passarela e eu o sigo, sobre os guardas. Eles saem do caminho, assustados, e um deles me chama de "morcego humano" com a voz trêmula.

    Eu encurralo o Capuz Vermelho numa das pontas da passarela, e ele não tem para onde ir. Ele vira o capacete na minha direção, e depois para o tonel com o líquido verde abaixo de nós. Seus movimentos são exagerados, como o de alguém não acostumado com sua fantasia de Dia das Bruxas. Seria quase engraçado se não fosse triste. Ele não parece mais uma mente criminosa, e sim uma criança assustada e, como uma criança, ele toma uma súbita e impensada decisão, saltando sobre o corrimão e mergulhando na substância fervente.

    Mais uma vez eu não estava preparado e não antecipei seu insano e óbvio movimento. Eu deveria estar pronto para qualquer coisa, mesmo que não se encaixe no seu modo de agir habitual. Mas tudo o que faço é observar o homem afundar no que deve ser uma morte extremamente dolorosa.

    Ainda estou na passarela quando ouço os passos dos seguranças atrás de mim. Mais tarde terei tempo para remorso. Não precisava de mais um erro na lista.

    Eu disparo o arpão no ar e sinto o puxão familiar que me leva em direção ao teto. Os guardas não atiram em mim, pois já viram ação o bastante por uma noite. Eles não tiram os olhos do tonel, na esperança de encontrar o homem que jamais veremos novamente.

Imagens do Capuz Vermelho e sua quadrilha na câmera de segurança.

O corpo do Capuz Vermelho desapareceu. A polícia encontrou apenas seu capacete vazio flutuando do lado de fora da fábrica.

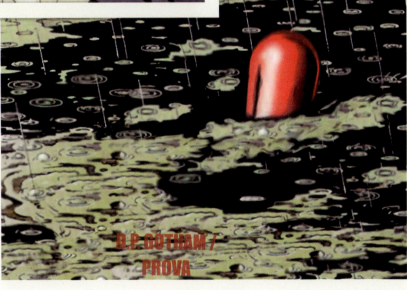

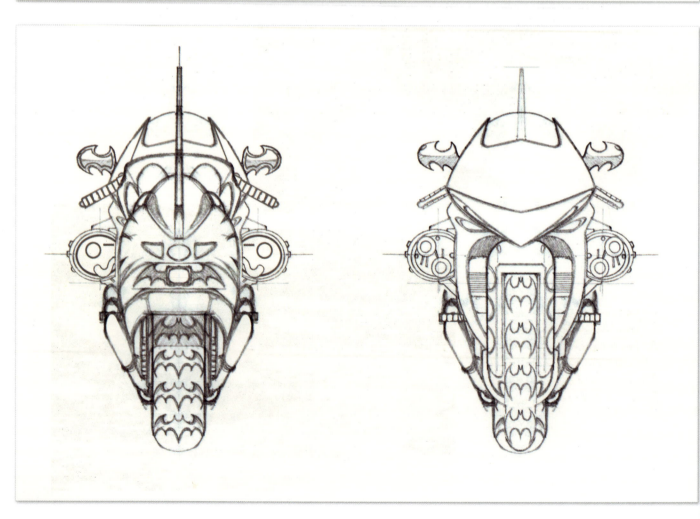

A batmoto original era bem simples e não tinha nem armas nem programações avançadas. Aqui estão alguns desenhos que implementei com o passar do tempo.

Para vários propósitos, a moto é mais eficiente que o batmóvel. É mais fácil para andar no meio do trânsito e para estacionar.

Porém, ela não atinge a velocidade do carro, o que pode ser um problema neste tipo de trabalho.

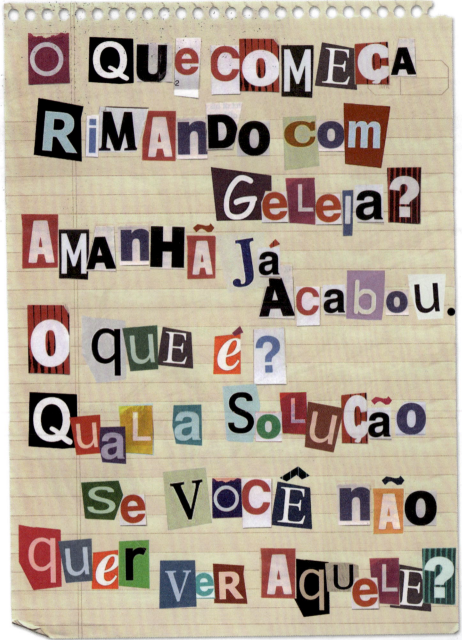

Um bilhete anônimo foi deixado no Departamento de Polícia de Gotham e logo descartado, pois acharam que fosse trote.

Naquela noite, o homem que se tornaria o Charada descobriu a resposta para uma antiga pergunta: e se você desse uma festa e ninguém aparecesse?

Infelizmente para Gotham, o Charada queria, e muito, correr mais riscos.

Encontrando a Mulher-Gato

A asa-delta funciona melhor que imaginei e chego rápido à cobertura do Romano. Alcanço o telhado e derrapo até parar. Ainda preciso aprimorar a aterrissagem, ser mais discreto.

Solto as amarras do peito e coloco a asa-delta nos elaborados artefatos de mármore. Olho através do vidro do terraço. Falcone não faz nada pela metade e toda a estrutura parecia um templo romano, das colunas alinhadas do lado de fora às estátuas antigas em volta da piscina no centro. Um palácio moderno construído para um rei tirano. Talvez aqui fosse um lugar melhor para estacionar o Rolls-Royce. Valeria a pena jogar o carro do avião.

Lá dentro, Romano e seu sobrinho Johnny Viti estão terminando seu mergulho noturno. Eu ligo o gravador. As informações de Dent sobre o dinheiro estão certas. Se o Romano trouxe o sobrinho de avião de Chicago, ele certamente tem algo grande. Algo que ele quer nas mãos da família ou mesmo ligar à parte mais fraca dela.

Estou perto de descobrir exatamente qual o plano quando os seguranças de Romano entram em pânico, mas dessa vez não por minha causa. Eles ainda não sabem que estou aqui, então é uma decepção quando um deles grita meu nome da escada na frente do templo.

Eu salto para um lugar melhor. São quatro guardas nas escadas, agora seguidos por Romano e Johnny. Nenhum parece ter previsto o visitante inesperado. Uma mulher. Forte, magra e vestida como um gato. Minha suposta parceira no crime, a Mulher-Gato.

Não sei o que ela faz aqui ou o que deseja, mas se é inimiga do Romano, pelo menos por uma noite estamos do mesmo lado. Pego alguns dos menores bat-arangues, em formato de dardos, cuja ponta afiada está preparada com uma substância interessante que conheci na África Oriental. Como a Mulher-Gato já cuidou de um dos homens, eu fico com Johnny. Ele é a maior ameaça e obviamente a mais pesada, então é uma cobaia e tanto para a potência da droga. Ele cai quase instantaneamente, sem uma palavra. Uso os demais bat-arangues e logo a cobertura está em silêncio.

A Mulher-Gato ainda está de pé e, por enquanto, eu a deixo só, pois o seu próximo movimento me interessa mais do que deixá-la à mercê do Romano. Não sei se é uma fã, uma garota em busca de aventuras ou algo além disso.

Prendo a asa-delta de volta ao meu peito e subo no parapeito do terraço. Ouço um dos homens de Romano grunhir e espero até não ouvir mais os passos da Mulher-Gato, para então saltar da cobertura.

Ela não espera que eu a siga, então não deve ser difícil. Esta noite já se mostrou mais interessante do que eu pensava. E a noite ainda é uma criança.

NOME DO ARQUIVO	NOME REAL
MULHER-GATO	SELINA KYLE
ALTURA	PESO
1,70 m	58 kg
OLHOS	CABELOS
VERDE-AZULADOS	CABELOS
PROFISSÃO	BASE DE OPERAÇÕES
PROTETORA — CRIMINOSA	GOTHAM/ZONA LESTE

CODINOMES CONHECIDOS A GATA, IRENA DUBROVNA, ELVA BARR, SADIE KELOWSKI, MADAME MODERNE, MARGUERITE TONE, IDENTIDADE DESCONHECIDA

CONEXÕES CONHECIDAS
GAROTA-GATO, ARLEQUINA, HERA VENENOSA, SLAM BRADLEY, SLAM BRADLEY JR., HOLLY ROBINSON, irmã MAGGIE KYLE, PANTERA, MULHER-RATO, TEC, RAPOSO, ENCOURAÇADO

AFILIAÇÕES
SEREIAS DE GOTHAM, LIGA DA INJUSTIÇA, A SOCIEDADE, A REDE, CORPORAÇÃO BATMAN

ARQUIVOS ASSOCIADOS
Batman: Ano Um, Em Nome da Irmã, Mulher-Gato: Ano Um, Mulher-Gato: Ano Dois, Mulher-Gato: Um Crime Perfeito, O Lado Escuro da Rua, Cidade Suja, Implacável, A Grande Aventura, Mulher-Gato: Cidade Eterna

ANOTAÇÕES

Passei a melhor parte de minha vida adulta tentando entender Selina Kyle e por mais que pense em coisas piores para direcionar minha obsessão, duvido que algum treinamento de detetive ou dedução lógica poderia me ajudar a obter alguma resposta.

Selina, a Mulher-Gato, é muito individualista. Uma cleptomaníaca com uma queda pelo que há de melhor na vida, especialmente artigos com referências aos gatos. Tivemos vários embates ao longo dos anos e, por mais que eu tenha acabado com a maioria dos seus planos de roubo, tenho certeza de que por centenas de vezes ela conseguiu o que queria. Sempre digo a mim mesmo que tenho muito o que fazer para dar atenção a qualquer ladrão fantasiado que existe, mas quando se trata de Selina, eu tenho a tendência de não enxergar as coisas, mesmo sendo quem sou.

Selina veio de um lar desmantelado e, embora não tenha me contado todo o seu passado, com o passar dos anos, ela está mais confiante do que eu esperava. Sua mãe se suicidou quando ela era uma criança e o pai buscou consolo na bebida, causa da sua morte. Independente e determinada, ela passou a viver só, por um pequeno período no Orfanato Seagate. Nas ruas de Gotham ela aprendeu a se defender e logo começou a roubar. Seu interesse por ginástica e seu vício pela adrenalina a tornaram bastante integrada ao ramo que escolheu, e logo fez seu nome como ladra.

Isto é, até ela estragar um roubo dos grandes e Gotham a devorar. Ela chegou ao fundo do poço e logo teve que se prostituir numa das áreas mais perigosas da cidade, a Zona Leste. Qualquer outra pessoa teria renunciado àquela vida, mas Selina era diferente e, por alguma razão, uma noite ela vestiu o traje felino e voltou para os telhados da cidade.

Ela já foi fugitiva, socialite e protetora. Nós nos enfrentamos várias vezes ao longo dos anos e é difícil saber de que lado ela está, mas, apesar de tudo isto, Selina é uma das pessoas a quem confiei meu segredo, e não me arrependo. Ela se aproximou de mim mais do que qualquer mulher que já conheci. Eu reluto em analisar o que isto diz sobre minha personalidade, mas ela ganhou meu respeito, quiçá minha confiança.

Apesar das companhias com quem ela tem andado ultimamente, a Mulher-Gato é um trunfo e tanto para a Zona Leste, pois ela mantém a região sob sua guarda e tenta ativamente fazer dela um lugar melhor. Mesmo sabendo que seu trabalho não é sempre com fins altruístas, aprendi a deixá-la usar seus próprios métodos e tento me convencer de que os fins justificam os meios. Mesmo não acreditando muito nisso, eu tento.

Além de suas proezas físicas, Selina treinou com vários lutadores de renome, incluindo Ted Grant, o herói da Sociedade da Justiça conhecido como Pantera. Ela usa uma combinação de treinamento físico altamente (CONTINUA)

As muitas faces da Mulher-Gato

A Oráculo me mandou um e-mail com esta foto capturada por uma de suas câmeras. Não creio que ela aprove a natureza de meu relacionamento com Selina.

O primeiro encontro com Hera Venenosa

Não tinha me passado pela cabeça quando eu comecei tudo isto, nunca imaginei... não planejei... as mulheres.

As damas do crime. Assassinas. Vilãs insanas fantasiadas. Palavras que normalmente não se encaixam às mulheres, mas aqui é Gotham, a cidade que faz o inesperado acontecer. Eu devia ter agido de acordo.

Neste instante, três das mais notórias criminosas são mulheres: Moça-Dragão, Aranha de Seda e a Mariposa-Tigre. É uma tendência que o público está assimilando, inspirando até polêmicas exposições desde galerias de pop art até bandas de rock. Então não sei por que me surpreendo ao ver uma bela ruiva no telhado de um dos restaurantes da moda mais famosos de Gotham assistindo a uma de suas vítimas sufocar até a morte na rua abaixo. Mas me surpreendo mesmo assim.

O homem na rua tem espasmos por causa de um fungo que cresce rapidamente em seu corpo. Os esporos saem pelo nariz e pela boca, seus olhos estão arregalados de tanta dor, mas não demora muito. Quando chego até ele, está inerte, sem vida.

Subo ao telhado.

A ruiva me encara por alguns instantes como se estivéssemos num bar, não fosse o fato de o traje dela ser feito de folhas e trepadeira, e o meu, uma roupa de morcego gigante.

Eu me aproximo, e ela se vira e entra no restaurante da cobertura. Os clientes a observam, extasiados. Ela se aproxima de um jovem casal num encontro romântico e ordena que o rapaz a beije. Confuso, ele consente e em seguida salta da cobertura.

Ela é esperta e me conhece o bastante para saber que não posso segui-la. Lanço meu cabo e salto para salvar o rapaz, que chega ao chão em segurança em instantes, mas a ruiva o envenenou. Eu limpo sua boca com um cotonete para estudos posteriores e o deixo perto de um poste para que não tente se machucar novamente.

Os jornais já deram à ruiva um nome antes mesmo de eu chegar à caverna. Eles a chamam de Hera Venenosa. Faz sentido... suas... habilidades estão relacionadas às plantas e tem algo relacionado a seus feromônios potencializados, talvez. Mal me aproximei dela, mas estaria mentindo se dissesse que ela não me atraiu.

A lista dos procurados de Gotham só cresce, e não me surpreendo mais.

Fotos recentes da Hera Venenosa. Com o passar dos anos, sua pele desenvolveu um tom esverdeado, evidência de seu distanciamento da humanidade.

Asilo Arkham
para Criminosos Insanos

Desde 1921   Capacidade 500   *"Até a mente mais doentia pode ser curada."*

PERFIL PSICOLÓGICO DO PACIENTE

DATA: 23 jan   **PSIQUIATRA RESPONSÁVEL:** Dr. Jeremiah Arkham

CODINOME: HERA VENENOSA

NOME COMPLETO: Isley (SOBRENOME)   Pamela (PRIMEIRO NOME)   Lillian (NOME DO MEIO)

ALTURA: 1,73 m   **PESO:** 52 kg

CABELOS: RUIVOS   **OLHOS:** VERDES

AVALIAÇÃO:

Seria negligente de minha parte se me referisse a Pamela Isley simplesmente como compulsiva-obsessiva. Ela é uma criatura da contradição: feminina e inumana. Suas emoções são instáveis e intensas. Resumindo, ela é uma das pacientes mais interessantes que já tive a oportunidade de analisar.

Não tenha dúvidas, Pamela Isley é obcecada pela vida das plantas, mas seu nível de devoção é quase admirável em sua condição. Seu amor pelos vegetais, a quem chama de Verde, é diferente de tudo o que já vi. Não quer nada além de salvar o planeta. Porém, está disposta a sacrificar a humanidade para tal.

Ao mesmo tempo, havia um ponto na vida de Pamela em que ela era quase tão obcecada por homens, queria seu afeto, sua completa devoção, mas não tinha ideia de como alcançar esse objetivo. Insegura por conta de seu físico, Pamela se tornou uma garota retraída, que viu na botânica uma forma de escapar do mundo. Manipulada e usada como cobaia pelo antigo professor da faculdade, Dr. Jason Woodrue, ela adquiriu um vínculo e controle sobre as plantas, passando a ser capaz de se comunicar com elas, manipular suas toxinas através de seus poros.

E, como esta nova criatura, Pamela encontrou outro homem por quem se tornou obsessiva: o Batman. Ela adotou uma identidade fantasiosa e uma personalidade altamente compensadora, tudo para chamar a atenção dele. Quando seus feromônios elevados e seus dotes femininos falharam, mais uma vez ela se recolheu à sua zona de conforto, o Verde.

Hoje em dia, a atração inicial de Pamela pelo Cavaleiro das Trevas se tornou um ódio feroz. Além do mais, seu relacionamento doentio com outra interna do Arkham, Harleen Quinzel (também conhecida como Arlequina), comprometeu ainda mais suas habilidades interpessoais, dando-lhe outro alvo para sua obsessão. Seu ativismo ambiental acabou se tornando ecoterrorismo, e ela agora vê a humanidade como um parasita que mata lentamente seu precioso planeta.

Eu acho que as tendências destrutivas de Pamela podem ser atenuadas pela leve exposição a seus objetos de afeição. O isolamento total de espécimes vegetais teria um efeito nefasto em seu estado mental, mas limitar seu

HERÓI DA POLÍCIA PROMOVIDO

Por BECCA CHRISTINA

GOTHAM — Quem viu o noticiário local nos últimos meses está familiarizado com o nome de James W. Gordon. Apesar de ter se juntado aos melhores de Gotham há menos de um ano, Gordon já conquistou seu espaço nos corações de uma cidade carente de lei e ordem. Ontem pela manhã, finalmente Gordon foi recompensado por seus atos.

Se os aplausos da cidade que vêm pelo resgate de uma criança sequestrada e por iniciar uma luta ferrenha contra o crime organizado não eram o suficiente para o antigo tenente, a partir de hoje Gordon assume o posto de capitão. Aos olhos de muitos cidadãos de Gotham, a promoção não poderia cair em melhores mãos.

Com a ajuda do promotor Harvey Dent, Gordon fez seu primeiro ataque à corrupção na polícia tirando de circulação seu antigo parceiro, o detetive Arnold Flass. Após um tempo na cadeia para se inspirar, Gordon e Dent puderam convencer Flass a testemunhar contra o comissário Gillian B. Loeb e finalmente abrir uma brecha na aparentemente impenetrável armadura da corrupção policial.

Enquanto esta matéria é escrita, o destino de Loeb está nas mãos do juiz Norton, mas fontes dentro da delegacia apostam que a cidade logo terá um novo comissário de polícia, na figura de Edward "Jack" Grogan. O prefeito Wilson Klass se negou a comentar sobre as mudanças na chefia.

Quando contatado para comentar sobre sua promoção e as mudanças que causou na cidade, o herói James Gordon confirmou sua famosa modéstia. "Eu não fiz nada sozinho", disse Gordon. "E há muito mais a ser feito, mas eu e minha esposa ficamos muito gratos pelo aumento no salário."

O antigo Comissário de Polícia de Gotham, Edward Grogan. Durante seu período à frente do DPG, ele se mostrou tão corrupto quanto seu antecessor.

Prova encontrada na cena de um dos brutais assassinatos dos Homens-Monstro.

A pior parte é o fedor. Tão ruim quanto um chiqueiro encharcado de vômito. O ar é úmido e gelado. Estou certo de que fica no subterrâneo, como algum tipo de porão. É escuro, mas há um pouco de luz escapando pela porta metálica no fim da escadaria atrás de mim e vejo pouco mais de um metro à minha frente. Isso basta para ver um sapato feminino e uma tíbia humana, já sem carne alguma. Foi devorada, como um leão faria com uma gazela.

Há um rosnado diante de mim que evidencia dificuldade de respirar, um som alto, vindo em minha direção. Demonstra cautela. As sombras se aproximam.

Percebi algo estranho em Hugo Strange desde a primeira vez que o encontrei no evento beneficente do Instituto Gotham, mas não tinha ideia de que seu interesse em genética fosse tão profundo. Se eu soubesse, teria me preparado para seu guarda-costas Sanjay e não teria deixado que ele me drogasse e me prendesse com a corrente em volta do pescoço e me jogasse aqui embaixo com estes... monstros.

Eu jogo um bat-arangue do meu cinto quando o primeiro monstro vem até a luz, e há mais dois atrás dele, com mais de três metros cada. Imitações deformadas e primitivas de formas humanas, com garras e dentes afiados. Tratados como animais, comportamento selvagem e, aparentemente, famintos. Muito.

Um dos monstros tenta me pegar e eu cravo um bat-arangue em sua mão e outro no olho de seu amigo. Meu alvo agora são suas articulações, se sofrem das mesmas dores que humanos com gigantismo, devem ser seus pontos fracos. Mas no segundo chute lateral, percebo que a única pessoa contundida por meu ataque sou eu mesmo.

Eu paro por um tempo longo demais e uma daquelas mãos enormes desfere um soco que me arremessa através da sala. Sinto que quebrei uma costela e a droga faz ainda mais efeito na minha cabeça, um pulso constante e estridente. Os homens-monstro saltam sobre mim imediatamente, como crianças disputando um brinquedo. A capa se rasga e um deles arranca desajeitadamente o cinto de utilidades. Minha mente dói, apesar do meu treinamento, e a droga me deixa lento e fraco, mas ainda consigo ver a grade.

O terceiro monstro não me vê chegar. Eu subo em suas costas e tento improvisar um laço com a corrente que Sanjay usou contra mim. Ele se livra de mim e sinto outra costela quebrar, mas a corrente fica em seu pescoço e já estou perto da grade, minha porta de saída.

A corrente desliza por meus dedos, mas consigo prendê-la na grade. A criatura faz o resto do trabalho para mim, puxando em pânico e arrancando a grade do chão.

Ignore a dor. Vai. Vai. Vai.

Mergulho num poço imundo, seis metros abaixo dali. Eles não conseguem me seguir. Pura sorte. Desta vez eles não conseguem.

Desmaio apenas duas vezes a caminho da caverna.

A única foto existente de uma das criaturas monstruosas de Strange.

Revista Vue

ENTREVISTA COM O DR. HUGO STRANGE

Qualquer cidadão de Gotham que não passou o último ano numa caverna já ouviu falar da misteriosa criatura noturna da cidade, aquele que chamam de Batman. Nós, da Revista Vue, tivemos a chance de bater um papo com o professor Hugo Strange, uma das maiores autoridades mundiais sobre o justiceiro encapuzado, e também consultor da nova força-tarefa do prefeito Klass.

REVISTA VUE: *Obrigado por abrir espaço em sua atribulada agenda para nos atender, Dr. Strange.*

HUGO STRANGE: Mas é um prazer falar com vocês.

RV: *Vamos começar falando de como o senhor se aliou à força-tarefa do prefeito. Afinal, é algo bastante diferente de seu trabalho anterior em genética.*

HS: Ah, sim. Como eu aprendi com o passar do tempo, nos dias de hoje a ciência não existe sem financiamento. Minha incursão em engenharia genética não foi tão bem recebida pelo grande público como eu esperava. Parece que Gotham tinha outros planos para mim.

RV: *O Batman?*

HS: Ele é um espécime fascinante, não? Durante a captação de recursos para minha pesquisa, nossos caminhos se cruzaram. Com minha experiência em psiquiatria, não pude deixar de ficar intrigado. Tive que estudá-lo mais a fundo, descobrir suas motivações. Minha investigação chamou a atenção do prefeito, e ele me convocou para sua força-tarefa, ao lado do estimado capitão James Gordon e o segundo no comando, o sargento Max Cort. Por isso minha vida se tornou uma jornada pela psique de um dos indivíduos mais perturbados de Gotham. Para ser honesto, estou tão interessado nele que não tenho mais tempo para lamentar minhas empreitadas científicas anteriores.

RV: *E qual suas impressões sobre o Cavaleiro das Trevas de Gotham?*

HS: Bem, para começar, ele é um homem de carne e osso, e não a lenda urbana que alguns acreditam que seja. Ele pode ser ferido e morto. Mas é um homem obcecado, seu ego e senso de autodevoção são impressionantes, de fato. Ele possui uma sede incessante de vingança e se recusa a seguir sua missão conforme a lei, por exemplo, unindo-se às autoridades policiais locais.

RV: *Você mencionou vingança. Contra o quê, exatamente?*

HS: Muito provavelmente contra algum tipo de crime. Tenho plena convicção de que ele viu algum membro de família morrer diante de si. Talvez a esposa, e isso o transformou.

Ilustração por Brian Bollard

Tornou sua visão de mundo obscura e fez brotar uma espécie de esquizofrenia ou personalidade dividida. Ele quer glória e privacidade ao mesmo tempo.

RV: *Há quem discorde deste ponto. O capitão Gordon, por exemplo, declarou acreditar que o Batman usa o uniforme apenas para apavorar os criminosos e proteger sua própria identidade, já que suas ações estão no limite entre a atividade legal e a criminal.*

HS: O capitão Gordon é um bom homem e um ótimo policial, mas receio que ele não tenha conhecimento da complexidade da mente humana. O Batman usa aquele traje para sentir uma força, uma emoção sombria, quase xamânica, da criatura que voa. Ele quer recuperar a força que perdeu quando sua esposa faleceu.

RV: *Nós lhe agradecemos por seu tempo, Dr. Strange. O senhor nos deu um retrato fantástico do cidadão mais polêmico da cidade.*

HS: Muito obrigado. Se quiser saber mais sobre o que motiva o Batman, estou nos primeiros rascunhos do que será minha próxima obra, sobre o vigilantismo e o Batman em particular, chamada *A sedução dos violentos*. Se tudo ocorrer como planejado, estará nas livrarias até abril.

A morte de Hugo Strange?

Fico surpreso ao ver o sinal projetado nas nuvens mais uma vez. Um simples holofote no céu de Gotham, com o símbolo do morcego no centro. O novo sinal de Gordon.

Tenho que encontrar Julie Madison em quinze minutos como Bruce Wayne, pois vamos à uma galeria, onde estreia a exposição de um famoso escultor que capturou o "Flagelo urbano" de Gotham. Embora eu queira muito ver Julie novamente, mais até do que deveria, as pessoas na galeria podem esperar. Preciso ser melhor em manter Julie a certa distância, mesmo. O que era para ser apenas uma farsa, outra bela garota nos braços do playboy Bruce Wayne, rapidamente se tornou algo para o qual eu não estava preparado, algo com que não sei lidar nem como encaixar em minha vida real. Ela está se aproximando, e o pior é que não estou incomodado.

Pouso no telhado da central de polícia e vejo Gordon removendo o adesivo do morcego do holofote. Ele ainda vai se dar muito mal por conta deste sinal, especialmente se tentar fazer um definitivo. Mas vem funcionando e vai dar às pessoas um símbolo de esperança ao qual se agarrar, e aos bandidos um recado de que algo vai assombrá-los. Dramático, bem ao estilo do Batman.

Gordon me conta que seus homens não encontraram vestígio algum de Hugo Strange que, mesmo mergulhando ao Rio Gotham sob rajadas e rajadas de tiros da polícia, parece ter escapado da justiça desta vez, mas pelo menos ele foi, enfim, descoberto. Embora suas mutações genéticas, os homens-monstro, nunca tenham sido associados a ele, seu último plano para sequestrar a filha do prefeito, Catherine Klass, e tentar incriminar o Batman se voltou contra ele. Contudo, no processo ele acabou descobrindo minha identidade secreta. Ele deduziu minha vida dupla apenas me analisando psicologicamente, sabe quem eu realmente sou e, se sobreviveu, precisarei redobrar meus cuidados.

Gordon começa a falar da morte do lacaio submetido a lavagem cerebral de Strange, o Flagelo da Noite, que sumiu nas sombras. Tudo está sob controle e ele não precisa mais de mim esta noite.

Além do mais, Julie não sai da minha cabeça e não quero mais deixá-la esperando.

Julie

Imagens do Flagelo da Noite, pelas câmeras de segurança.

O batmóvel é um trabalho em constante evolução. Assim como o Batman, ele precisa se adaptar aos novos tempos e estar um passo à frente do resto do mundo.

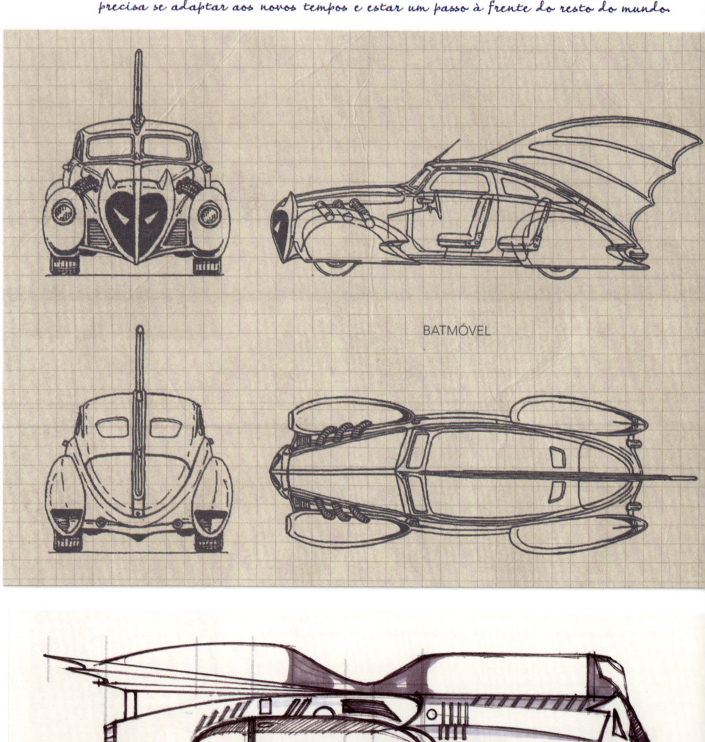

BATMÓVEL

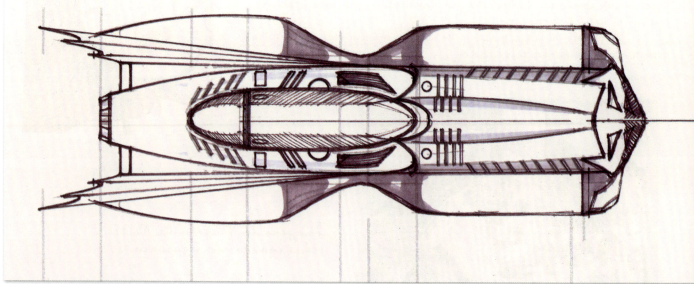

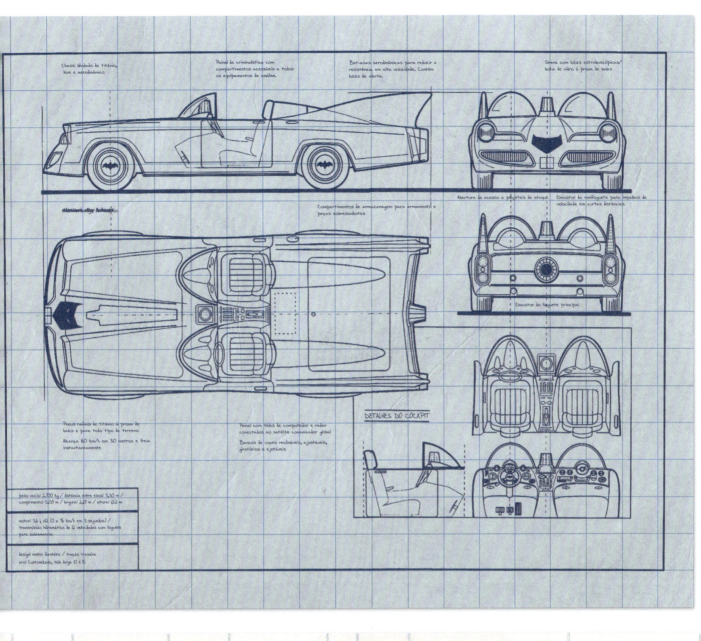
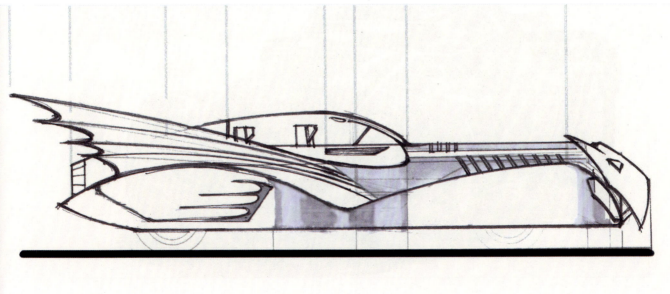

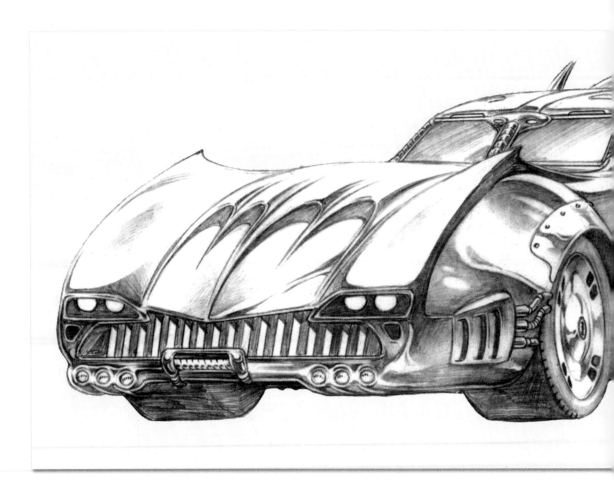

O design deste modelo foi criado por Harold Allnut. Foi um dos carros de maior sucesso.

O Homem de Aço

Ele é mais baixo do que eu imaginava. Mais alto do que eu, mas achei que fosse maior.

Ele não mede suas palavras e diz que está me levando para a central de polícia, que sou um fora da lei. Vem à minha cidade para me dizer como as coisas têm que ser. Ele vem na minha direção naquele traje colorido ridículo, e ordeno que pare. Talvez tente sua visão infravermelha antes.

Venho estudando este Superman desde que ele surgiu em Metrópolis, há pouco mais de oito meses. Na verdade, se minhas suspeitas estiverem corretas, eu o estudo há muito mais tempo. Conheço seus poderes: supervelocidade, voo, invulnerabilidade. Mas também conheço suas fraquezas, e compartilho uma delas. Nem eu nem ele colocaríamos uma vida inocente em risco.

Ele detecta o campo que projetei ao redor do meu corpo instantaneamente. Eu digo a ele que está ajustado à estrutura de seu organismo extremamente denso e que, se ele romper o campo, detonará uma bomba em algum lugar de Gotham, matando algum inocente. Ele pode perceber pela minha voz que eu digo a verdade, e isto o deixa tenso, com raiva. Vejo uma centelha vermelha em seus olhos, que devem estar contendo a visão de calor. Já ouvi falar dela. Se eu não conhecesse sua reputação, estaria temeroso por minha vida.

Vejo por sua expressão que ele já está planejando algo, e o distraio falando da mulher que estive rastreando no último ano, uma ladra de joias chamada Magpie. Digo ao Superman que ele tem seus próprios métodos, que devem funcionar na ensolarada Metrópolis, mas que Gotham requer outro tipo de abordagem: alguém como eu.

Ele está ouvindo, posso garantir que sim, mas de repente sua atenção se volta para outra coisa, que só ele ouve com a superaudição. Vejo que ele olha de relance para o lado. É ela. Percebo antes que diga algo. Ele encontrou Magpie. Assim, fácil.

Num instante, ele está voando e eu o sigo. Como bom escoteiro que é, ele permite. É mesmo fácil para ele. Uma mera ladra de joias nem está entre seus alvos.

Penso se um dia poderemos ser aliados, se um dia poderei confiar nele. Alguém com tantas habilidades, tão poderoso, tão... perigoso.

Penso também se um dia contarei a ele que a bomba que detonou ao invadir meu campo de força estava dentro do meu cinto de utilidades. Que o "inocente" que ele teria matado seria eu. Eu tento imaginar qual teria sido sua reação.

Valeria a pena descobrir.

Uma imagem em alta resolução feita pela Oráculo de uma de minhas várias batalhas contra o Superman. Nesta ocasião, a Hera Venenosa usou seus feromônios para controlar os movimentos de Clark. Para sorte de Metrópolis, eu sempre viajo com um pouco de kryptonita no meu cinto.

NOME DO ARQUIVO	NOME
SUPERMAN	CLARK KENT
ALTURA	PESO
1,91 m	102 kg
OLHOS	CABELOS
AZUIS	PRETOS
PROFISSÃO	BASE DE OPERAÇÕES METRÓPOLIS;
REPÓRTER (*PLANETA DIÁRIO*)	FORTALEZA DA SOLIDÃO

CODINOMES CONHECIDOS
KAL-EL (NOME KRYPTONIANO)

CONEXÕES CONHECIDAS
esposa LOIS LANE, PERRY WHITE, JAMES OLSEN, mãe MARTHA KENT, pai JONATHAN KENT (falecido)

AFILIAÇÕES
LIGA DA JUSTIÇA DA AMÉRICA

ARQUIVOS ASSOCIADOS
Os Melhores do Mundo, Superman/Batman, O Homem de Aço, LJA, Superman: Um Morcego em Metrópolis

ANOTAÇÕES

Eu e Clark Kent não somos melhores amigos, eu não costumo pedir sua ajuda nem sua opinião na maioria dos casos, mas com exceção de Dick Grayson, não há outra pessoa no mundo em quem confiei mais vezes a minha vida.

De certo modo, somos parecidos: ambos perdemos nossos pais ainda muito cedo, mas Clark era jovem o bastante para esquecer sua vida anterior, era apenas um bebê quando seu planeta natal Krypton foi destruído e ele foi enviado à Terra num foguete, acreditando que era o último sobrevivente daquele planeta.

Enquanto Alfred e Leslie fizeram seu melhor quando perdi meus pais, Clark cresceu num lar amoroso e estável, criado por Jonathan e Martha Kent como se fosse seu filho legítimo, sob seus princípios rígidos e o ambiente saudável que o fizeram o homem que é hoje. Ele não chega a ser ingênuo, como eu já acreditei no início. Kent é um otimista, criado para crer que tudo é possível, que todo objetivo pode ser conquistado. Fácil para alguém que pode ir até as estrelas, literalmente.

E é nisto que somos diferentes. Clark é fruto da luz, na verdade, seus poderes vêm do sol amarelo de nosso sistema solar. Eu ando nas sombras, sei que o Batman só tem efeito sobre aqueles que não sabem exatamente quem ou o que eu sou, mas o Superman desfila a céu aberto e quer que a cidade saiba quem a defende, quem a mantém segura, quem é seu anjo da guarda.

Mesmo com todas nossas diferenças, eu e Clark formamos uma dupla surpreendentemente eficaz. Não se trata apenas da sua força bruta e suas habilidades sobre-humanas em nossas atividades conjuntas, mas da sua capacidade em me fazer enxergar as coisas por outra perspectiva. Embora eu nunca dê a ele este tipo de satisfação, Clark me torna melhor naquilo que eu faço.

Apesar do respeito que eu desenvolvi pelos métodos do Superman ao longo dos anos, eu ainda acho necessário manter algumas garantias contra ele. Em mais de uma ocasião, eu reconheço, minhas atitudes colocaram a vida de Clark em risco, mas também estou ciente do quanto seria grave uma situação em que os poderes do Superman fossem parar em mãos erradas. Das manipulações de Hera Venenosa até o supercriminoso Maxwell Lord, o Superman foi vítima de controle mental mais de uma vez. Portanto vem a calhar um plano para futuros conflitos semelhantes, ou, na pior das hipóteses, para a remota possibilidade de que algo mude dentro dele e o mundo esteja diante de sua maior ameaça.

A kryptonita é a solução mais lógica, um material radioativo proveniente do núcleo instável de seu planeta. É a única substância capaz de enfraquecer o Homem de Aço. A exposição prolongada poderia matá-lo de fato, se necessário, mas como último recurso.

Também há o que se chama de magia. Energias desconhecidas de origens místicas têm se mostrado danosas à fisiologia do Superman. Aliados como Zatanna podem ser úteis para (CONTINUA)

O primeiro encontro com o Coringa

A primeira coisa que percebo é o palhaço. De pé, no canto, fora de contexto com um terno roxo e maquiagem branca. Não tinha planejado ter nenhuma plateia, se é o que ele faz ali, mas não tenho tempo para ele. Dois pistoleiros treinados apontam para mim e outros dois sacam suas armas desajeitadamente. O palhaço vai ter que esperar.

Eu soube do encontro no Restaurante Brisbee pelo meu novo informante na Zona Leste, Pryfogle. Pela primeira vez ele teve utilidade, cuspiu alguns nomes, a maioria bandidos como Lou Matthews e Jimmy, o Tronco. Quase ia se esquecendo de Cal Plunkett, um nome que foi útil. Plunkett sumiu há semanas, depois de estragar uma transação de armas que veio a público. Até o comissário Grogan estava atrás dele, o que significava que se eu derrubasse Plunkett, ele viria atrás. Para Gotham, seria uma rara oportunidade, por isso fui para o velho restaurante e fiz minha entrada.

Por sorte, Plunkett ainda se cerca de incompetentes e seu capanga não tinha nem destravado a arma quando eu a chutei para longe. Desarmei o "Tronco" da mesma forma, e Matthews conseguiu disparar três tiros, usando uma cadeira toda coberta de fita adesiva como escudo. Eu fiz com que seu quarto tiro erre o alvo e a cadeira precise de mais camadas de fita. Matthews precisará mesmo de alguma ocupação.

Consigo ouvir o palhaço no canto dizendo algo. Não está em pânico como deveria. Não há medo em sua voz. Parece que ele está... narrando o que acontece?

O local volta a ficar barulhento. Plunkett está fazendo novamente seu trabalho sujo, atirando para onde ele acredita que estou. O cheiro é familiar e, até para os meus parâmetros, eu lhe dou um chute mais forte do que deveria. A arma atravessa o salão até atingir uma caneca derramada de café. "Acabe com isto", eu digo. Plunkett não me ouve e eu lhe mostro a porta. Ele não parece feliz, mas não me importo.

Tomo fôlego e olho em volta. O local está seguro, mas o palhaço ri de mim. Não sei dizer se é gratidão ou algo completamente diferente. Tenho dificuldade em compreendê-lo, o que é bastante irritante. Pode ser a maquiagem, mas há algo... estranho nele. Quase familiar. Ele começa a falar, diz que foi mantido ali contra sua vontade, para entreter aqueles homens de forma cruel. Eu não acredito nele nem por um segundo, mas não foi atrás dele que vim. Deixo que vá embora, e ele não para de falar até sair pela porta.

Começo a amarrar Plunkett para garantir que esteja ali quando Gordon e seus homens chegarem. Não tenho muito tempo, pois preciso seguir as pistas sobre a ameaça ao reservatório de Gotham. Bruce Wayne também tem um encontro pela manhã. Se der sorte, consigo uma hora para meditar. Ouço o palhaço rindo lá fora, e isso me arrepia.

Mas passa.

Uma câmera de segurança externa no restaurante capturou esta imagem do palhaço quando saiu.

O CORINGA VAI MESMO ATACAR À MEIA-NOITE?

POR DOUG BRUBAKER

CENTRAL DE GOTHAM — O prefeito Klass e o Comissário de Polícia Grogan fizeram de tudo para acalmar os nervos dos cidadãos de Gotham numa coletiva de imprensa para responder às ameaças do assassino que a polícia chama de Coringa.

Hoje cedo a repórter da WGBS Michelle Sanders foi envenenada enquanto cobria ao vivo a reabertura do Asilo Arkham. Diante de milhares de espectadores, Sanders começou a tossir e depois a rir violentamente até sua pele ficar totalmente branca. Antes de os paramédicos chegarem, ela já estava morta, e com um sorriso deformado no rosto. Alguns relatos dizem que seu cabelo, antes louro, estava verde, por efeito da substância que a envenenou.

Quando Sanders caiu no chão, uma figura surgiu das sombras por trás dela. Agora apelidado de Coringa pela polícia, o criminoso usava uma fantasia composta de tinta branca no rosto e verde nos cabelos, possivelmente no intento de imitar sua vítima.

Enquanto o bravo repórter cinematográfico Robert Donnely continuava a registrar o discurso insano do Coringa, o palhaço de terno roxo apontou uma arma para a câmera e jurou matar o magnata Henry Claridge à meia-noite de hoje. Imediatamente após sua ameaça, ele atirou em Donnely, que morreu em seguida. O criminoso então fugiu no furgão de transmissões externas da emissora.

O homem conhecido como Coringa.

Uma figura pública conhecida e apoiadora do prefeito Klass, Henry Claridge não estava presente na coletiva de imprensa desta noite. Entretanto, o comissário Grogan garantiu ao público que Claridge estaria seguro em sua casa. Para tanto, o policial herói de Gotham, o capitão James Gordon lideraria pessoalmente as investigações sobre as atividades do Coringa, e faria não apenas com que Claridge sobrevivesse, mas que "desfrutasse de mais alguns anos como um dos melhores cidadãos de Gotham".

Uma sensação de desconforto era o que se via nos rostos do público presente na coletiva, além de rumores da conexão do Coringa com os corpos mutilados encontrados ontem na fábrica abandonada de Blackmore, perto do Parque Aparo.

Fotos do massacre em Blackmore ainda não foram divulgadas à imprensa até o momento, mas fontes dentro da polícia dizem que algumas das vítimas, mortas há mais de um mês, se encontravam num estado semelhante ao de Michelle Sanders, incluindo a pele branca, o cabelo verde e o sorriso grotesco. Estas fontes acreditam que as vítimas de Blackmore eram meras cobaias para o desenvolvimento do veneno produzido pelo Coringa, uma mistura de substâncias que os oficiais já estão chamando de "Toxina do Coringa".

Nem o prefeito nem o comissário deram mais informações sobre os mortos na Fábrica Blackmore, sequer especularam sobre a identidade do Coringa. Após uma breve declaração, o prefeito passou a palavra ao capitão Gordon, que, como é sua característica, respondeu poucas perguntas antes de partir, supostamente, para a residência de Claridge.

Henry Clardige não foi encontrado para dar declarações.

Henry Claridge, 51, no Clube de Cavalheiros de Gotham

NOME DO ARQUIVO	NOME
CORINGA	DESCONHECIDO
ALTURA	PESO
1,95 m	87 kg
OLHOS	CABELOS
VERDES	VERDES
PROFISSÃO	BASE DE OPERAÇÕES
CRIMINOSO	GOTHAM

CODINOMES CONHECIDOS
CAPUZ VERMELHO, JOSEPH KERR, OBERON SEXTON, JACK WHITE, A. REKOJ

CONEXÕES CONHECIDAS
ARLEQUINA, BOBBY "BOBO" A. BOBILÔNIO, MELVIN REIPAN

AFILIAÇÕES
LIGA DA INJUSTIÇA, GANGUE DA INJUSTIÇA, A SOCIEDADE, LUVA NEGRA

ARQUIVOS ASSOCIADOS
O Homem sob o Capuz Vermelho, A Vingança Quíntupla do Coringa, Os Peixes Sorridentes, A Piada Mortal, De Volta à Sanidade, Imperador Coringa, O Homem que Ri

ANOTAÇÕES

Durante a semana da primeira matança do Coringa, o Asilo Arkham para Criminosos Insanos reabriu suas portas após anos fechado. Eu sigo dizendo a mim mesmo que não passou de uma coincidência.

O Coringa é facilmente o indivíduo mais perigoso que já encontrei, e já conheci até deuses. No papel ele não parece ser uma grande ameaça, no combate corpo a corpo ele é regular, sem nenhum tipo de treinamento específico de lutas. Não possui nenhuma habilidade extraordinária nem poderes meta-humanos. E mesmo fazendo uso de uma seleção de complexas "brincadeiras" mortais (ver Toxina do Coringa), seu arsenal nunca para de surpreender.

O que separa o Coringa dos demais é sua mente, ou falta dela, segundo alguns. Ele é um gerador de caos ambulante sem nenhuma espécie de escrúpulos em suas operações, e não precisa de motivos para fazer o que faz, o que torna praticamente impossível prever suas ações.

O professor Dennis O'Neil, um dos maiores especialistas em psiquiatria criminal, definiu perfeitamente em seu sensacional livro, o best-seller *Rindo da sua cara: A história do Coringa*:

"Num dia, o Coringa pode poupar a vida de um homem simplesmente porque gostou de seus cadarços. No dia seguinte, pode matar um homem simplesmente porque gostou de seus cadarços."

Duas semanas após a publicação do livro, O'Neill foi encontrado morto em sua cozinha, com o sorriso macabro no rosto e a cabeça envolta em filme plástico.

É assim que ele age, o mundo para ele é uma piada doentia em que apenas ele parece achar graça.

Seu comportamento caótico lhe dá o mais aterrador e eficiente semblante imprevisível. De uma hora para outra, ele pode deixar de ser um complexo criminoso fantasiado pronto para dar um espetáculo em Gotham e passar a um assassino psicótico, tentando levar o homicídio à categoria de arte. Em algum lugar entre as duas coisas, ele ficou obcecado com o Batman, como se eu não passasse de escada para suas piadas.

A obsessão do Coringa o levou a cometer danos irreparáveis aos poucos indivíduos que se aproximaram de mim ao longo dos anos. Ele baleou e deixou Barbara Gordon paraplégica, matou a esposa de Jim Gordon, Sarah, como se estivesse se livrando de uma mosca. Depois, fez aquilo tudo com Jason.

O passado do Coringa está envolto em mistério, assim como suas motivações. Ele mesmo já contou várias histórias conflitantes sobre como ele se tornou o que é. A mais legítima aparentemente conta que ele era um comediante fracassado, que entrou no crime após um traumático incidente envolvendo a morte de sua esposa. As circunstâncias que o levaram a assumir o papel do criminoso mascarado Capuz Vermelho (CONTINUA)

As cartas do Coringa

Recentemente, o Coringa desenvolveu um gosto pela mutilação pessoal e retalhou um sorriso permanente em seu rosto, além de cortar sua língua como a de uma cobra. Pode ter algo a ver com a cicatriz de tiro que tem na testa, mas provavelmente é só mais um passo em sua espiral rumo à insanidade.

Fotos do Coringa ao longo dos anos. O fato de ele estar tão presente na minha vida me incomoda bastante.

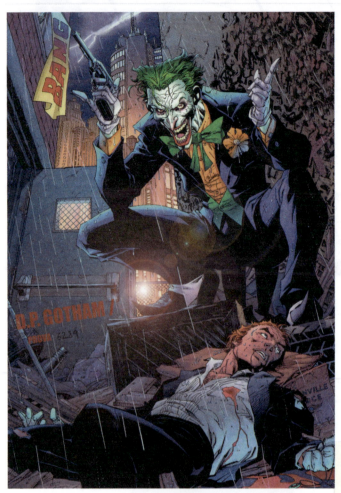

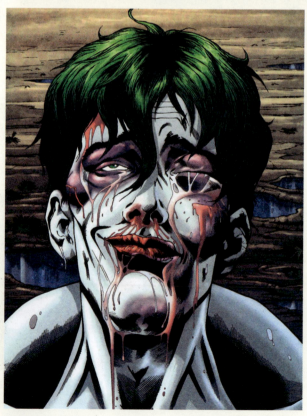

Não tinha muita coisa acontecendo para Carl Fisk. O banco que ele criou do zero estava em apuros, a caminho da falência. Ele estava acostumado à alta sociedade de Gotham e a uma vida fácil e confortável, então comprou uma passagem para Santa Prisca, a capital mundial da heroína, investiu num novo negócio e trouxe aquela porcaria de volta à minha cidade, lavando dinheiro do lucro através das empresas. Redescobriu então o sucesso financeiro, quase esquecido depois de tantos anos. Mas aquilo não bastava para Carl Fisk, que precisava manter seus traficantes na linha para garantir que seu novo empreendimento continuasse lucrativo. Por isso ele importou algo mais de Santa Prisca, a seita de Chubala.

Chamada assim por causa de seu deus selvagem em forma de corvo, a seita de Chubala exige que seus seguidores não habitem céu algum, apenas o inferno. Se eles desagradarem à divindade, passarão o resto da eternidade com ratos em seus estômagos, que os devorarão de dentro para fora. A única maneira de saciar a ira de seu deus é derramando sangue através de sacrifício humano. Fisk brincava com seus medos e assumiu a figura do deus corvo. A seita não apenas aterrorizava os corações de seus funcionários, mas também ajudava a remover o peso morto de suas equipes. Complexo, bizarro e cruel, fazia todo o sentido que ele tenha escolhido Gotham como sua base de operações.

Mas isto acaba hoje. Meus planos foram traçados de acordo com o localizador que eu coloquei em seus trajes e que está funcionando perfeitamente. Citando o Sr. Maxwell Floppy em "Tratado sobre a mente criminosa:" "criminosos são tipos covardes e supersticiosos". Hora de testar esta teoria.

A fumaça de suas tochas escurece as vigas do armazém e me dá mais cobertura do que eu havia previsto. Há dezenas deles lá embaixo, em trajes marrons, todos atentos aos gritos do homem ensandecido diante deles, vestido de corvo. Sobre o fogo principal, alguém que nunca tinha visto, um cidadão comum de Gotham, com suas roupas arrancadas e preso a uma cruz rudimentar. Será o próximo sacrificado.

Fisk está comandando seu público, que reage incondicionalmente ao seu teatro, e decido acrescentar um pouco mais de efeitos especiais. Disparo uma das cargas explosivas que plantei no peito de Fisk e pouso no chão, para ser visto por todos e roubar sua atenção. Outra carga é disparada e chamo Chubala de fraco, desafio sua liderança. Ele aponta sua arma para mim e atira as balas de festim que eu pus em seu pente, para deixar a ilusão ainda melhor. Fisk se apavora com sua própria lenda, e seus homens também. Eles estão fartos dele e do tráfico de drogas. Correm em todas as direções, deixando Fisk a sós com minha sombra. Ele pede perdão e confessa seus crimes. Eu apenas sorrio.

Deixo Carl Fisk amarrado a um poste como presente de natal para Gordon. Não conheço o capitão muito bem, mas talvez ele ache mais interessante do que um cartão.

Derrotando a Seita de Chubala

Fotos tiradas com a câmera do cinto de utilidades, além de uma câmera na cena do crime que instalei no armazém. Na hora certa, elas ajudaram Gordon a ter uma confissão totalmente legal de Fisk.

O Monge Louco

Não paro de pensar nisso. Duas pequenas incisões no pescoço de Julie, como mordidas de vampiro num filme antigo de Hollywood.

O velho Castelo Rallstone não fica longe da propriedade dos meus pais, então o retorno não foi difícil. Não sei mais em que acreditar a esta altura, mas pelo que eu já vi nesta vida, não posso excluir nenhuma possibilidade. Tudo aponta para a lenda do vampiro. As vítimas recentes em série na cidade, com suas lesões brutais no pescoço e os corpos sem sangue algum. O castelo condenado, com suas armadilhas mortais e lobos que rondam as cercanias do local. E o poder do homem em trajes vermelhos que parece dominar Julie. O fato de ela estar suscetível ao sonambulismo recentemente, ao que tudo indica, sob o comando dele, bastam para dar veracidade às histórias infantis.

Com a ajuda do carro, eu faço uma entrada e tanto. O homem em trajes vermelhos, que chamam de Monge, sequestrou Julie, portanto não quero ser nada sutil. Seus seguidores se dispersaram assim que atingi a parede leste com o carro, e na correria derrubaram tochas nas tapeçarias, fazendo dos altares gravetos para acender fogueira. Mas o Monge é mais rápido do que eu imaginava e foge para o telhado do castelo. Contudo, ele não sabia que eu conheço o local tão bem quanto ele.

Quando eu o alcanço, ele está sob a chuva, segurando a lança numa das mãos, divagando sobre como eu não entendo quem ele realmente é, como eu jamais o entenderia. Até que um raio atinge sua lança e o Monge desaba numa nuvem de fumaça e fagulhas. Talvez no fim ele tenha alguma razão, mas não me importo mais com ele, de maneira alguma.

Julie. Minha mente se volta para ela, que está em algum ponto do castelo, talvez em perigo, talvez algo pior. A fumaça que sai pelas janelas não me deixa nem um pouco tranquilo.

Quando chego até ela, não está respirando, pois há muita fumaça. Eu deveria ter ido atrás dela e a colocado em segurança antes de perseguir o Monge. Deveria ter sido mais rápido.

A janela se quebra com meu peso e eu levo Julie para uma passarela segura, abrigada da chuva. Ela ainda não respira e mal tem pulso. Tento a respiração boca a boca, RCP, mas nada adianta. Não há resposta. Eu tiro a máscara. O Batman não tem mais como ajudar. Ela precisa de outra pessoa, ela precisa de Bruce Wayne.

Respire, Julie, respire.

Sua tosse é um dos sons mais belos que já ouvi. Ela tosse novamente e tenta inspirar, os olhos se abrem, piscam e abrem novamente. Uma breve pausa, ela me olha, vê o uniforme, a máscara no chão. Agora ela sabe de tudo, posso ver a reação em seus olhos. Acabei com esta... esta... nem sei mais o que é isto. Ela diz tanto apenas cerrando os olhos. Acabou.

Ela começa a falar sem parar e eu a ponho de pé. Fala do seu pai, preocupada com seu bem-estar. É o choque, mas eu não a interrompo. Ainda há o que fazer, preciso deixá-la ali, sob a passarela.

Ponho a máscara novamente enquanto vou para o carro. Ela me ajuda a enxergar na chuva, mas por algum motivo, não consigo ajustá-la novamente.

Depois de ver as marcas no pescoço de Julie, decidi fazer alguns bat-arangues de prata pura. Não sou de ceder a superstições, mas não é o estilo do Batman entrar numa luta despreparado.

Castelo Rallstone

O Monge Louco

BATMAN CAPTURA CARA DE BARRO

POR MIKE GIFFEN

O cenário era falso, as luzes estavam preparadas e, mesmo sem as câmeras filmando, um herói misterioso pôs fim a um reino de terror causado por um perigoso assassino de capa. O que parece um filme típico dos Estúdios Argus, a questionável produtora responsável pelo ressurgimento de filmes de monstro de alto orçamento e da polêmica série *O reino de Drácula* é, na verdade, a vida imitando a arte num grau perturbador.

Semana passada, a estrela dos filmes de terror Lorna Dane foi brutalmente esfaqueada e morta durante um pequeno blecaute no set do novo filme da Argus, um remake do clássico de Basil Karlo, *Castelo do medo*. Apesar da publicidade envolvendo a morte misteriosa de Dane, ou por causa dela, o estúdio decidiu proceder com a agenda de filmagens. Com rumores de que o dono do estúdio, Morris Bentley, tem uma ligação com o suposto mafioso Roxy Brenner, as tensões nas locações só aumentaram após o ex-amante de Dane, o ator Fred Walker, ser encontrado morto em seu apartamento na última quinta-feira à noite. A polícia se recusa a comentar se os casos têm alguma conexão, mas a segurança no set de *Castelo do medo* foi aumentada drasticamente e muitos atores simplesmente se recusaram a ir trabalhar.

A situação chegou ao limite ontem, pouco depois das 4h. Quando a relativamente desconhecida atriz e amiga pessoal de Morris Bentley, a socialite Julie Madison, se preparava para sua morte dramática nas mãos do Terror, o vilão de *Castelo do medo*, um homem misterioso na locação estava determinado a fazer daquela cena de morte algo definitivo.

Testemunhas e o figurinista de *Castelo do medo* Adam Girardet disseram: "Foi insano, eu estava corrigindo uma costura na manga de Julie e o cara, um homem muito grande, me empurrou pro lado. Ele estava vestindo uma capa, chapéu e algum tipo de maquiagem que fazia seu rosto parecer... barro. É isso, acho. Meio que uma lama mole. Eu achei que fosse algum tipo de brincadeira, mas aí ele puxou uma faca e foi pra cima da Julie."

Apesar do choque aparente, Girardet é categórico sobre o que viu em seguida. "Era o Batman", disse ele. "Não tenho dúvidas, eu vi aquelas asas de couro gigantes bem pertinho, e depois ele sumiu. Ele e o Cara de Barro sumiram nas sombras atrás das mesas do refeitório."

Dez minutos depois, a segurança do estúdio encontrou um homem pendurado no muro norte do castelo. De acordo com a polícia, que chegou ao local logo depois, o homem estava gritando loucamente, e chegou a confessar os assassinatos de Dane e Walker. Apelidado de Cara de Barro pelos policiais por causa da sua maquiagem elaborada, o homem foi fichado e detido pela polícia.

Mas como todas as histórias vindas dos Estúdios Argus, esta louca narrativa tem uma virada impressionante. Hoje pela manhã a polícia revelou que o assassino é ninguém menos que Basil Karlo, antigo astro de Hollywood que interpretava o Terror na versão original em preto e branco de *Castelo do medo*. Aparentemente, Karlo trabalhava como consultor de maquiagem no filme, o que lhe dava acesso total às locações.

Karlo aguarda julgamento e está preso, sem direito a fiança, na Penitenciária Estadual de Gotham. Até o fechamento desta edição, a motivação por trás dos assassinatos ainda é desconhecida.

Ex-ator vira assassino, Basil Karlo.

O Charada

"Por que o sonho da torre era brilhar?"
"Quando estreia o chaveiro?"
"Quando o sono jamais se completa?"

Quando eu o vejo, ele está segurando uma banana de dinamite. Com todas as armas de destruição mais práticas e elegantes disponíveis aos criminosos de Gotham, ele prefere dinamite. Diz tanto sobre ele quanto a roupa barata e chamativa verde e roxa que veste ou o charuto cubano falsificado no canto da boca.

Ele acabou de roubar o famoso Clube do Farol, em 4 de março, às duas e meia da madrugada. Um crime que passaria despercebido se ele não tivesse a compulsão por enviar uma caixa explosiva para a polícia com charadas e confetes. Gordon achou que tinha mais a ver com meu estilo e, enquanto a polícia fechou as entradas e saídas do clube, eu observo do alto do farol. Quando o sino da torre da igreja ao lado tocou à meia-noite, eu vi o tal "Charada" jogar a banana de dinamite do alto do telhado em direção à rua próxima.

Não sou rápido o bastante para impedi-lo, e algumas viaturas explodem. Ninguém ficou ferido, mas eu me irrito. Foi uma noite longa e esse louco de colante já ultrapassou os limites da minha paciência. Estou cansado desses "vilões temáticos" e não me importo de descontar minha raiva nesse maluco com dinamite.

Um soco no seu plexo solar deixa claro que não estou brincando. Outro no queixo para que não haja dúvida e que faz o charuto saltar da sua boca. Ele está resmungando, tentando falar mais uma de suas charadas. Estou prestes a calar a boca do demente quando ele pergunta: "Esqueceu a dinamite?" Ele dá gargalhadas enquanto cospe sangue. O pavio da segunda banana já está aceso e eu não percebi, de tanta raiva, de tão furioso que estou com este idiota de pijama colorido. Permiti que minha noite e minha ira me atrapalhassem.

Com um salto, eu me afasto da explosão, mas o Charada já está de pé na beira do telhado antes que eu me levante. Ele escapa por conta do meu descuido e não sei quem ele é ou o que queria. Saio com mais perguntas do que respostas.

Creio que é exatamente o que ele queria.

Enquete e Eco, as capangas do Charada.

O Charada com sua filha, Enigma. Ela é tão misteriosa quanto seu nome.

NOME DO ARQUIVO	NOME
CHARADA	EDDIE NASHTON
ALTURA	PESO
1,85 m	83 kg
OLHOS	CABELOS
AZUIS	PRETOS, AGORA CASTANHOS
CODINOMES CONHECIDOS	BASE DE OPERAÇÕES
EDWARD NIGMA	GOTHAM

PROFISSÃO CRIMINOSO, DETETIVE PARTICULAR, EX-FUNCIONÁRIO DE PARQUE DE DIVERSÕES, EX-ENTREGADOR, EX-ZELADOR DE FERRO-VELHO

CONEXÕES CONHECIDAS
filha ENIGMA, ENQUETE, ECO, MULHER-GATO, MESTRE DAS PISTAS

AFILIAÇÕES
A SOCIEDADE

ARQUIVOS ASSOCIADOS
O Longo Dia das Bruxas, Batman: Vitória Sombria, Mulher-Gato: Cidade Eterna, Quando uma Porta, Cavaleiro das Trevas, Cidade Sombria, Silêncio

ANOTAÇÕES

Edward Nigma sempre foi um trapaceiro, seu próprio nome é falso. Ele nasceu Eddie Nashton, uma criança rejeitada pelos pais e desesperada por atenção. Ele descobriu os elogios que buscava quando um de seus professores informou à turma que no dia seguinte haveria um teste de solução de quebra-cabeça. Eddie invadiu a sala e praticou com o quebra-cabeça durante toda a noite até conseguir montá-lo em menos de um minuto. A lição foi valiosa e o garoto aprendeu que poderia se dar bem driblando as regras.

O prêmio para aquela disputa na sala de aula era um livro de enigmas e quebra cabeça. Nashton ficou obcecado por trocadilhos, prestidigitação e charadas a um ponto que, depois de adulto, ele se cansou de seus vários empregos diurnos e passou a roubar, gabando-se de seus crimes para a polícia local. Sua juventude como alvo dos valentões da escola deu a ele quase que uma necessidade de provar fisicamente sua superioridade sobre qualquer um que ele julgasse ser uma autoridade.

Eddie mudou seu sobrenome para Nigma, adotou a figura fantasiada do Charada para completar sua nova temática e passou a divulgar seus futuros crimes através de charadas endereçadas ao Departamento de Polícia de Gotham, e mais tarde, direto para mim. Estes desafios lentamente se tornaram um reflexo condicionado sem o qual o Charada não funciona, e os enigmas se tornaram mais difíceis, como uma forma de Nigma compensar sua compulsão. Ele passou a empregar quebra-cabeças temáticos e armas, adotou duas seguranças, Enquete e Eco, e passou a viver o tempo todo como o personagem Charada. Ele fica mais instável a cada dia que passa.

Recentemente, o Charada se tornou mais imprevisível. Numa ocasião, ele deduziu a que ele considera a maior charada de Gotham: minha identidade secreta. Para minha sorte, um caso de amnésia parcial aparentemente apagou aquela informação da mente doentia de Nigma. Ele jurou estar reabilitado e começou a trabalhar como detetive particular, atraindo a atenção e a curiosidade dos entediados membros da alta sociedade de Gotham. Mas, logo depois, ele voltou a aprontar seus truques, desta vez ao lado de Enigma, uma jovem que diz ser sua filha e tem ligações temporárias com os Novos Titãs.

A única constante na vida do Charada é que ele tem uma motivação futura. Ele monta as bases para suas verdadeiras intenções em cada palavra que diz, dispondo suas palavras com significados ocultos e duplo sentido. Mas, apesar disto, seu objetivo verdadeiro raramente é claro e quase sempre desafia a lógica convencional. Deve haver algum tipo de ligação entre suas atividades recentes, que parecem ser aleatórias, mas podem ser um plano maior que apenas ele (CONTINUA)

79

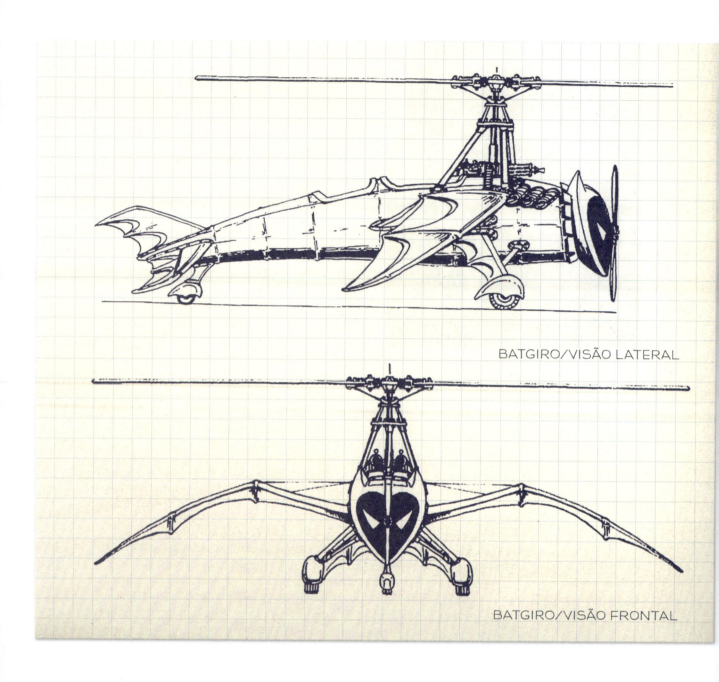

BATGIRO/VISÃO LATERAL

BATGIRO/VISÃO FRONTAL

Desenhos originais do batgiro. Além de algumas versões de asa--delta, esta máquina foi minha primeira tentativa real de voar. Devido à sua discrição e capacidade de decolar e aterrissar verticalmente, o batgiro se mostrou um item de grande utilidade em meu arsenal.

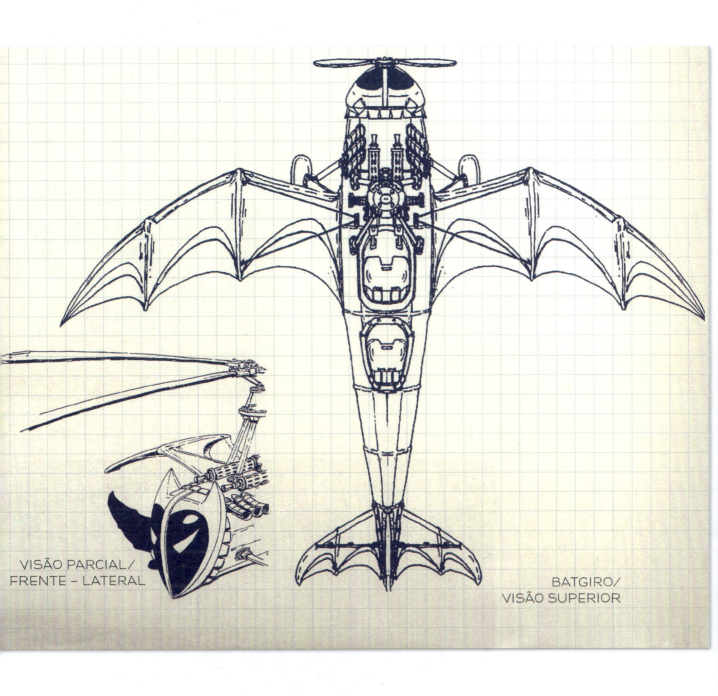

VISÃO PARCIAL/
FRENTE – LATERAL

BATGIRO/
VISÃO SUPERIOR

Eu modifiquei este projeto algumas vezes ao longo dos anos. As variações mais notáveis foram uma versão para voos mais longos e maiores altitudes, e uma versão individual, mais ágil, que o Robin batizou de batcóptero portátil.

MAGNATA DA ILHA DOS DINOSSAUROS É PRESO

POR NOLAN GRAHAM

ILHA DOS DINOSSAUROS — O problema do anteriormente popular parque de diversões de Gotham, a Ilha dos Dinossauros, piorou ontem à noite quando o atual proprietário, Stephan Chase, admitiu ter matado seu antigo sócio, Murry Wilson Hart. Anteriormente considerado suicídio, o corpo de Hart foi encontrado pendurado em sua propriedade, localizada no terreno na extremidade da Ilha dos Dinossauros. Chase confessou aos guardas que havia armado o suicídio de Hart após uma discussão entre os dois sobre o futuro do parque decadente.

A polícia havia recebido uma pista sobre o envolvimento de Chase na morte de Hart por volta das 23h15 de ontem. Entretanto, quando chegaram aos portões da Ilha dos Dinossauros cerca de meia hora depois, os agentes ficaram surpresos em descobrir que o parque estava em ruínas, com vários dinossauros mecânicos sem condições de funcionar, incluindo a mais famosa de todas as atrações, um tiranossauro em tamanho real.

Quando perguntado sobre o estado do parque, o único comentário de Chase foi "Culpem o Batman". Enquanto a polícia ainda duvida do envolvimento do Batman na destruição da Ilha dos Dinossauros, Chase parecia visivelmente abalado quando foi levado pelos guardas, um traço comum entre os que têm o azar de se encontrar cara a cara com o lendário Cavaleiro das Trevas.

Ainda não há declarações sobre o destino que terá a Ilha dos Dinossauros, embora muitos duvidem que aquela que já foi uma atração turística impressionante volte a ter algum visitante. Infelizmente, o sonho de Murry Wilson Hart parece ter morrido com ele.

Comprar o dinossauro foi ideia do Alfred. Ele usou o nome de Thaddeus Middleton no leilão da polícia para não atrair atenção.

Alfred está convencido de que guardar na caverna algumas lembranças das vitórias do Batman me ajudará a andar na linha, me motivará. Tenho que admitir que não faz mal algum.

Uma foto da batcaverna alguns anos (e vários troféus) depois.

LADRÃO DO TOSTÃO MORRE DURANTE ASSALTO

POR NOLAN GRAHAM

GOTHAM — Durante um ousado assalto à Exposição Anual de Selos e Moedas no Centro Sprang, em Gotham, Joe "Pouco Troco" Coyne, também conhecido como o Ladrão do Tostão, foi morto por uma das peças gigantes da exposição. O que parece ter sido uma morte bastante adequada para o ladrão especializado em moedas ocorreu porque Coyne foi esmagado por uma réplica gigante de uma moeda de um centavo de 1947 que ele e seus homens contrabandearam para a exposição.

Numa versão moderna do Cavalo de Troia, Coyne e seus capangas entraram no centro de convenções dentro da moeda oca ontem, antes da mostra ser aberta ao público. Após nocautearem o único guarda presente, Coyne e sua quadrilha começaram a saquear o local, pegando milhares de dólares em selos e moedas. O que os ladrões não faziam ideia era que um evento bizarro faria daquele o último ato do Ladrão do Tostão.

"Pelo que pudemos determinar, um dos cabos que sustentava a placa de boas-vindas na entrada se soltou", disse o detetive da polícia de Gotham, Dylan Girard. "Aí ocorreu uma espécie de reação em cadeia, pois a placa atingiu o selo gigante, que derrubou a pinça gigante que, por sua vez, derrubou a moeda em cima do suspeito, que morreu na hora. Foi uma coisa bem esquisita."

Enquanto a polícia estranhamente não conseguiu recuperar nenhuma imagem do incidente, acredita-se que o Batman teve algum envolvimento no caso, embora os policiais não atribuam a ele a morte de Coyne. "Os homens do Joe estavam no local, inconscientes", disse o Detetive Girard. "Se o Batman derrubou os caras, não vejo motivos pra ele matar o Coyne e, honestamente, não sei com alguém planejaria algo como aquilo. É uma chance em um milhão."

Quando perguntado sobre o destino da moeda gigante, Girard mencionou que ela irá a leilão, já que pertencia ao falecido Coyne. "Mas não sei se alguém iria querer aquilo", disse Girard. "É uma coisa impressionante e tal, mas, se você vai botar um troço destes na sua casa, precisa ter um casarão, dinheiro de sobra e, sabe", acrescentou Girardi com um sorriso sarcástico, "um senso de humor bem sombrio."

O grotesco cenário da morte de Coyne.

Joe Coyne, o Ladrão do Tostão

Conhecendo o Pinguim

Desta vez é a garota que está atrasada. Linda deveria me encontrar do lado de fora do Museu Flugelheim às 18h45. São 19h20 quando a vejo subindo o quarteirão, como se tivesse todo o tempo do mundo. Esta deve ser a sensação de namorar Bruce Wayne. Eu não deveria estranhar, afinal, o pai de Linda Page é dono de quase todo petróleo do norte do Texas, então ela está acostumada a fazer tudo do jeito dela.

Ela sorri ao se aproximar, e se inclina para me dar um beijo. "Não é muito a sua cara chegar no horário", diz ela.

"Temos isto em comum", falo. Ela pega meu braço e me leva para dentro. Os guardas nos deixam passar à frente da fila e abrem caminho para nós. Um dos privilégios de patrocinar uma das alas. A escada rolante faz um ruído sob nosso pés e subimos para a nova exposição. Linda só fala besteiras o dia inteiro e eu me esforço para dar atenção às compras recentes e relacionamentos de outros ricos maçantes de nosso círculo de convivência. Linda me conhece o suficiente para perceber que não dou a mínima para o novo iate do Vreeland ou a última amante do prefeito, mas não para de me dar detalhes, tentando fazer com que eu participe mais, mesmo sabendo que é algo que não farei.

A seção Brustolli da mostra não impressiona. Um tanto derivativa e sem inspiração, mas o restante, as peças antigas de Watteau valem a pena ver. Tento fazer o playboy entediado, mas como sempre, Linda vê através de mim e me pega olhando longamente para a Faux Pas.

"Quem diria, Sr. Wayne... fã de arte barroca?", ironiza ela.

Há um som parecido com o de ar escapando atrás de nós, e quando nos viramos vemos é um homem de smoking revirando os olhos. O traje é antiquado, com cauda e cartola, mas o homem que o veste não. Ele parece deslocado, com cabelos engomados e sobrancelhas mal aparadas, como se quisesse parecer o que não é. "Não é barroca, minha cara", diz ele, com sua boca cheia de dentes pontiagudos. "Nem perto disto. Rococó talvez se aplique melhor."

Linda sorri educadamente, e se volta para mim, com olhar jocoso. Chocada com a arrogância d baixinho grosseiro, mas se divertindo com a situação. Continuamos a passear pela exibição, e encontramos alguns amigos de Linda, que eu não lembro exatamente quem são. Enquanto conversam, fico de olho no baixinho circulando pela sala ao lado, usando seu guarda-chuva como bengala. Estranho, pois está 25°C lá fora, sem nuvens no céu... Volto para a conversa de Linda e passo os dez minutos seguintes apenas concordando educadamente com qualquer coisa que aqueles estranhos digam.

De repente um homem levanta a voz perto da entrada, há dois seguranças pedindo para verificar sua maleta, e ele se recusa, aparentemente assustado com a invasão de privacidade. O guarda diz que todos serão revistados, que houve um roubo. A sala fica agitada até que um homem, alegando ser o chefe da segurança, pede a atenção de todos, pois, aparentemente, uma pintura foi cortada de sua moldura e roubada. Ninguém pode deixar o local sem ser revistado.

Minha primeira preocupação é com o traje de Kevlar sob a roupa. Uma revista poderia ser... problemática para mim. Em seguida penso no homenzinho de smoking e olho para a porta, onde um guarda revista o baixinho enquanto outro apenas abre o guarda-chuva e o sacode. Não encontram nada e o deixam passar. Ao sair, ele olha para mim e se despede com a cartola. Eu chamo o guarda mais próximo e pergunto qual pintura foi roubada.

"O pássaro no ninho", revela ele.

NOME DO ARQUIVO	NOME
PINGUIM	OSWALD CHESTERFIELD COBBLEPOT
ALTURA	PESO
1,57 m	80 kg
OLHOS	CABELOS
AZUIS	PRETOS
CODINOMES CONHECIDOS	BASE DE OPERAÇÕES
NENHUM	GOTHAM

PROFISSÃO
CRIMINOSO PROFISSIONAL, MAFIOSO, PROPRIETÁRIO E GERENTE DO CLUBE ICEBERG

CONEXÕES CONHECIDAS COTOVIA, HAROLD ALLNUT (falecido), LEX LUTHOR, CHAPELEIRO LOUCO, MORTIMER KADÁVER (falecido)

AFILIAÇÕES
A SOCIEDADE, LIGA DA INJUSTIÇA, ESQUADRÃO SUICIDA

ARQUIVOS ASSOCIADOS
A Bicada Mortal, O Projeto Pinguim, O Triunfo do Pinguim, O Retorno do Pinguim, Vitória Sombria, Quem Ri por Último

ANOTAÇÕES

Cobblepot sempre tentou parecer algo que não é. Seus pais nunca foram muito ricos, apesar do orgulho da linhagem familiar. Provavelmente é por isso que Oswald tem esta obsessão pela alta sociedade. Na verdade, seus pais tinham uma modesta loja de animais especializada em pássaros exóticos. Seu pai morreu de pneumonia quando ele era jovem, o que deixou sua mãe neurótica com a saúde de Oswald. Desde cedo ela o obrigava a levar o guarda-chuva onde quer que fosse, para que não se molhasse em caso de uma tempestade repentina. Combinando isto com sua baixa estatura e seu nariz quase caricato, entendo o porquê de Oswald ter sido alvo de piadas quando garoto, algo que continuou pela vida adulta.

Oswald se tornou cruel e ressentido, encontrando maneiras de se vingar daqueles que o maltrataram enquanto criança. Logo entrou para o crime, utilizando uma variedade de guarda-chuvas preparados e pássaros adestrados em suas ações. Seu comportamento bizarro atraiu a atenção da mídia, o que deve ter sido o primeiro objetivo de Cobblepot. Entretanto, como é o caso da maioria da minha galeria de vilões, Oswald logo se cansou de coisas pequenas. Uma parte dele ainda queria entrar de verdade para a alta sociedade. Ele queria provar que era um homem refinado e de bom gosto, independente de sua aparência.

Por isso ele começou a trabalhar nos bastidores e abriu o Clube Iceberg como fachada para começar a traficar armas ilegais e armamento pesado. Rapidamente expandiu os negócios e logo seus curtos dedos já alcançavam toda a contravenção de Gotham. Oswald se tornou o chefão em várias partes e o público engoliu. O Clube Iceberg logo se tornou um sucesso em Gotham, um local onde os ricos e famosos conviviam com os piores criminosos da cidade, o que deu certo status social aos bandidos e um pouco de diversão para os entediados ricos do clube.

Recentemente, Oswald se declarou arrependido. Enquanto o Clube Iceberg opera totalmente dentro da lei, é preciso ser muito ingênuo para crer que Cobblepot entrou na linha. Porém, a fixação do Pinguim em atrair a atenção das pessoas acaba sendo boa para o Batman. Ele se tornou um dos meus informantes regulares, entregando criminosos em troca de um pouco de sossego e privacidade. Enquanto Oswald acha que me enganou e me mantém distante, o que ele não percebe é que eu estou monitorando suas atividades o tempo todo. Tenho escutas nos escritórios do clube, mais de uma dúzia de câmeras no saguão e até um de seus garçons na minha lista de pagamentos. Embora ele nem desconfie, o Pinguim não dá um passo sem eu saber.

Com o passar dos anos, Oswald Cobblepot fez muitos inimigos no crime organizado. Enquanto ele se protege com sua guarda-costas Cotovia, há muita gente poderosa que mantém o Pinguim na mira, incluindo o antigo mafioso de Metrópolis, Tobias Whale (CONTINUA)

Sr. Whisper

Quando eu era bem jovem, meus pais me mandaram para um colégio interno para garotos e lá eu fiz um amigo chamado Robert. Não me lembro muito dele, só que ele era um menino assustado, magro e vivia doente. Ele chamava nosso colégio de inferno e que nosso diretor, o Sr. Winchester, era o demônio. E dizia que a prova estava na nossa cara. O Sr. Winchester não tinha sombra.

Um dia Robert sumiu e, com minha cabeça cheia daquelas histórias, fui pego nos corredores da escola em pleno horário de aula. O Sr. Winchester me repreendeu e fez eu me inclinar para tomar uma surra de vara. Foi quando eu vi, atrás da mesa dele, a cabeça decapitada de Robert, no topo de seu cesto de lixo. Assustado, olhei para o outro lado, e vi a sombra da vara do Sr. Winchester na parede, e nada mais. Robert estava certo o tempo todo: o diretor não tinha sombra.

Logo depois, meu pai me tirou do colégio e atribuí minhas experiências à minha imaginação infantil e esqueci Robert e o Sr. Winchester. Mas agora, anos depois, estão falando de um Sr. Whisper, que voltou a Gotham. Um homem imortal que costumava matar crianças. Um homem sem sombra.

Sigo o rastro do Sr. Whisper desde um monastério numa região distante da Áustria até a Catedral de Gotham, onde ele me pegou desprevenido e me pôs numa armadilha letal bastante complexa. Ele diz que tem trezentos anos de idade e que fez um pacto com o diabo para viver por três séculos, mas o acordo está para terminar. Por isso, ele planeja lançar uma praga sobre Gotham e envenenará toda a cidade como uma oferenda para o demônio.

Não tenho tempo para pensar nas palavras dele ou se acredito nelas. Estou planejando minha fuga da armadilha, e fico de pé atrás dele antes que possa se preparar. Ele me ataca, e nós rolamos pelo frágil piso da catedral até o metrô logo abaixo. Eu caio longe dos trilhos, mas Whisper aterrissa exatamente na direção do trem no 2, que o acerta em cheio. Pouco depois, o barulho e o vento cessam, e estou diante do corpo inerte do que costumava ser o Sr. Whisper.

Ele estica o braço e alcança minha capa. Não apenas está vivo, mas parece ignorar seus ferimentos. Ele me ataca, sinto meu braço perder força e isto o diverte. Whisper ri da minha dor. Ele me dá uma chave de pescoço, sem perder o sorriso. Ouço o trem vindo em nossa direção, pelo sentido oposto. Ele me faz encarar o farol do trem e para nos trilhos, confiante de que sobreviverá e de que eu não terei a mesma sorte.

O farol do trem ofusca a minha visão. O apito dele invade nossos ouvidos e nos derrota. No último segundo, jogo o peso para o quadril, faço um pivô e arremesso Whisper contra o vidro frontal do trem, e fico o mais rente possível ao chão enquanto o trem o leva embora.

Retorno à catedral e não deixo que o sino toque, evitando que a praga de Whisper seja lançada no ar de Gotham.

Hoje eu evitei o inferno.

Espero que Robert tenha feito o mesmo.

Imagem da câmera de segurança do DTG no trem no 2. Aqui Whisper parece assustado. Quase humano.

Professor dispara arma em sala

POR BRET MOENCH

UNIVERSIDADE DE GOTHAM — Numa decisão unânime tomada pelos coordenadores da Universidade de Gotham, o recém-contratado professor Jonathan Crane foi demitido do corpo docente por disparar uma arma de fogo em sala de aula durante uma palestra na manhã de segunda-feira.

Originalmente um pupilo de Avram Bramowitz, professor titular de psicologia há anos, Crane foi promovido pelo reitor Nicholas Kinder, depois da morte de Bramowitz, que inexplicavelmente caiu do telhado do Centro de Química no início deste ano.

De acordo com o reitor, o tema que fascinava Crane era o medo, e dava várias palestras sobre o assunto, a ponto de alguns alunos reclamarem da natureza altamente especializada do curso.

Professor Crane

Foi durante uma destas palestras que Crane decidiu mostrar o que chamava de "resposta condicionada ao medo da morte". Durante sua fala, ele sacou uma arma, apontou para um vaso de porcelana e disparou, mandando estilhaços de cerâmica para todo lado, o que provocou um corte no rosto da aluna Heidi Belanger, pouco abaixo de olho.

Embora a Srta. Belanger tenha optado por não prestar queixa, os coordenadores decidiram por exonerar Crane após uma reunião de emergência. Quando contatado para falar sobre sua didática controversa, Crane apenas declarou: "O medo não pode ser ensinado se nunca foi vivido anteriormente. Tenho confiança de que algum dia os coordenadores vão concordar comigo."

O INQUISIDOR DE GOTHAM

ESPANTALHO ASSASSINO?

POR DOUG BLEVINS

Desenho do "Espantalho" feito de acordo com os relatos das testemunhas.

Gotham parece ter mais um bandido fantasiado, de acordo com fontes do Departamento de Polícia. Alguns dias atrás, o reitor da Universidade de Gotham, Nicholas Kinder, e seus quatro regentes, Kris Anderson, Jonathan Tichio, Wesley Craig e Dylan Girard, foram encontrados mortos num escritório do campus usado como sala de reuniões. De acordo com o legista, os homens morreram de parada cardíaca simultânea, um fenômeno aparentemente causado por um intenso pânico. Fontes relatam que havia palha no local.

Enquanto o capitão Gordon e o escritório do comissário permanecem oficialmente em silêncio sobre os detalhes do caso, temos a confirmação de que os educadores foram mortos por um assassino fantasiado que usa o medo como arma. Com a aparência de um espantalho esfarrapado, há relatos de que o criminoso aparentemente se valeu de algum tipo de alucinógeno que despertou pânico no reitor e nos demais, o que fez com que seus corações parassem de bater por puro medo.

Enquanto a identidade do delinquente ainda é desconhecida, agentes do DPG já o chamam de Espantalho, por motivos óbvios. Os mesmos agentes, que preferem não se identificar, afirmam com convicção que o vigilante da cidade, o Batman, em breve terá informações que levem à prisão do Espantalho.

Se o Espantalho está por trás ou não das mortes ocorridas na universidade, é algo que precisa ser provado. Por ora, parece que o destino deste criminoso fantasiado está nas mãos de outro homem mascarado, mas que mostra a cada dia estar do lado dos anjos da cidade.

Asilo Arkham
para Criminosos Insanos

Desde 1921   Capacidade 500   *"Até a mente mais doentia pode ser curada."*

PERFIL PSICOLÓGICO DO PACIENTE

DATA: 9 out
PSIQUIATRA RESPONSÁVEL: Dr. Jeremian Arkham

CODINOME: ESPANTALHO

NOME COMPLETO: Crane (SOBRENOME)   Jonathan (PRIMEIRO NOME)   (NOME DO MEIO)

ALTURA: 1,83 m   PESO: 63 kg

CABELOS: PRETOS   OLHOS: AZUIS

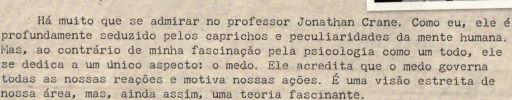

AUMENTAR MEDICAÇÃO

AVALIAÇÃO:

Há muito que se admirar no professor Jonathan Crane. Como eu, ele é profundamente seduzido pelos caprichos e peculiaridades da mente humana. Mas, ao contrário de minha fascinação pela psicologia como um todo, ele se dedica a um único aspecto: o medo. Ele acredita que o medo governa todas as nossas reações e motiva nossas ações. É uma visão estreita de nossa área, mas, ainda assim, uma teoria fascinante.

A obsessão de Crane pelo medo começou na infância. Filho não planejado e não desejado, Crane quase foi submetido à eutanásia por sua avó, que não queria saber de seu herdeiro ilegítimo. Mas, por alguma razão, sua bisavó decidiu poupar sua vida e o colocou para trabalhar para ela, cuidando do jardim e de outros afazeres domésticos, ainda no estado da Geórgia.

Quando o dinheiro desta outrora rica família começou a rarear, a bisavó de Crane se tornou cada vez mais mal-humorada, culminando na noite em que descobriu um livro de James Joyce no quarto de Jonathan e trancou o menino no sótão abandonado, onde o garoto passou a noite espantando os corvos e chorou até pegar no sono em total escuridão. Foi naquela noite que Jonathan aprendeu o poder do medo e foi tomado pela ideia de controlá-lo para conseguir o que queria.

Na escola, Crane foi vítima de zombaria e ridicularizado pelos colegas. Um personagem magrelo, desengonçado, saído das páginas de A lenda do cavaleiro sem cabeça, de Washington Irving, ele mergulhou nos estudos. Chegou a desenvolver um segundo interesse por química, quando percebeu os efeitos que algumas misturas poderiam ter na mente humana. Começou então a elaborar o seu "gás do medo", uma fórmula que eu confesso não entender nem um pouco. Mas basta dizer que essa arma química faz com que suas vítimas experimentem manifestações intensas de suas mais tenebrosas fobias.

Embora ele esteja relutante em falar da primeira vez que ele usou seu "gás do medo" ou mesmo quando passou a incorporar seu alter ego, o Espantalho, Crane é

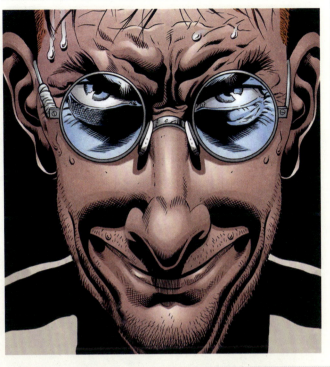

89

Fotos de Karl Hellfern, conhecido como Doutor Morte. Um dos meus primeiros adversários e um especialista em toxinas. O maior sonho de Morte era envenenar Gotham.

Tweedledee e Tweedledum, também conhecidos como os primos Dumson e Deever Tweed. Mais de uma vez cometi o erro de não levar os Tweed a sério. Enquanto eles ficam satisfeitos por parecerem mais um par de vilões fantasiados inofensivos, os dois são mentes criminosas geniais, chegando a organizar uma quadrilha toda baseada em personagens de Lewis Carroll intitulada Gangue do País das Maravilhas.

Solomon Grundy

A primeira coisa que atrai minha atenção é o grito estridente, vindo do reservatório do Parque Robinson. Das árvores vizinhas vejo uma mulher em desespero porque levaram seu cachorro. Foi algo aterrador, pelo seu estado de nervos. Ela está com o olhar vidrado no túnel de pedra à sua frente, que leva ao esgoto, mas deveria estar fechado, pois está interditado há anos. Pelo semblante dela, ele teve uma reabertura e tanto.

Numa noite normal, eu ignoraria este tipo de coisa, pois tenho muitas outras preocupações na cidade para resgatar animais, mas foi exatamente neste local que a garota Velcher desapareceu há dois dias. Acendo a lanterna e entro na tubulação.

Os filtros nasais ajudam com o mau cheiro, e já consigo ver um rastro, marcas sutis na parede de pedra, teias de aranha danificadas perto do teto... o que pegou o cachorro é realmente grande. Maior do que eu pensava.

Depois da primeira curva, já sei que é uma pessoa. Pegadas gigantes na imundície do túnel, saindo do vão principal para um caminho lateral, maior que qualquer pé humano, mas é a marca de uma bota. Sigo as pegadas.

A luz alcança o fundo do túnel a tempo de eu ver o vulto dobrando o canto à frente, um homem gigante, pálido, vestindo um paletó esfarrapado e com o cão morto em seu ombro.

É Solomon Grundy, de quem eu ouvi falar quando era garoto. Um morto-vivo que deu um trabalho e tanto para o Lanterna Verde original mais de uma vez. Uma suposta lenda urbana e sucesso de vendas em fantasias de Dia das Bruxas. Como o Batman.

Eu me aproximo do fim do túnel e ouço sua voz pela primeira vez. "Coma", ele diz a si mesmo. Me surpreendo com o fato de que ele fala, e com a possibilidade de que o pequeno dachshund possa satisfazer seu apetite. Então me lembro da garota Velcher e fico furioso.

Desisto da discrição e parto para cima do monstro, deixando a lanterna no cinto para ficar com as mãos livres. Pego uma granada de luz, alguns bat-arangues especiais e viro para onde eles estão.

Ele fecha os olhos quando a luz ofusca. Ela faz o mesmo, está de pé contra a parede. Meg Velcher, suja e assustada, mas viva. Diante dela, o cachorro, que não teve a mesma sorte. Grundy não sequestrou a garota. Ele deve ter encontrado a menina e tentado cuidar dela.

Ele se endireita conforme as pupilas se adaptam. Não sabe se sou amigo ou inimigo.

Uso a voz de comando que aprendo com o adestrador de leões do Circo dos Irmãos Hills, há alguns anos: "Está tudo bem!", digo. "Eu vim para ajudar."

Grundy permite que eu me aproxime da garota, mas seus olhos se arregalam. Não está mais tão certo sobre mim.

"Morcego", diz ele de forma precavida.

A garota vê a chance e corre na minha direção. Grundy dá um passo adiante.

Levanto minhas mãos. "Ótimo", falo para ele. "Muito bem."

Grundy para. "Você leva a garota?", pergunta ele, num tom nada amistoso.

Controlo a respiração, os batimentos. Ele não pode me ver como uma ameaça. Este gigante pode me quebrar ao meio como um graveto e nem quero pensar no que pode fazer com a garota.

"Sim", eu o alerto "Ela vai ficar bem."

É difícil controlar meu pulso enquanto aguardo uma reação de Grundy. Ele vem até mim, eu não recuo. Coloco minha mão no ombro da menina e o encaro.

Ele se abaixa, o rosto fica a poucos centímetros do meu. Ele me cheira e me olha nos olhos. Meg faz de tudo para parecer corajosa. Não chora. Não diz nada. Boa garota.

Finalmente, Grundy resmunga, se vira e se afasta. Após alguns segundos, eu expiro com mais força do que pretendia e seguro a mão da garota. Partimos para a superfície.

Meg Velcher está sã e salva esta noite. Grundy é um problema para outro dia.

Um dos dois criminosos a se chamarem de Cavaleiro, Mortimer Drake usava sua perícia como aventureiro para entrar em atividades criminosas. Recentemente ele se declarou arrependido, mas essa história é velha e eu já a escutei muitas vezes.

A carreira criminosa do Fantasma Fidalgo durou décadas. Originalmente inimigo da Sociedade da Justiça e do Gavião Negro, ele passou a fazer aparições em Gotham, o que o colocou em conflito com o Batman. O Gavião Negro acredita que ele é uma aparição sobrenatural, mas eu ainda sou cético.

Foto recente do Doutor do Crime, Matthew Thorne, antes dele se suicidar. Thorne era um de meus mais antigos inimigos, que explorava seu conhecimento médico operando criminosos a preços altíssimos. Seu legado e identidade foram tomados por Anica Balcescu, tão imoral quanto ele.

Remendo Maluco, ou Paul Dekker. Um criminoso com problemas de visão obcecado por cores que, mais tarde, vingou-se do Robin original, Dick Grayson.

Homem-Calendário

Chego ao Teatro Bijou uma hora antes do horário previsto para ele entrar no palco. Seu nome artístico é Marajá, o Mágico, mas uma rápida pesquisa revelou que o "Marajá", na verdade um inglês descendente de indianos chamado Nyle Kanda, foi encontrado decapitado em seu camarim no dia 2 de setembro do ano passado. À época não havia suspeitos, mas andei pesquisando. Informalmente, dia 2 de setembro é o Dia Nacional da Decapitação.

Abro a porta para aquilo que serve de camarim, mas está vazio. Um escritório escuro com um sofá velho e um espelho de maquiagem no canto. Sem sinal de algum toque pessoal a não ser por um calendário com fotos de filhotes de cachorro. A página não foi virada, ainda está em março. Ele não esteve aqui hoje. Levanto a folha para ver o mês de abril, mais cães e as palavras "Show de 1º de abril" em letras maiúsculas. Faz sentido para ele um show de imitação justo hoje. É o calendário que determina os rumos da vida de Julian Day.

Ouço passos no corredor. Vou para a sombra no canto do cômodo e espero.

Ele sequer olha em volta ao entrar, apenas tira o chapéu e senta diante do espelho de maquiagem. Pega o turbante na cabeça de isopor sobre a mesa e lentamente começa a enrolá-lo a partir da testa, enquanto sussurra algo, quase um canto.

"Já é 1º de abril de novo, hora de pegar mais um bobo..."

Não preciso mais esperar. Ele confirmou seu propósito. Hora de acabar com isto. "Julian", chamo ao sair das sombras.

Ele não olha para mim, só tem olhos para o espelho. "Mas o que há de novo em pegar um bobo, isto ninguém sabe."

"Julian Gregory Day", falo. "É o fim. Seus roubos em quatro etapas, com a de hoje, cinco... acabaram."

"Mas hoje as pessoas já chegaram", diz. Sua mão lentamente se move para pegar uma arma na faixa em sua cintura e ele atira em mim antes que eu atravesse metade da sala. A capa absorve o impacto por mim, e Julian desmorona com um mero soco no nariz. Ele não tem nada armado em seu camarim. O show não deveria começar antes da hora.

Ele cai no chão em posição fetal e fecha os olhos. Seu nariz sangra muito e ele apaga. É tão patético que eu baixo a guarda antes, pego a arma e deixo o local, mas fico observando de fora até que Gordon e seus homens cheguem. Contudo, não quero mais ficar naquela sala se não for mesmo necessário.

Ouço a voz de Julian atrás de mim ao sair.

"... porque as diversões já começaram", ele sussurra para ninguém ouvir.

E não há resposta.

Fotos recentes do Homem-Calendário no Asilo Arkham. Embora ele use com frequência um traje chamativo vermelho e branco, com páginas de calendário como capa para cometer seus crimes baseados em datas específicas, há muitos anos Julian Day decidiu incorporar sua obsessão à sua vida pessoal, tatuando as abreviações dos meses do ano num círculo ao redor de sua cabeça.

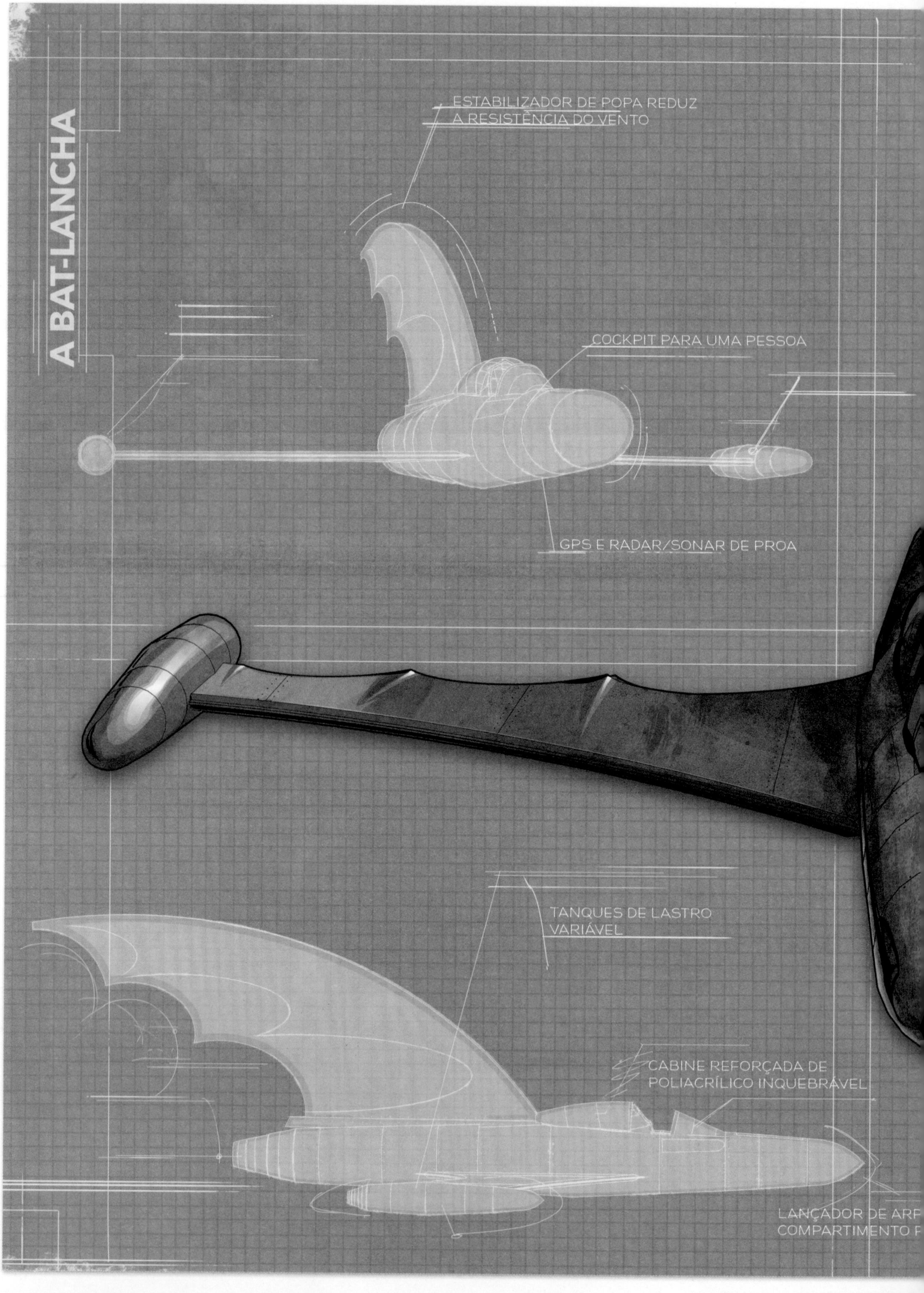

A BAT-LANCHA

ESTABILIZADOR DE POPA REDUZ A RESISTÊNCIA DO VENTO

COCKPIT PARA UMA PESSOA

GPS E RADAR/SONAR DE PROA

TANQUES DE LASTRO VARIÁVEL

CABINE REFORÇADA DE POLIACRÍLICO INQUEBRÁVEL

LANÇADOR DE ARP
COMPARTIMENTO P

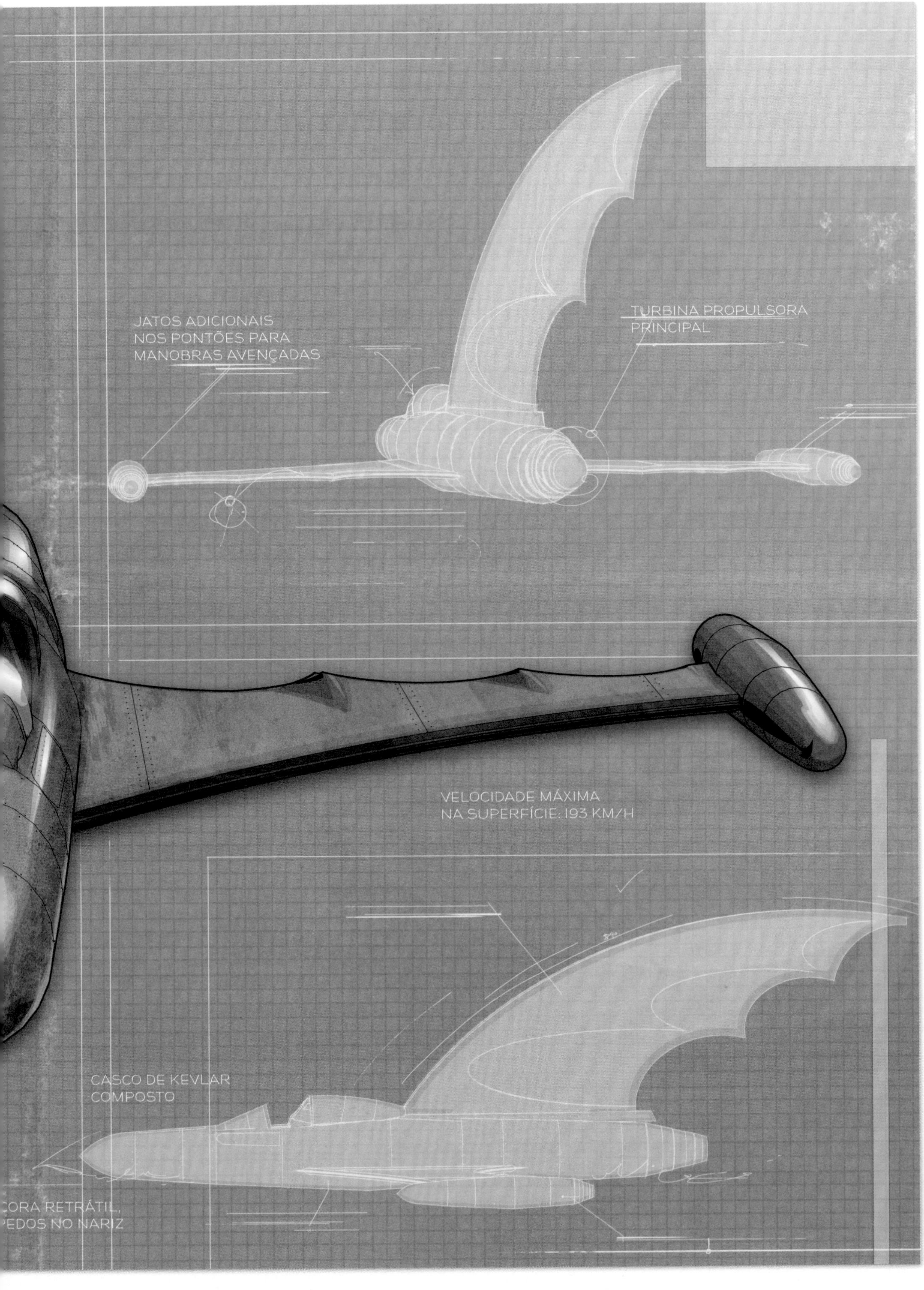

JATOS ADICIONAIS
NOS PONTÕES PARA
MANOBRAS AVENÇADAS

TURBINA PROPULSORA
PRINCIPAL

VELOCIDADE MÁXIMA
NA SUPERFÍCIE: 193 KM/H

CASCO DE KEVLAR
COMPOSTO

ORA RETRÁTIL,
PEDOS NO NARIZ

DEPARTAMENTO DE POLÍCIA DE GOTHAM
BOLETIM DE OCORRÊNCIA #WR 9005-1
Hora de Registro: 09/11 13:52:50

FORMULÁRIO DE DECLARAÇÃO DE TESTEMUNHA

Nome: *Steve Flack*
Endereço: *Rua Kane, 49*
Data: *8/11*

Referência a: *Furto pelo Chapeleiro Louco*
Número do caso: *004912*

Narrativa:
Um pouco mais cedo eu falava ao telefone na minha mesa na recepção do Iate Clube quando os caras entraram pela porta da frente. Acho que estava de costas para eles, então não pedi documentos nem nada. Quando desliguei o telefone, só vi o cara passar pela porta em direção ao salão. Ele era baixinho e usava uma cartola. Ele parecia o Chapeleiro Louco do desenho da Alice. Mas não me lembro de ter visto aquela figura esquisita no clube antes, então quando tento descobrir quem é o sócio que o trouxe, ouço tiros vindo da outra sala. Quer dizer, pareciam tiros, mas eu não vi nada. Aí chamei a polícia e fiquei esperando. Eu não queria ir lá e levar tiro. Depois, uma garota que estava lá tirando fotos para uma revista que eu não lembro o nome sai da sala dizendo que o cara de chapéu roubou a Taça Lewis, o troféu de regatas do clube, que vale uma nota preta e está em exposição. A moça disse que o cara também roubou o iate de um dos donos do clube e parece que ele fugiu nesse barco. Coisa cara, essa lancha que o baixinho roubou. Depois eu só esperei vocês chegarem. Nunca vi aquele baixinho em toda minha vida, nem nada daquilo. Pelo jeito, fugiram mesmo.

Assinatura da testemunha: *Steve Flack*
Assinatura do Policial: *McGonigle*

NOME DO ARQUIVO	NOME
CHAPELEIRO LOUCO	JERVIS TETCH
ALTURA	PESO
1,73 m	68 kg
OLHOS	CABELOS
AZUIS	RUIVOS
CODINOMES CONHECIDOS	BASE DE OPERAÇÕES
NENHUM	GOTHAM

PROFISSÃO
CRIMINOSO PROFISSIONAL

CONEXÕES CONHECIDAS
Homem-Chapéu (CHAPELEIRO LOUCO II), PINGUIM, MÁSCARA NEGRA, ELLA LITTLETON

AFILIAÇÕES
A SOCIEDADE, SEXTETO SECRETO, A GANGUE DO PAÍS DAS MARAVILHAS

ARQUIVOS ASSOCIADOS
O Golpe do Século, Loucura, A Queda do Morcego, Desconhecido, Não Resolvido, Seis Graus de Devastação

ANOTAÇÕES

Quando começo a prestar atenção no tipo de loucos que tenho enfrentado neste tempo todo, um padrão bem incômodo aparece. A maioria foi vítima de escárnio quando jovem, eram tímidos, do tipo que se enfiava nos livros antes que o mundo os fizesse passar do limite. O caso de Jervis Tetch não era muito diferente.

Embora seja provável que haja outros casos anteriores, o primeiro crime conhecido de Jervis aconteceu anos atrás, antes de ele adotar a identidade do Chapeleiro Louco. Quando morava numa pensão na zona leste que pertencia a uma senhora chamada Ella Littleton, Tetch se tornou amigo de sua filha Connie, aluna do ensino médio naquele tempo. Sempre ridicularizado por sua aparência, mesmo depois de adulto, ele levava uma vida pacata, isolado, provavelmente porque sua autoimagem nunca se desenvolveu por completo. Mais identificado com crianças do que com adultos, Tetch era companhia frequente de Connie, sempre ajudando a menina com os trabalhos da escola.

Conforme Connie crescia, ela começou a sair com um rapaz chamado Mark Rabin, apesar de a mãe proibir o namoro dos dois. Quando Connie engravidou sem querer, ela mentiu para a mãe superprotetora, dizendo que foi atacada por um jogador de beisebol da escola. Confiando cegamente na palavra da filha, Ella Littleton conspirou com Jervis e o convenceu a "defender a honra de Connie" e explodir o vestiário do time com os jogadores lá dentro. Apenas dois jogadores sobreviveram, e doze jovens perderam suas vidas.

Bastante desequilibrado, mas um gênio dos computadores, Tetch deenvolveu um método sofisticado de controle da mente que ele opera com um chapéu tirado das ilustrações de Sir John Tenniel dos livros de *Alice no País das Maravilhas*, escritos por Lewis Carroll. Ao implantar uma carta, etiqueta ou faixa na cabeça de sua vítima, ele consegue suplantar qualquer vontade da pessoa, controlar suas atitudes e até suas palavras, embora suas vítimas pareçam estar em transe. Ainda é um mistério o motivo pelo qual ele se tornou obcecado pela literatura infantil ou por garotas com o tipo físico de Alice, mas, qualquer que seja o motivo, o Chapeleiro tem uma atração doentia por meninas, talvez sua característica mais assustadora.

Quando começou a agir fantasiado, os crimes de Tetch eram tão erráticos quanto sua mente dispersa. Ele ia de roubos comuns até sequestros bastante elaborados. Mas talvez o mais bizarro seja o fato de que, quando ele ficou preso, um imitador tomou seu lugar e trocou o sofisticado controle da mente por crimes relacionados a chapéus e engenhocas. O segundo Chapeleiro Louco, ou Homem-Chapéu, como é chamado hoje, logo perdeu seu posto quando o verdadeiro Tetch ficou sabendo de suas atividades. Na verdade, Jervis estava tão (CONTINUA)

Conhecendo Sr. Frio

A capa arrasta no chão quando eu me abaixo atrás de uma espécie de gerador e faz um barulho parecido com o de unhas na lousa. Uma das pontas da capa está congelada e eu a golpeio contra o piso. Ela se estilhaça e outra rajada de algum tipo de mistura de nitrogênio líquido e gelo passa por cima da minha cabeça e atinge o extintor de incêndio na parede atrás de mim. Instantaneamente, o extintor está coberto por uma camada grossa de gelo. É uma tecnologia muito avançada para mim, que não gosto de lidar com o desconhecido.

O que mais eu sei? O homem com a arma de gelo se chama Victor Fries e ele chama a si mesmo de Sr. Zero ou algo do tipo. Foi difícil ouvi-lo com o barulho da arma. Ele veste uma espécie de traje térmico, provavelmente para manter seu corpo aquecido e protegido da arma. Pense, Bruce! O que mais você sabe?

Sei que Fries está irritado, seu chefe, o homem congelado no canto, é Ferris Boyle, presidente da GothCorp. Fries trabalha para uma de suas subsidiárias, a NEOdigm. Tenho a impressão de que esta será sua última noite no emprego. Os recursos de Victor foram reduzidos, mas ele parece desesperado demais, seus gestos são intensos. As coisas não se encaixam. Tem alguma peça faltando.

A rajada seguinte atinge o gerador, que faz um breve chiado até que está todo coberto de cristais de gelo e, quando percebo, estou atrás de um imenso bloco de gelo. Hora de cair fora daqui.

Eu me levanto e atravesso a sala, em direção à parede oposta, o ponto mais escuro e o melhor lugar para pensar no que fazer.

Fries está atirando mais rápido agora. A arma não parece precisar de recarga. Interessante. Meu salto lateral vira um rolamento e vou parar diante de um grande tubo cilíndrico. Preciso continuar a me mexer, estou na mira de Fries. Salto para trás de uma mesa do laboratório e vejo melhor o tubo. Há uma mulher lá dentro.

Congelada. É sua esposa, Nora Fries. A peça que faltava.

Aposto que os recursos cortados pela GothCorp seriam destinados a ajudar a esposa de Fries. Não consigo imaginar uma empresa tão perversa quanto a GothCorp demonstrando algum tipo de compaixão por ela.

"Pare", grito ao voltar para o meio da sala. Preciso que Victor veja Nora e se acalme. "Posso conseguir ajuda para você e sua esposa."

Fries não me escuta e, o que é pior, está atirando a esmo. O gelo atinge toda a sala. Fries não quer mais me atingir, quer mostrar poder.

Até que uma das rajadas atinge uma ponta do cilindro. A força do gelo desloca o tubo da base, ele rola e atinge o chão, fazendo um barulho alto de vidro estilhaçando, mas acho que não é apenas vidro. Parece que Victor Fries acaba de matar sua esposa.

Ele se distrai e salto sobre ele, agarrando um cabo energizado. Enfio o cabo no meio do seu peito e o efeito é imediato. Ele convulsiona, cospe e cai no chão.

Há um segundo de silêncio no laboratório, e ouço passos dos seguranças da GothCorp vindo pelo corredor. Olho o caos deixado pelo cilindro em pedaços e a mão inerte de Nora Fries debaixo de tudo. Ainda dou um suspiro antes de usar o arpão para sair dali.

Está frio mesmo. Posso ver o vapor da minha respiração.

Um dos mais avançados trajes refrigerados do Sr. Frio. Esta versão específica precisava de diamantes para funcionar adequadamente.

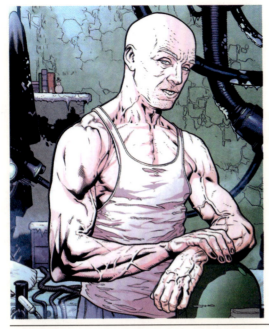

NOME DO ARQUIVO	NOME
SR. FRIO	DR. VICTOR FRIES
ALTURA	PESO
1,83 m	86 kg
OLHOS	CABELOS
AZUIS	NÃO TEM
CODINOMES CONHECIDOS	BASE DE OPERAÇÕES
SR. ZERO	GOTHAM

PROFISSÃO
CRIMINOSO PROFISSIONAL, EX-CIENTISTA PESQUISADOR, EX-PROFESSOR

CONEXÕES CONHECIDAS
esposa LÁZARA (NORA FRIES), NYSSA AL GHUL (falecida), DUAS-CARAS, MÁSCARA NEGRA (falecido)

AFILIAÇÕES
A SOCIEDADE, LIGA DA INJUSTIÇA

ARQUIVOS ASSOCIADOS
Os Crimes Gelados do Sr. Zero, Neve, Vitória Sombria, Por Fogo... ou por Gelo?, A Filha da Destruição

ANOTAÇÕES

Dizem que o nome de uma criança ajuda a delinear seu destino e, infelizmente para Victor Fries, com ele não foi muito diferente.

Ironicamente, quando eu o encontrei pela primeira vez, ele se chamava de Sr. Zero. Os jornais logo perceberam a possibilidade do trocadilho e da segunda vez em que nos vimos, ele já tinha adotado o nome de Sr. Frio.

Victor nunca foi muito bom em entender as atitudes do homem comum. Ele nasceu diferente, fascinado pelas muitas belezas da vida e pela necessidade de preservá-las, congelando-as no tempo, para que pudesse apreciar essas belezas eternamente. Para tal, o menino Victor começou a colecionar insetos que congelava em formas de gelo, como maneira de controlar o avanço contínuo do tempo. Como seus pais superprotetores nunca entenderam suas compulsões e o rotularam como "anormal", Victor logo se viu marginalizado tanto em sua família quanto em seus círculos de convivência.

Tudo mudou quando ele conheceu Nora no campus da Universidade de Gotham, onde se apaixonaram. Vistos como um casal improvável, já que Victor era estudioso e introvertido e Nora era linda. Logo os dois se casaram e começaram a planejar seu futuro juntos. Victor terminou seu doutorado e começou uma modesta carreira como professor numa universidade do interior, simultaneamente fazendo experiências com criogenia, um campo em franca expansão.

Nora foi então diagnosticada com um tipo raro de câncer em estágio terminal. Para bancar o tratamento, Victor começou a trabalhar na NEOdigm, subsidiária da GothCorp, trabalhando com criogenia avançada sem levar créditos por isso, enquanto assistia as condições de Nora piorarem drasticamente. Para complicar ainda mais, a GothCorp decidiu suspender os recursos para Victor, por acreditar que as experiências estavam custando à empresa um valor que eles jamais recuperariam. Victor mais uma vez se sentiu impotente e tentou encontrar uma maneira de retomar todo aquele controle muito importante para ele, que havia perdido.

Numa madrugada, ele invadiu seu laboratório e congelou sua esposa num tubo de criogenia, pois era a única maneira de preservá-la e salvar sua vida. No entanto, quando o presidente da GothCorp, Ferris Boyle, soube o que Victor fez, ordenou que a segurança interviesse, causando um conflito que acabou expondo Fries ao seu próprio líquido congelante, o que alterou a química de seu corpo para sempre.

Agora Fries consegue sobreviver apenas em temperaturas negativas. Por isso desenvolveu um traje térmico blindado e usou sua tecnologia criogênica para construir uma arma que dispara rajadas congelantes incrivelmente poderosas. Um a um, ele eliminou os executivos da GothCorp, congelando-os até a morte. Durante seu ataque a Boyle, eu interferi e, infelizmente, o corpo congelado de Nora foi estilhaçado, o que incutiu em Fries um ódio mortal pelo Batman e todos que se relacionam com ele.

Eu e o Sr. Frio nos enfrentamos várias vezes e, enquanto ele alega não ter mais nenhuma emoção humana, seu amor e dedicação a Nora é sempre evidente. Na verdade, numa parceria com uma das filhas de Ra's al Ghul, Nyssa, Frio conseguiu trazer sua esposa de volta à vida com a ajuda do misterioso Poço de Lázaro. Desequilibrada pela conversão alquímica do poço, Nora adotou o nome de Lázara, (CONTINUA)

Veneno

As luzes estão apagadas, o que não ajuda muito. Não posso fechar muito os olhos. A cabeça lateja cada vez mais forte quando eu ignoro... ignoro. Por dentro, está rasgando, estraçalhando. Concentre-se. Visualizo uma vela em minha mente. Observo a chama tremular. Controle-se... Respire. Eu rolo pelo chão da caverna, tento vomitar. Nada sai. Deito de costas, olho para a escuridão. Os morcegos se movem. Ouço suas asas batendo. Ajustando.

Sente-se. Fique calmo e sente-se. Tudo está em chamas, mas estou congelando. Meu cabelo está encharcado de suor. Ande, Bruce. Levante-se e ande até a maca. Há um cobertor ali, foi Alfred quem o colocou. Vai aquecê-lo. Levante-se, Bruce.

Levante a pedra.

Consigo me arrastar. Drogado patético. Fraco e patético. Veneno ajudaria. Só mais algumas pílulas. Ou uma. Apenas uma para passar por isto. Não é uma opção. Já era. Eu as destruí. Somos apenas eu e a caverna.

Ouço minha mãe, mas não é ela. É a droga. Eu sei que é. De qualquer jeito não é minha mãe. É ela. É a menina Porter. Parece estar chorando.

Levante a pedra, Bruce, ela está logo atrás.

Não consegui. Não pude salvá-la. Não fui forte o bastante. Ela precisava que eu tirasse a pedra do caminho. Para tirá-la de lá. Antes que a água subisse novamente. Mas eu não consegui. Ela se afogou porque não fui forte.

Tomei o Veneno por ela. Para que eu pudesse erguer a pedra a partir de agora. Mas eu fiz... isto. Fiz de mim um... drogado. Viciado. Mais fraco do que antes.

Ela para de chorar, mesmo não estando ali. Apenas os morcegos.

Sinto a barra de metal contra minha testa. A grade da maca. Consegui. É fria, ajuda com a dor de cabeça. Não se mova agora.

Não tenha pressa. Relaxe. Seu corpo está fazendo o necessário para combater isto.

Mais ânsia. Nada sai, mais uma vez. Estou tremendo. Suba na maca, Bruce.

Subo na grade da maca. Fico de costas. Ouço a voz da minha mãe novamente.

Não consigo. Não posso erguer a pedra, mamãe. Sou fraco demais. Sinto muito.

Tento dormir. Entro debaixo das cobertas e tento dormir.

Não consigo erguer a rocha.

Mas não vou deixar a caverna. Não vou sair daqui.

Enquanto puder.

Passo um mês na caverna para me livrar do vício no Veneno. Jamais me tornarei dependente de algo novamente. Jamais.

A reação de Leslie

"Ainda não terminei de falar com você, jovenzinho", diz ela enquanto me segue até o quarto principal. "Não me dê as costas."

Não tenho como não sorrir quando me viro. Já tempos ninguém faz o papel de minha mãe.

"Acho que já falamos sobre isso", digo enquanto tiro minhas luvas. O sangue do ferimento à bala em meu ombro pinga no mesmo carpete que Alfred limpou semana passada. Ele não vai ficar nada feliz.

"Não... não falamos", diz ela, nervosa e perturbada. Não a vejo assim desde que caí de bicicleta, anos antes, quando eu tinha cerca de nove anos de idade. "Ainda não falamos o bastante sobre isto. O que está fazendo, esta... vida que leva. Quantas balas vai aparar com seu próprio corpo até entender o quanto isto é destrutivo?", ela argumenta.

"Eu ajudo as pessoas", respondo, a caminho do banheiro. "Eu já te ajudei na clínica antes."

"Através de violência? Como é que... como isto pode ajudar alguém? Você não é tão ingênuo assim. Sabe bem disto. O que está fazendo... o Batman... isto é... temporário. Quando você impede que garotos levem drogas à clínica, não está transformando suas vidas, apenas usou seus punhos. Apenas os conteve."

Eu ouço seu sermão enquanto pego uma toalha e a enrolo em meu braço. Se bem me lembro, é parte do conjunto de fibras naturais importadas que Alfred comprou recentemente de um vendedor na Indonésia. Logo um círculo vermelho-escuro se forma no tecido branco. Perdão, Alfred. Acho que minhas fichas estão acabando.

Leslie ainda está falando quando volto para o quarto. "Não está curando a doença, está apenas pondo um curativo em cima", argumenta.

"Um curativo pode ser uma ótima solução para o momento", justifico. Leslie não sorri de volta.

Ela se volta para a janela, observando as cortinas sem prestar mesmo atenção nelas. "Neste último mês...", fala, enquanto toca o tecido pesado. "Você não retornou nenhuma de minhas ligações, Bruce. E quando eu te vejo, ou melhor, quando eu consigo te ver... você vai até a clínica com buracos de balas nas costas, vestido com esta... fantasia. E agora isto hoje. Você simplesmente acaba comigo e com Alfred quando aparece com outro tiro no corpo e eu devo achar isto normal? Esse... esse Batman está roubando sua vida, Bruce. E não tem como durar muito tempo."

"Foi um mês... Eu não quis... Teve relação com... mas é complicado", tento justificar. "Eu estava na caverna."

"Na caverna", repete ela sem me olhar nos olhos. "Na caverna sob a mansão? Por um mês inteiro? Isto é loucura."

"Eu precisava superar algo", digo. "Eu estava doente, mas agora estou bem. Superei."

Ela não diz nada por um minuto, vira-se para mim e me olha. Parece não estar mais brava, apenas... triste.

"Você entende? Esses segredos sem sentido? Você sempre foi um garoto dramático, mas eu não... não consigo lidar com isto. Está além do meu alcance."

Ela passa por mim sem me olhar nos olhos e sai do quarto.

"Leslie", eu a chamo enquanto vou atrás dela pelo corredor. Mas ela não responde, desce calmamente as escadas e vai até a porta. Leslie e Alfred trocam olhares. Tem algo no rosto dela que me lembra cacos de porcelana. Não é como eu esperava que a noite terminasse.

Ela não bate a porta ao sair. O efeito é ainda pior. Olho para Alfred.

"Ela vai voltar, não?", pergunto.

Ele desvia o olhar e diz: "Providenciarei o estojo de primeiros-socorros, senhor."

Acabaram as fichas.

A Aliança

Eu acredito em Gotham. Acredito em Jim Gordon e Harvey Dent.

Gordon parece cansado no alto do prédio da Central de Polícia. Mais que o normal. Ao que parece, ele e Dent passaram mais uma noite em claro trabalhando. Vasculhando os arquivos de Carmine "O Romano" Falcone, em busca de algo para pegá-lo. Alguma brecha que podem ter deixado passar. Estão desesperados atrás de algo.

Paro diante do canhão de luz, para que a iluminação ajude a esconder meu rosto. Dent é o primeiro a notar minha presença, mas ele e Gordon estão visivelmente surpresos. Eu estaria mentindo se dissesse que não gosto disto. É uma prova de que o traje é mesmo eficaz.

Gordon tenta me apresentar a Dent, pois não sabe de nosso trabalho em equipe. Contudo, suspeita assim que percebe que eu e Harvey nos conhecemos. Gordon não é o tipo de homem que gosta de ficar por fora das coisas.

Começamos a conversar. Os fatos mais recentes primeiro. O caso Klemper. Erros do passado. Dent então abre o jogo e diz que o Romano é o alvo, pois já fez o que quis com a cidade, e tem todos os juízes e candidatos a prefeito na mão. Além de ser amigo da maioria das pessoas importantes de Gotham e ter até gente do Departamento de Polícia na sua lista de pagamentos. Concordamos que é hora de educadamente mostrar a porta da cidade para Romano. Os olhos de Gordon observam a mim e Dent alternadamente. Ele já tem um plano.

Até que diz: "Quero ser bem claro."

Ele aguarda até ter nossa total atenção, e continua: "Precisamos ser... prudentes para trazer Falcone à justiça. Podem driblar a lei, mas não a violem. Senão, o que vai nos diferenciar dele?"

Dent responde imediatamente, como se não precisasse nem pensar na pergunta. Agora todos olham para mim. Eu concordo e pressiono um botão em meu cinto. O sinal acende e apaga. Vou embora antes que suas pupilas se adaptem.

Quando lanço o arpão, ouço Dent dizer: "Ele já foi."

Gordon responde: "Ele faz isso. Irritante, não?"

Fico feliz. Homens como Jim Gordon e Harvey Dent me fazem acreditar nesta cidade mais facilmente.

O livro que eu deixei com eles é uma lista detalhada das transações ilegais escritas à mão pelo próprio Falcone. Deve ajudá-los a acreditar mais no Batman.

Carmine Falcone e seu guarda-costas, Milos. Os arranhões no rosto do Romano foram uma lembrancinha da primeira briga dele com a Mulher-Gato.

O segundo encontro com o Morcego Humano

Meu pescoço estala quando salto do carro para a caverna. A noite foi longa e estou pronto para tomar uma ducha e não fazer nada por algumas horas. Nesta noite, ou melhor, nesta manhã, não estou preocupado com pesadelos ou lembranças, estou cansado demais. Andei me esforçando mais do que o habitual e não percebi. Será que consigo dormir seis horas direto? Não me lembro da última vez que tive este luxo.

O para-brisa escurece e viro o volante ao ouvir um estrondo contra o teto do batmóvel. Parece que vi uma... asa? Antes que eu possa pensar, vejo um vulto diante dos faróis do carro. Eu piso nos freios e paro a centímetros da cabeça de Alfred. A adrenalina me acorda com tudo, e faço o possível para aplacar a raiva que vem em seguida.

Saio do carro e estou com Alfred em segundos. O pulso está normal, ele apenas está inconsciente. Vai ficar bem. Meu velho cão de guarda.

Ouço um bater de asas atrás de mim e minha mente está agitada. Faz sentido quando eu me viro para ver, não havia pensado nele antes. Diante de mim, empoleirado no capô do batmóvel, está o Morcego Humano, que eu encontrei em Gotham há algumas semanas. Claro que ele encontraria a entrada da caverna, pois ela abriga uma das maiores populações de morcegos da região. Isto ou ele (porque usa calça jeans de corte masculino) deve estar

em busca de companhia, de alguém como ele. Mas não sei se eu sou o que ele procura.

Ele guincha e salta no ar. O vento produzido por suas asas é mais forte que imaginei. O cheiro também é pior, e vem na minha direção. Eu me abaixo e deixo que ele passe. Arremesso um bat-arangue, que enrola em sua perna e então eu o puxo pelo cabo e seguro com força.

Leva alguns minutos e eu ganho mais hematomas no processo, mas, enfim, estou voando montado no Morcego Humano. Ele se assusta e quase atravessa nossos corpos numa estalactite no teto da caverna. Tento pinçar um nervo em seu pescoço, mas não dá certo e, à moda antiga, encho a cabeça dele de socos.

Ele ignora a dor, se é que sente alguma, mas agora consigo me ajeitar para alcançar o cinto. Abro uma das bolsas e pego tranquilizantes, injeto o bastante nele para apagar seis homens. Ele grita desesperado, fazendo um som assustadoramente humano.

Imediatamente ele despenca e nós atingimos o chão da caverna, perto de uma das piscinas. Seu rosto parece quase humano quando ele tenta se levantar, mas não consegue. Apagou.

Não tenho como não sentir pena, enquanto subo ao piso principal. Seu peso está acabando com minhas costas, mas não estou mais cansado. Quero entender o que ou quem ele é, na verdade. E tenho a noite toda para isto.

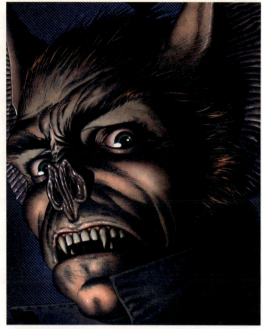

NOME DO ARQUIVO	NOME
MORCEGO HUMANO	DR. KIRK LANGSTROM
ALTURA	PESO
1,85 m	91 kg
OLHOS	CABELOS
CASTANHOS/VERMELHOS	CASTANHOS
CODINOMES CONHECIDOS	BASE DE OPERAÇÕES
NENHUM	GOTHAM

PROFISSÃO
HERÓI OCASIONAL, CIENTISTA PESQUISADOR

CONEXÕES CONHECIDAS JASON BARD, esposa FRANCINE EVELYN LANGSTROM, filha REBECCA ELIZABETH LANGSTROM, filho AARON LANGSTRON

AFILIAÇÕES
A SOCIEDADE, A REDE

ARQUIVOS ASSOCIADOS
O Desafio do Morcego Humano, Asas, Homem ou Morcego, Casamento Impossível, Os Céus de Gotham, O Retorno do Morcego Humano, Batman e Filho

ANOTAÇÕES

Na maioria das vezes, é difícil dizer de que lado da lei o Morcego Humano está. Em todos esses anos, ele já foi um aliado valoroso e um inimigo instável. É uma situação lamentável, determinada pela margem que Langstrom dá ao monstro dentro dele.

Dr. Kirk Langstrom era um cientista promissor, que trabalhava intensamente para curar sua deficiência física. Desde criança, Langstrom teve que usar um aparelho auditivo, o que lhe causou muita vergonha, inclusive na vida adulta. Com seus estudos veio o fascínio por morcegos e seus sonares naturais, e ele passou a fazer experiências com mutações genéticas nas criaturas noturnas. Depois de ter os recursos para seus estudos suspensos, ele passou a aplicar o soro experimental em si mesmo, sendo sua própria cobaia.

No início, os resultados foram bastante positivos, e a audição de Langstrom melhorou dez vezes, mas, infelizmente, os efeitos do soro não terminaram ali. Ele começou a detectar sons que os humanos não conseguem, e sua visão piorou. Seu corpo começou a desenvolver características de morcego e ele passou a se isolar do contato humano, incluindo sua noiva, Francine Lee. Ele passou a ter desmaios frequentes, e numa ocasião, acordou pendurado de cabeça para baixo num beco de Gotham. A transformação estava completa: ele se tornou um morcego humanoide gigante.

Enquanto Langstrom lutava contra a criatura em que estava se transformando, nós nos encontramos e, como Morcego Humano, ele me ajudou a acabar com uma quadrilha. Porém, quando nos vimos novamente, ele estava completamente entregue a seus instintos animais. A necessidade de segurança e companhia o levaram para as cavernas sob a Mansão Wayne e, inadvertidamente, para a batcaverna. Nós nos confrontamos e consegui derrotá-lo, para depois deixar Langstrom diante da porta de Francine Lee, que tinha passado a buscar uma cura para o noivo. Seu remédio aparentemente funcionou e Langstrom parecia curado.

Obviamente, a carreira do Morcego-Humano não terminou ali. Kirk teve dezenas de recaídas, e chegou a convencer Francine, agora sua esposa, a se juntar a ele, injetando o soro do Morcego-Humano (ver Mulher--Morcego). Com o passar do tempo, Kirk aperfeiçoou sua fórmula até se tornar uma bebida, mas, apesar de seu controle sobre as transformações, seu nível de controle sobre seus demônios internos é instável. Quando consciente de suas ações, o Morcego-Humano tem sido um aliado, colocando sua força extrema e seus sentidos aguçados para me ajudar. Por um curto período de tempo, Kirk colocou o Morcego-Humano para trabalhar profissionalmente, ao lado do detetive particular Jason Bard. Mas, quando Langstrom perde o controle, ele se torna um agente do caos praticamente incontrolável, agindo por puro instinto. Seu comportamento animalesco fez inclusive com que perdesse sua sanidade e com que acreditasse que sua mulher e filhos foram assassinados.

Langstrom por si só já é um problema, mas, quando Talia al Ghul recentemente se apropriou de suas teorias para criar seu próprio exército de Morcegos Humanos Ninjas, a ameaça dele cresceu absurdamente. Talia usou seu exército de Morcegos Humanos (CONTINUA)

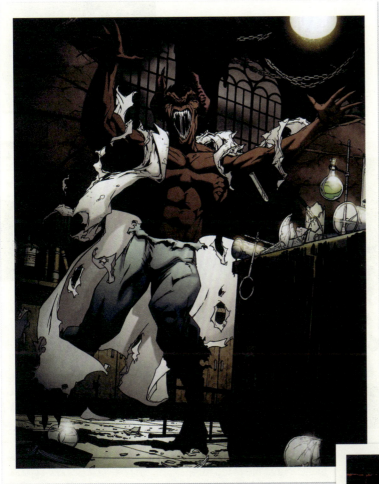

Conheci Kirk Langstrom quando éramos garotos e nossos pais estavam assistindo a uma sessão de "Amor, sublime amor". Tínhamos muito em comum na época. É irônico que ainda seja assim.

105

Kim Sale

A nova conquista de Bruce Wayne

Ele é o sonho de toda mulher de Gotham: alto, moreno, bonito, misterioso e tão rico que você levaria nove vidas para calcular sua incrível fortuna. O filho favorito de Gotham, Bruce Wayne, que, para decepção das solteiras de toda a parte, parece estar fora do mercado mais uma vez.

Claro, tratando-se do mais famoso playboy de Gotham, as aparências podem enganar, pois, pouco mais de um ano atrás, Wane foi visto nos braços da socialite Viveca Beausoleil, sob as belíssimas luzes das baladas mais caras de Gotham. À época, o incorrigível Sr. Wayne era uma cara nova na cidade, tinha acabado de retornar à vida social que o recebeu de braços abertos. De acordo com relatos, foi um par desses braços abertos que fez com que Bruce e Viveca se separassem, deixando o solteirão mais uma vez disponível na noite de Gotham.

Enquanto falava-se que Wayne tinha um interesse especial por sua funcionária Skye Peters, além da desconhecida Jillian Maxwell, estas fagulhas logo foram ofuscadas pela adorável Julie Madison, atriz e humanitária que

Selina Kyle

encontrou tempo para encaixar Wayne em sua agenda lotada. Enquanto a Srta. Madison parecia ter fisgado o bilionário, chegando a ter um pedido de casamento do bonitão, Wayne não andou na linha e ela desistiu da pescaria, para partir numa viagem filantrópica para a África, com as Tropas de Paz, e deixou seu peixe totalmente fora d'água.

Há algumas semanas, Bruce foi visto acompanhado de outra garota da elite de Gotham, Linda Page. De acordo com amigos, os dois estão num vaivém romântico que já dura meses, sem que nenhum dos dois demonstre alguma vontade de encerrar o contrato com o time dos solteiros. Mas você deve imaginar se a bela mulher vista recentemente ao lado de Wayne fez a Srta. Page decidir passar mais tempo ao lado do solteirão.

Se, como todas as mulheres disponíveis na cidade, você está morrendo de curiosidade para saber quem era a dona da exótica beleza que atraiu toda a atenção de Bruce Wayne ultimamente, fique tranquila, sua espera acabou e a competição ganhou uma rival maravilhosa.

A mulher em questão é Selina Kyle, uma cara nova na cena de Gotham, e uma moça tão misteriosa quanto o bilionário em questão. Nossas fontes espertíssimas já viram os dois trocarem olhares, e sabe-se lá o que mais, no baile do prefeito, mês passado. Há algumas noites, o casal foi visto dançando intimamente no casamento de Viti. Na verdade, nossos observadores disseram que eles deixaram o local separados, mas o Sr. Wayne e a Srta. Kyle deixaram o local ao mesmo tempo.

Será que Bruce Wayne ainda ficará solteiro por muito tempo ou Selina Kyle cravará suas garras no nosso homem de sucesso? Esta repórter e todas as demais solteiras do pedaço esperam que não.

O primeiro dos chamados "Assassinatos do Feriado", Johnny Viti, sobrinho de Carmine "O Romano" Falcone, foi encontrado morto em sua banheira. A arma do crime, uma pistola calibre .22 foi deixada no local, junto de uma mamadeira usada como silenciador improvisado. Além destes dois objetos, uma abóbora de Dia das Bruxas.

Salvatore "O Chefe" Maroni era o principal rival do Romano pela liderança do submundo.

O principal suspeito até que o Feriado matou seu pai.

Maroni concordou em testemunhar contra Falcone, mas traiu o acordo de maneira dramática, jogando ácido no rosto de Harvey Dent durante o julgamento. Harvey ficou deformado para o resto da vida, e passou a agir como o bandido Duas-Caras, o novo principal suspeito dos assassinatos do Feriado.

Os assassinatos continuaram. Em todos os feriados mais importantes, um dos comparsas do Romano era morto. A cada vez, objetos eram deixados na cena do crime, como uma lembrança da ocasião, um lembrete de que Gotham estava lidando com um assassino em série.

Mas, quando Salvatore Maroni foi assassinado pelo filho de Falcone, Alberto, o jogo mudou. O filho de Romano admitiu ser o Feriado, e confessou ter forjado a própria morte para evitar suspeitas.

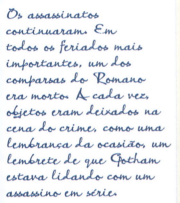

Com Alberto atrás das grades, Harvey assumiu de vez sua identidade como Duas-Caras, e assassinou Carmine Falcone e seu assistente, Vernon Fields. Mas, quando eu e Jim Gordon finalmente chegamos a Harvey, ele se rendeu sem resistência, e disse algo que me assombra até hoje: que existiam dois assassinos Feriado. Será que Harvey estava envolvido nas primeiras mortes? Será que deixei algo passar por estar tão envolvido no caso? Os fatos não parecem se encaixar, mas, este é um dos traços marcantes de Gotham. Este "Longo Dia das Bruxas" já custou muito a Gotham, incluindo a perda de um de seus melhores cidadãos. Talvez, neste caso, seja melhor não mexer no vespeiro.

NOME DO ARQUIVO	NOME
DUAS-CARAS	HARVEY DENT
ALTURA	PESO
1,83 m	82 kg
OLHOS	CABELOS
AZUIS	CASTANHOS
CODINOMES CONHECIDOS	BASE DE OPERAÇÕES
NENHUM	GOTHAM

PROFISSÃO
CRIMINOSO PROFISSIONAL, EX-PROMOTOR DE JUSTIÇA DE GOTHAM

CONEXÕES CONHECIDAS esposa GILDA GRACE DENT, JANICE PORTER (falecida), ARLEQUINA (falecida), irmão MURRAY DENT (falecido)

AFILIAÇÕES
LIGA DA INJUSTIÇA

ARQUIVOS ASSOCIADOS
O Longo Dia das Bruxas, O Observador, Vitória Sombria, Duas-Caras Ataca Duas Vezes, Crime e Castigo, Um Lugar Solitário para Morrer, Os Dois Lados da Mesma Moeda, Meia Vida, Cara a Cara

ANOTAÇÕES

Para mim, é difícil falar de Harvey. Quando vejo o que ele se tornou, e penso no que era anos atrás, isso me lembra de uma de minhas maiores falhas. Eu deveria ter percebido os indícios e estar lá por meu amigo, mas não estive. Ao mesmo tempo em que me recuso a desistir dele, é difícil não lembrar que Harvey foi por um caminho sem volta.

Conheci Harvey na escola preparatória. Num período de minha vida que eu não tinha tempo para os amigos, Harvey me mostrou que eu estava errado. Ele me tirou das trevas para um mundo de verdade, mesmo que por apenas alguns minutos. Ele me ajudou a passar por mais do que um momento sombrio e eu não fazia ideia do quanto ele estava sofrendo.

Quando ele era criança, seu irmão mais velho, Murray, morreu num incêndio atribuído a Harvey por seu pai, algo que não se sabe até hoje, mas Christopher Dent culpou o filho e o submeteu a violência física e psicológica. Para aumentar ainda mais as chamas internas de Harvey, sua mãe, sem conseguir lidar com a dor da perda, logo se suicidou.

Mais velho, Harvey passou a descontar sua raiva e frustração nos outros, e acabou se tornando um exemplo para adolescentes perturbados. Mas a partir do momento em que Christopher usou alguns contatos para conseguir uma bolsa de estudos para Harvey na Escola Preparatória de Gotham para Garotos, Harvey aproveitou a oportunidade para mudar os rumos de sua vida. Ele descobriu sua paixão pelo direito e foi atrás de uma vida diferente do caos que ele deixou para trás, na casa de seu pai. O que nenhum de nós sabia na época é que, na realidade, Harvey estava encobrindo a parte agressiva de sua personalidade, a quem ele chamava de Murray. Este lado ruim não o deixou, estava lá, aguardando, corroendo-o por dentro.

Enquanto estive longe de Gotham em minhas viagens, Harvey fez tudo certo e se tornou o "Menino de Ouro" aos olhos dos moradores. Ele se casou com Gilda Grace Dent, e como Promotor de Justiça de Gotham, passou a ser uma figura de destaque na luta contra o crime organizado. Com nosso passado em comum, eu sabia que poderia confiar em Harvey, e não demorou para que o Batman fizesse uma aliança com o paladino promotor.

Nossa relação ficou tensa quando ele não conseguiu condenar o Dr. Rudolph Klemper, um assassino em série que atacava idosos em Gotham. O comportamento de Harvey se tornou cada vez mais impetuoso e impaciente, e não demorou para a casa de Klemper ser destruída numa explosão iniciada, segundo indícios, por um vazamento de gás. Com o número de mortes que Klemper tinha nas costas, ninguém se interessou em investigar as causa mais profundamente. O que eu deveria ter feito.

Logo o capitão Jim Gordon se juntou à nossa iniciativa e nós três partimos para cima do crime organizado de Gotham, começando por seu cabeça, Carmine "O Romano" Falcone. Dent não demorou a colocar Sal "O Chefe" Maroni no banco das testemunhas para acusar Falcone, seu rival há anos. Porém, o Romano alcançou Maroni antes, e através do assistente corrupto de Dent, Vernon Adrian Fields, entregou a Sal um frasco com ácido nítrico, disfarçado como remédio para o estômago. Maroni arremessou o frasco na cara de Harvey, com a intenção de matá-lo, mas, na realidade, deu a Dent a desculpa de que precisava. A outra personalidade de Harvey, seu lado sombrio, estava livre.

Dent permitiu que sua deformidade ditasse o rumo de sua vida, adotou o nome de Duas-Caras e partiu para uma carreira de crimes. Ele se tornou neurótico com dualidades, e agora usa um dólar de prata (riscado de um lado, por causa do incidente com ácido de Maroni) para tomar decisões quando os dois lados de sua personalidade não entram em consenso. Embora eu esteja convencido de que a verdadeira moral e personalidade de Harvey estejam escondidas em algum lugar no fundo de (CONTINUA)

WAYNE ABANDONA A CORRIDA ARMAMENTISTA

As Empresas Wayne não produzem mais munição e se dedicam a causas humanitárias

Por ANDY PORTACIO

Ontem à noite, Bruce Wayne chocou os convidados de uma festa beneficente na Mansão Wayne com o surpreendente anúncio sobre o futuro de sua companhia. De acordo com o jovem presidente, as Empresas Wayne não vão mais fazer parte da corrida armamentista internacional e sua subsidiária, a WayneTech, se concentrará em outros interesses locais, como contratos para o setor de defesa.

Além disso, Wayne anunciou a criação da Fundação Wayne, uma entidade assistencial "dedicada ao cuidado e desenvolvimento de órfãos e jovens desfavorecidos".

A declaração de Wayne, que acabou de reivindicar seu lugar de direito na pre-

Bruce Wayne

"Se queremos um mundo melhor, não precisamos de armas melhores. Precisamos de pessoas melhores."

sidência da companhia, surpreendeu os acionistas, mas não totalmente, em face dos eventos recentes. Ao mesmo tempo que disputava um contrato com o governo contra seu maior rival, a LexCorp, um protótipo da Wayne Aeroespeacial, o OGRE, um sistema de resgate em desastres, aparentemente saiu de controle e atacou a LexCorp e seu presidente, Lex Luthor. O incidente, combinado com fatores externos, fez com que Wayne perdesse o contrato, uma derrota que custou milhões à WayneTech.

Entretanto, o jovem herdeiro da fortuna Wayne diz que a mudança nos rumos da companhia tem razões puramente altruístas. Bruce declarou, num discurso breve, porém consistente: "Se queremos um mundo melhor, não precisamos de armas melhores. Precisamos de pessoas melhores." Ele continuou: "Deste momento em diante, o trabalho das empresas que carregam o nome do meu pai vai se dedicar a salvar vidas, e não a exterminá-las."

Em outra ação polêmica, Wayne apresentou o senador Harold Crabtree como o primeiro presidente da Fundação Wayne. Apesar do recente escândalo envolvendo Crabtree e uma prostituta chamada Valentina Vergara, Wayne indicou o senador para esta posição de enorme destaque. Uma decisão que, de acordo com envolvidos, foi tomada devido à participação do senador em negociações de munições anteriores.

Mas, quaisquer que sejam os reais motivos de Wayne, ele se coloca como um líder sem medo da opinião pública e que arrisca o futuro de sua própria empresa. Ao mundo, só resta sentar e assistir ao destino dos negócios da família Wayne e seus dez mil empregados, que agora está na mão deste ousado e jovem bilionário.

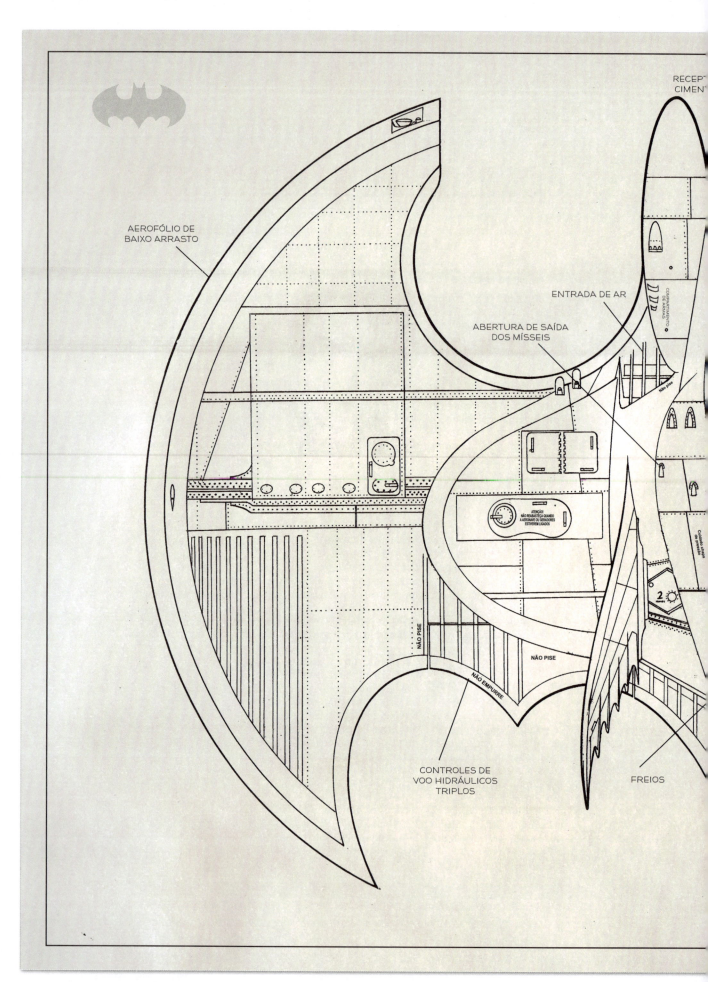

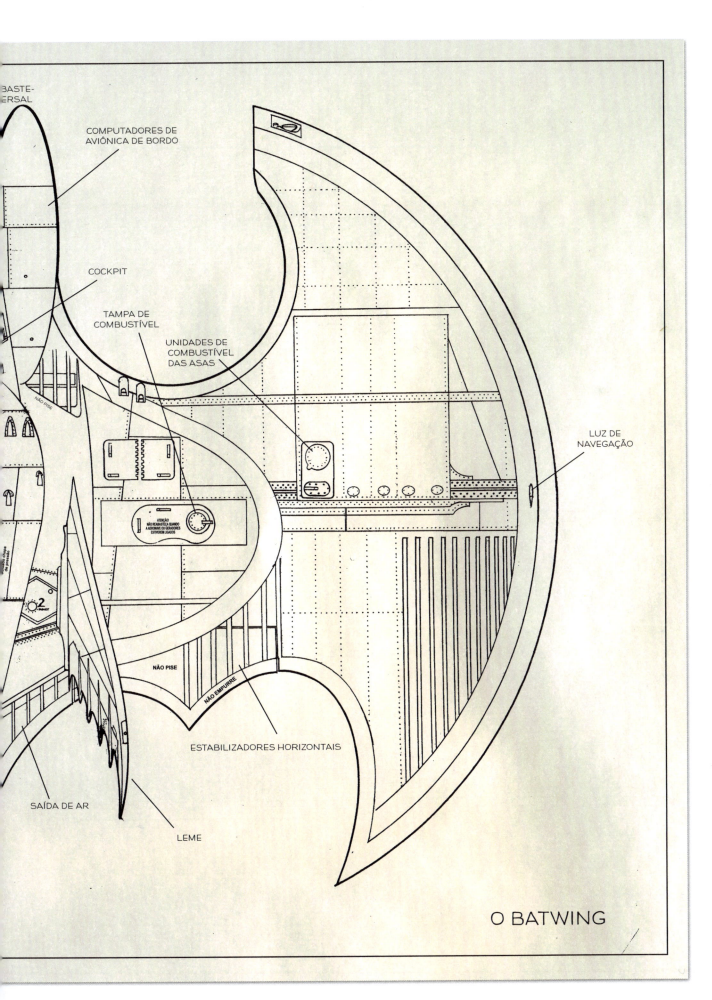

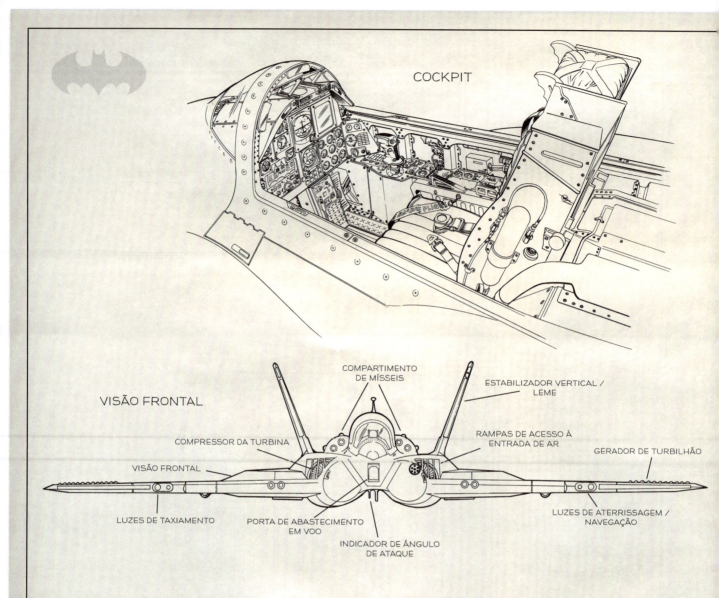
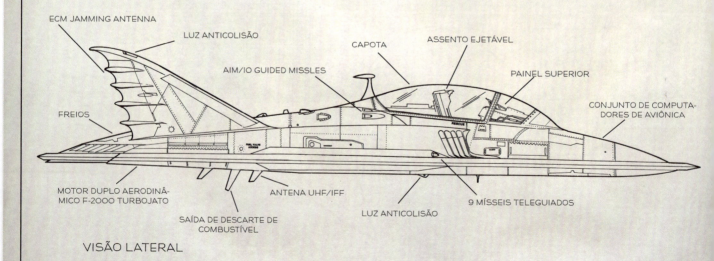

O BATWING

Assim como o batmóvel, já tive várias versões do batwing nestes anos todos. Não é muito prático para as situações dentro de Gotham, mas facilita bastante as missões em longa distância.

GORDON ASSUME CARGO DE COMISSÁRIO DE POLÍCIA

POR TIMOTHY LOEB

GOTHAM — Num ato que não deveria causar surpresa a ninguém, na tarde de ontem, o famoso herói James W. Gordon foi promovido a Comissário de Polícia de Gotham numa cerimônia pública nas escadarias da Prefeitura.

Mesmo tendo um período curto entre os Melhores de Gotham, apenas três anos e meio, o impacto de Gordon no DPG e na cidade é imensurável.

James Gordon teve um início de destaque em seu ciclo como tenente, com façanhas que incluem o resgate ousado de reféns diante do público, até sua dedicação nos bastidores para acabar com a corrupção dentro do DPG. Ele foi um instrumento fundamental para o fim do reino de Carmine Falcone, além de lutar para livrar a cidade da nova onda de vilões fantasiados que parece ter se espalhado pelo país. Sua rápida ascensão na polícia do posto de tenente para capitão e agora para comissário parece ser um caminho difícil de percorrer, mas Gordon chegou acumulando aliados e elogios.

Entretanto, na cerimônia de ontem, Gordon parecia estar quase desconfortável ao aceitar sua nova missão, talvez devido ao fato de seu antigo parceiro na guerra contra o crime, o promotor Harvey Dent, não estar lá para parabenizá-lo. Dent, agora conhecido pelo nome de Duas-Caras, foi vítima do mesmo sistema que ele quis consertar, e enlouqueceu ao ser brutalmente atacado por Salvatore Maroni, durante uma sessão no tribunal no ano passado. A substituta de Dent, a promotora Janice Porter, estava na cerimônia, apesar dos rumores de conflitos recentes com Gordon.

Outra ausência notada foi a esposa de Gordon, Barbara, e o filho do casal, o jovem James. De acordo com fontes dentro do DPG, a família Gordon não vive um bom momento e, semana passada, Barbara levou o pequeno James de volta para seu antigo bairro em Chicago.

Gordon não comentou sobre seu casamento, dizendo que era assunto pessoal e que "não tem influência em sua capacidade de trabalhar". Agradeceu publicamente ao prefeito por sua promoção e acrescentou que gostaria de ser "digno da fé que o povo de Gotham deposita nele". Aos olhos da maioria da população, Gordon já demonstrou isto várias e várias vezes.

Exatamente um ano depois que o Duas-Caras matou Carmine Falcone, alguém armou um enorme motim no Asilo Arkham. Eu esperava um atentado contra a vida de Harvey Dent pela filha do Romano, Sofia Falcone Gigante, mas não esperava isto.

No caos, o Duas-Caras escapou, ao lado de vários dos meus "coloridos" inimigos. Depois descobri que o motim foi orquestrado por Umberto e Pino Maroni, filhos do recém-falecido Salvatore "O Chefe" Maroni, que tiveram ajuda de um capanga ambicioso chamado Anthony Zucco.

Em novembro, o assassino Feriado, Alberto Falcone, obteve condicional sob custódia de seu irmão, Mario, como parte da nova política da promotora Janice Porter.

O relacionamento secreto de Janice Porter com Harvey Dent a transformou em apenas mais uma vítima do Duas-Caras.

Imediatamente após a soltura de Alberto, o corpo do chefe de polícia Clancy O'Hara foi encontrado pendurado na Ponte de Gotham com um bilhete no peito, com um jogo de forca desenhado. Foi uma mensagem clara do mais novo assassino em série da cidade. Os homicídios continuaram, mas, como na maioria dos jogos de forca, parecia haver duas pessoas envolvidas. Os alvos estavam de ambos os lados da lei. Bons policiais como o chefe de patrulha Stan Merkel e alguns recém-recrutados por Gordon e O'Hara. Entre as outras vítimas estavam alguns dos maiores corruptos a usarem um distintivo em Gotham, o ex-comissário Gillian B. Loeb, o ex-detetive Arnold Flass, o ex-tenente Buford Branden e o ex-sargento Frank Pratt.

No fim eu estava errado sobre o jogo de forca. Não era um jogo. Sempre foi Sophia Gigante mandando um recado. Ela iria atrás do homem que matou seu pai. Perseguiria Harvey Dent e qualquer um que o ajudou em sua carreira.

Mas o Duas-Caras tinha outros planos desde o início. Ele tinha contratado os irmãos Maroni para tirá-lo do Arkham e, com a ajuda dos demais internos, além de Janice Porter na promotoria, mobilizou uma guerra contra as cinco famílias de mafiosos de Gotham.

Quando a poeira baixou, Mario Falcone era a única lembrança remanescente do império mafioso que tanto corrompeu no passado. O Duas-Caras finalmente venceu sua guerra sangrenta contra o crime organizado. Para o bem ou para o mal, uma nova era surgia em Gotham.

Sophia Falcone Gigante, o Assassino da Forca.

O Ceifador

A Zona Leste não mudou muito, e, com a criminalidade em Gotham se tornando mais... complexa, confesso que ultimamente não lhe dei a atenção que merece. Vim aqui hoje apenas por que o homem que estou perseguindo arrumará briga com um dos cidadãos menos desejáveis de Gotham. E, como eu já disse, a Zona Leste é quase a mesma.

Levo menos de vinte minutos para alcançá-lo. Não foi como eu tinha previsto, mas faz sentido. Ele não está na ativa há quase vinte anos e está ansioso para retornar ao seu negócio sangrento de exterminar criminosos. Voltar à mesma atividade que fazia há duas décadas, quando vestia uma máscara de caveira e bancava o juiz, o júri e o carrasco. Mas isso foi antes do Batman.

Ele se autodenomina o Ceifador, mas as duas foices gigantes em suas mãos meio que entregam o nome. Ele as personalizou, colocou pistolas nos cabos. Não é muito dado a sutilezas.

O Ceifador está atacando uma prostituta quando eu desço do telhado até suas costas. Armadura de couro. Ele veio preparado. Mas você não sobrevive a uma noite em Gotham se não for precavido.

Fico surpreso quando ele guarda as foices. Ele está há algum tempo parado e quer provar algo. Ótimo. Pode vir a calhar.

A não ser pelo fato de que ele é muito bom no que quer provar. O soco no rosto já prova que ele é mais rápido que eu. Outro no estômago diz que ele também é mais forte. Já com as foices, ele desenha um "X" no meu peito com apenas um movimento. O Kevlar está bem avariado, e a pele logo abaixo não está muito melhor. Mas a pior parte é que acho que ele só está brincando comigo.

Mas eu não tenho tempo para respirar. Percebo que ele baixa a guarda quando decide terminar nossa luta. Tento continuar me movendo, e apenas uma bala acerta, mas é mais que o suficiente. Tenho sorte de conseguir puxar a tampa do bueiro e usá-la como escudo e escotilha de fuga.

A água imunda arde quando encontra os ferimentos em minha pele, mas não tenho tempo de pensar nos milhões de organismos microscópicos que agora abrigo ou no líquido morno que vaza do meu peito. Só consigo pensar em ir para casa e espero que Alfred tenha água oxigenada suficiente em seu estojo de primeiros socorros.

Já faz um tempo, mas a Zona Leste não mudou quase nada.

VOCÊ PODE SE DESVIAR DO SEU DESTINO, MAS NUNCA FUGIR DELE.

Esta é a mensagem que estava num biscoito da sorte que dei a Rachel ao pedi-la em casamento. Ela estava mais preocupada com o anel que veio junto e eu ocupado demais em sorrir o tempo todo para prestar atenção no que dizia a mensagem.

O alter ego assassino de Judson Caspian.

Judson Caspian com sua filha em épocas mais felizes.

No fim, a verdadeira vocação de Rachel falou mais alto. Foi ingenuidade minha achar que um de nós dois poderia esquecer nosso passado.

Apaixonado pela filha do Ceifador

por Alan T. Barr

O modesto terreno à frente da casa de Rachel Caspian estava cheio de repórteres na noite passada, todos com uma única coisa na cabeça: conseguir uma entrevista com a filha do famoso Ceifador. Já nas manchetes por conta de seu relacionamento com o filho favorito de Gotham, o até ontem indomável playboy Bruce Wayne, Rachel Caspian se tornou um nome constante duas noites atrás quando a polícia revelou que seu pai, o recentemente falecido Judson Caspiam, levava uma vida dupla como o justiceiro assassino conhecido como o Ceifador.

Embora nenhum jornalista tenha tido a sorte de gravar sequer uma sonora da Srta. Caspian, que preferiu ficar trancada na casa onde mora desde a infância, todos puderam ter uma rápida visão do Sr. Wayne, que encarou a multidão de repórteres num esforço para confortar sua amada.

Wayne não quis fazer nenhum comentário, mas o jovem bilionário parecia mais que aborrecido com o mar de penetras diante da entrada principal. Embora Bruce esteja acostumado aos holofotes, sua popularidade disparou nas últimas semanas devido ao seu romance com a Srta. Caspian. Os dois se conheceram através de um amigo em comum dias antes de Rachel se converter à Ordem das Irmãs da Misericórdia como freira celibatária da fé católica. Entretanto, ao ter o mesmo destino de tantas outras solteiras de Gotham, Rachel se encantou pelo jovem bilionário e deixou seus votos para trás. Viu seu romance chegar ao ápice quando Wayne a pediu em casamento num restaurante chinês. De acordo com alguns frequentadores do estabelecimento, Wayne chegou a esconder o anel num biscoito da sorte especialmente feito para sua futura noiva.

Porém, infelizmente, o destino aprontou das suas para o feliz casal, através do pai de Rachel, Judson. De acordo com a polícia, Judson Caspian vinha agindo como o Ceifador desde seu retorno a Gotham e, ao contrário do justiceiro mascarado Batman, o Ceifador estava disposto a cruzar os limites do assassinato, matando todo e qualquer criminoso que cruzasse o seu caminho.

Rachel Caspian

Começando com sua campanha violenta em Gotham há mais de duas décadas, quando sua esposa Mary Rachel Caspian foi baleada e morta por um ladrão que invadiu sua casa, Judson Caspian ficou fora da cidade nos últimos vinte anos e deixou a polícia sem pistas sobre a verdadeira identidade do Ceifador. Entretanto, há duas noites, a verdadeira identidade do Ceifador foi descoberta, de acordo com o DPG, pois o cadáver de Judson Caspian foi encontrado usando o traje do Ceifador aos pés do Edifício da Fundação Wayne, ainda em construção. Na última sexta-feira, o Ceifador e o Batman lutaram no alto das vigas do prédio e, de acordo com a polícia, o Ceifador despencou do alto de oitenta andares até o canteiro de obras no térreo.

Embora Bruce Wayne tenha se recusado a comentar se a morte de Caspian vai ou não atrasar as obras de seu novo arranha-céu, há rumores de que o milionário possa ter outro tipo de abalo em seus alicerces para se preocupar. Fontes próximas ao casal garantem que o relacionamento dele com Rachel Caspian está por um fio. De acordo com uma confidente da moça, ela já desistiu do noivado, e pretende seguir sua vocação e se juntar à Ordem das Irmãs da Misericórdia como forma de remissão dos pecados de seu pai.

Os serviços funerários de Judson Caspian ainda não foram divulgados, mas o evento deve ser o centro das atenções da mídia. Ainda não se sabe se Bruce Wayne estará presente no velório.

NOVAMENTE NA CIDADE
O CIRCO HALY

APRESENTANDO

OS GRAYSONS VOADORES

SEM REDE DE PROTEÇÃO!

2 DE MAIO
19:30

INGRESSOS: ADULTOS $5,00 ★ MENORES DE 12 ANOS $3,00

OS GRAYSONS VOADORES MORREM NO PICADEIRO

por JERRY WOLFMAN

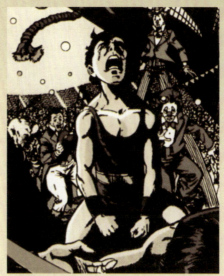

Dick Grayson, logo após a morte de seus pais

O que era para ser apenas mais um dia no circo virou um show macabro em que centenas de espectadores viram inertes John e Mary Grayson, conhecidos como Os Graysons Voadores, despencarem para a morte durante seu ousado show no trapézio sem a rede de segurança. Como testemunha do fato, o terceiro e mais novo membro da trupe, o jovem fenômeno Dick Grayson, filho do casal.

Astro do Circo da Família Haly, a impressionante apresentação de Os Graysons Voadores era um sucesso nacional de crítica, apesar do pouco interesse do público por circos itinerantes. Como resultado, a noite de ontem tinha casa cheia e contava com a presença de celebridades locais, como o prefeito e sua esposa, e o bilionário Bruce Wayne.

A apresentação começou inocentemente quando o apresentador Stan Rutledge anunciou as "maravilhas sem fim" de alguns shows preliminares, incluindo o forte "Senhor Hércules", o adivinho "Grão Vizir" e a robusta "Dona Redonda". Mas quando Os Graysons Voadores chegam ao picadeiro e sobem ao trapézio, o clima na plateia muda completamente.

Harrison H. Haly, coproprietário do circo, disse: "O público estava muito empolgado, como sempre. Desde que o jovem Dick se juntou ao número, a plateia delirava para ver a família atuar completa."

De acordo com Haly, o ato ia conforme o planejado, com Dick executando o seu famoso "Mortal Quádruplo da Desgraça", uma acrobacia que Haly insiste que apenas os Graysons conseguiam completar. Quando Dick pousou em segurança, John e Mary se preparavam para um mortal triplo simultâneo e saltaram juntos para o mesmo trapézio. Durante o salto, as duas cordas do trapézio se romperam, e o casal Grayson despencou da altura de vários andares para o chão do picadeiro.

Logo após o incidente, um porta-voz do DPG declarou que não havia sinais de sabotagem. "Foi um acidente terrível", disse o porta-voz Chuck Armstrong. "Temos que classificar o que aconteceu como uma infeliz desgraça."

Entretanto, Harry Zagari, veterano palhaço de circo, discorda totalmente da investigação policial. "John Grayson era intransigente com relação à segurança de sua família", disse Zagari. "Ele sempre conferia duas vezes todo o equipamento. Não tem como ser acidente. Duas cordas arrebentarem ao mesmo tempo?"

Quando perguntado sobre os boatos de sabotagem, o Sr. Haly preferiu não comentar.

Assim como as circunstâncias envolvendo a morte de seus pais, o destino do jovem Dick Grayson também está em discussão. De acordo com a polícia, Dick está sob custódia do estado, e provavelmente será enviado para um orfanato designado pelo Conselho Tutelar. Porém, se Harrison Haly quiser, o garoto pode ficar sob tutela do circo. "Aqui no Haly somos uma família. É o que diz o nome, Circo da Família Haly", disse o proprietário. "Todos fazemos parte da criação do garoto, então o certo é o Dick ficar com a gente. Já perdemos dois dos nossos, é deprimente ter que perder mais um."

O primeiro encontro entre Tim Drake e Dick Grayson antes do número de circo que mudou suas vidas.

Uma promessa ao garoto

Ele sorri mais do que eu na idade dele, mas a dor é a mesma, e ele finge melhor do que eu. Sei que ele gosta da mansão mais do que do Centro Juvenil de Gotham, mas será preciso mais do que uma casa grande e uma coleção de carros antigos para deixar o menino feliz novamente. Não sei se sou a pessoa certa para a missão, mas tem algo em seus olhos que eu reconheço. Algo que eu sei melhor do que qualquer um que ele possa conhecer.

Mas o que está tentando fazer aqui, Bruce?

Dick não sorri quando eu o encontro no telhado da ala oeste da mansão. Ele está tão acostumado a lugares altos que parece tão natural quanto para um pássaro na copa de uma grande árvore. Ele olha para o horizonte de Gotham como se tivesse que estar em outro lugar. Mas ambos sabemos que não. Não mais.

"Você foi até o circo hoje", digo ao me aproximar dele. Meu uniforme deixa o garoto atônito por uns trinta segundos. Ele reconhece o Batman, mas como uma criança o faria. Sem medo. Quando fala, parece estar se dirigindo a algum orientador educacional ou a uma tia chata. Ele não se intimida em perguntar por que o Batman está lhe fazendo uma visita tão longe do seu território habitual.

O que ele fala é que seus pais não morreram num acidente, que seu pai era cuidadoso demais para isso. Eu lhe digo que está certo, que foram encontrados vestígios de ácido nas cordas que a polícia não viu, mas eu sim.

O garoto fica observando a noite. Range os dentes. "Eu quero te ajudar", diz ele. E me conta sobre um homem gordo que gritou com o Sr. Haly antes do acidente e fez algumas ameaças.

O garoto é esperto. Isto é muito bom. Posso usar o que ele me disse.

Digo que o deixarei me ajudar, uma promessa que eu queria que tivessem me oferecido na idade dele. Ele sorri educadamente mais uma vez e peço que entre. Ele não diz nada e me obedece.

Isto também é muito bom.

O que está tentando fazer, Bruce? O quê, exatamente, Bruce?

Eu vi algo no garoto. No fundo, ele era igual a mim, então eu lhe disse a verdade e lhe mostrei a caverna.

Os Graysons Voadores.

Morcegos de Gotham pegam o Gordo

por Sergius Hannigan

Ninguém acreditou no *Rumor Nacional* quando trouxemos a notícia de um tal Homem-Morcego de mais de 1,80 metro perambulando pelos telhados de Gotham. Também duvidaram quando escrevemos que o Batman estava trabalhando com uma parceira metade mulher, metade gata. E apesar de nossas fontes altamente confiáveis e jornalismo de ponta, é certo que os leitores mais uma vez duvidarão do furo do século:

O Batman tem um filho.

E o Cavaleiro das Trevas não apenas abraçou a missão da paternidade, mas também convocou o menino para juntar-se a ele em sua guerra contra os moradores desta cidade. Uma guerra que foi bater à porta do honesto empresário Anthony "Gordo" Zucco.

Num escandaloso desprezo pela segurança da criança, o Batman arrastou seu filho para sua caçada no Clube Ox, com a finalidade de aterrorizar Zucco, gerente da casa há anos. Ao colocar sua própria vida em risco para lutar por obrigação de seu pai, o filho de Batman perseguiu Zucco no telhado do clube, antes de surrá-lo até a morte com um taco de beisebol.

Mesmo com o Comissário de Polícia de Gotham Jim Gordon negando o assassinato de Zucco ao afirmar que ele teve uma parada cardíaca, os leitores de *Rumor Nacional* não terão dificuldades para enxergar a verdade. Sabemos que Gordon trabalha ao lado do Batman e fez de tudo no passado para encobrir os brutais assassinatos do vigilante, responsabilizando os lunáticos que fugiram de Arkham ou policiais corruptos de sua própria corporação.

Então, diante do fato que o Homem-Morcego está testando as habilidades de combate de seu próprio filho ao fazer com que o menino persiga e mate presas fáceis, faz todo o sentido que Gordon continue a sustentar esta farsa. O comissário chegou a rotular Zucco como criminoso associado à família Maroni. Mas acreditamos que este tipo de calúnia venha no pacote de quem defende a criatura noturna de Gotham. Afinal, é preciso ter um poderoso amigo como o Batman a seu lado para ser promovido a comissário no tempo recorde de três anos.

Enquanto a cidade lamenta a perda do "Gordo" Zucco, a mente de seus cidadãos fervilha de perguntas sem resposta. Quando esta matança vai acabar? Quem será a próxima vítima da Dupla Delinquente? Quem é a mãe desta bizarra criança escravizada? Seria a famigerada Mulher-Gato? A amante Hera Venenosa? Ou será que existe uma Sra. Batman que não conhecemos?

Fique de olho nas próximas edições do *Rumor Nacional*, pois nos dedicaremos a descobrir tudo.

Imagens exclusivas da câmera de segurança mostrando o sanguinário Bat-Menino em ação.

As ideias originais de Dick para seu uniforme, antes de optar definitivamente por Robin.

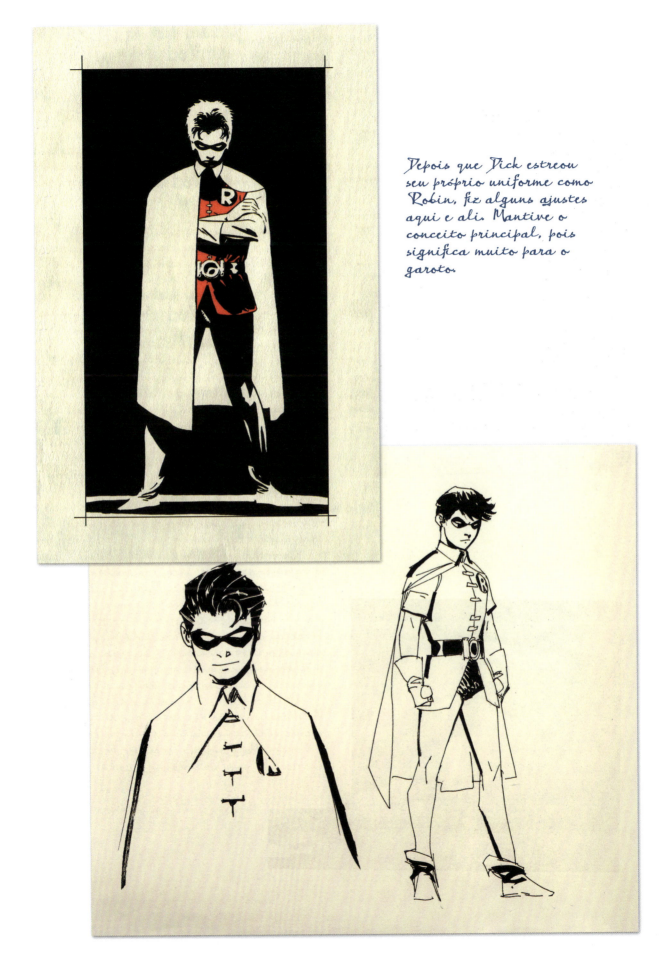

Depois que Dick estreou seu próprio uniforme como Robin, fiz alguns ajustes aqui e ali. Mantive o conceito principal, pois significa muito para o garoto.

O Menino Prodígio

Ele vai se chamar "Robin", um apelido que a mãe lhe deu. Eu entendo o sentimento, mas não sei se vai causar o medo que imagino nos corações dos criminosos. Além do mais, não há muito num garoto de capa amarela e sunga que possa assustar alguém. Desta vez não é sobre a reação deles, é sobre o garoto.

Estou atrasado para a luta porque estive ocupado seguindo o Duas-Caras pela tubulação de esgoto de Gotham. Eu consegui encurralar o Harvey, mas ele escapou, pois conhece bem os túneis. Está há meses conduzindo seus negócios no subsolo, estudando seus mapas. Mas agora, graças aos esforços do Assassino da Forca, Sofia Falcone Gigante, os esgotos estão em chamas, e o Duas-Caras e seus companheiros do Arkham não têm mais onde se esconder.

Eles correm. O rastro do Duas-Caras vai até a saída da cidade e, em seguida, até as cavernas sob a Mansão Wayne. Eu apostaria que eles não fazem ideia de como foram parar lá, mas chegaram mesmo assim. Duas-Caras, Hera Venenosa, Sr. Frio e o Coringa deram de cara com o que o garoto insiste em chamar de batcaverna.

Quando eu chego, o menino já derrubou uma estalactite no Sr. Frio, e nocauteou a Hera Venenosa com um estilingue. Atacou antes que soubessem que ele estava lá, quando eles menos esperavam. O garoto presta mais atenção do que eu acreditei que pudesse.

Começam os tiros. Coringa e Duas-Caras veem a capa amarela de Dick nas sombras, algo que já discutimos várias vezes. Mas as cores chamativas vermelho, amarelo e verde eram o traje de picadeiro de seu pai, e agora pertencem ao novo Robin. Dick dá piruetas e mortais de um lado para o outro nas sombras de modo impressionante. Ele é um acrobata muito melhor do que um dia eu poderia ser. Mas ele nasceu no trapézio, nunca sequer aprendeu a ter medo.

O Duas-Caras é a maior ameaça, e eu vou para cima dele com um soco direto no queixo. O garoto percebe o espaço aberto e chuta o Coringa com os dois pés bem no rosto. Mais alguns socos em Dent antes que ele me surpreenda com uma segunda arma. Eu deveria ter previsto. Antes que eu possa reagir, ouço um tiro ecoar pelas paredes da caverna. O Duas-Caras cambaleia e cai da plataforma onde está. Eu me viro e vejo o Coringa com uma pistola gigante e aquele sorriso demente em seu rosto, gargalhando à custa de seu próprio parceiro. Nunca vou entender a mente daquele palhaço.

Minha mão vai até o cinto, mas paro. O garoto já agiu. Ele quebra seu bastão na cara do Coringa. Não foi um ataque muito bem planejado, mas foi efetivo. O Coringa está inconsciente no chão da caverna e Dick todo orgulhoso. Está fazendo bem a ele. Ser o Robin é sua terapia.

Vamos ao trabalho e juntamos os parceiros do Duas-Caras, mas ainda falta o chefe. Se ele sobreviveu à queda, voltou para o sistema de esgotos. Amanhã mesmo vou dinamitar os túneis para evitar que este tipo de coisa aconteça novamente.

Enquanto prende as mãos da Hera Venenosa, Dick não tira os olhos de mim. Ele está empolgado e espera que eu comece a falar.

"Vai precisar aprimorar o traje", digo. "Precisa de um pouco de Kevlar, e este cinto não vai funcionar."

"Quer dizer que...", começa ele.

"E vamos ter que pegar mais pesado com seus treinamentos. Sua técnica é falha. Vamos fazer testes. Vai ter que usar luvas", explico. "Me ajude aqui." Eu levanto o corpo inconsciente do Coringa pelos braços e Dick o pega pelas pernas. Ele sorri de orelha a orelha enquanto leva o palhaço para o carro.

"Então...", diz ele. "É isso aí? Agora é oficial?"

Deixamos o Coringa no porta-malas ao lado do Sr. Frio e quase me arrependo de não ter colocado um banco traseiro no batmóvel. Quase.

Olho para o garoto. Isto não é... responsável. Não tem como ser uma criação decente, mas é a única que eu conheço e parece que ajudará.

"Batman e Robin", falo.

Dick salta e grita tão alto que temo que desperte nossos invasores antes de chegarmos ao DPG. Mas, mesmo sendo quem sou, sorrio. Não por eles, mas pelo garoto.

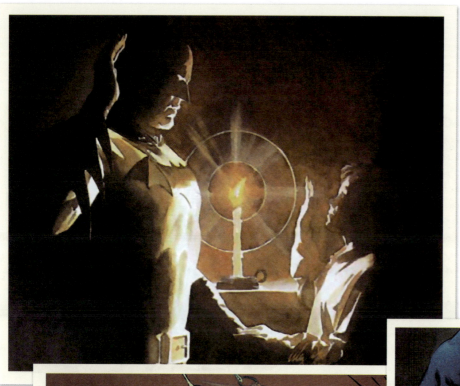

*Dick Grayson, o Robin original.
Um bom soldado.*

DEPARTAMENTO DE POLÍCIA DE GOTHAM
BOLETIM DE OCORRÊNCIA #WR 9005-4
Hora de Registro: 04/10 09:38:10

FORMULÁRIO DE DECLARAÇÃO DE TESTEMUNHA

Nome: *Jennifer Johnson*
Endereço: *Praça Schwarz, 1.951 apto 2*
Data: *4/10*

Referência a: *"Mariposa Assassina" incidente na Ponte Sprang*
Número do caso: *234026*

Narrativa:
Eu estava indo de carro para casa depois de fazer hora extra no escritório, e tinha um cara colado na minha traseira. Eu vou pro lado pra deixar ele passar, mesmo sendo proibido na ponte, e o carro me ultrapassa. Mas não era um carro normal. Era um carrão roxo, com barbatanas enormes, com umas coisas parecidas com antenas no capô. Tenho quase certeza de que era o tal de Mariposa Assassina, porque eu vi o cara na TV uma vez, quando ele tentou começar o lance de extorquir criminosos em troca de proteção. Enfim, o carro parecia com a fantasia dele, então achei que fosse o cara. Mas aí eu olho pro lado e tem outro carro vindo atrás do mariposamóvel ou carro-mariposa, sei lá. Os caras nesse outro carro, um conversível vermelho, estavam atirando no carro do Mariposa, e eu me apavorei e pisei no freio com tudo, tanto que o cara atrás de mim quase entrou na minha traseira. Aí passa o batmóvel pela gente a mil por hora. O Batman bate com tudo no carro vermelho e ~~eles~~ os dois batem na lateral da ponte e eu tô ali, vendo o Batman e o menino Robin saírem por cima do carro deles. Não deu pra ver o que aconteceu depois, porque eu tava me escondendo, toda encolhida, sabe, mas teve uma explosão muito alta. Mas alguns minutos depois eu vi o Batman e o Robin correndo pro batmóvel com o Mariposa Assassina no ombro do Batman. E eles saíram arrancando. (Acho que não tem problema eu ter trocado de pista na ponte. Acho que foi uma emergência e não é caso pra, sei lá, uma multa ou coisa assim.)

Assinatura da testemunha: *Jen Johnson*
Assinatura do Policial: *M. Beazley*

REGISTRADO

Gordon e o Menino

Seu semblante muda quando vê Robin se mover nas sombras atrás do bat-sinal. Ele achou que eu estivesse sozinho, mas quando vê o menino ele cerra seus olhos e desvia o olhar. Ele está tentando ser tolerante com a situação, mas ainda não entende. Para ele, estou colocando uma criança em risco toda noite. Já discutimos isto o bastante, mas Jim Gordon nunca passou pelo que passamos. Ele não conhece a dor que eu e o garoto vivenciamos. Para Dick, as feridas ainda estão abertas. Ele precisa ser o Robin mais do que eu preciso ser o Batman. No fim das contas, Gordon é um homem de família e, mesmo com o Robin salvando sua vida no ocorrido semana passada com o Sr. Frio, ele ainda duvida da capacidade do garoto.

"Comissário", digo. Robin continua nas sombras.

"Recebi seu recado", diz ele. "Tem algo para mim?"

Olho para Robin e ele vem à luz, trazendo o Mariposa Assassina. Walker está amarrado à corda de Robin, e não gosta nada da situação. Mas nem o garoto nem Walker abrem a boca.

"Drury Walker", falo. "Ou Cameron Van Cleer, Laszlo Furlenbach e Mariposa Assassina."

"Um currículo e tanto, Walker", diz Gordon ao oficial a seu lado. "Pegue o Kesteman e levem este homem lá pra baixo."

"Sim, senhor", responde o policial, que entra na delegacia.

"E não se esqueça de ler os direitos dele", completa Gordon, e volta-se para nós. "Só Deus sabe quantos já deixamos escapar por causa destes detalhes burocráticos. Já estou cheio deles, mas é assim mesmo."

Não digo nada. Além de um resmungo de Walker, ninguém fala.

"Agora estou criando a filha do meu irmão, além de todo o resto", comenta ele mais para si mesmo do que para mim. "Mas ela é uma boa garota, a Barbara.", diz ele. Ele me olha, coça a cabeça e continua: "Vamos ter que conversar em breve... sobre família."

Gordon observa o Mariposa Assassina, sem a máscara de seu uniforme ridículo. Robin volta para a sombra. Jim é mais convincente do que eu esperava. Mas ele superará. Sua linguagem corporal indica que sim. "Depois", ele segue. "Quando tivermos um pouco mais de..."

Quando ele olha eu já não estou mais lá. Olha para o Mariposa e vê que o Robin também se foi.

Gordon resmunga algo, anda em direção a Walker e ao sinal.

"Moleque idiota", reclama o bandido antes de cuspir.

Jim Gordon apenas balança a cabeça e acende o cachimbo.

Batwoman

Ela é rápida, o que é óbvio. Chega à beirada cerca de três metros à minha frente e nem pensa nisso. Ela apenas salta. Estamos entre a Avenida Moldoff e a Rua 23, então eu sei que há uma saída de incêndio no beco a uma altura ideal para pousar. Mas ela sabe?

Eu a sigo, aterriso na saída de incêndio. Não há nenhum barulho acima de mim, mas ela não pode ser tão veloz. Ela ainda deveria estar escalando de volta para o telhado. Mas quando eu olho para o alto, vejo um pedaço da capa vermelha, pela beirada dele. Terei que acelerar um pouco.

Ela está dois telhados abaixo quando eu chego ao topo do prédio. Se fosse outra pessoa, eu usaria a boleadeira, para prender suas pernas, mas ela não é uma criminosa. Ainda não, pelo menos. Por mais que eu odeie admitir, esta Batwoman tem tanto direito a fazer isto quanto eu. E pelo jeito desta perseguição, ela pode até ser melhor do que eu.

Eu sigo à moda antiga, e faço um esforço maior. Ela está chegando ao fim do quarteirão e precisará de algum tipo de cabo, a não ser que desça escalando, o que a atrasará um bocado. Ela usará um cabo.

Eu a vejo saltar e desaparecer da minha vista. Provavelmente lançará o cabo durante a queda. Eu me aproximo e em segundos estou na beirada. Porém, quando olho para baixo, ela já desapareceu. Não faz sentido, a não ser que ela tenha...

"Oi", diz a voz atrás de mim. Ela está encostada num tubo, tão sossegada como se estivesse num ponto de ônibus. "Acho que não fomos oficialmente apresentados."

"Batwoman", digo.

"É assim que as crianças me chamam", ela ri e se aproxima. Não está ofegante. Está relaxada. Como se fizesse isto todo dia. Está em grande forma. "Presumo que queira me ver."

Ela está bem perto, e não se intimida pelo meu traje. Sabe que está ao alcance dos meus golpes, mas baixa a guarda mesmo assim. "O que faço não é uma brincadeira", digo a ela. "Precisa parar antes que se machuque. Antes que fique sério."

Ela chega mais perto ainda. É mais velha do que imaginei. Mais que eu, mas em melhor forma? Ao mesmo tempo, extremamente atraente. E sabe disso, o que não ajuda muito. Ela me observa, inclina a cabeça para me olhar nos olhos. Não sente medo algum. Como se não tivesse nada a perder. Agora ela está tão perto que sinto sua respiração em meu rosto. "Você quer que a coisa fique séria?", pergunta ela sorrindo.

Eu não respondo e ela não se move. Por enquanto.

De repente ela vira o rosto e se afasta rumo à beirada do prédio.

"A gente se vê por aí", diz. "Vamos fazer isto mais vezes."

E salta confiantemente. Eu não a sigo. Seja lá o que for, ela sabe que está vencendo.

Isto não será nada bom para mim.

Kathy Kane, a Batwoman. Ainda sinto sua falta. Mais do que deveria.

Betty Kane, sobrinha da Batwoman e a Batgirl original.

Depois que Kathy se aposentou, a Batgirl se reinventou como Labareda. Este é um de seus trajes mais recentes.

  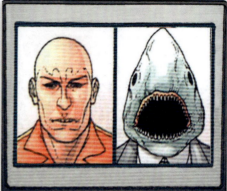

Bedford Fisk, o Raposa. Lindsey Volper, o Abutre. E Sherman Shackley, o Tubarão. Juntos, eles formaram o Trio Terrível, inventores ricos entediados que resolveram tentar uma vida de crimes. Não deu muito certo para eles.

Imagem da câmera de segurança de um dos meus últimos encontros com o Dr. Simon Ecks, também conhecido como Duplo X. Capaz de projetar duplicatas de si mesmo com poderes como os do Superman, o Duplo X ainda é um dos homens mais poderosos que já enfrentei.

Phil Cobb, o Sinaleiro. Obcecado por simbologia, Cobb nunca soube quando parar.

HOMEM-GATO CAI NAS GARRAS DA POLÍCIA

POR BILL MOONEY

O famigerado Homem-Gato em ação.

Dizem que a imitação é a mais pura forma de elogio, mas, no caso do novo criminoso conhecido como Homem-Gato, fica a pergunta se o mais notório vigilante de Gotham concordaria com este ditado.

Nos últimos dias, um homem vestido como um gato laranja e amarelo supostamente cometeu uma série de crimes associados a felinos pela cidade, desde um ousado assalto ao museu de Gotham até um incidente com reféns na casa noturna O Gato Violinista no centro da cidade. Parecia que a polícia não tinha pista alguma do caso, mas ontem uma dica anônima levou à residência de Thomas Blake, um ex-caçador que dizem ter perdido a grande fortuna da família ao fazer maus investimentos.

Apesar da polícia não ter encontrado Blake, eles descobriram evidências que o conectam ao Homem-Gato "sem sombras de dúvidas".

O detetive Nick Nadel declarou: "Está claro como ele passava suas noites. Em sua 'sala de troféus', como podemos chamar aquilo, encontramos não apenas a estátua do museu, mas vários outros objetos que remetem a felinos, inclusive uma espécie de trono."

Enquanto as finanças de Blake andam mal, amigos relatam que sua situação não estava ruim a ponto de precisar apelar para o crime. Drew Allen, amigo próximo de Blake e colega na Associação dos Leões de Gotham disse: "Para ser sincero, acho que Tom fez isso por estar entediado. O cara é um especialista em caça, e o que fez foi basicamente perseguir e matar toda as espécies perigosas para o homem. Acho que ele estava em busca de adrenalina, e talvez virar um adversário do Batman fosse o desafio que estava buscando."

Além de sua obsessão com a emoção da caçada, Blake também mostrou interesse no "Matador de Gatos", um assassino em série que deixou uma gama de corpos em seu caminho há pouco mais de um ano, durante uma recente onda de calor na cidade. "Eu me lembro de quando esta história apareceu", disse Allen. "Pegamos muito no pé do Thomas por isso, parece que o assassino e ele tinham o mesmo nome. Tom era fascinado pelo matador, o que não surpreendeu ninguém. A gente sabia que ele acompanhava de perto a carreira do Batman e da parceira dele, como ela se chama? A tal da Mulher-Gato. Acho que Blake estava a fim de vida selvagem, mesmo que fosse na selva de concreto."

A polícia ainda está procurando Blake e qualquer informação que leva à sua captura, mas alguns já suspeitam que a matança do Homem-Gato chegou ao seu abrupto fim. De acordo com uma fonte no DPG, o Homem-Gato recentemente se digladiou com o Batman numa batalha da qual apenas o único e verdadeiro Cruzado Encapuzado sairia vivo. Entretanto, o comissário Gordon se recusou a comentar a validade desta informação.

Por enquanto, apenas o tempo dirá se Thomas Blake reaparecerá, e se o Homem-Gato demonstrará ter tantas vidas quanto os vigilantes que ele aparenta idolatrar.

HOMEM-PIPA CAPTURADO

POR ALEXANDER KNOX

Assim como o resto do país, Gotham sofre com uma praga de criminosos fantasiados nos últimos anos. É um problema real, do tipo que deve ser levado a sério. Mas enquanto nós, cidadãos comuns, temos que encarar o medo real de entrar em contato com um desses loucos de colante, poucos são os que pensam nos problemas com que estes supervilões precisam lidar. Para ser claro, criar algo original: fantasia, armas, um nome.

É um enigma que parece ter incomodado o mais novo inimigo de Gotham, o temível malfeitor dos ventos ascendentes, o Homem-Pipa. Você leu corretamente. Um ladrão vestindo fantasia que foi batizado com o nome de um brinquedo. Mas a diversão não termina aí. Aparentemente, quando não está com o Batman no encalço de sua rabiola, o Homem-Pipa atende pelo nome de Charles Brown. Isso mesmo, o cara vestido como Homem-Pipa atende pelo nome de Charlie Brown.

O Homem-Pipa, o famoso Charles Brown

Enquanto você deve estar comendo seus "minduins" e pensando no que o Batman fez com ele, alguém fadado ao fracasso que se chama Charles Brown (repito: é verdade) resolve chamar a atenção do Cavaleiro das Trevas usando gás lacrimogêneo dentro de uma pipa em forma de caixa lançada de uma cobertura, incendiando uma refinaria de ouro com uma pipa de nylon normal e voando numa pipa gigante em forma de asa-delta para dentro da Penitenciária de Gotham com o intuito de ajudar na fuga do notório presidiário Bill Collins.

Apesar de seu talento... único, o Homem-Pipa foi encontrado ontem à noite numa rica propriedade de frente para a Baía de Gotham, inconsciente e preso em sua própria "rede-pipa", junto com Collins e outros supostos cúmplices. Enquanto o pretenso supervilão permanece em silêncio sobre o caso, os rumores dizem que um certo Homem-Morcego e seu jovem parceiro passaram cerol na carreira do Homem-Pipa.

Ao ser perguntado sobre o envolvimento do Batman, o comissário Gordon disse: "Pode ter sido o Batman, não temos certeza. Pode também ter sido um beagle em sua casa voadora, ajudado por um pássaro amarelo."

Embora ele possa não ser exatamente a maior das ameaças em seu condomínio, a curta carreira de crimes do Homem-Pipa já fez o que ninguém jamais conseguiu: arrancou uma piada da boca do comissário Gordon.

Será que o Batman também contará a sua? Aguardemos.

A Liga da Justiça da América

"É um pouco fora de minha zona de conforto", explico a Clark, que sorri. Aprendi a odiar o sorriso dele. "Sua zona de conforto? É sério isso, Bruce?" ele reage. "O Batman tem uma zona de conforto?"

Clark olha entusiasmado para a caverna. Ele já esteve na batcaverna mais de dez vezes, mas sempre parece fascinado, o que é estranho, pois não é nada comparada ao palácio que ele tem no Polo Norte. Eu me pego pensando na quantidade de radiação emitida pelos raios X kryptonianos dele. Talvez tenha que chamá-lo para alguns exames qualquer hora, a não ser que ele queira contaminar toda a redação do "Planeta Diário".

Quando ele volta a olhar para mim, eu digo: "Peixe gigante alienígena."

Ele sorri. "Ah, qual é. Foi uma vez só."

"Uma vez não foi o bastante para você?", pergunto.

Clark é taxativo sobre seu ponto de vista: "Vamos ser bem honestos agora. Você sabe que a ideia da Liga da Justiça é ótima. Francamente, se não tocarmos o programa adiante, o Lanterna Verde tomará as rédeas de tudo sozinho."

"Como se alguém fosse obedecer àquele caubói", pondero.

"Eles seguirão o ideal", responde Clark. Ele está certo. Desta vez, sei que está.

Conversamos por mais um tempo, mas não digo o que realmente penso. A Liga que ele propõe é maior do que eu. Eu não atinjo Mach 6 correndo nem falo com criaturas marinhas usando telepatia. Sou um cara que usa máscara e capa. A Liga da Justiça da América, um grupo de superseres unidos por um "bem comum", é preocupante. Para ser honesto, é assustadora.

Mas e se eu não fizer parte disto? Se eu não estiver por perto para vigiar esses deuses? E se a humanidade não tiver um humano ao seu lado? Isto me assusta ainda mais.

"Vamos, Bruce", insiste Clark. "Se eu estou dentro, você também está."

Levo um segundo, mas já tomei minha decisão.

"Estou dentro com ou sem você", respondo.

Maldito sorriso de moleque caipira. Tão contagiante.

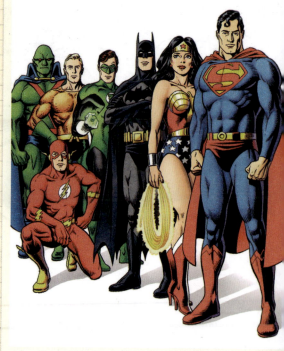

O Caçador de Marte, Aquaman, Flash, Lanterna Verde, Mulher-Maravilha, Superman e eu. A "formação clássica" da Liga da Justiça da América.

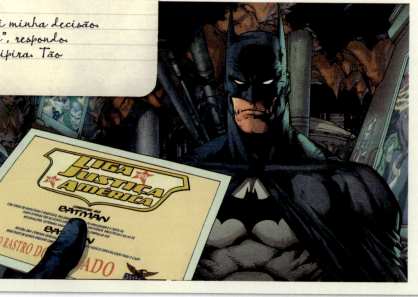

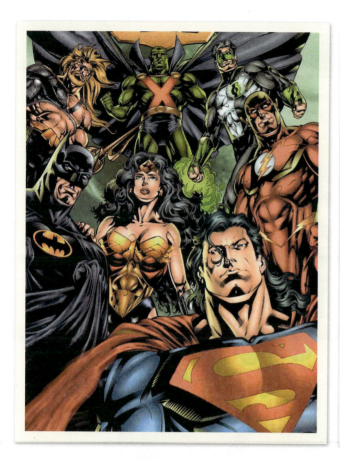

TORRE DE VIGILÂNCIA DA LJA

1- TORRE SOLAR
2- PLATAFORMA DE OBSERVAÇÃO
3- LABORATÓRIOS
4- ARMAMENTOS
5- OFICINA DO AÇO
6- SALA DA JUSTIÇA
7- ÚTERO MONITOR
8- FLORESTAS HIDROPÔNICAS
9- TANQUES PROFUNDOS DO AQUAMAN (CONECTADOS ÀS PISCINAS NA SUPERFÍCIE POR TÚNEIS)
10- TELETRANSPORTADORES
11- RECEPÇÃO
12- INSTALAÇÕES DE SEGURANÇA
13- DORMITÓRIOS
14- HANGAR DE TELETRANSPORTE MASSIVO

ESTRUTURAS EXTERIORES
3A- LABORATÓRIO DE PESQUISA
3B- LABORATÓRIO MÉDICO
3C- HANGAR DA NAVE MARCIANA
13A- SALÃO
13B- COZINHA
13C- REFEITÓRIO

CORTE TRANSVERSAL
15- CONTROLE DE ENGENHARIA
16- SALA DE TROFÉUS
17- GALERIA DE VILÕES
18- JOGOS/RECREAÇÃO/SIMULADORES
19- ACADEMIA/SAUNAS
20- PISCINA
21- PARQUE
22- TELETRANSPORTADORES INDIVIDUAIS
23- CONTROLE DO AR
24- TÚNEIS PARA TRANSPORTE
25- ESCADARIA PARA O ANDAR INFERIOR

A Liga já teve várias encarnações, comigo ou não.

Ao longo dos anos, já tivemos como base desde uma montanha oca até um satélite na órbita da Terra, incluindo a Torre na Lua e a Sala da Justiça em Washington D.C.

A Liga da Justiça se tornou uma instituição que me orgulho de ter ajudado a desenvolver.

O jogo mudou e o Batman teve que mudar também. O que inclui o meu uniforme.

Acrescentei a elipse amarela ao morcego para atrair a mira dos inimigos para a parte mais protegida do traje. Com a insistência do Robin em vestir a capa amarela, colocar um alvo no meu peito pode desviar alguns tiros do garoto.

Quanto ao cinto, está em constante aperfeiçoamento. Com tudo o que faz parte do mundo do Batman se tornando mais tecnológico, trocar os bolsos para cápsulas modernizadas faz bastante sentido.

Cara de Barro II

Preto. Tudo preto e não consigo respirar. Engasgo. O barro está descendo pela minha garganta. Amordaçado. Preciso de ar. Tento alcançar o cinto. Vamos! A terceira cápsula do lado esquerdo. Vamos, Bruce! Aperto o tubo em minha mão. Abro. Aí está. Agora é soltar.

Quando ele grita, tudo ao meu redor sacode. Ele se contorce de dor e, de repente, vejo luz vindo de fora. É um poste de luz, perto do museu. Ele deve ter feito um buraco, por instinto. É por ali que vou fugir. Encontro o chão e me empurro para fora da lama. Do lado de fora, no ar fresco, eu começo a tossir. Violentamente. Ponho tudo para fora. Tiro tudo de dentro de mim.

Eu me viro e olho para este novo Cara de Barro. Ele está agitando o braço para tentar remover o ácido da minha cápsula do seu corpo. Está queimando, então ao menos provoquei uma reação. O monstro diante de mim — uma verdadeira montanha viva de lama —, enfim sei como machucá-lo. Assisto quando o Cara de Barro literalmente enfia a mão dentro do peito e puxa uma bola de lama. Ele localiza o ácido e isola a região. Nojento e fascinante ao mesmo tempo. Ele pega a bola de lama e joga na calçada perto de nós.

Eu percebo o movimento em meus pés e olho para baixo a tempo de ver a lama que eu tossi no chão começar a se mexer. Está se movendo pela grama, como se estivesse viva. Vai em direção ao seu mestre.

E parece que o Cara de Barro está preparado para encontrá-la no meio do caminho. Ele vem em minha direção, mudando a forma de seus braços de lâminas afiadas para pesadas marretas, depois garras rígidas e lâminas novamente. Ele está se exibindo, mas ao mesmo tempo me fornece mais informações sobre suas habilidades. Então é isso.

"Você está numa pequena desvantagem aqui, Morcego", fala ele, enquanto seu rosto se transforma no meu, e depois volta a ser uma massa gotejante de lama. Ele deve estar certo, mas está lento. Mais lento desde a última vez que nos vimos. Mais lento do que todas as outras vezes que me lembro. Por que ele não me ataca?

Seus braços voltam à consistência de lama e eu pego um dos novos bat-arangues explosivos. Ouço um som baixo enquanto seguro o carregador, mas o Cara de Barro parou. Ele anda com hesitação, como um bêbado após várias rodadas. O ácido não teria causado todo este estrago. Ele já se livrou e expeliu toda a substância. Não é isto, mas outra coisa completamente diferente.

"Eu vou... vou te matar... agora...", ameaça ele e cai no chão em seguida. É um som repugnante. Mas, honestamente, um alívio. Mantenho minha posição, sem saber o que fazer. Se ele precisar de ressuscitação, não sei exatamente como proceder. Não há muitos cursos de respiração boca a boca em bolas de lama gigantes.

Mas seu corpo começa a tremular e o barro começa a sumir, ou tomar forma, não dá para distinguir. Seja como for, em trinta segundos o que tenho diante de mim é um homem loiro, vestindo o que parecem ser calções de banho. Parece que o Cara de Barro tinha prazo de validade.

Eu não dou muitas chances e após uma rápida checagem de seu pulso e respiração, eu o algemo com as mãos para trás. Pressiono um botão no cinto e testo o novo comunicador no capuz para avisar Gordon que ele terá um presente esperando por ele nas escadarias do Museu de História Natural em cinco minutos.

Deve ser tempo o bastante para eu recuperar o fôlego.

NOME DO ARQUIVO	NOME
CARA DE BARRO II	MATTHEW HAGEN
ALTURA	PESO
1,78 m	78 kg
OLHOS	CABELOS
AZUIS	LOUROS
CODINOMES CONHECIDOS	BASE DE OPERAÇÕES
JOHN ROYCE	GOTHAM

PROFISSÃO
CRIMINOSO PROFISSIONAL

CONEXÕES CONHECIDAS
namorada LISA sobrenome desconhecido (falecida)

ARQUIVOS ASSOCIADOS
ANTI-LIGA DA JUSTIÇA

RELATED CASE FILES
A Ameaça do Cara de Barro, Barro, Se um Homem For Barro, Quadra de Lama, Crise nas Infinitas Terras

ANOTAÇÕES

Quando conheci Matthew Hagen, eu nunca tinha visto coisa igual. Ele parecia ter saído de um filme de terror: totalmente feito de lama e barro, e conseguia dar a forma que quisesse ao seu corpo e, em alguns casos, duplicar as habilidades de suas réplicas. Ele poderia voar como um pássaro, ficar fluido como água corrente ou sólido como concreto. E ainda assim ele voltou estas fantásticas capacidades para o lado do crime. Quando morreu, poucos lamentaram seu falecimento.

Embora ele se considere um aventureiro, Hagen sempre foi um bandido, sem medo de morder a mão que o alimentava. Era exatamente isso que fazia quando se tornou o segundo Cara de Barro. Depois de armar uma entrega de diamantes roubados em algum lugar além da costa de Gotham para o "Chefe" Shelly Xylas, um bandido pé de chinelo com mania de grandeza, Hagen decidiu pegar as joias para si. Pego no ato por Xylas e seus homens, Hagen mergulhou no oceano e descobriu uma caverna com uma poça de um tipo de protoplasma com consistência de lama. Ao tentar escapar da caverna, ele escorregou e caiu no líquido misterioso, que aderiu ao seu corpo e deu a Hagen sua aparência e sua capacidade de se transmorfar.

Aparentemente, a experiência de quase morte não mudou nada nele, pois imediatamente começou a usar seus poderes para cometer crimes como roubo de joias, pinturas raras, e o que mais ele visse pela frente. Batizado Cara de Barro (nome que havia pertencido ao assassino em série Basil Karlo) por um jornalista preguiçoso da Gazeta de Gotham, Hagen se mostrou um desafio físico incrível, especialmente quando dominou suas novas habilidades. Para piorar as coisas, quando Xylas começou a perseguir Hagen em retaliação pela armação de Matt, o Cara de Barro revelou seu lado violento, e matou Xylas e vários de seus homens. Ele chegou a matar sua própria namorada, quando ela tentou se opor à sua vida bandida.

Embora extremamente poderoso, Hagen tinha um calcanhar de Aquiles. Seus poderes duravam apenas quarenta e oito horas, e isto o forçava a visitar a poça misteriosa. Foi o limite de tempo que me deu alguma vantagem, mais de uma vez, pois o Cara de Barro ficava mais mole e fraco conforme o tempo se esgotava. Ele aprendeu com os erros e conseguiu copiar a fórmula do protoplasma, o que não só permitiu que ele mantivesse a localização da poça em segredo por mais tempo, como também melhorou sua mobilidade e seu índice de sucesso.

Matthew Hagen era ganancioso, destrutivo e extremamente cruel. E, ao contrário de muitos dos vilões de Gotham, ele estava no controle de suas ações. Não foi um desequilíbrio químico ou um trauma de infância que determinaram os rumos da vida de Hagen. Ele escolheu seus próprios caminhos, e só. Por isso, quando ele morreu no evento conhecido como Crise, morto por algo que se chamava Demônio das Sombras, agente inumano de uma entidade cósmica chamada Antimonitor, eu senti uma ponta de culpa. Não porque eu não estava lá para salvá-lo, mas porque eu não me importei com sua morte. O fim de uma vida humana não me afetou.

E eu jamais o perdoarei por isso.

PROJETO PARA REFORMA DA BATCAVERNA

145

Como todos os meus equipamentos, a batcaverna está constantemente sendo atualizada e reformada para se manter avançada.

PROJETO PARA A SALA DE ARMADURAS/VISTA DO CHÃO

PROJETO PARA
GARAGEM DA BATCA

Um rascunho da plataforma de garagem da batcaverna de um antigo parceiro meu, Harold Allnut.

O Clube dos Heróis

Gordon olha para o relógio e depois para o estranho vestindo um terno caro do outro lado da sala. "Tem certeza de que não quer se sentar?", pergunta ele. O homem bem-vestido apenas sorri e balança a cabeça. Gordon suspira e olha atrás dele quando as cortinas se mexem perto da janela aberta no canto do escritório. Ele olha o relógio mais uma vez.

Os dois saltam quando percebem a minha presença. "Cavalheiros", digo. Gordon se volta para a janela e me vê diante das cortinas. "Você sabe que o meu coração é fraco", reclama de pé diante de sua cadeira.

"Claro que sei", respondo.

"Sr. Batman, é um prazer conhecê-lo", diz o outro homem, enquanto vem em minha direção com a mão estendida. Eu o ignoro e olho para Gordon em busca de uma explicação.

"Batman, este é Jonathan Mayhew", explica Gordon.

"O benfeitor", completo.

"É o que meus chefes dizem", responde Gordon. "Ele queria se encontrar com você e o prefeito, já que eu tenho tempo de sobra pra promover encontros..."

Mayhew interrompe: "Eu tenho uma proposta para o senhor. Para o bem da população, para ajudá-lo na sua missão."

Eu não respondo e isto não parece incomodá-lo. Mayhew está praticamente vomitando as palavras.

"Um Clube de Heróis, ou melhor, um Clube Internacional de Heróis. Homens com os quais eu acredito que você tenha trabalhado. Pelo menos, a maioria. Eu tenho uma mansão em Metrópolis que poderia ser sua..."

Eu me viro para sair. A expressão de Gordon é de pedido de desculpas. Ele não tinha o que fazer.

"O Cavaleiro e o Escudeiro já aceitaram", revela Mayhew. Eu paro. "El Gaucho também", continua. Eu já encontrei estes homens. Eles são de verdade. "E outros, todos inspirados por você", segue Mayhew. "O Homem dos Morcegos e o Pequeno Corvo. O Alado, o Ranger, o Legionário e até o Mosqueteiro da França."

Eu me viro para ele. "Vocês se encontrariam duas vezes ao ano, mais ou menos. O que se encaixar na sua agenda, para ser honesto", ele explica. "Vocês podem comparar seus dados, trocar segredos, talvez atuarem juntos uma vez ou outra. Não é assim que funciona? Mas, acima de tudo, Batman, você os ajuda. Estes homens se inspiram no que você faz. Eles estão tentando fazer a diferença e você pode fazer com que melhorem."

Eu já estou chegando ao meu limite. A ideia do Batman faz sentido em Gotham. Não em famílias, ligas ou clubes. Gotham é a prioridade, por isso fico em silêncio e me preparo para sair pela janela quando ouço a voz de Gordon.

"Sabe, não é tão doido assim", diz ele. "Pense em algo como um treinamento, se considerar a ideia. Estará ajudando a próxima geração."

Mayhew interrompe: "Apenas diga que vai pensar no assunto."

"Certo. Vou pensar nisso", respondo.

Eu salto da janela e ouço ao longe Gordon tossir. Deve ter se engasgado.

Fotos tiradas numa reunião recente do Clube dos Heróis.

Trechos do Caderno Negro

Respire. Você está no controle, Bruce. Isto não está acontecendo. Isto se parece com... não é... é... tem algo errado com sua mente. Isto não é real.

Mas a ponte não para de se mexer. Ela sacode, serpenteia. Dá coices como se estivesse viva. Estou perdendo minha consciência da realidade. Concentre-se em Tipper Neely e seus homens. Não posso permitir que este... infortúnio me atrapalhe.

Tento fixar meus pés no chão, mas pareço estar bêbado ou sob efeito de algum alucinógeno. Pense. Talvez seja um flashback da Toxina do Coringa ou o gás do medo do Espantalho? Ou estou exagerando, sem dormir o suficiente. Seja lá o que for, algo está me fazendo ver coisas que não existem. Coisas impossíveis.

Antes, na caverna, quando me preparava para sair em patrulha, vi um pequeno ser, uma espécie de duende. Discretamente engraçado, mas com algo estranho nele... quase demoníaco em seus olhos.

Ele vestia uma espécie de fantasia barata de Batman, como as que os pais fazem para as crianças. Diz que quer me ajudar. Quer ser como o Robin. Quer fazer parte de nossa "família". Diz que é meu fã número um. Eu não falo nada e ele sorri. Eu sabia que não era real. Havia algo errado com ele, como se não pertencesse a este mundo. Então seus olhos ficaram vermelhos e ele desapareceu.

Há algo errado com minha mente, mas não consigo evitar este... surto ou crise de pânico ou seja lá o que for. Mesmo nesta ponte, mesmo agora. Sou mais forte que isto.

Eu me agarro a um poste e me equilibro. Um pouco à minha frente eu vejo Neely e seus homens cambaleando. Eles também parecem perturbados, com sérios problemas. Será que é algo no ar? Há uma indústria química nas redondezas. Talvez esteja exalando algum tipo de vapor. Mas isto não explica o que houve na caverna...

Ignore. Ignore, Bruce. Ignore o chão. Não está sacudindo. A ponte não está se movendo. É apenas sua cabeça. Fixe seus pés. Concentre-se nos alvos. Mexa-se.

Eu encontro Neely primeiro e o nocauteio rapidamente. Sem coreografias hoje. Não com o que se passa na minha cabeça. Hoje é briga de rua. Mal consigo ficar de pé, mas eu me viro. Encontro meus alvos como o chão abaixo de mim. Encontro seus gânglios nervosos e pontos de pressão. Derrubo um por um. E tudo cessa.

Quando Robin chega, eu estou apoiado no carro, tentando não botar o jantar de Alfred para fora. O garoto sabe que algo está errado, mas não diz nada. Como na caverna. Ele começa a amarrar os homens de Neely.

"Vamos para casa", digo. "Leve o carro."

"O que cê vai...", ele tenta dizer.

Eu lanço o arpão num prédio próximo. "Volto logo", digo ao subir no telhado. O que eu preciso é de um pouco de ar fresco no rosto. Recobrar meus sentidos. Entender o que houve. Pensar direito.

Preciso ficar a sós com minha cidade.

Desenho da entidade Bat-Mirim de minha alucinação.

O Arrasa-Quarteirão

O químico Mark Desmond ficou mais forte do que imaginava quando se tornou a cobaia da experiência que o tornaria o brutamontes desmiolado Arrasa-Quarteirão. Influenciado por seu irmão Roland para entrar para o crime, Desmond passou anos numa prisão até ser morto numa missão com uma organização governamental chamada Esquadrão Suicida.

Depois de ser tratado com esteroides quando sofreu uma reação estranha a uma arma alienígena, Roland Desmond se tornou o segundo colosso a levar o nome de Arrasa-Quarteirão. Posteriormente ele aprimorou suas faculdades mentais com a ajuda de um "demônio" chamado Neron.

Ao se tornar um líder do crime organizado na cidade vizinha de Blüdhaven, Roland foi morto mais tarde por Catalina Flores, a segunda justiceira a adotar o nome de Tarântula.

O Mestre das Pistas

"É sério! Um seriado de TV com atores, acho que na WGBS", conta Robin. Está um pouco difícil de ouvi-lo por causa do vento contra o carro. Eu sabia que fazer o batmóvel conversível não era uma boa ideia. Não dá para deixar o garoto opinar no desenho do carro.

Mas o vento não detém Robin. "Acho que a gente tinha que processar os caras", diz ele. "O estúdio não é dono do Batman e do Robin nem das nossas imagens. Uma fatia dessa grana tinha que vir pra gente, né?"

"E para quem eles deveriam emitir o cheque?", pergunto.

O garoto vê o meu sorriso e não entende. "Não finge que você tá de boa com isso. Não ajudará nada na tua reputação de criatura da noi... Batman!"

Eu vejo, bem diante de nós, três homens armados saindo às pressas do Banco Lowland Trust, um deles com algum tipo de traje laranja. Não é a mais discreta das opções para um ladrão. Eu desacelero o carro e o homem de laranja percebe nossa presença. Ele puxa uma cápsula que estava presa ao seu uniforme, no peito e a arremessa em nossa direção. Os freios do batmóvel respondem imediatamente, e a cápsula explode num ofuscante clarão concentrado. Infelizmente para nosso amigo de vestes chamativas, o para-brisa reduz boa parte do brilho, e eu e Robin saltamos do carro em segundos.

O garoto sabe como agir. Os dois homens armados são a prioridade. A figura extravagante terá que esperar. Mas ele quer nossa atenção, e tenta nos atingir com duas cápsulas esféricas, enquanto eu derrubo seu capanga por cima do meu ombro contra o chão de concreto. O homem de laranja ri. Ele chama a si mesmo de Mestre das Pistas e rompe as esferas, que emitem algum tipo de gás em torno de nós. O nome que escolheu não faz muito sentido, nem o dinheiro que este "Mestre das Pistas" gastou com seus truques.

Eu olho para Robin e me certifico que está com o respirador enquanto o Mestre das Pistas e seus homens correm em direção a um prédio abandonado do outro lado da rua. Foi como se todo este encontro fizesse parte de um plano. Como se quisesse que nós fôssemos atrás dele.

Por isso, deixamos que vá.

O prédio está mais avariado por dentro do que parece visto da rua. Dois mendigos nos olham em silêncio quando passamos por uma antiga fachada de loja no térreo do prédio. Indiferentes, eles voltam a encostar a cabeça na parede, de volta ao transe que algum tipo de droga deve provocar neles. Depois deles, na sala dos fundos, a escadaria que leva ao andar de cima está quase toda apodrecida, então o caminho é um só. Vamos para o porão.

A primeira coisa que percebo é a única lâmpada no centro da sala, balançando como se alguém tivesse puxado a corda. Estamos no caminho certo. O Mestre das Pistas esteve aqui. A sala fede a mofo e fezes, e uma olhada rápida mostra que as paredes estão encharcadas. Todas, exceto um pequeno painel de madeira no fundo. Vamos até ele e o pressiono. O painel se abre com facilidade, revelando um pequeno corredor e uma porta, supostamente para o beco atrás do prédio. Se eu tivesse que adivinhar, eu diria que o Mestre das Pistas está a meio caminho da Via Expressa Aparo. Ele se preparou para esta situação, e seria perfeitamente executada, se não fosse sua fixação para explicar seu pseudônimo.

No verso do painel de madeira há uma foto de soldados britânicos com um desafio do Mestre das Pistas. Com uma caligrafia infantil, ele se gaba de que a imagem é uma indicação do seu próximo crime. Que ótimo. Mais um "vilão temático" quer mandar na minha cidade.

"Olha", diz Robin ao ver a ilustração. "É por isso que a gente tem que lucrar. Uma coisa dessas daria um baita episódio."

Ele sorri para mim.

"Verifique o beco", ordeno.

Ele passa por mim no corredor e resmunga: "Tá bom, como se você não fosse lá conferir..."

Arthur Brown, o Mestre das Pistas.

Sob seu encanto

por Shelly Broome

É a última moda na cena artística de Gotham. A arte visual vem capturando a imaginação das mais caras galerias de arte da cidade e sua riquíssima clientela. Enquanto críticos de arte alertam para os perigos de se submeter a esta moda passageira, um novo criminoso que se autodenomina o Encantador mostrou que, quando se trada de arte visual, há mais o que temer do que um investimento duvidoso.

Trajando algo que seria discreto apenas num picadeiro de circo, Dellbert Billings supostamente assumiu a identidade do bizarro criminoso Encantador e partiu para uma série de roubos que começaram no início do mês e seguiram até a última noite. Através de uma série de ilusões de ótica, o Encantador conseguiu colocar suas vítimas num transe que os fez incapaz de perceber a diferença entre a realidade e os delírios induzidos pela tecnologia do Encantador.

Uma das vítimas sob sua influência foi o comerciante de antiguidades Christopher Montgomery. "Foi como estar sonhando acordado", disse Montgomery. "Tudo de que me lembro era ver este tal Encantador dentro de minha loja e no minuto seguinte eu estava numa ilha deserta com minha professora de inglês da sétima série e minha mãe, uma visão incrivelmente real."

Montgomery segue: "Quando eu finalmente acordei, eu estava de volta em meu escritório, deitado no chão atrás do balcão. A loja tinha sido completamente saqueada. Dezenas de milhares de dólares em moedas e joias se foram num piscar de olhos."

Durante todo este mês, o Encantador continuou sua onda de assaltos pela cidade, e em mais de uma oportunidade enfrentou o Batman. Uma testemunha, Rebecca Hurlbert, viu os dois mascarados lutando na rua embaixo de sua janela.

Trajando algo que seria discreto apenas no centro de um picadeiro circense, Dellbert Billings supostamente assumiu a identidade do bizarro criminoso Encantador.

"Eu ouvi um barulho que pareciam fogos de artifício. Aí, eu e meu marido colocamos a cabeça pra fora da janela pra ver o que estava acontecendo e lá embaixo no beco vimos o Batman lutando contra esse Encantador. No início achei que fossem dois loucos fantasiados. O estranho é que o Batman estava parado de pé e o Encantador o surrava cada vez mais. Não entendi porque ele não fez nada. Mesmo assim eu peguei a câmera, mas quando voltei pra janela, eles já tinham desaparecido."

O que deu ao Encantador uma vantagem sobre o Cavaleiro das Trevas acabou ontem à noite quando a polícia encontrou Billings pendurado num poste do lado de fora da Estação Central. Billings estava sem seu uniforme, com uma bola em seus pés e um bilhete em seu peito com um desenho do famoso símbolo do morcego.

Até o momento, a polícia não comentou sobre a prova ainda considerada "circunstancial" ligando o ex-falsificador de arte condenado Billings aos crimes do Encantador, mas o júri da opinião pública já condenou Billings pelos roubos. Parece que, em Gotham, por mais que as preferências artísticas sejam subjetivas, a palavra do Batman é tão aceita quanto a da lei.

O Rastejante

Ando bastante ocupado. São supervilões demais, cada um com seu estilo de jogar. Preciso voltar a me preocupar com a cidade em si, fazer uma ou duas noites de patrulha. Uma chance de fazer algo de bom em bairros que podem tirar vantagem do Batman. Bairros que eu tenho negligenciado para lidar com homens extravagantes em suas fantasias coloridas.

Três quarteirões depois, o plano vai por água abaixo. Há uma risada atrás de mim, obsessiva, perturbada, muito familiar.

Quando eu me viro sinto uma ponta de alívio. Provavelmente é a primeira vez que alguém teve essa reação diante daquele homem. Cabelo verde, pele amarela, e uma espécie de juba vermelha. Agarrado a um para-raios no teto como algum tipo de primata. Ele chama a si mesmo de Rastejante. Não é exatamente o meu tipo de pessoa favorita.

"Quero deixar algo claro", digo.

Ele sorri. É exagerado, quase enjoativo.

"Você não me atrapalhou, por isso não te incomodei. Mas não quer dizer que eu endosso o que você faz", digo. "Não gosto de você na minha cidade".

"E eu aqui esperando uma festa de recepção", responde ele. "Escuta, morcego, você viu o show do Ryder ontem à noite?"

Por um momento é cansativo o fato de ele se referir à sua identidade civil na terceira pessoa. Então eu me lembro de quanto é ridículo este tipo de pensamento vindo de alguém como eu. Em sua vida normal, Jack Ryder é um repórter de TV sensacionalista, disfarçado de jornalista sério em seu programa "Você Está Errado". Quando ele foi injetado com uma fórmula estranha da Toxina do Coringa e a tecnologia do falecido cientista Vincent Yatz, Ryder se tornou este... Rastejante.

E quando ele está deformado desse jeito, ele não está em seu estado normal, obstinado e antagonista. Ele está pior.

"Tenho coisas a fazer, Ryder", digo, ao me virar e ir para a beirada do telhado.

"Você tem coisas a fazer, você tem coisas a fazer", ele ironiza. "Você sempre tem coisas a fazer. Todo mundo tem coisas a fazer."

Eu aponto o arpão em direção à igreja próxima.

"Sabe quem mais tem coisas para fazer?", pergunta o Rastejante. "O Hellgrammite."

Ele me prende. Jack sabe como atrair a atenção da plateia. Eu me viro.

Seu sorriso está ainda maior. "Hellgrammite, inseto grande, grande, grande, gigante. Pensa no Superman com a cabeça de um louva-a-deus. Dizem nas ruas que ele está na cidade. E quando eu digo 'dizem nas ruas' quer dizer que eu saí no braço com ele ontem."

Eu não digo nada.

"Preciso de ajuda com ele, Batman. O que acha de a gente trabalhar juntos?"

"Onde?"

"Bem, a gente pode começar aqui. Quer dizer, acho que a gente não precisa de um clube ou de um quartel-general completo, nem de..."

"Onde você o enfrentou ontem?"

"Ah, tá, hã, na... como se chama... Rua Haney. Naquele prédio em construção que tem lá. Tinha uma espécie de casulo no lugar, sem os velhinhos e os aliens, lembra desse?"

Vou para o outro lado do telhado e disparo o arpão. O Rastejante vem atrás.

"Ah, isto é um sim? Isto é um sim? A gente é um time, foi isso que eu ouvi?"

Eu salto do telhado e voo até a Rua Haney. O Rastejante me segue. Não é o meu som favorito.

O Rastejante ao lado de mais uma das criaturas bizarras do Dr. Yatz.

O Espreitador

Ele escolheu essa entre todas as noites: 26 de junho. O aniversário de morte de meus pais. Qualquer que seja sua vingança contra o Gordon, o Espreitador certamente fez o seu dever de casa. Ele sabe quem eu sou e o que me fez deste jeito. Foi o que me provou ao vandalizar os túmulos dos meus pais e ao sequestrar Leslie Thompkins. O Espreitador me conhece mais do que qualquer um, mas não sei nada sobre ele.

Eu trago Gordon, como pedia o bilhete. Chegamos ao telhado às 22h47 na hora exata em que uma bala atravessou o peito de minha mãe. Ele pede que eu me algeme a uma antena, e quando o faço ele arremessa Leslie em direção a Gordon. Jim a leva para as escadas, mas não tenta escapar com ela. Apenas pelo fato de que ele é o comissário James W. Gordon. Ele cumpre sua palavra. O Espreitador saca sua arma, aponta para Gordon e dispara dois tiros certeiros em seu peito. Ele não arrisca um tiro na cabeça, ele mata de forma limpa e precisa. Era no que eu apostava.

Ele começa a discursar, e diz que seus pais agora podem descansar. Que ele os vingou. Soa familiar. É mais do que apenas um pouco perturbador. Ele aponta a arma para mim e se prepara para terminar o que começou. Eu me preparo para lutar contra ele.

De repente, Gordon está de pé e corre, ignorando nosso plano. Seu colete e as bolsas de sangue fizeram tudo parecer bastante real, mas Jim decidiu avançar na arma. O Espreitador derruba Gordon e eu tenho tempo de tirar as algemas. Eu estaria pronto para os tiros, Jim. Não precisava fazer isto.

Agora somos apenas eu e o Espreitador.

Sua habilidade é impressionante. Para cada golpe meu, ele tem um contragolpe tão eficaz quanto. Seu estilo é uma amálgama de várias artes marciais. Ele se ajusta às minhas forças e esconde muito bem suas fraquezas. O treinamento dele é como o meu. Sinto como se enfrentasse minha sombra.

Isto é, até que ele perde a paciência. Ele está ansioso para terminar a luta, e joga algum tipo de cápsula incendiária. Eu desvio, mas em segundos o telhado está em chamas e estou verdadeiramente distraído. Ele se aproveita do momento e me atinge na lateral com uma de suas facas. A memória muscular assume e, antes que eu perceba, já o arremessei no chão. Mas eu erro, e ele cai sobre uma de suas cápsulas. Seu traje não é à prova de fogo, e o Espreitador entra em pânico com as chamas que o consomem. Eu salto para pegá-lo, mas ele escorrega do telhado. Como se tivesse desistido.

Quando consigo levantar, ele já atingiu o concreto seis andares abaixo. Instantaneamente, a calçada se torna uma pira funerária e logo sou mais um pedestre. Indo até a cena perturbante, mas sabendo que tenho a vantagem de poder olhar para o lado quando quiser.

É o que faço, mas na minha cabeça sei que o fogo ainda queima.

Uma página do fanzine trimestral da Liga da Justiça por Snapper Carr.

AVANTE, JOVENS TITÃS!
por Snapper Carr

Quando há um problema, você sabe quem chamar: a Liga da Justiça da América. Mas, segure o telefone. Se andou olhando as últimas manchetes, sabe que tem uns moleques novos no pedaço prontos para dar uma mão fantasiada. A sensação adolescente que encanta a nação: os Jovens Titãs!

Kid Flash, o adolescente mais rápido do planeta! Aqualad, o parceiro submarino do Aquaman! Moça-Maravilha, a irmã mais nova da Amazona! E Robin, o Menino Prodígio, corajoso parceiro do Cavaleiro das Trevas de Gotham.

Agora, se você não ouviu falar desta equipe espetacular, não tema, fã da Liga da Justiça. Os Jovens Titãs começaram a atuar há apenas algumas semanas. Tudo começou na pequena cidade de Hatton Corners, quando Robin, Kid Flash e Aqualad se juntaram para derrotar o sinistro Senhor Ciclone. Ao perceber que formavam uma grande equipe, foi questão de tempo até convocarem a bela Moça-Maravilha para o grupo e tornarem as coisas oficiais, originando a mais recente e jovem equipe de combate ao crime a fazer frente à Liga da Justiça.

Falando da velha Liga, você pode estar pensando o que seus membros acham das "crianças" partindo pra luta sem um líder. Como membro honorário daquela equipe, posso garantir que os Jovens Titãs foram oficialmente autorizados por seus parceiros mais velhos, inclusive o Batman, apesar de eu não ter coragem pra perguntar isso na cara dele.

Uma coisa é certa: os Jovens Titãs vieram para ficar. E, se os boatos no quartel-general da Liga da Justiça são verdadeiros, a equipe poderá contar com um novo membro, o parceiro do Arqueiro Verde, o também arqueiro Ricardito. De qualquer forma, enquanto a Liga da Justiça não é exatamente peça de museu, escute o velho Snapper quando digo para prestar atenção nessa galera.

Avante, Jovens Titãs!

Gotham City

VOL., ... CMXVII ★★★★★★★★★ SEXTA-FEIRA, 27 DE

NOCAUTE NO ESCURO
Justiceira fantasiada desvenda sequestro

por Chuck Beatty

BRISTOL COUNTRY CLUB — Todo ano o Baile de Máscaras do Departamento de Polícia de Gotham é um espetáculo e tanto, com todas as celebridades da cidade demonstrando seu apoio a uma causa justa e vestindo fantasias caríssimas ou disfarces bem complexos.

Entretanto, este ano os convidados tiveram uma rara surpresa: uma apresentação ao vivo de combate ao crime, quando o Mariposa Assassina invadiu a festa e foi logo expulso pela versão feminina do Cavaleiro das Trevas de Gotham.

A misteriosa "Batgirl" estreou quando o Mariposa Assassina, codinome do fugitivo Drury Walker, acompanhado de três capangas armados, invadiu o Salão Sêneca do Bristol Country Club e exigiu que o bilionário Bruce Wayne fosse mantido sob sua custódia.

Muitos acharam que o famoso vilão fosse um convidado fantasiado, mas o clima mudou quando o Mariposa atingiu o comissário James Gordon com um dardo tranquilizante no pescoço, deixando o chefe do DPG instantaneamente inconsciente. Numa sala cheia de policiais, apenas uma pessoa enfrentou o plano de sequestro do Mariposa: uma mulher vestindo uma versão feminina da roupa do Batman.

De acordo com testemunhas, esta Batgirl estava em grande forma física, executando vários movimentos de ginástica perfeitos enquanto lutava contra Walker e sua quadrilha. Usando golpes de diferentes artes marciais, ela dominou os três homens de Walker e os nocauteou, antes de fazer o Mariposa fugir por uma das janelas do clube. De acordo com relatos, a Batgirl perseguiu o fugitivo pelos bosques da região.

Ninguém tem pistas da Batgirl nem do Mariposa Assassina depois que deixaram o Country Club, mas muitos convidados alegam ter ouvido uma explosão na mata próxima logo depois e vários outros dizem ter visto um helicóptero que acredita-se ter sido o veículo de fuga de Walker.

De acordo com a polícia, ninguém se feriu na festa, a não ser os membros da quadrilha do Mariposa Assassina. Bruce Wayne escapou do ocorrido sem um arranhão e, de acordo com testemunhas, saiu da festa como sempre, acompanhado de uma das solteiras mais lindas do baile.

O motivo da tentativa de sequestro de Walker ainda é desconhecido, mas o mistério verdadeiramente intrigante parece ser o surgimento desta Batgirl. Se Gotham tem ou não uma vigilante feminina a seu lado, ou se ela era apenas uma convidada da festa que deu uma mãozinha, ainda não sabemos.

Por enquanto, os cidadãos de Gotham podem ficar de olho nas manchetes, e talvez nos telhados, para descobrir a resposta.

Versão artística da misteriosa "Batgirl" (descrição de uma testemunha)

NOME DO ARQUIVO	NOME
BATGIRL II	BARBARA GORDON
ALTURA	PESO
1,80 m	61 kg
OLHOS	CABELOS
AZUIS	RUIVOS
CODINOMES CONHECIDOS	BASE DE OPERAÇÕES
ORÁCULO	GOTHAM

PROFISSÃO
EX-HEROÍNA, EX-BIBLIOTECÁRIA

CONEXÕES CONHECIDAS pai adotivo JAMES W. GORDON, CANÁRIO NEGRO II, CAÇADORA, LADY FALCÃO NEGRO, JASON BARD, BATGIRL IV, MARGINAL, DICK GRAYSON, BESOURO AZUL II (falecido), SERVIDOR

AFILIAÇÕES SETE SOLDADOS DA VITÓRIA, ESQUADRÃO SUICIDA, AVES DE RAPINA, LIGA DA JUSTIÇA DA AMÉRICA, CORPORAÇÃO BATMAN, A REDE

ARQUIVOS ASSOCIADOS
A Milionária Estreia da Batgirl, Batgirl: Ano Um, Joias Imperfeitas, A Última História da Batgirl, A Piada Mortal, A Hora do Palhaço, A Noite das Garotas, Aves de Rapina

ANOTAÇÕES

Se dependesse de mim, jamais haveria uma Batgirl. Mas eu sabia, assim que olhei nos olhos de Barbara Gordon, que era uma batalha perdida. Não havia nada que eu, ou qualquer um, pudesse fazer para impedi-la. Mesmo contra a minha vontade, Gotham teria a sua Batgirl.

Barbara Gordon não foi a primeira mulher a usar um uniforme inspirado no meu. Kathy Kane foi a precursora quando surgiu como Batwoman, e chegou a ser ajudada em alguns casos por sua sobrinha Betty "Bette" Kane, a Batgirl original. Kathy encerrou a carreira quando nos separamos e Betty, em busca de sua própria identidade, passou a atuar como Labareda.

Mas, se Barbara não foi a primeira Batgirl, foi ela quem mais fez valer o nome.

Nascida em Chicago e filha única de Roger C. Gordon e sua esposa Thelma, a juventude tranquila de Barbara foi interrompida pela morte precoce da mãe num acidente de carro. Como consequência, Roger passou a beber e seu alcoolismo o levou à morte logo depois. A guarda de Barbara foi dada a seu tio James, e a jovem garota logo se adaptou a seu novo lar em Gotham. Apesar das longas horas que James passava no DPG, Barbara logo criou laços com seu pai adotivo e viu nele todas as qualidades que faltavam a Roger em seus últimos anos. Foi este laço inquebrável que fez com que Barbara permanecesse ao lado de seu pai quando ele se divorciou de sua esposa, após várias idas e vindas.

Mesmo com todos os problemas em casa, Barbara era uma aluna exemplar, com memória fotográfica e um amor genuíno pelo conhecimento. Inspirada pela dedicação de Jim em proteger seu parceiro e por minha própria carreira, Barbara logo se interessou pelos procedimentos policiais e começou a treinar ginástica e artes marciais. Ainda na escola, ela se tornou uma atleta tão fantástica que chegou a fingir uma lesão numa prova de atletismo para não se destacar demais das colegas. Barbara não estava lá para vencer as colegas, mas para vencer a si mesma.

Depois de se formar dois anos antes no colégio e de um breve período na Universidade Estadual de Gotham, Barbara começou a trabalhar como bibliotecária na Biblioteca Pública de Gotham, e começou a planejar diferentes formas de ajudar sua cidade adotiva. Como seu pai a proibiu de entrar para os negócios da família e fazer parte dos Melhores de Gotham, Barbara passou a percorrer outras avenidas, e chegou a fazer pesquisas no FBI e na Sociedade da Justiça da América. Mas quando estas investigações não deram em nada, a decisão de Barbara foi testada pela primeira vez quando ela lutava para encontrar uma maneira de causar um impacto positivo no mundo.

O caminho de Barbara ficou mais claro quando ela foi ao Baile de Máscaras do DPG preparada para surpreender seu pai com uma fantasia caseira inspirada na minha. Mas quando ela estava perto de debutar para ele, o Mariposa Assassina e sua quadrilha interromperam as festividades e Barbara sentiu que deveria cumprir seu dever cívico. Como Batgirl, Barbara cuidou da quadrilha do Mariposa com grande eficiência, (CONTINUA)

Segue um trecho do diário pessoal de Barbara Gordon, que ela me entregou há alguns anos. Creio que ela queria que eu soubesse o que significa ser finalmente aceita no clube dos meninos.

Eles me levam ao cemitério de Crown Hill, mas desta vez ninguém se importa de me vendar. Será mais um daqueles testes? Quer dizer, eu acabo com o Vaga-Lume e o Mariposa Assassina sozinha e detono naquela porcaria de galeria de tiros que ele tem na maldita caverna. O que mais uma garota precisa provar?

Ele e Robin estão em total silêncio no caminho por uma passagem imunda pelo meio do cemitério. O lugar está trancado, escuro e por mais que eu entenda o lance de "criatura da noite", perder tempo num túmulo assustador parece um tanto exagerado, mesmo pra essa dupla. Por um segundo eu penso que o Batman puxará um tabuleiro de Ouija do cinto de utilidades e vamos contar histórias de fantasmas. Será que ele já ouviu a história do cara com o gancho e os adolescentes excitados numa cabana isolada?

Quando estou reunindo coragem para perguntar, o Batman para. Ele está mais sério do que de costume, o que é cientificamente impossível. Eu olho pro Robin, e o Menino Prodígio nem mesmo dá uma de suas risadinhas esquisitas. A coisa é séria.

Eu estou na frente dos túmulos de Thomas e Martha Wayne. Um calafrio atravessa minha espinha. Caiu a ficha. Meu Deus.

O Batman tira a máscara. Bruce Wayne. O Batman é Bruce Wayne. A caverna... sabia que ele tinha grana, mas... uau. Isto é loucura. Bruce Wayne.

E aí o Robin... é o pupilo dele, Dick Grayson. Eu olho pro Robin, ele tira a máscara dele. Olho de novo pro Batman... Bruce... puxa.

Eu entendo porque ele leva tão a sério. Não é só espancar os bandidos. Pra ele, é coisa de família. Acho que eu... meio que entrei pra família também. Ele me pede pra levantar a mão direita.

Eu juro lealdade. Juro manter segredo. Juro ser corajosa. Então ele sorri (o que também é cientificamente impossível).

"Batman e Robin", diz ele. "E Batgirl."

Ele põe a máscara de volta e nós voltamos pro batmóvel. Olho pro Robin e ele já voltou ao normal, com um sorriso de orelha a orelha.

Bruce Wayne.

UAU!

Acho que vou pedir mesada pra ele.

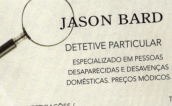

O cartão de Jason Bard, antigo policial de Gotham e um antigo... parceiro de Barbara.

Derrubando o Vaga-Lume

As asas são novas. Por um momento, me questiono se são funcionais ou apenas ajudam na aparência. O Vaga-Lume responde minha pergunta ao decolar do telhado e lançar um jato de napalm em minha direção como presente de despedida. O Nomex na capa aguenta, mas mesmo assim tenho que virar o rosto para longe das chamas. Parece que ele fez algumas alterações desde que o vi pela última vez.

Dick e Barbara não parecem notar. Ambos têm seu arpões prontos e apontados para cima. Mal tenho a chance de dar o sinal e eles disparam contra o Vaga-Lume, cada um acertando uma perna. Os dois gostam mesmo de competir.

Sigo pelo topo dos prédios enquanto o Vaga-Lume luta para se manter no ar, mas não parece incomodado como deveria. Sinal de que domina bastante a mochila voadora. Ele gira de volta e vai de encontro a uma cisterna, é o bastante para derrubar a Batgirl, que cai numa cobertura próxima. Ela sabe todos os movimentos e rapidamente está de pé. Está ficando boa nisso.

O Robin ainda se segura enquanto o Vaga-Lume corta o céu. Ele desliga os motores por um segundo e usa a ausência de peso para disparar o lança-chamas em Robin. Lynns está mesmo acostumado com a mochila voadora. Ele não dá chance a Robin, que solta e cai com um mortal duplo para pousar na beirada da cisterna. O garoto faz tudo parecer tão simples. Ótimo.

O Vaga-Lume segue e faz um retorno bem aberto para manter sua velocidade. Atacará Robin. Minha mão vai ao cinto, mas eu paro. Deixo para eles resolverem. Estão preparados e lidarão com isto.

Mas Robin não está olhando para o Vaga-Lume. Ele está olhando para sua perna, que parece ter sido atingida pelo lança-chamas e a queimadura está tirando sua atenção.

"Ei, menino-pássaro", chama a Batgirl do alto. "Pega!", grita.

Robin agarra o disco no ar e sorri para Barbara. Ele voltou para a luta. Já era tempo. Ele puxa a aba e prende o disco na cisterna. O garoto se vira para encarar o Vaga-Lume bem na hora.

Uma rajada de napalm atinge a torre da cisterna, errando o pé de Robin por cinco centímetros. Mas o garoto é rápido como sempre e salta da torre, seguido pela Batgirl. E, assim que o Vaga-Lume passa pela cisterna, o disco explode, e a água o atinge em cheio, derrubando-o com força no telhado.

Quando o Vaga-Lume olha para cima, encontra minha bota à sua espera e logo ele apaga. Pela precisão do meu chute, por uma boa hora ele não acorda.

Robin e Batgirl nem mesmo esperam para ver se eu já terminei o serviço e já estão apostando corrida para ver quem chega antes à Praça do Diabo. Teremos que discutir este... entusiasmo deles quando voltarmos à caverna. Começo a algemar rapidamente Lynns à base da torre.

Se eu fizer tudo corretamente, chego à praça cerca de um minuto e meio antes deles...

NOME DO ARQUIVO VAGA-LUME	NOME GARFIELD LYNNS
ALTURA 1,80 m	PESO 76 kg
OLHOS AZUIS	CABELOS BRANCOS, COM AS TÊMPORAS PRETAS
CODINOMES CONHECIDOS GIL FIELDS	BASE DE OPERAÇÕES GOTHAM

PROFISSÃO
CRIMINOSO, EX-TÉCNICO DE EFEITOS ESPECIAIS

CONEXÕES CONHECIDAS MARIPOSA ASSASSINA, WILEY DALBERT, NICHOLAS SCRATCH, MÁSCARA NEGRA (falecido), DEELIA WITHERS, BLACKSPELL, MÁSCARA NEGRA II

AFILIAÇÕES
A SOCIEDADE

ARQUIVOS ASSOCIADOS
O Vaga-Lume Humano, Batgirl: Ano Um, A Trilha Para a Glória do Vaga-Lume, A Queda do Morcego, Coração Ardente, Um Mundo Para Queimar, Jogos de Guerra, Projeto OMAC, Ignição

ANOTAÇÕES

O Mariposa Assassina estava no fundo do poço. Seu pedido de propina para os criminosos em troca de proteção compreensivelmente estourou em sua cara. Sua tentativa de sequestrar Bruce Wayne foi arruinada pela Batgirl, ainda caloura no combate ao crime, e seus capangas o abandonaram. Ele estava desesperado atrás de qualquer mísero degrau que o ajudasse a subir em sua carreira no submundo de crime. Por isso, quando ele encontrou Garfield Lynns, um novato em Gotham com um arsenal baseado em lanças-chamas, o Mariposa ficou logo em volta da lâmpada. Mas ele não sabia o quanto o Vaga-Lume era um competidor sério.

Um piromaníaco fascinado com todo tipo de chamas, Lynns conseguiu omitir sua obsessão por anos, ao encontrar emprego como especialista em efeitos especiais para a indústria cinematográfica, e chegou a montar sua própria empresa, a Lynns-FX. Mas, quando ele propositalmente preparou uma explosão com excesso de combustível, entrou para a lista negra dos estúdios, o que o deixou sem destino.

Quando seus caminhos se cruzaram com os de Drury Walker, o Mariposa Assassina, Lynns criou um uniforme e uma máscara e se armou com um lançador de napalm. Começou a trabalhar com o desastrado vilão e adotou o nome de Vaga-Lume. Rapidamente ele se tornou o líder da dupla e lutou contra a Batgirl e a Canário Negro, antes da Batgirl prender os dois sozinha.

Lynns fez vários retornos ao longo dos anos, e embora tenha ocasionalmente usado seus conhecimentos em efeitos especiais para construir armas que usam luz, sua neurose pelo fogo geralmente fala mais alto. Ele prefere agir com incêndios sob encomenda, e acrescentou uma mochila voadora para ajudá-lo em seus atos. Durante uma missão encomendada por Nicholas Scratch, o Vaga-Lume ficou preso no incêndio que ele mesmo provocou e seu corpo ficou coberto de queimaduras. Mas, mesmo assim, ele se recusa a desistir de sua vocação doentia, desenvolvendo uma excitação quase sexual pela aproximação de qualquer tipo de chama.

Eu já encontrei vários piromaníacos em minha carreira como Batman, incluindo uma série de criminosos que usaram o nome de Incendiário. Contudo, Lynns é, de longe, o mais perturbado de todos eles. Apesar de ter sido derrotado por outros heróis como o Rastejante e os Renegados e quase morrer nas mãos dos androides da OMAC, o Vaga-Lume não parece querer encerrar a carreira nem mostra remorso por suas atrocidades.

Numa recente campanha para ver Gotham queimar, Lynns explorou seu relacionamento com o segundo Máscara Negra para desenvolver um chip incendiário que ele injetou sob a pele das vítimas, fazendo parecer que elas entraram em combustão espontânea. Muitos morreram durante este evento terrível, mas Lynns não demonstrou compaixão alguma por suas vítimas e, bizarramente, ele não fez nenhum pedido de resgate. Para sorte do povo de Gotham, o Batman (ver Dick Grayson) e o Robin (ver Damian Wayne) pegaram o Vaga-Lume, e Dick acabou com o ato dos dois criminosos e sua "praga".

A obsessão de Lynn pelo fogo pode ser vista como uma arma a ser usada contra ele, tendo em mente que (CONTINUA)

UNIVERSIDADE DE HUDSON — **DEPARTAMENTO DE MATRÍCULAS**
New Carthage, Nova York

20 de março

Sr. Richard Grayson
Mansão Wayne
Condado de Bristol, Gotham

Caro Sr. Grayson:

Parabéns por sua aprovação na Universidade de Hudson! É com grande prazer que lhe enviamos esta carta, e o senhor tem todos os motivos para se orgulhar de todo o esforço e dos anseios que o trouxeram até este momento.

A Universidade de Hudson é uma instituição aclamada, que reconhece a excelência dentro e fora do campus. Ao avaliarmos candidatos para aprovação, o Comitê de Admissão procura identificar alunos cujas conquistas acadêmicas, talentos diversos, força de vontade e caráter farão com que sintam-se em casa nesta extraordinária comunidade. Estamos ansiosos para vê-lo como um colaborador essencial para a vida e missão desta universidade, e porteriormente lutar a boa luta no mundo real.

Para nos notificar sobre sua decisão, pode utilizar o cartão-resposta incluído neste envelope. Como a data final para resposta é no dia 1º de maio, gostaríamos de tê-la o quanto antes.

Além disto, entre os dias 17 e 19 de abril, seus futuros colegas virão ao campus para uma amostra do Dia de Hudson Hawk, nosso programa para os alunos aprovados.

Por fim, se tiver alguma pergunta geral ou específica sobre Hudson, consulte a folha em anexo. Estamos muito contentos por você estar se juntando a nós no próximo outono. Bem-vindo a Hudson!

Sinceramente,

Corey Petit
Corey Petit
Reitor de Matrículas

Espero que venha!

Depois que Dick foi para a universidade, eu decidi que era hora de mudar. Então eu e Alfred fechamos a mansão e a caverna e mudamos nossa base de operações para o recém-reformado Edifício da Fundação Wayne.

FUNDAÇÃO WAYNE

LAREIRA FALSA DESLIZA PARA ACESSO AO ELEVADOR SECRETO

COMPARTIMENTO SECRETO NA COBERTURA PERMITE SAÍDA DO BATCÓPTERO PORTÁTIL

PISCINA CIRCUNDA A COBERTURA

OFICINAS OCULTAS ATRÁS DA ESTANTE MÓVEL

TÚNEL SECRETO SOB A RUA CONECTA A BATCAVERNA DA FUNDAÇÃO WAYNE PARA UM ARMAZÉM "ABANDONADO" AO LADO DE UMA VIELA POUCO FREQUENTADA

FOLHAGEM DECORATIVA OCULTA O ELEVADOR QUE LEVA AOS ANDARES SUBTERRÂNEOS

ESCRITÓRIOS DA FUNDAÇÃO WAYNE E SUÍTES EM OUTROS ANDARES

ESPAÇO DISPONÍVEL NO PRIMEIRO ANDAR

ANDAR SUBTERRÂNEO (ACESSÍVEL PELO ELEVADOR SECRETO) COMPORTA A BATCAVERNA PROVISÓRIA E A GARAGEM DO BATMÓVEL

QUATRO ANDARES SUBTERRÂNEOS DE ESTACIONAMENTO PARA O PÚBLICO COM RAMPAS PARA A RUA

A Cabeça do Demônio

O grandalhão que Ra's chama de Ubu me impede de entrar no beco. Ele me chama de infiel e diz que seu mestre é o primeiro a entrar. É a segunda vez que ele faz isto. Respeita o mestre, me desrespeitando. A primeira vez foi na caverna.

Tudo sobre Ra's al Ghul remete a poder. Ele é um homem acostumado a fazer o que quer, e a não ser pelo fato de que nunca ouvi falar dele, Ra's parece saber tudo sobre mim. O bastante para entrar na batcaverna para pedir ajuda. Sabia quando eu estaria lá, mesmo com minhas operações transferidas para a Fundação Wayne. Ele também sabe minha resposta antes de fazer sua pergunta.

Robin foi sequestrado de seu dormitório na Universidade de Hudson assim como a filha de Ra's, uma belíssima mulher chamada Talia, que conheci recentemente. Ra's propõe que trabalhemos juntos, e seguimos uma trilha que nos levou a Calcutá, e a este beco, especificamente. A porta no fim do beco foi muito fácil de abrir. Eu entro primeiro no prédio, e meus olhos se ajustam à escuridão. Há um cheiro familiar no local, mas não ouço som algum. Nem mesmo uma respiração. Ainda sem ouvir nada, um leopardo avança sobre mim e me derruba no chão.

Cuido da maior ameaça primeiro, e mantenho suas mandíbulas abertas com meu cotovelo, mas ele é forte, todo feito de músculos e garras. Desvio de suas patas e luto com ele no chão, para evitar que ele me ataque. Empurro mais meu cotovelo. Empurro até o fim.

O estalo é perturbador, apesar de ser o que eu queria. Tiro o animal morto de cima de mim e me levanto, para avaliar meus ferimentos. Nada grave. Ra's me elogia e agradece o esforço. Vejo algo no canto da sala. Um mapa do Himalaia. Não é uma surpresa que seja a próxima peça dos planos dele.

Sigo Ra's e Ubu para fora do prédio, mas agora sei o que está havendo. A coincidência dos sequestros e a precisão de Ra's me deixaram desconfiado. Mas agora não tenho dúvidas na minha cabeça. Ubu entregou tudo quando me deixou entrar no prédio antes de seu mestre. Ele sabia que havia uma surpresa me esperando, pois Ra's planejou todo este "sequestro". Por algum motivo, Ra's está jogando comigo e me testando. E eu vou entrar no jogo.

Quando voltamos ao beco, Ra's e Ubu falam que vamos para a pista de pouso particular e que há um avião nos esperando. Ele não deixa passar um detalhe. Considera o jogo algo importante. Infelizmente para ele, descobrirá o que eu acho antes do que imagina. Ele mostra o caminho.

Por enquanto, eu apenas sigo.

A filha do demônio, Talia al Ghul

NOME DO ARQUIVO	NOME
RA'S AL GHUL	DESCONHECIDO
ALTURA	PESO
1,96 m	97 kg
OLHOS	CABELOS PRETOS, COM AS
VERDES	TÊMPORAS BRANCAS
CODINOMES CONHECIDOS	BASE DE OPERAÇÕES
A CABEÇA DO DEMÔNIO	ITINERANTE

PROFISSÃO
TERRORISTA INTERNACIONAL

CONEXÕES CONHECIDAS filha TALIA, filha NYSSA (falecida), A TRIBO UBU, O FANTASMA BRANCO (falecido), O FANTASMA BRANCO II, AZRAEL II, neto DAMIAN WAYNE, esposa SORA (falecida), esposa MELISANDE (falecida), esposa EVELYN GRACIE, pai SENSEI.

AFILIAÇÕES
LIGA DOS ASSASSINOS, A ORDEM DA PUREZA

ARQUIVOS ASSOCIADOS O Nascimento do Demônio, A Filha do Demônio, O Demônio Vive de Novo!, O Filho do Demônio, A Noiva do Demônio, A Ruína do Demônio, O Demônio Ri, A Morte e as Donzelas, A Ressureição de Ra's al Ghul

ANOTAÇÕES

De acordo com a lenda, havia uma tempestade no dia em que ele nasceu. Há centenas de anos, na época das Cruzadas, o homem que se tornaria Ra's al Ghul nasceu num local não revelado nos desertos do Oriente Médio, sobre as linhas terrestres de Ley (pontos ao redor do globo onde a energia natural da Terra é supostamente mais forte). Ainda jovem, Ra's sempre foi assombrado pelo que chamava de "inimiga de todo homem", ou, mais comumente chamada, a morte. Através de textos antigos, ele se encantou pela medicina e logo se tornou o médico pessoal do sultão.

Entretanto, quando o filho do sultão adoeceu, Ra's fez a descoberta que mudaria sua vida para sempre. Usando uma combinação de substâncias e a energia das linhas de Ley em seu local de nascimento, ele criou um Poço de Lázaro, uma banheira capaz de estender a vida e, em alguns casos, ressuscitar os mortos. Ele mergulhou o filho do sultão no poço e, de fato, ele foi curado. Porém, como todas as coisas sobrenaturais, havia um preço a ser pago. Quando submersa em suas águas, a pessoa fica temporariamente insana e possuída por uma raiva incontrolável. Quando o filho do sultão emergiu, ele atacou a esposa de Ra's, Sora, e a matou antes que ele pudesse impedi-lo. O sultão culpou Ra's pela morte de Sora, e o prendeu numa jaula com o cadáver da esposa, e os jogou num buraco na areia do deserto. Se Ra's não tivesse escapado com a ajuda de um dos filhos de seus pacientes, seu castigo de passar um mês naquele inferno teria sido fatal.

Mas ele fugiu, e com a ajuda dos rebeldes do bando de seu tio e seu conhecimento sobre vírus, ele promoveu uma sangrenta vingança contra o sultão, deixando a cidade em ruínas. Foi neste momento que o pacato médico passou a adotar o nome de Ra's al Ghul, que significa a Cabeça do Demônio.

Durante sua longa vida, Ra's se dedicou a preservar o planeta e percebeu que a Terra está superpovoada e, portanto, a maior parte da população precisa morrer para garantir o futuro de alguns escolhidos. Ele possui um sentimento doentio de legitimidade, e acredita que sua missão é não apenas "salvar" o planeta, mas que é seu direito governar os sobreviventes.

Ra's sabe que apesar de seus segredos, seu corpo está envelhecendo, e suas visitas aos Poços de Lázaro são cada vez mais frequentes. Para seguir com sua missão, ele entende que precisa de um herdeiro, e teve vários filhos em sua busca por imortalidade. Para este fim, ele tentou me recrutar várias vezes para que eu me casasse com sua filha, Talia Head (ver Talia al Ghul), ao descobrir que eu cumpria sua série de "requisitos". Eu tenho verdadeiros e fortes sentimentos por Talia, e inclusive tivemos um filho juntos (ver Damian Wayne), mas sua lealdade aos preceitos perversos de seu pai sempre nos afastaram.

Outra filha de Ra's, Nyssa Raatko (ver Nyssa al Ghul), nasceu em São Petesburgo em 1775 quando uma camponesa judia chamou a atenção de Ra's. Nyssa trabalhou para o pai por um tempo, mas o abandonou por causa de seus métodos violentos. Ela voltou para tomar o manto e a vida de Ra's, depois de submeter Talia a uma lavagem cerebral para aderir à sua causa.

Mas, como sempre, Ra's voltou. Usando ocultismo, ele transferiu sua mente para o corpo do filho que considerava a ovelha negra, ironicamente chamado de Fantasma Branco. Dando sequência a seu (CONTINUA)

Uma carta escrita por Talia al Ghul, mas nunca enviada. Damian a roubou de sua cômoda e achou que eu devesse ler. O garoto queria me contar sobre seu passado, mas acho que há mais coisas sobre Damian que nem ele sabe. Muito além da história nesta carta.

Meu amado,

Nada é simples em nossa relação. Os objetivos de meu pai e minha dedicação a ele são parte de minha vida e sempre serão. Sei que você encerrou o que havia entre nós, mas não há uma parte de meu corpo que acredita nisso. Por mais que diga que acabou, eu conheço seus olhos. Amado, conheço demais seus olhos para acreditar no que diz.

Devido às complicações, sempre teremos segredos entre nós e pensamentos que não podemos expressar. Esta é a infeliz natureza de nossa relação e de nossas lealdades. Mas há um segredo que omiti de você e que não tenho o direito de ocultar. Tudo o que posso fazer é pedir desculpas e espero que você entenda por que eu não pude contá-lo antes. Mas o farei agora.

Seu filho está vivo, amado. Quando você e meu pai eram aliados e foram caçar aquele homem, Qayin, eu estava grávida. Eu fiquei suscetível a você e você a mim. Vivemos uma vida impossível e você ficou ainda mais feliz ao saber que seria pai. Porém, quando você e meu pai voltaram a ser adversários, tudo acabou. Seus olhos me disseram quanto eu havia sido tola de projetar um futuro para nós, e resolvi dizer-lhe que perdi o bebê.

Mas ele estava bem, seu garoto cresceu em meu ventre, um lutador como o pai, mas sem uma chance sequer de ter a vida que você sonhou para ele. Eu sei que ele precisava mais do que o violento e solitário mundo de Ra's al Ghul, por isso deixei seu filho, um lindo garoto, num orfanato e, pelo que soube, encontrou um lar junto a uma jovem e carinhosa família.

Não há um só dia em que eu não pense nele. Imagino como deve ser seu rosto, o som de sua voz. Toda manhã eu penso em trazê-lo de volta e criá-lo junto de mim. Não sei quanto posso ser forte, mas estou tentando fazer o que é melhor para ele. Haverá uma manhã em que eu não mais ficarei longe dele. Uma manhã em que buscarei nosso filho.

Muito tempo já se passou e muitas lágrimas já rolaram desde que comecei esta carta, amado. Não tenho intenção alguma de enviá-la. Mas eu lamento. Lamento ter afastado nosso filho de nós dois. Eu adoraria não ter que guardar tudo isto comigo.

    Da eternamente sua,
    Talia.

Este é Karl Courtney, uma tentativa de assassino fantasiado de pirata, que se chama Capitão Arraia-Lixa.

O contorcionista, ladrão e assassino conhecido como Cobra Venenosa, que mais tarde foi morto pelo Caçador, e foi substituído por um sucessor mais jovem e igualmente mortal.

Val Kaliban, autodenominado Assombração, ofereceu a bandidos uma saída da prisão por um preço, até que foi morto por Damian Wayne numa tentativa equivocada de me impressionar.

Quando a visão de Phil Reardon foi bizarramente deslocada para a ponta de seus dedos, ele entrou para o crime como o Homem de Dez Olhos, e culpou Batman equivocadamente por suas lesões.

O Lobisomem

Mesmo do outro lado da rua, posso garantir que não é uma fantasia. Talvez o otimista dentro de mim insista que é falso, que lobisomens são apenas criaturas míticas e lendas urbanas. Só pode ser o otimista em mim, porque o realista sabe que já enfrentei morcegos humanos e criaturas feitas de barro. Já vi homens voadores, amazonas e alienígenas. O realista em mim sabe que a coisa que vejo escalar um prédio no distrito financeiro é, sem sombra de dúvidas, um lobisomem vivo, de carne e osso.

Salto do telhado e sinto o ar contra a capa. Por alguns segundos estou em queda livre trinta andares acima da rua. A adrenalina começa a fazer efeito, mas meu treinamento a controla e eu disparo o arpão, que atinge o alvo — uma gárgula na igreja próxima —, eu viro meu corpo e desfruto o voo. Mas pratiquei o bastante para saber que acertei o alvo em cheio.

Entro por uma janela do apartamento e sigo por dentro, direto no queixo do lobisomem. Foi melhor do que eu previ, e o lobo voa de encontro à cama no canto do quarto. Num segundo já avaliei a situação. Há uma mulher a um metro e meio de mim, cerca de vinte anos, acho que se aprontando para dormir. Ou era o que fazia antes de a criatura resolver visitá-la seja lá por que motivo.

Ele está de quatro, como um lobo, rosnando e rugindo como um cão raivoso, mas com forma humanoide. Ele salta sobre a garota e a ergue no ar. É muito mais rápido do que eu. Não o alcanço quando ele vai até a janela, mas não foge com ela. Faz pior. O lobisomem a solta.

Sinto o vento contra meu rosto quando mergulho atrás dela, pegando impulso no parapeito para acelerar minha queda. Eu seguro a capa junto a mim. Não quero nenhuma resistência. Estou quase lá. Mais alguns centímetros. Ela está se debatendo, em pânico, mas pego sua mão de qualquer jeito e lanço um cabo.

Outra gárgula salva o dia e eu transformo a queda em outro balanço. Estamos tão perto do chão que preciso erguer meus pés, mas nossa velocidade nos impulsiona até o telhado da academia vizinha. A garota está imóvel quando aterrissamos, mas o pulso está forte. Parece que a noite não foi como ela imaginava.

O otimista em mim olha para o alto, na esperança de ver o lobisomem deixando o apartamento da garota. Mas o realista não se surpreende em ver apenas uma janela quebrada e cortinas tremulando com a brisa. Digo a mim mesmo que vou checar e procurar pistas no apartamento. Mas, outra vez, é o otimista falando.

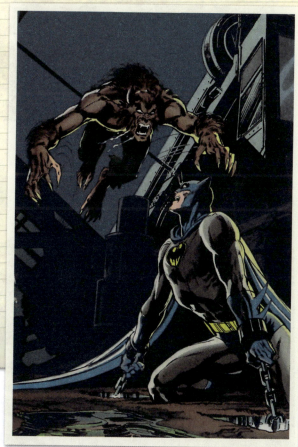

Mais tarde, vim a descobrir que o homem que enfrentei era Anthony Lupus, um ex-campeão olímpico que sofria um raro e intenso caso de licantropia. Lupus foi manipulado por um antigo inimigo do professor Milo, numa experiência cruel que transformou o corredor num lobisomem de verdade.

Mestre em artes marciais e antigo líder da Liga dos Assassinos, o Sensei influenciou na formação de muitos de meus inimigos, incluindo Ra's al Ghul.

Existem apenas alguns homens tão habilidosos e pacientes como Richard Dragon quando se trata da arte de lutar. Dragon não é apenas um dos melhores, senão o melhor lutador de artes marciais em todo o mundo. Ele também é um dos maiores mestres da arte da luta com uma sapiência muito além de sua idade.

Antigo parceiro de Richard Dragon, Ben Turner, o Tigre de Bronze, sofreu uma lavagem cerebral pelo Sensei e a Liga dos Assassinos para se tornar um matador involuntário. Ele se livrou de sua reprogramação e passou a ser um membro valioso do Esquadrão Suicida e um aliado da Liga da Justiça.

Ted Grant, o Pantera, é um ex-campeão de boxe dos pesos pesados e uma lenda viva da Sociedade da Justiça que usou suas "nove vidas" para lutar pelo bem desde os anos 1940, treinando dezenas de outros heróis no processo.

Certamente a mulher mais mortal do planeta, Sandra Woosan, também conhecida como Lady Shiva, tem aprimorado suas habilidades em artes marciais a um nível que desafiaria o melhor de todos os lutadores. O que mais assusta em Lady Shiva é que ela só defende a si mesma.

O PISTOLEIRO RECARREGA!

por MARSHALL ENGLEHART

GOTHAM — Apenas poucas pessoas se lembram de Floyd Lawton. Embora fosse um membro da elite de Gotham por um breve período e tenha ostentado a fortuna em imóveis que seus pais conquistaram sempre que possível, Floyd era um homem comum que se tornou mais um rosto destacado em leilões de luxo e bailes de caridade.

Um pouco mais de pessoas se lembrarão do herói Pistoleiro, um justiceiro mascarado de smoking e cartola que usou sua mira extremamente precisa para desarmar criminosos, numa guerra de um homem só contra o crime que quase fez do Batman notícia do passado. Mas quando o Cavaleiro das Trevas revelou que o Pistoleiro era um criminoso que estava usando sua fama recente para se estabelecer no submundo, o vilão se tornou mais um na galeria de vilões do Batman. Se as pessoas soubessem que Floyd Lawton e o Pistoleiro eram a mesma pessoa, elas certamente não ficariam chocadas. Lawton foi esquecido novamente, e cumpriu sua pena na Penitenciária Estadual de Gotham.

Mas ontem à noite, o Pistoleiro voltou, e desta vez o público prestou atenção. Sem o smoking, mas com um traje colante com armas acopladas e revólveres de pulso, ele surgiu no topo do Edifício Ellsworth pouco depois do anoitecer e começou a atirar para valer. De acordo com testemunhas lo-

Retrato do Pistoleiro (de acordo com o relato de testemunhas).

cais, ele imediatamente atraiu a atenção do Batman, o que parece ter sido seu objetivo desde o início.

A dona da bodega local Angela Benham disse: "Dava pra ouvir os tiros na rua, mas só depois de três ou quatro é que prestamos atenção de verdade. Eu vi as pessoas correrem na calçada e um cara apontando pro prédio, então eu saí da loja pra dar uma olhada. Tudo o que vi foi a silhueta do atirador lá no alto do prédio. Mas daí apareceu outro vulto, e parecia que ele tinha asas, então era o Batman, né?"

Benham seguiu: "Parecia mesmo o Batman lutando contra o outro cara, mas não sei dizer, eu só vi as asas ou a capa, sei lá como que ele voa. E acho que o Batman derrubou o outro cara na base dos socos, mas o cara caiu pro outro lado, e daí eu não vi mais nada."

Aparentemente, a luta do Batman contra o Pistoleiro não acabou ali. Os dois foram vistos em seguida atravessando a claraboia do Centro de Convenções Rogers, e caindo em cima de uma máquina de escrever gigante criada para a convenção dos Suprimentos para Escritório Weisinger.

A organizadora da convenção, Silver St. Cloud disse: "Eu estava lá quando ocorreu. O Pistoleiro disparou contra o Batman por aquelas pistolas no punho, mas não acertou. Antes que pudéssemos fazer alguma coisa, o Batman o nocauteou para dentro da máquina, e saiu pela claraboia. E isto foi tudo."

Logo depois, a polícia chegou e levou o Pistoleiro para (CONTINUA NA PÁG. 12C)

Sobre Silver

Eu inspiro profundamente e abro sua janela.

"Mas... Ah, meu Deus!", diz ela. Não é deste jeito que Silver me recebe normalmente, mas é uma recepção digna do Batman.

"Silver St. Cloud. Posso entrar?", pergunto.

Ela está enrolada apenas numa toalha, mas não reclama. Ela está encantadora, mesmo sem maquiagem. Naturalmente linda, com seu cabelo louro platinado caindo sobre os ombros. Mas o modo como me olha não é o mesmo que olha para Bruce Wayne. Há uma preocupação. Não por sua segurança. Uma coisa que conheço é a reação usual ao Batman. Não, Silver está preocupada comigo.

É uma noite de ventos fortes em Gotham, e a brisa que vem pela janela dá vida à capa. Mas Silver não está atenta aos efeitos especiais sobre o Homem-Morcego. Ela está me olhando nos olhos, e diz exatamente o que vim descobrir.

Digo que quando a vi ontem à noite, durante minha luta com o Pistoleiro, achei que ela tinha algo a me dizer. Silver se vira e diz que nunca viu o Pistoleiro antes, então como ela poderia saber algo mais?

"Não foi o que quis dizer", explico. Soa rude demais, mas estou cansado deste jogo. Quero tirar logo a máscara. Preciso falar sobre isto. Sei que ela sabe. O modo como me olhou ontem à noite. Chegamos perto demais. Ela viu através do Batman.

Paira um silêncio constrangedor e ela se afasta de mim. Por que nenhum de nós fala nada? Eu deveria tomar a iniciativa, admito. Quero contar a ela por que estou fazendo isto. Preciso dizer do que se trata, que ela compreenda. Do contrário, não passará de algo temporário. Como foi com Julie e...

Eu não quero que Silver me deixe.

Mas nenhum de nós fala. Suas mãos tremem e eu nada faço para ajudá-la. Para facilitar.

"Quer falar alguma coisa, por favor? Tenho alguém vindo me buscar em breve...", diz ela. Aquilo acaba comigo. Ela está falando de Bruce Wayne. Então... é isto.

Eu me desculpo. Digo que pode ter sido um erro e saio pela escada de incêndio. Lanço o cabo e sinto o vento contra meu rosto a caminho do carro.

Não olho para trás, mas sei que Silver fechou a janela atrás de mim.

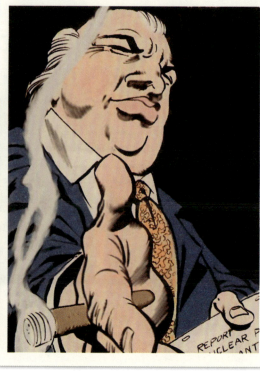

Com luvas equipadas para lançar napalm e um desejo insano de vingança contra os prédios de Gotham, Joseph Rigger usou seu treinamento militar para se tornar o Incendiário. Embora Rigger lentamente tenha caído no esquecimento, ele depois vendeu seu traje pela melhor oferta, o que manteve o nome do Incendiário vivo.

Ex-presidente da Câmara dos Vereadores de Gotham e famoso chefão do crime, Rupert Thorne mandou na cidade com mão de ferro até que a polícia finalmente conseguiu acusá-lo de assassinato. Ele agora passa seus anos dourados preso em segurança na Penitenciária Blackgate.

Após um vício em heroína que o levou para a cadeia e o assassinato por engano de seu pai, Eric Needham adotou a identidade do Aranha Negra e começou a matar sistematicamente os traficantes de Gotham. O nome Aranha Negra foi usurpado por um matador chamado Johnny LaMonica quando Needham foi dado como morto por um tempo. Após a morte de LaMonica, um bandido pé de chinelo chamado Derrick Coe se apropriou do uniforme.

Atualmente, tanto Needham quanto Coe estão na ativa em Gotham, uma situação prestes a encontrar seu limite.

ASILO ARKHAM
para Criminosos Insanos

Desde 1921 Capacidade 500 *"Até a mente mais doentia pode ser curada."*

PERFIL PSICOLÓGICO DO PACIENTE

DATA: 10 dez
PSIQUIATRA RESPONSÁVEL: Dr. Jeremiah Arkham

CODINOME: MAXIE ZEUS

NOME COMPLETO: ZEUS (SOBRENOME) MAXIMILIAN (PRIMEIRO NOME) (NOME DO MEIO)

ALTURA: 1,68 m   PESO: 61 kg

CABELOS: CASTANHOS   OLHOS: CASTANHOS

AVALIAÇÃO:

Se você perguntar a algum de meus colegas se o termo "complexo de deus" é um diagnóstico psiquiátrico aceitável, a maioria responderá que não, sem hesitar. Entretanto, ao discutir o caso de Maxie Zeus, qualquer um enfrentaria dificuldades para encontrar um termo melhor.

Um antigo mafioso e, conforme relatos, uma "figura de destaque" no submundo criminoso de Gotham, Maxie Zeus não é exatamente o que alguém imaginaria como um chefão da máfia. Ocorre que Maxie Zeus acredita de coração que é homônimo do deus grego. Embora não possua poderes metahumanos nem habilidades paranormais, ele segue firme com a ideia de que é o poderoso deus dos raios no alto do panteão grego.

Entretanto, o que mais chama a atenção sobre a alucinação de Zeus é que ele incorporou elementos da fé cristã em suas fantasias e sempre faz questão de dizer que foi "pregado à cruz" e que é o "messias elétrico". Ele acredita que a corrupção e a perturbação por todo o mundo são consequência de sua estadia forçada em nossa primorosa instituição.

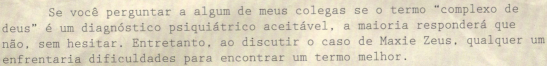

Tão fascinante quanto a real condição de Maxie, o que temos de destacar é sua capacidade impressionante de reunir fiéis em várias situações. Desde seu começo com roubo, extorsão e tráfico de drogas, Zeus sempre exigiu lealdade total de seus seguidores. Talvez suas excentricidades cativem os corações de quem trabalha para ele, ou quem sabe ele é tão convincente em suas ilusões que suas ideias fantasiosas contagiam aqueles que o rodeiam.

Numa ocasião em particular, Maxie usou seu carisma para formar um grupo daqueles que os jornais chamam de "supervilões", um time de metahumanos poderosos vestidos em roupas da Grécia antiga. Denominados Novos Olimpianos, Zeus e seus companheiros se encontraram em total oposição ao Batman e a uma equipe de defensores da lei elitistas chamados Os Renegados. Como geralmente ocorre com indivíduos com problemas mentais, ele (continua)

Médico na Avenida Park, o Dr. Alex Sartorius foi transformado numa sombra brilhante e radioativa quando ele ficou aprisionado numa usina de energia em que ele havia feito um grande investimento. Com raiva do mundo e tóxico em todos os sentidos possíveis, ele se autodenominou Dr. Fósforo e se tornou uma praga constante em minha cidade.

Cara de Barro III

Há uma voz vindo do fim do corredor. O interior do Museu de Cera do Padre Knickerbocker é incômodo o bastante por si só, mas a voz profunda, um tanto mecânica que ecoa pelo corredor escuro, além das estranhas versões em cera de celebridades é mais do que desconfortável. A voz soa familiar, parecida com a do atual Cara de Barro que enfrentei na ponte e no laboratório Starhaven. O mistério é com quem ele conversa.

Ouço um ruído ao fundo, de um motor vindo de uma sala escura à frente, o que é bom. Abafa o som de meus passos e esconde o som da capa. Mas vou lentamente, sem saber com quantos estou lidando, ou se os amigos do Cara de Barro são tão poderosos quanto ele. O problema principal é o traje mecânico que ele veste e faz com que fique mais forte do que já é. Se ele não está sozinho, pode haver outros. E, se eu não consegui derrotar o Cara de Barro sozinho, que chance tenho contra dois ou três iguais a ele?

Eu me posiciono do lado de fora da porta. Posso ouvi-lo claramente agora. Está falando com uma mulher chamada Helena, e conta que ele voltará ao normal. Vem um ruído de metal batendo contra metal. Ele está trabalhando no componente que roubou de Starhaven. Aquele que era tão valioso para ele e que o fez matar um guarda para obtê-lo. De alguma maneira reduziu uma vida humana a um protoplasma sem vida. Seja lá quem for este novo Cara de Barro, ele tem conhecimento científico. O que faz é completamente intencional.

Eu uso um espelho do cinto para olhar dentro da sala. Preciso saber exatamente quem está com ele, se tem ajudantes, ou pior, reféns. O Cara de Barro está no canto oposto, trabalhando no painel eletrônico. Diante dele está uma moça, cerca de 1,80 m, loura e de camisola. Seria linda, se não fosse feita de cera.

E assim a teoria vai toda por água abaixo. Este Cara de Barro não está totalmente consciente. Ele está insano. Mas está sozinho.

Ele se enfurece quando a máquina não funciona, e piora quando percebe que fui eu quem tirou o fio da tomada. Salta sobre mim, descontrolado. Eu uso sua impulsividade para arremessá-lo em direção à mesa onde "Helena" está sentada, diante de uma refeição artificial à luz de velas. A força do impacto joga a mulher de cera no chão e o Cara de Barro sai de si. Quase furioso. Ele me agarra e me levanta no ar com facilidade. Ouço o som de seus servomecanismos sofrendo com o esforço e depois sua fonte de energia, um motor acoplado às suas costas. Eu não havia percebido antes, pois ele o escondeu ao usar uma capa em nossos encontros anteriores, mas agora está exposta. E ao meu alcance.

Quando ele finalmente se vira e me arremessa, levo o motor comigo. De repente, parece que ele está debaixo d'água, lento. O traje é pesado demais e o impede de se mover. Eu arremesso o motor em seu rosto e acabo com ele.

A luta acabou para ele, e ele sabe disso. Ajudo-o a ficar de pé e o levo para fora. Há vestígios de fumaça atrás de nós, mas não posso me preocupar com isto agora. Preciso levar o Cara de Barro lá para fora em segurança.

Há um policial do outro lado da rua quando chegamos ao beco. Algo surpreendente na Zona Leste. Ele arregala os olhos, não por minha causa ou pelo Cara de Barro, mas por algo atrás de nós. Quando me viro, o Museu de Cera está tomado pelas chamas. Antes que eu possa reagir, ele se livra de mim e entra no prédio. O fogo está muito forte e não consigo segui-lo. Ele desaparece por entre as labaredas. Apenas ouço seus gritos. Ele chama por Helena. Por uma mulher feita de cera.

Após alguns instantes, os gritos cessam, e fico a sós com o policial, ambos estupefatos olhando para o fogo.

OS NOVOS JOVENS TITÃS?

por MARV PEREZ

NOVA YORK – Numa cena saída de um livro de H.G. Wells ou de um episódio de *Space Trek: 2022*, o prédio das Nações Unidas foi atacado ontem à noite pelo que parece ser um grupo de lagartos gigantes. De acordo com autoridades estas criaturas eram, na verdade, alienígenas extremamente hostis, diferentes do famoso herói Superman de Metrópolis ou do Caçador de Marte da Liga da Justiça. Entretanto, para enfrentar os violentos extraterrestres, havia um grupo de heróis conhecidos que se reuniram para enfrentar a bizarra ameaça: os Jovens Titãs.

O caos começou na noite passada, quando testemunhas disseram ter visto uma grande nave verde aparecer sobre a Praça das Nações Unidas. A polícia se recusou a acreditar no início, mas, ao chegar ao local, foi atacada por uma raça de criaturas alienígenas semelhantes a lagartos, vestindo armaduras douradas e o que pareciam ser mochilas voadoras ultramodernas. Estes seres aparentemente impossíveis estavam armados com o que a polícia descreve como "bastões de batalha futuristas" que disparavam uma espécie de "pulso energético concussivo". Quando a polícia e as forças das Nações Unidas foram superadas pelos invasores alienígenas, a salvação veio na forma de seis heróis quase esquecidos.

Anteriormente um fenômeno cultural e presença constante nas manchetes, os Jovens Titãs surgiram com tudo há alguns anos como a versão jovem da Liga da Justiça da América, o famoso grupo mundial de super-heróis e meta-humanos. Entretanto, apesar

A batalha diante do prédio das Nações Unidas em que os Jovens Titãs venceram os alienígenas.

de suas enormes contribuições para a segurança da população, o grupo não parecia pronta para o protagonismo e logo caiu na obscuridade, com cada membro seguindo seu próprio caminho.

Mas, ontem à noite, isto pareceu mudar e um novo grupo de Titãs se uniu e não apenas combateu os invasores, mas os prendeu, sem que nenhum civil ou herói se ferisse. De acordo com a polícia e também testemunhas, a equipe era formada por Robin, o Menino Prodígio, e parceiro do tão falado Batman de Gotham; Moça-Maravilha, que parece ser a irmã mais nova da Mulher-Maravilha; Kid Flash, o parceiro-mirim do Flash de Central City; e o Rapaz-Fera, ex-membro dos Titãs da Costa Oeste e da Patrulha do Destino, capaz de se transformar em qualquer animal e que agora atende por Mutano.

Testemunhas também mencionam um novo herói lutando ao lado dos Titãs: um jovem afrodescendente descrito como metade homem, metade robô. De acordo com a polícia, este novo herói se chama Ciborgue, um nome bem adequado, dotado de força sobre-humana e armas.

Depois de dominarem os extraterrestres, parece que os Novos Jovens Titãs ganharam a companhia de uma mulher usando roupas escuras que, de acordo com relatos, surgiu de uma nuvem de fumaça. A jovem caucasiana disse não ter encontrado o "último membro", mas que sentia sua presença nas proximidades. Dizem que ela desapareceu da mesma maneira que chegou, aparentemente inspirando o resto da equipe a deixar o local antes que pudessem dar explicações mais detalhadas às autoridades.

Apesar de conseguir prender a maioria das criaturas derrotadas na batalha com os Novos Jovens Titãs, as autoridades seguem em silêncio sobre o que sabem desta força alienígena invasora. Porém, o Prefeito e o Comissário de Polícia marcaram uma coletiva de imprensa para hoje à tarde, onde esperamos que venham a comentar sobre o ataque e sobre as medidas tomadas para prevenir uma futura ameaça deste tipo.

Fontes dentro do departamento de polícia indicam que o prefeito entrará em contato com a Liga da Justiça da América em busca de ajuda, mas que nenhum outro pedido de ajuda aos Novos Jovens Titãs foi mencionado. Enquanto muitas das testemunhas do ataque às Nações Unidas aplaudiram a iniciativa dos heróis e sua impressionante vitória sobre as forças invasoras, o futuro dos Novos Jovens Titãs permanece incerto, assim como a invasão aparentemente sem motivos.

Quando assumiu a segunda encarnação dos Jovens Titãs, Robin acabou se encontrando e se tornou um verdadeiro líder. Claro, esta recém-descoberta maturidade pode ter algo a ver com certa alienígena bronzeada de trajes bastante curtos que atende pelo nome de Estelar...

181

Em busca do Crocodilo

Deve ser bem óbvio que tipo de lugar é o Pântano da Chacina. Localizado nos arredores da cidade, perto dos limites do condado em terras sem valor até para o mais esperto dos corretores de imóveis, o pântano está desabitado há séculos. Calmo, sinistro e escuro, é um lugar que raramente recebe visitantes, a não ser por eventuais criminosos que usam o local para despejar desde lixo tóxico até corpos humanos. Ou um raro turista aventureiro em busca de uma foto de Solomon Grundy, um monstro que dizem chamar o pântano de casa. Ou, no caso desta noite, eu.

O Crocodilo está escondido, pois fugiu de Arkham há duas semanas e, até ontem à noite, não havia uma pista sequer de seu paradeiro. Mas, por sorte, "Fósforos" Malone ainda não queimou todos os seus contatos no submundo. Pelo preço de umas doses de uísque e um bom papo, Robbie "Checkers" Harrigan contou a Malone tudo o que ele precisava saber sobre seu antigo chefe, o Crocodilo. É interessante como consegui manter o personagem "Fósforos" sem que o submundo percebesse. Mas acho que, quando se trata de cabeças-ocas como Harrigan, não é uma surpresa.

As botas são à prova d'água e têm isolamento térmico, mas ainda assim sinto o frio do pântano tentando penetrar. A visibilidade é terrível, e mesmo com a lanterna, não vejo mais que poucos metros à minha frente. Não há sequer uma brisa esta noite, o ar está completamente parado quando sinto uma estranha lufada de ar em minha nuca.

Eu me viro. Nada. Nenhum movimento na água, que está abaixo dos meus joelhos. Nenhum barulho a não ser rãs e grilos.

Sigo entrando no pântano. De repente, fica mais fundo. Quase perco o equilíbrio e minhas botas afundam na lama. Não é a situação ideal. A água está na minha cintura, com uma cor absolutamente escura. Fico ainda mais lento, caminhando na lama espessa. Enquanto isso, se o Crocodilo está aqui, está em seu ambiente. Sua pele densa, reptiliana, deve mantê-lo aquecido, e sei que ele mantém o fôlego submerso por bem mais tempo do que um humano comum. As cartas estão na mesa, contra mim, mas vou adiante mesmo assim.

Sinto um puxão na capa. Antes que eu possa soltá-la com o botão sob o capuz, eu já estou debaixo d'água, sendo puxado com velocidade para a parte mais profunda do pântano. Meus dedos encontram o botão e a capa se solta, o que me dá tempo de pegar o respirador no cinto. Mas, antes que possa colocá-lo na boca, sinto uma dor forte no estômago, e perco o que há de fôlego dentro de mim. O respirador escapa de minha mão e afunda no lodo. Eu tento ir à superfície, cego e sem ar nos pulmões, quando sinto uma mão em meu tornozelo. O Crocodilo não quer me dar uma segunda chance.

A vida do Crocodilo tem sido uma mutação de um homem com problema de pele para o animal visto em fotos recentes.

Tenho menos de um minuto até desmaiar, numa conta generosa. Eu agarro a mão do Crocodilo com as minhas, atinjo seu ponto fraco, entre o polegar e ponto de pressão entre ele e os dedos. A pele dele é dura como pedra e ele não sente nada. E o que é pior, ele ainda tem uma mão livre.

Sinto seu punho em meu queixo, muito rápido para quem está submerso. Acho que perdi a lasca de um dente, mas não posso pensar nisso agora. Tenho menos de trinta segundos.

Pense. O Crocodilo pode me ver. Isto está claro. Precisamos equilibrar o jogo.

Abro a cápsula de laser no cinto e giro a ponta até o fim. Isto deve diminuir a intensidade do laser para uma luz extremamente brilhante, em vez de um feixe capaz de derreter aço. Se não funcionar, é um dos maiores erros que já cometi.

Quinze segundos. Vejo o rosto dele e ligo o laser. Ele morde meu antebraço, mas eu acho seus olhos mesmo assim. Dez segundos.

Ele se debate com violência e me solta por uma fração de segundo. É o bastante. Eu empurro seu joelho, tomo impulso até a superfície e pego o arpão com a outra mão. Ar fresco. O mais fresco que um lugar como o Pântano da Chacina tem para oferecer.

O arpão atinge a árvore acima de nós e me puxa para fora d'água a tempo de escapar das garras do Crocodilo por cinco centímetros. Abaixo de mim, o Crocodilo vai até a base da árvore. Busca chão firme.

Pego as granadas no cinto. Estamos fora d'água. O jogo acaba de virar.

183

NOME DO ARQUIVO	NOME
CROCODILO	WAYLON JONES
ALTURA	PESO
1,95 m	121 kg
OLHOS	CABELOS
VERMELHOS	NENHUM
CODINOMES CONHECIDOS	BASE DE OPERAÇÕES
REI CROCODILO	GOTHAM

PROFISSÃO
CRIMINOSO PROFISSIONAL, EX-ATRAÇÃO DE CIRCO DE HORRORES

CONEXÕES CONHECIDAS
DR. HELLER (falecido), SLICK, MONSTRO DO PÂNTANO, SILÊNCIO, PINGUIM, DRA. MARIA BELLEZZA (falecida)

AFILIAÇÕES
A SOCIEDADE

ARQUIVOS ASSOCIADOS
Inferno, Caçada, Réquiem Para Um Assassino, A Queda do Morcego, Expresso Para a Escuridão, Monstros do Pântano, Terra de Ninguém, Asilo Arkham: Inferno na Terra, Silêncio, Cidade Castigada, Jogos de Guerra, A Fera Subterrânea

ANOTAÇÕES

A primeira vez que ouvi falar do Crocodilo foi quando um criminoso chamado Lula tentou se estabelecer em Gotham. Por seus esforços, Lula recebeu um tiro na cabeça e o Crocodilo passou a ficar para sempre em meu radar.

Embora fosse um novo elemento em Gotham, o Crocodilo já agia há anos naquele ponto. Criado numa favela de Tampa, na Flórida, Waylon Jones nasceu com uma doença de pele que deu a ele uma força enorme, mas também escamas duras por todos seu corpo. Sem os pais e com apenas uma tia alcoólatra para cuidar dele, aos dez anos de idade as pessoas já o conheciam pelo apelido, Crocodilo.

O garoto logo começou a cometer pequenos crimes e passou várias temporadas em instituições para menores antes de cometer assaltos e, durante uma pena de três anos na cadeia, homicídio. Após dezoito anos preso, o Crocodilo foi para o mundo exterior, endurecido por dentro e por fora, e começou a trabalhar num circo de horrores lutando contra crocodilos de verdade. Foi como seu apelido se espalhou.

Como muitos criminosos profissionais, o Crocodilo sentiu que poderia cometer atos mais ousados. Ele veio para Gotham e descobriu que os dois maiores chefões do crime na cidade, Rupert Thorne e Tony Falco estavam fora do páreo, deixando um vácuo no poder do submundo de Gotham. O Crocodilo então aproveitou para formar seu próprio império do crime e, após eliminar seu principal rival, o Lula, começou a buscar apoio nas ruas ao prometer que mataria o Batman. Obviamente, ele não conseguiu o que queria, mas cumpriu seu principal objetivo, que era ter um nome em Gotham, e ser levado a sério.

Com o passar dos anos, o problema de pele do Crocodilo piorou de maneira significativa. Ao mesmo tempo que seu exterior segue mutante, sua inteligência também parece sofrer alterações, e seu comportamento passou a ser cada vez mais animalesco, uma característica que só piorou após um encontro com a criatura chamada Monstro do Pântano em Louisiana.

Waylon em seguida atingiu seu próximo passo na involução quando sua doença de pele foi acelerada por um vírus criado pelo Silêncio e pelo Charada. A natureza reptiliana passou a dominar sua personalidade, tanto na aparência física quanto em suas ações. Comer carne humana não é algo raro para ele e, de fato, Waylon ganhou um inimigo para toda a vida quando devorou a mão de Aaron Cash, segurança veterano do Asilo Arkham.

É incrível quão grande foi a queda do Crocodilo. O monstro canibal que ele é hoje está muito distante do metódico e paciente mafioso que conheci. Embora Waylon Jones seja um assassino cruel e sem remorsos desde que nos vimos pela primeira vez, o Crocodilo atual nada tem a ver com sua versão antiga.

Porém, em alguns momentos, eu duvido que o Crocodilo tenha ido tão fundo quanto quer que acreditemos. Às vezes é um brilho de lucidez em seus olhos ou uma palavra bem colocada, mas tem algo em mim que acredita que o velho Crocodilo ainda está lá, à espreita, sob a superfície, esperando (CONTINUA)

Rory Regan herdou mais que os negócios da família quando assumiu a loja de penhores do pai, a Retalhos & Farrapos. Quando o pai morreu, ele se tornou o Retalho, o mais recente de uma linha de guardiões locais a usar um traje de retalhos que supostamente contém as almas de homens maus em busca de remissão de seus pecados.

O folclore diz que o Retalho foi originalmente criado por um grupo de rabinos para proteger a população judaica da Peste dos anos 1500. O traje vem sendo passado adiante por gerações, e acumula as almas dos vilões ao longo do tempo.

Ao vestir o "Traje das Almas" do Retalho, Rory aparentemente usa a força e os conhecimentos de seus habitantes, além de controlar os retalhos com a mente, podendo usá-los para atacar e para se deslocar.

Nós trabalhamos juntos muitas vezes no passado, e embora eu não saiba dizer se aprovo seus métodos, ou mesmo se os compreendo, dei ao homem sob os farrapos o benefício da dúvida. É o mínimo que ele merece.

NOME DO ARQUIVO OS RENEGADOS

MEMBROS FUNDADORES KATANA, GEOFORÇA, METAMORFO, RAIO NEGRO, HALO

BASE DE OPERAÇÕES MARKÓVIA, ANTERIORMENTE EM GOTHAM E LOS ANGELES

ARQUIVOS ASSOCIADOS Guerras Não Têm Fim, A Vitória em Uma Nova Guerra, Medo Nuclear, Uma Nação Subterrânea, Sangue & Cinzas, A Crisálida, Metamorfo: Ano Um, Raio Negro: Ano Um, A Verdade sobre Katana, A Verdade sobre Halo, A Verdade sobre Divina, Último Desejo e Testamento, A Profundeza

ANOTAÇÕES

A Liga da Justiça mudou com o passar do tempo. Ela passou a ser sancionada oficialmente pelo governo dos Estados Unidos e, como tal, teve de se submeter aos princípios determinados por políticos, geralmente em benefício deles mesmos. A burocracia me incomodou por anos, mas só percebi que a Liga não fazia mais sentido para mim quando meu amigo Lucius Fox desapareceu durante uma viagem para a Markóvia, no Leste Europeu.

Markóvia estava em guerra. Com seu rei no leito de morte, o país estava dominado por uma força invasora violenta liderada pelo cruel Barão Bedlam. Fox desapareceu em meio a este processo, mas quando pedi ajuda à Liga da Justiça, eles me informaram que o governo americano proibiu qualquer intervenção por parte da LJA. O próprio Superman tinha prometido que nenhum membro colocaria os pés na Markóvia. Então fiz o que precisava ser feito e me desfiliei da Liga.

Após recrutar Jefferson Pierce, o super-herói meta-humano conhecido como Raio Negro, para se passar por irmão de Fox e se infiltrar no acampamento de Bedlam, o acaso nos levou a reunir forças com meu antigo aliado, Metamorfo, com o príncipe da Markóvia, que se tornou o super-herói Geoforça, com a lutadora mortal Katana e com uma garota envolta numa aura misteriosa que eu chamei de Halo. Juntos, não apenas resgatamos Lucius, mas também derrotamos Bedlam e libertamos o povo da Markóvia. Com uma equipe de apenas cinco heróis, eu pus fim a uma guerra. Imagine o que os Renegados poderiam fazer por Gotham.

Não foi difícil convencê-los a voltar para a cidade comigo. Todos estavam em busca de algo, mas não sabiam exatamente do quê. Eu dei a eles orientação, treinamento e até um local para reuniões, na caverna sob a Fundação Wayne. Desde que eu retornei à Mansão Wayne, parecia um local bastante adequado para a equipe, e também abrigou Halo e Katana, na cobertura da Fundação.

Lentamente eles aprenderam a trabalhar juntos e ganharam minha confiança, aprimoraram suas habilidades em conflitos com inimigos que iam desde os Mestres do Desastre até a organização terrorista internacional conhecida como Kobra e, sinceramente, superaram minhas expectativas. Depois que aceitaram a nova integrante Divina, percebi que poderiam seguir seu próprio caminho.

Por isso os submeti a um teste final, e dispersei a equipe. Como eu esperava, eles seguiram adiante e lutaram dignamente sem mim. Eles se mudaram para a Costa Oeste e se instalaram num quartel general secreto numa refinaria na costa de Los Angeles. Eles ganharam mais dois membros, a Ciclone e o Cavaleiro Atômico, mas logo se separaram quando uma batalha contra robôs alienígenas conhecidos como Caçadores Cósmicos os dizimou.

Mas esse não foi o fim dos Renegados. Quando as circunstâncias trouxeram de volta Geoforça, Katana, Halo e Divina para Markóvia, eles se viram lutando lado a lado para por um fim ao reino do vampiro tirano Roderick. Junto de novos membros, como Tecnocrata, Wylde e Sebastian Faust, e, depois, da inteligência artificial kryptoniana conhecida como Erradicador, esta nova encarnação da equipe conseguiu grandes feitos em sua curta duração.

Levaria anos para que o nome dos Renegados retornasse. Quando Dick Grayson e Roy Harper (ver Arsenal) se afastaram dos Titãs, eles adotaram o nome de Renegados para sua equipe, e chegaram a oferecer um posto para Metamorfo, e também para a filha de Raio Negro, Tormenta. Embora, na realidade, a equipe fosse apenas uma extensão dos Titãs sob um outro nome, ela me lembrava do impacto e do legado que os Renegados carregavam.

Eu mantive o nome vivo e o usei para me referir a várias forças de ataque quando o uso de artilharia pesada se fazia necessário. Entretanto, a equipe verdadeira não voltaria a se reunir até minha recente "morte". Enquanto eu não estava preparado o suficiente para as circunstâncias envolvendo meu falecimento, eu tinha um plano de contingência pronto, que Alfred pôs em prática fielmente. Com sucesso, ele reuniu a equipe original, incluindo Geoforça, Katana, Metamorfo, Halo e Raio Negro, com dois calouros, o Coruja II (nova identidade do detetive Roy Raymond Jr.) e o Rastejante. Sob a supervisão direta de Alfred, a nova equipe se submeteu (CONTINUA)

Quando seu país precisou, o Príncipe Brion Markov submeteu seu próprio corpo voluntariamente aos experimentos da Dra. Helga Jace e ganhou o poder de vencer a gravidade, além de força aumentada e a habilidade de disparar jatos de lava com suas mãos. Como Geoforça, Brion trabalhou com os Renegados, liderando-os com frequência, até que o Exterminador conseguiu alterar seus poderes. Assim como sua irmã, Tara Markov, a falecida Terra dos Novos Jovens Titãs, Brion ganhou o poder de manipular e controlar a Terra. Mas, assim como ela, a mente de Brion tornou-se cada vez mais instável, apesar de sua luta contra as armações do Exterminador.

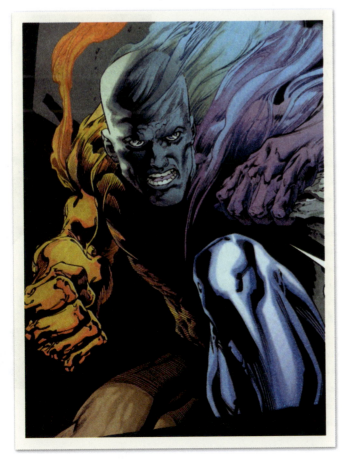

Rex Mason era um aventureiro, e viveu intensamente ao lado de sua amada Sapphire Stagg, até que o pai dela, o bilionário industrial Simon Stagg manipulou seu servo Java para que aprisionasse Mason numa pirâmide do Egito e o deixasse lá para morrer. Exposto à Orbe de Rá, Rex foi transformado em Metamorfo, o Homem-Elemento, capaz de alterar sua forma para qualquer combinação dos elementos presentes no corpo humano.

Acima de qualquer coisa, Jefferson Pierce é um educador. Professor em sua identidade civil, Raio Negro passou a vida indo de um bairro perigoso para outro, do Beco do Suicídio em Metrópolis para Gotham e Brick, numa tentativa de promover uma mudança real às mais decadentes paisagens urbanas. Graças a ele, todos os lugares por onde passou melhoraram um pouco por causa de seu impacto. Recentemente, as duas filhas de Pierce seguiram seu exemplo, apesar dos protestos de Jefferson, e partiram para combater o crime como Tormenta e Relâmpago, respectivamente.

Emily "Lia" Briggs estava acostumada a uma vida simples quando a conheci. Ela era uma bibliotecária com rendimentos modestos, um visual simples e um marido também humilde. Mas, quando descobriu seu direito ao reino subterrâneo de Abyssia, ela se transformou em Divina, uma meta-humana com poderes telepáticos e telecinéticos. Decidida a usar seus poderes para o bem, e por nada além da humildade, ela se juntou aos Renegados antes deles se mudarem para Los Angeles. Como se sua vida não fosse estranha o bastante, Divina foi mordida por um vampiro conhecido como Roderick e ganhou os poderes e fraquezas que vêm com a linhagem histórica.

Dona de uma lendária espada Ceifadora de Almas, que dizem ser capaz de aprisionar a essência de uma pessoa, Tatsu Yamashiro é uma brilhante lutadora e estrategista, que atende por Katana. Apesar de termos nos enfrentado no passado por conta de seu uso de força letal, sua lealdade, seus poderes naturais e noção de honra a tornaram um trunfo de valor incalculável para os Renegados ao longo dos anos. Apesar de esconder muito bem, Katana tem um coração enorme, e rapidamente estabeleceu uma relação materna com Halo, a mais jovem integrante da equipe.

Quando uma curiosa criatura extraterrestre conhecida como Aurakle possuiu a forma física da adolescente rebelde Violet Harper, nasceu Halo. Embora ela tivesse o poder de projetar várias auras, incluindo rajadas de força e calor, luz, campos de estática e distorção, quando encontrei Halo ela ainda mantinha um ar ingênuo, infantil. E mesmo ficando mais sofisticada ao longo dos anos, já com o nome de Gabrielle Doe para se misturar com o resto da população, Halo é uma eterna otimista, apesar de tudo o que viu. Honestamente, é um feito e tanto.

Um reforço tardio para os Renegados, a Ciclone era originalmente membro do grupo de supervilões que se autodenominou Mestres do Desastre. Convencida por Halo a se juntar aos mocinhos, Ciclone lutou brevemente ao lado da equipe antes de mais uma vez voltar para o lado do crime. Ela morreu enquanto agia ao lado do grupo governista conhecido como Esquadrão Suicida, em outra tentativa de redenção.

Gardner Grayle passou anos ligado a uma máquina, na crença de que era membro de um grupo de defensores da liberdade num futuro pós-apocalíptico. Quando despertou em nossa realidade, ele decidiu continuar sua batalha como o Cavaleiro Atômico, e passou a usar uma armadura experimental. Recentemente ele se uniu a outros integrantes de sua vida fantasiosa e lutou contra as forças de Darkseid nas ruínas de Blüdhaven.

QUEM É ASA NOTURNA?

Gotham tem um novo super-herói em ação?

Por CHUCK BEATTY

BAIXA ZONA OESTE – O bar Meu Álibi pode ser um estabelecimento um tanto novo na Zona Oeste de Gotham, mas, como seus vizinhos podem comprovar, ele já ganhou a reputação de ser um refúgio para "supercriminosos" que deu ao nome do bar um duplo sentido não muito elogioso. Administrado pelos irmãos Roscetti, os dois ex-capangas gêmeos do antigo chefão do crime Harvey Dent, vulgo Duas-Caras, o Meu Álibi costuma ter brigas ocasionais ou entre superpoderosos. Mas ontem à noite, um novo elemento decidiu dar uma surra nos frequentadores do fim de semana, o que, de acordo com relatos, agitou o submundo.

Segundo testemunhas que se recusaram a gravar seus depoimentos, um novo vigilante invadiu o bar às

"Ele é de verdade! E também é maluco e usa uma roupinha colante de discoteca."

duas da manhã e iniciou uma briga com o criminoso fantasiado e foragido Abner Krill. A luta ficou mais violenta e o novo mascarado do pedaço, que se apresentou como Asa Noturna, arremessou o bandido na calçada através da janela frontal do bar.

O detetive Harvey Bullock, primeiro policial a chegar ao local, disse: "Sim, era o Abner Krill ali, sentado na sarjeta, coçando a nuca, atordoado. Fui fiquei assustado, achei que ele tinha largado o crime anos atrás. Mas, olha, ele também nunca foi lá muito bom nisso."

Sobre o fato de Gotham ter ou não um novo super-herói cuidando da cidade, Bullock declarou: "Não vi Asa Noturna nenhum, acho que vi a Batgirl saindo daqui pendurada num daqueles cabos, mas se ela tava com alguém, não deu tempo de ver. Tenho certeza de que não precisa dois desses justiceiros de fantasia pra acabar com esse carinha aqui."

Entretanto, Abner Krill tinha algumas palavras a dizer sobre o assunto quando a polícia o colocou no banco de trás da viatura. "Ele é de verdade! E também é maluco e usa uma roupinha colante de discoteca. Como é que um cara daqueles sai com a Batgirl é que eu não consigo entender", disse Krill.

Quando perguntado sobre a aparência de seu próprio traje chamativo, ele se recusou a responder e pediu que os policiais o levassem embora.

O Asa Noturna confiscou a câmera que registrou sua noite de estreia. Aparentemente, ele deu ao fotógrafo amador algumas centenas de dólares em troca de seu problema.

Encontrando Jason Todd

O batmóvel está com dois pneus a menos.

Interessante. É a primeira vez. Acho que mereço por não me importar com a segurança do carro. Nunca me preocupei em colocar um alarme. Não achei que alguém fosse ter o... descaramento de tentar uma coisa destas. Creio que superestimei a reputação do Batman.

Avisto então o culpado, de volta à cena do crime. Não consigo não rir. O garoto não tem nem treze anos de idade. O modo como anda deve ser uma imitação de algum dos bandidos que ele deve idolatrar no Beco do Crime. No início ele não me vê, e continua a soltar mais um dos pneus restantes.

"Veio terminar o serviço, garoto?", pergunto, saindo de trás do batmóvel.

Ele arregala os olhos, mas em segundos volta ao normal. Volta a se passar por um homem.

"Vai me devolver meus pneus", digo.

E ele me bate com uma chave de roda.

O menino foge como um coelho beco adentro e sobe por uma escada de incêndio. Ele é rápido e conhece as ruas. Tem que ser, para ter sobrevivido este tempo todo. O menino é bom para a idade que tem, mas não o bastante, pois não vê que estou atrás dele.

Ele vive num apartamento abandonado que foi condenado anos antes do menino nascer. A sala está imunda, com tapetes podres e tapumes nas janelas, mas o garoto tentou fazer disto um lar. Tem alguns pôsteres nas paredes, pilhas de gibis no canto, um aparelho de som que parece estar quebrado há mais de um ano. E também cerca de uma dúzia de pneus. O menino tem seu próprio negócio.

Ele não me vê entrar, está sentado no colchão sujo e acende um cigarro.

"Deste jeito você não crescerá, rapaz", digo.

Ele fica furioso, diz para eu pegar meus pneus e sumir dali. Pergunto de seus pais e ele me conta que a mãe morreu e que não sabe do pai. Acha que ele deve estar na cadeia. O garoto tem muita raiva para alguém tão jovem. Sei bem como é.

Não é preciso muito para convencê-lo a me ajudar a recolocar os pneus. Vamos até o batmóvel e ele arruma o estrago que fez. É um bom garoto, lá no fundo. Mas teve uma maré de azar. Tem uma escola para garotos na rua. Talvez eu possa fazer sua matrícula e sua vida tome outro rumo.

Quando ele termina os pneus, ele se levanta, limpa as calças e olha para mim com um sorriso:

"A gente vai ficar aqui de bobeira ou vamos ver essa belezinha dar uns cavalos de pau?"

"Como assim?", pergunto.

"Ah, qual é, cara?! Eu já consertei seu carro! O mínimo que você pode fazer é me levar pra dar um passeio nessa coisinha", diz ele.

"Essa parada aí que é o tal de batmóvel, né? Bora ver o que ele faz."

Eu balanço a cabeça e sorrio novamente. O garoto me lembra mesmo alguém.

"Certo", concordo. "Uma volta na quadra e é só."

O garoto entra no carro quase antes de eu destravar as portas.

NOME DO ARQUIVO	NOME
MÁSCARA NEGRA	ROMAN SIONIS
ALTURA	PESO
1,85 m	88 kg
OLHOS	CABELOS
BRANCOS, ANTERIORMENTE CASTANHOS	NENHUM, ANTERIORMENTE CASTANHOS
CODINOMES CONHECIDOS	BASE DE OPERAÇÕES
ORFEU	GOTHAM

PROFISSÃO
CRIMINOSO PROFISSIONAL, EX-PRESIDENTE DA JANUS COSMÉTICOS

CONEXÕES CONHECIDAS
CIRCE, TATUAGEM, ARANHA NEGRA II (falecido), SYLVIA SINCLAIR (falecida), DAVID SUTABI, HOMEM-ÂNGULO

AFILIAÇÕES
A SOCIEDADE DA FACE FALSA, A SOCIEDADE, TROPA DOS LANTERNAS NEGROS

ARQUIVOS ASSOCIADOS
Rosto Perdido, Pintura de Guerra, O Rosto da Aranha, Terra de Ninguém, Jogos de Guerra, Catwoman: Relentless, Máscaras do Passado, A Noite e a Cidade

ANOTAÇÕES

No dia seguinte ao seu nascimento, Roman Sionis foi capa da *Gazeta*. Herdeiro da fortuna dos Sionis, e da empresa de seu pai, a Janus Cosméticos, a chegada de Roman teve um esperado destaque na imprensa. Na mesma capa, um segundo artigo anunciava que Thomas e Martha Wayne estavam esperando um bebê. Parecia que o homem que se tornaria o Máscara Negra e eu estaríamos ligados desde o nascimento.

Eu me lembro bem da família Sionis. Na minha infância, meu pai jogava golfe com o pai de Roman, Charles, de vez em quando e nós éramos forçados a brincar juntos. Mesmo assim, era difícil para nós encontrarmos algo em comum. Roman parecia estar sempre fingindo, como se não soubesse se comportar como uma criança normal.

Diz a história que, quando bebê, Roman caiu de cabeça na hora do parto e desde então, o menino parecia diferente. Infeliz e sempre reclamando durante a infância, Roman foi mordido por um guaxinim com raiva ao visitar a casa de campo dos pais. O evento serviu apenas para aumentar seu ódio do mundo, apesar do luxo com que os pais o cercavam.

Criado para assumir os negócios da família desde cedo, ele foi ficando impaciente com as regras impostas pelo pai, e a relação dos dois se deteriorou depois que Roman começou a sair com a famosa modelo Circe. Pouco depois, Charles Sionis e a esposa morreram num incêndio suspeito. Nada foi provado e Roman logo se tornou o presidente da Janus Cosméticos.

Ao se mudar para a sede da Janus e desenvolver um gosto por colecionar máscaras raras e exóticas, Roman logo mostrou que não tinha o mesmo talento do pai para os negócios. Após seguidas decisões equivocadas, Sionis acabou levando a Janus à bancarrota, e foi expulso do conselho de diretores quando as Empresas Wayne compraram a fábrica.

Envergonhado, humilhado e no limite de sua sanidade, que sempre foi frágil, Roman visitou o túmulo de seus pais e fez uma máscara de ébano com um pedaço da tampa do caixão de seu pai. Ele adotou o nome de Máscara Negra e formou uma organização criminosa chamada A Sociedade da Face Falsa. Foi apenas o começo de sua carreira de crimes, que envolvia vingança na forma da morte dos membros do conselho de diretores das Empresas Wayne. Inevitavelmente, o caminho de Roman cruzou o meu, mas em nossas novas identidades, e na batalha que se seguiu na propriedade da família de Roman, o Máscara Negra teve seu rosto queimado pela própria máscara, e o calor deformou seu rosto permanentemente.

Mas Gotham deu um novo estilo de vida ao Máscara Negra, e Roman logo estava entre os mais poderosos mafiosos da cidade. Sempre querendo sujar suas mãos, Sionis começou uma série de atos sádicos, e torturou o cunhado de Selina Kyle, Simon Burton até a morte, além de deixar sua irmã, Maggye Kyle (ver Irmã Zero), louca.

Quando a Salteadora, Stephanie Brown, acidentalmente deu início ao meu hipotético Jogos de Guerra, desencadeando uma guerra violenta entre as quadrilhas mais poderosas de Gotham, o Máscara Negra aproveitou para torturar e matar Orfeu, um suposto chefe do crime que era na verdade um herói trabalhando disfarçado. Depois de conseguir ampliar ainda mais o caos, o Máscara Negra sequestrou a Salteadora e a torturou quase até a morte.

Seguro em seu posto de líder das gangues unidas de Gotham, o Máscara Negra foi finalmente derrotado quando raptou e torturou Slam Bradley, e a Mulher-Gato aparentemente o baleou em legítima defesa. Enquanto eu não (CONTINUA)

A obsessão do Máscara Negra pelo Batman ficou mais intensa com o passar do tempo. Perto do fim de sua vida, não era raro vê-lo vestir um de seus lacaios com uma roupa parecida com a minha para que tivesse alguma adrenalina torturando o coitado até a morte.

O segundo Robin

"Seis meses, senhor", diz Alfred. "Acha mesmo que é tempo o bastante?"

"Não vejo problemas, Alfred", respondo. "O garoto aprende rápido."

"Patrão Bruce, se não se importa que eu lhe diga, sua ocupação não é exatamente para crianças. Envolve riscos para os quais ele não estará treinado adequadamente." Alfred olha para mim daquele jeito novamente, como se estivesse dando comida para o cachorro por baixo da mesa.

Eu me levanto do computador e mexo os ombros, que estalam. Muitas horas em frente ao monitor. "Ele sabe se cuidar", digo. "É rápido. Você se esquece que Jason levava uma vida perigosa antes mesmo de conhecer o Batman..."

"Então por que não o arremessa para debaixo de um ônibus para ver se ele cai na direção certa?", Alfred ironiza enquanto solta a bandeja quase vazia em suas mãos. Parece que ele não está bem para voltar à cozinha. A conversa vai adiante.

"Não é exatamente justo", pondero. "E o garoto não sairá todas as noites ou em todos os casos. Ele não está pronto para encarar alguém como o Coringa. Sei bem disso. Eu jamais deixaria... Ele não fará além do que pode."

"Patrão Bruce..."

"Ele será supervisionado de perto. Estará bem armado e protegido."

"Patrão Bruce", Alfred agora fala mais alto que o normal. Está sério.

"O quê? Estou tentando explicar para você!"

"Não. Está tentando explicar a si mesmo."

"Não, eu...", tento falar, mas Alfred não me dará mais ouvidos esta noite.

"Patrão Bruce, eu estou ao lado do senhor há anos, enquanto passava suas noites fantasiado de mamífero voador para assustar a escória desta cidade. Eu o protegi fielmente, e o farei enquanto achar que sua missão é justa."

"Alfred..."

"Deixe-me terminar, senhor", pede. Eu cometo o erro de olhar em seus olhos, e de repente tenho oito anos novamente. "A despeito de minhas... reservas iniciais, o que faz é o certo. Está se erguendo e fazendo a diferença, mesmo que de modo extremamente dramático. E quando o Patrão Richard veio morar conosco... Patrão Richard, cujo nome o senhor sequer menciona nos últimos tempos, ainda garoto, veio morar aqui, eu vi a chance de corrigir os equívocos que cometi com você, vi o quanto vocês faziam bem um ao outro. E confiei em seu julgamento."

Ele respira. Nem tento interrompê-lo agora. Está perturbado e não seria nada bom.

"E confiarei em seu julgamento agora. Mas se permitirei que traga outro jovem para esta sua guerra pessoal, quero que esteja ciente de algo. Aquele menino lá em cima, que o idolatra e tem tanta raiva dentro de si, não é Richard Grayson. E jamais será. Você demitiu o Patrão Richard. Quaisquer que tenham sido as circunstâncias, foi uma decisão sua. Este rapaz não pode e não o substituirá. E isso só vai feri-lo, ou coisa pior, se não perceber esta verdade indiscutível."

Alfred se ajeita, terminou o que tinha para dizer. Não respondo, mas ele não espera resposta alguma.

Ele pega a bandeja e vai em direção às escadas que levam à Mansão.

Eu vou em direção ao saco de pancadas.

Nocturna

Conheci Natalia Knight numa festa na Mansão Wayne. Funcionária do Observatório Astronômico de Gotham, instituição sem fins lucrativos mantida pela Fundação Wayne. Natalia (ou Natasha, como se chamava à época) foi contaminada com radiação numa experiência malsucedida. Como consequência, sua pele perdeu a pigmentação e ela se tornou sensível à luz.

Ela era linda e misteriosa, então fazia sentido que não estivesse exatamente solteira. Ao adotar o nome de Nocturna, Natalia passou a levar uma vida dupla. Dependente de um estilo de vida luxuoso que não podia mais manter, ela manipulou seu irmão adotivo Anton Knight, o Night-Thief (depois Night-Slayer, quando decidiu "evoluir" e acrescentar assassinato ao currículo), para que cometesse dezenas de assaltos para ela. Quando compreendi seu golpe, eu a segui até o Observatório, e a vi escapar num balão. O cheque e o bilhete um tanto melodramático foram seus presentes de despedida para um trabalho que ela amava.

Nunca descontei o cheque, mas vi Nocturna novamente. Várias vezes.

> Tudo o que foi conquistado, mas passado adiante com toda a paixão que um coração pode carregar, esta doação é para aqueles que estudam os mistérios de meu amor, de alguém que abandonou o telescópio, e optou por não mais perfurar o véu da noite, mas para sempre habitar em seus vincos.

PRIMEIRO BANCO DE GOTHAM — 8 de maio 19__
SRTA. NATASHA KNIGHT
OBSERVATÓRIO ASTRONÔMICO DE GOTHAM
PAGAR A: Fundação Wayne — $ 100,000.
Cem mil — DÓLARES
Natasha Knight
⑈11192776⑈ ⑈1000561 230

As boas-vindas ao Ventríloquo

"Parece que tem um morcego lá em cima", diz ele, do lado da mesa redonda que está no escuro.

Seus convidados se olham, desconfortáveis. Não têm certeza do que seu ilustre chefe disse. Mas o clube é dele e eles sorriem mesmo assim.

"Precisa melhorar o seu 'C', Ventríloquo", digo enquanto desço pela claraboia.

O grandalhão, Rino, se levanta e põe a mão dentro do casaco. Os outros convidados permanecem sentados, alguns boquiabertos.

"Espere", ordena Scarface. "Vamos ouvir o que o homem tem para dizer. Tem algo pra nos falar, Homem-Morcego?"

Digo ao Ventríloquo que sei sobre a Febre, a droga que seus homens estão vendendo nas ruas. Ontem à noite eu vi quatro meninos incendiarem um homem por causa do efeito das drogas em suas mentes. Um dos garotos tinha apenas dez anos de idade e aquilo me incomodou bastante.

Enquanto estou falando, ele se inclina para a luz, com o boneco de gângster com a cicatriz no rosto em sua mão. Ele nega qualquer conexão com a droga, mesmo quando eu o pego pelo colarinho, e vejo o medo em seus olhos. Ele ergue o boneco até a altura de meus olhos.

"Fala comigo, não com ele!", grita.

Eu não estou mesmo no clima para psicopatas comediantes, e um bom tapa arranca a cabeça do boneco. Eu pego a cabeça do brinquedo no chão. Todos me olham. Precisam saber com quem estão lidando.

O Ventríloquo vê, tenho certeza. Digo a ele que ficarei de olho nele, e me viro para ir embora. Ele treme como uma criança sem seu brinquedo preferido. Eu jogo a cabeça do boneco por cima do meu ombro e ela cai numa tigela de vichyssoise enquanto saio pela janela.

Acho que fui bem claro, mas isto não vai impedir o Ventríloquo de tocar seus negócios como sempre fez.

Por isso que coloquei uma escuta na cabeça do Scarface. Fiz o que precisava. Agora é esperar sentado o Ventríloquo abrir a boca.

ASILO ARKHAM
para Criminosos Insanos

Desde 1921 Capacidade 500

"Até a mente mais doentia pode ser curada."

PERFIL PSICOLÓGICO DO PACIENTE

DATA:
PSIQUIATRA RESPONSÁVEL: Dr. Jeremiah Arkham

CODINOME: VENTRÍLOQUO / SCARFACE

NOME COMPLETO: Wesker   Arnold
SOBRENOME   PRIMEIRO NOME   NOME DO MEIO

ALTURA: 1,70 m   PESO: 64 kg

CABELOS: GRISALHOS   OLHOS: CINZA

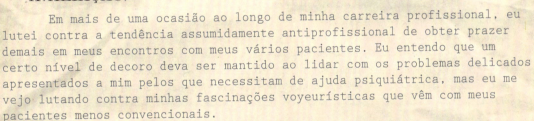

AVALIAÇÃO:

Em mais de uma ocasião ao longo de minha carreira profissional, eu lutei contra a tendência assumidamente antiprofissional de obter prazer demais em meus encontros com meus vários pacientes. Eu entendo que um certo nível de decoro deva ser mantido ao lidar com os problemas delicados apresentados a mim pelos que necessitam de ajuda psiquiátrica, mas eu me vejo lutando contra minhas fascinações voyeurísticas que vêm com meus pacientes menos convencionais.

Um dos mais estupendos é Arnold Wesker, conhecido no mundo do crime por seu modesto apelido, Ventríloquo. Wesker sofre de um severo caso de personalidade múltipla, e através do uso de um boneco de madeira chamado Scarface ele projeta seu lado agressivo e violento. É através de seu brinquedo que ele expressa suas emoções mais sombrias, sentimentos que ele se recusa a demonstrar quando está sob o domínio da "mão direita" de Scarface, Arnold Wesker.

Embora não passe de um pedaço de madeira esculpido, Scarface é certamente a personalidade dominante. Ele dita as regras da vida de Arnold, e Wesker não se enxerga como algo além de um lacaio, sujeito aos desmandos cruéis de seu pequeno e deformado chefe. Esta inversão é que me chamou a atenção. O irônico conceito de um marionete se tornar o controlador é tão singular e intrigante que eu tenho que me lembrar com frequência de parar um pouco de analisá-lo para cuidar do paciente que precisa de ajuda.

Utilizando a mentalidade estereotipada do gângster Scarface e os maneirismos que parecem vir de um filme B dos anos 1930, Wesker conseguiu se tornar um elemento temido no submundo do crime e adquiriu o respeito de sua quadrilha, incluindo um capanga especialmente fiel chamado Rino. Para estes homens, Scarface é de fato o chefe, e o diminuído Wesker é apenas o Ventríloquo. E por mais que Arnold tenha expressado o desejo de encerrar sua relação doentia com seu "chefe", ele não conseguiu e chegou a engendrar uma terceira personalidade, Socko, talvez como um meio (continua)

A terceira noite da Besta

O KGBesta está à solta em minha cidade. Anatoli Knyazev, um superagente russo de uma agora extinta organização chamada Martelo. Aparentemente, não disseram a ele que a Guerra Fria acabou. Ou ele simplesmente não liga.

Ele é um assassino teoricamente imparável, especialista em artes marciais e armas, ciberneticamente aprimorado para ter a força de quatro homens, mas com a consciência de nenhum. Ele já matou dois homens e não deixarei que a contagem de corpos aumente.

Enquanto Robin está na escuta de um encontro de Gordon com a CIA e o FBI, eu decido não perder mais tempo e vou para o escritório de Jason Greene, chefe de segurança de todos os projetos da Iniciativa de Defesa Estratégica em Gotham. Se o KGBesta tem uma lista de alvos, Greene sabe quem está nela. Quando eu me aproximo do prédio do governo, não paro de pensar que Greene poderia não estar tão ciente quanto eu imaginava. Pela aparência das coisas, Greene não fazia ideia de que ele mesmo poderia estar na lista.

Knyazev está segurando Greene acima de sua cabeça, no alto do prédio, como numa luta livre bizarra. Parece não requerer esforço algum, como se ele fizesse aquilo todo dia. Greene está imóvel. Sendo otimista, ele desmaiou. Antes que eu chegue, o KGBesta o arremessa lá de cima, para terminar o serviço.

Eu mudo de direção o mais rápido que posso, mas o cabo não é longo o bastante. Eu me lanço em queda livre na direção de Greene e o agarro em pleno ar. Dói bastante, e não deve ter ajudado o Greene. Mas a calçada se aproxima, para piorar as coisas, e tento pegar um mastro de bandeira o mais rápido possível.

Não deu certo. Caindo a uma velocidade de 130 km/h é rápido demais para segurar alguma coisa, mas pelo menos mudamos de direção. Tento usar a capa para frear a queda. Minha mão encontra um cabo telefônico entre os prédios. Ele se rompe imediatamente, eu e Greene batemos com força contra uma parede, e quebro pelo menos um dedo do pé. Perto do chão, já não tem mais cabos para me segurar, mas Greene é pesado demais para que desse certo.

Hora do impacto, escolho um carro no trânsito que tenha um teto sólido. Fico por baixo de Greene. Se eu errar e nós atingirmos o concreto, acabou. Mas não estou mais no controle. Fecho os olhos.

O impacto é menor do que eu imaginei. Doerá por uma semana, mas poderei andar sem maiores ferimentos e deixarei um bilhete para o motorista, com toda razão, furioso. É mais do que posso dizer para Jason Greene.

Ele está morto. Seu pescoço quebrou e não sei se foi durante a queda ou antes. Nas minhas contas, o KGBesta matou novamente e, desta vez, diante de mim. Ele está fazendo jus à sua reputação. Agora é hora de fazer jus à minha.

Finalmente dei um fim aos dois dias de matança do KGBesta, ao prendê-lo a um depósito na parte antiga do esgoto de Gotham. Ele nunca se recuperou totalmente da derrota e em nossas outras batalhas no futuro, Knyazev já começava a luta mentalmente vencido, mesmo antes de entrar no ringue.

Anos depois, a carreira do KGBesta finalmente terminou de maneira sangrenta. Ele foi assassinado pelo segundo pistoleiro a se chamar Talião, sob as ordens do mafioso chamado o Grande Tubarão Branco.

Gregor Dosynski, o NKVDemônio e protegido do KGBesta. Por sorte, ele não era tão habilidoso quanto seu antecessor.

Atrás do Caça-Ratos

A cabeça dói, eu me acordo. Abro os olhos, mas não há o que ver. Escuridão total. Sinto como se estivesse de cabeça para baixo. Apoiado em algo como degraus. Não estou certo de onde estou, mas, quando sinto o cheiro e o gosto em minha boca, vem a certeza. Estou no esgoto.

Quando eu me sento, aquilo vem. Deus do céu, como pude engolir tanto? Meu abdômen se contrai, e vomito tudo que havia para vomitar. Limpo o nariz depois da terceira vez e tento levantar. Demoro mais do que deveria. Quando a tubulação se abriu para inundar o túnel, eu fui derrubado com muita força. Não tem uma parte de meu corpo que não esteja ferida. Não sei ao certo onde vim parar, mas sei que estou atrás do Caça-Ratos.

Anteriormente, mas não sei há quanto tempo, havia um homem na rua, literalmente coberto de ratos. Eles o mordiam e arranhavam. Rasgaram sua jugular antes que eu chegasse a ele. Mas ratos não agem assim. Eles não atacam humanos com tamanha agressividade, muito menos em grupo. O mais estranho é que eles deixaram o local ao mesmo tempo, como se tivessem recebido uma ordem. Eu os segui pelos esgotos e vi um homem estranho usando uma máscara de gás e um uniforme falso de funcionário da Companhia de Esgotos. Os ratos eram dele. De alguma maneira, ele tinha treinado os animais, e os controlava através de um apito. Enquanto eu me defendia de seus bichos, seu mestre abriu a tubulação que inundou o túnel.

A lanterna sumiu, e ando pelo túnel lentamente, tateando as paredes. Tudo me diz que eu deveria ir para casa, mas o Caça-Ratos falou em prisioneiros. Aparentemente, o homem que encontrei no beco foi forte o bastante para tentar escapar do cativeiro que o Caça-Ratos construiu lá embaixo. Tem que ser algo grande, se há outros reféns, outras vítimas.

Acendo meu último sinalizador e tento procurar apoio. Parece que há algum tipo de obra em andamento nesta parte do túnel. Várias ferramentas nas paredes. Antes que o sinalizador apague, eu encharco alguns farrapos na gasolina do compressor e faço uma tocha.

Assim que eu a acendo, ouço tiros vindo de um túnel vizinho. Parece que eu não sou o único atrás do Caça-Ratos esta noite. Mas quando chego lá, os ratos estão tendo um banquete. Devoram o que era um homem há alguns minutos. Foi uma boa ideia trazer a lata de gasolina junto.

Os ratos estão ocupados, e infestam o chão do esgoto. Centenas deles. Como um mar de rabos e pelos cinzas. Sinto um novo espasmo em meu estômago, mas me contenho e arremesso a lata.

Ela derrama em meio a eles, que mal percebem. Quando jogo a tocha, eles dão atenção. Os bichos gritam enquanto o fogo se espalha pelo túnel. O mar de ratos agora está agitado, com uns escalando os outros em busca de sobrevivência.

Cubro o rosto com a capa e vejo os roedores queimarem por alguns instantes. O cheiro de pelo queimado é forte e o estômago se manifesta novamente.

Vou embora para transmitir aquele sentimento ao mestre deles.

Otis Flannegan, o Caça-Ratos

Cornelius Stirk

A seguir estão alguns recortes de jornais sobre o sociopata Cornelius Stirk. Eu "peguei emprestado" este arquivo de seu prontuário no Asilo Arkham. Portador de uma disfunção no hipotálamo que de algum modo deu a ele poderes psíquicos, Stirk tem o poder de fazer suas vítimas acreditarem que ele é quem quiser ser.

Um talento e tanto para um homem que gosta de comer corações humanos cozidos.

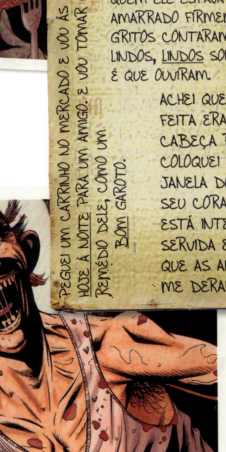

2 DE NOVEMBRO

É ÓTIMO ESTAR SÃO NOVAMENTE! AS FAGULHAS EM MINHA MENTE ESTÃO VIVAS COMO ANTES. ATÉ AGORA, OS TRICÍCLICOS E CLORPROMAZINAS ESTÃO CONSEGUINDO SAIR DE MEU ORGANISMO. SIM, SENHOR! EU SOU UM HOMEM LIVRE!

NÃO POSSO ESQUECER DE MANDAR À FAMÍLIA DO DR. ANTON UM BUQUÊ DE FLORES. AFINAL, ELE VIROU UMA SOPA DELICIOSA. EU PODERIA JURAR QUE AQUELE CORAÇÃO AINDA ESTAVA BATENDO QUANDO EU O COLOQUEI NA ÁGUA FERVENDO. MAS É DIFÍCIL TER CERTEZA. MINHAS EMOÇÕES ESTÃO TÃO VÍVIDAS. AS CORES ESTÃO MAIS BRILHANTES DO QUE NUNCA.

E O MEDO DELE!

EU SENTIA TANTA FALTA DAQUELE CHEIRO. DAQUELE GOSTO. QUANDO ELE PERCEBEU QUE EU NÃO ERA A VIZINHA POR QUEM ELE ESTAVA TÃO APAIXONADO. QUANDO ELE ACORDOU, AMARRADO FIRMEMENTE À MINHA CAMA NA PAREDE. SEUS GRITOS CONTARAM A HISTÓRIA MELHOR QUE QUALQUER POETA. LINDOS, LINDOS SONS! SEUS VIZINHOS NEM RECLAMARAM, SE É QUE OUVIRAM.

ACHEI QUE A ÚNICA COISA CERTA A SER FEITA ERA DEIXAR ELE ALI NAS ESCADAS, DE CABEÇA PARA BAIXO E SEM SEU CORAÇÃO. COLOQUEI SEU CORPO DE FRENTE PARA A JANELA DO QUARTO DE SUA JULIETA. MAS SEU CORAÇÃO É MEU AGORA, MENINA! ELE ESTÁ INTEIRINHO DENTRO DE MIM. UMA CURA SERVIDA EM SANGUE MUITO MAIS SABOROSA QUE AS AMARGAS PÍLULAS QUE OS MÉDICOS ME DERAM!

PEGUEI UM CARRINHO NO MERCADO E VOU ÀS COMPRAS HOJE À NOITE PARA UM AMIGO. E VOU TOMAR O REMÉDIO DELE, COMO UM BOM GAROTO.

FILHA DO COMISSÁRIO ALEIJADA PELO CORINGA

POR VICKI VALE

A tranquila bibliotecária Barbara Gordon passava a noite com seu pai quando ouviu uma batida à porta. Enquanto James W. Gordon, Comissário de Polícia de Gotham, recortava cuidadosamente artigos de jornal para seus vários álbuns, Barbara abriu a porta do apartamento, e o que viu foi a terrível imagem do criminoso psicótico conhecido como Coringa, de arma em punho. Com um tiro, o lunático acabou com as chances de Barbara voltar a andar. Em seguida, ele a despiu e a fotografou nua, enquanto seus homens sequestravam seu pai.

A narrativa perturbadora é a imagem mais clara que a polícia conseguiu da invasão ao apartamento, baseada no relato da amiga da bibliotecária, Colleen Reece, que chegou ao apartamento minutos após o incidente. Barbara ainda não deu nenhuma declaração à polícia, a não ser uma ou duas palavras que colocam o Coringa na cena do crime, uma reação compreensível a um evento tão traumático.

Barbara Gordon

A Srta. Gordon não está só em sua natureza discreta. O comissário James Gordon foi resgatado das garras do Coringa e voltou para sua casa em Tricorner. Ele ainda não fez nenhum tipo de declaração pública ou discutiu sua situação com colegas da polícia. Devido às circunstâncias pessoais deste crime para o corpo do DPG, seus membros estão mantendo o mais absoluto sigilo. Só quando tive de pedir a retribuição de alguns "favores" eu soube, "em off", que houve um (CONTINUA NA PÁGINA 5C)

Foi a piada mais doentia do Coringa, para dizer o mínimo.

Depois de balear e paralisar Barbara, ele sequestrou seu pai e o arrastou por um trem fantasma onde Jim foi fotografado e obrigado a ver projeções de Barbara nua e sangrando.

Todo este circo trágico era uma tentativa do Coringa de provar que basta um dia ruim para deixar um homem louco. Mas Jim foi mais forte que a experiência nojenta do Coringa. Ele feriu a todos nós, mas não venceu.

O único consolo que tenho daquela noite.

O Coringa não venceu.

REVISTA GOTHAMITA ENTREVISTA

A SEITA DO DIÁCONO BLACKFIRE

Por Horten Spence

Dizem que ele é o homem mais perigoso de Gotham e, estranhamente, um dos mais reverenciados. Ele é o diácono Joseph Blackfire, um homem que alguns acusam de ser um fanático religioso e outros consideram o salvador da humanidade. Blackfire é o homem mais falado de Gotham, e também seu cidadão mais difícil de localizar.

Foram semanas de investigação e um longo processo de "triagem", mas finalmente consegui convencer os representantes de Blackfire a me permitirem um tempo com o homem para trocar algumas palavras. O que eu não sabia até então é que a conversa exigiria que eu fosse vendado e levado por um labirinto de túneis nos esgotos por quase uma hora. Quando pude finalmente enxergar, me surpreendi com o que vi: um local luxuoso, com todo o conforto de uma casa, e o Diácono Blackfire, um Nativo Americano muito alto com longos cabelos brancos e um sorriso orgulhoso no rosto.

REVISTA GOTHAMITA: Gostaria de agradecer ao senhor por aceitar esta entrevista, Sr. Blackfire.

DIÁCONO BLACKFIRE: Por favor, Diácono está bom. Ou John, se preferir. Não precisa me agradecer. É um prazer divulgar a boa palavra.

RG: É sobre esta "palavra", que tem incomodado tanto as pessoas de Gotham. Você entende que a cidade está polarizada, com uma parte a favor de seus métodos extremos e outra veementemente contra?

DB: Suponho, pelo seu tom de voz, Sr. Spence, que você está ao lado dos que são contrários. Tudo bem. Enxergar a luz não é uma tarefa fácil. Requer uma mente aberta e um novo olhar. É o que ofereço a meu povo e, em troca, eles chegam a um patamar de iluminação que nunca sonharam ser possível. Verdade seja dita, é um processo lindo.

RG: Vamos falar um pouco de seus métodos. Você ativamente recruta os sem-teto da cidade, e os usa como armas contra os criminosos. Estes ataques terminam em assassinato e, dezenas, senão milhares de pessoas morreram ou desapareceram como resultado direto das ações de seus seguidores. Como pode crer que fazer justiça com as próprias mãos desta maneira violenta pode ser um desígnio de Deus?

DB: Vamos ser honestos aqui. Esta cidade está habituada a justiceiros. Ela os idolatra. Entre o Batman, seu jovem parceiro e...

RG: O Batman não mata.

DB: É uma perspectiva interessante. Vou perguntar a ele da próxima vez que o encontrar. Você sabe que Batman é um de meus convertidos, não? Eu o ajudei pessoalmente a enxergar a luz. Foi uma experiência poderosa.

RG: Não soube deste fato. É uma acusação pesada que está fazendo.

DB: Mas é verdadeira. O que não consegue ver, Sr. Spence, é que eu fui escolhido por uma autoridade superior para fazer a obra Dele! Eu caminho sobre esta terra há séculos, e as pessoas começaram a me seguir, uma a uma. Estas pessoas sabem das falhas do sistema moderno. Quando criminosos estão livres para correr, apenas com um tapinha aqui e ali da polícia para mantê-los na linha, algo está errado. Vim para consertar isto.

RG: Os índices de criminalidade caíram. Nisto você acerta. Algumas regiões parecem uma cidade fantasma, lembranças vazias de bairros prósperos, pujantes.

DB: Prósperos? Sério? É como chama um bando de viciados entregando seu veneno às crianças? Ou mulheres sendo vendidas nas ruas como mercadoria barata? Não, a cidade está mais segura agora porque jogamos o lixo fora, e as pessoas parecem concordar.

RG: O que diria às pessoas que acreditam que toda esta "religião" é apenas o seu jogo de poder para controlar a cidade? Ou às pessoas que acreditam que sua organização está por trás das mortes recentes do Prefeito e de toda a Câmara de Vereadores?

DB: Eu diria que a cidade endureceu seus corações, e que eles se tornaram céticos demais para ver a alegria que os aguarda *(continua na pág. 22)*

O diácono Joseph Blackfire inspirou uma seita de assassinos, que lentamente matou o componente criminoso da cidade. Quando eu fui baleado ao tentar evitar um assalto, a seita de Blackfire viu uma oportunidade de me "recrutar".

Eles me arrastaram para seu lar nos esgotos e me deixaram com fome e drogado por uma semana, até que eu me tornasse um deles. Blackfire me corrompeu. Se não fosse por Robin, eu teria morrido lá embaixo.

Um louco que se banhava no sangue de suas vítimas, Blackfire lentamente dominou a cidade, matando o prefeito, os vereadores e quase assassinou Jim Gordon. O governador declarou estado de lei marcial em Gotham, e quando tropas da Guarda Nacional foram mortas pelos homens de Blackfire, a cidade foi declarada zona de desastre.

Gotham pertencia ao diácono Blackfire. Enquanto o governo americano debatia a melhor ação, conseguindo apenas fechar os limites da cidade, Robin e eu fomos à guerra. Com a ajuda do que Jason chamou de batmóvel "monstro", um bocado de dardos tranquilizantes e granadas de gás, nós atormentamos a fortaleza subterrânea de Blackfire.

Em seguida eu derrotei o diácono como se fôssemos gladiadores, diante de centenas de seus seguidores. Homens e mulheres imediatamente se voltaram contra seu líder, vendo em primeira mão a fraqueza dele e dispostos a acabar com a matança.

Ao fazerem isso, encerraram para sempre o reinado do diácono Joseph Blackfire.

Morte em família

Eu estava errado sobre Jason.

No início, eu não percebi. Foi algo gradual, mas sua raiva aumentava. Em seu curto tempo como Robin, ele já tinha visto assassinos demais fugindo impunemente. Ele viu bandidos culpados sendo libertados devido a brechas na lei e psicopatas brutais fugindo da cadeia vezes demais. O garoto estava furioso com as injustiças da vida e passou a ser cada vez mais duro e inconsequente. Era quase como se quisesse morrer.

Não que isso não faça sentido. Jason tinha uma boa dose de dor dentro dele. Sua mãe morreu de uma doença que não se preocupou com o quanto ela desejava viver pelo filho. O pai caiu na criminalidade e foi morto pelo Duas-Caras como recompensa. Jason era um lutador e cumpriu sua missão. Mas sua formação foi diferente da minha. Diferente de Dick Grayson, também. Jason não conseguia deixar a raiva de lado. Achei que pudesse ajudá-lo a canalizar este sentimento, a se concentrar e a lidar com ele como nós fazemos. Mas eu estava errado. Jason não era como nós.

Por isso, quando o garoto viu sua chance de ser feliz, ao descobrir que sua verdadeira mãe ainda estava viva, ele fez o que pôde para encontrá-la. Ele pegou um pouco do meu dinheiro e foi. Desta vez, ele não poderia me esperar. Jason precisava fazer isto sozinho. Em suas próprias condições. Não posso culpá-lo. Não posso ficar bravo com ele por esta tentativa.

Sua mãe não era uma mulher chamada Catherine Todd, como disseram a ele a vida toda. Sua verdadeira mãe era a Dra. Sheila Haywood, que escapou da Etiópia para fugir de seus erros do passado e recomeçar a vida. Mas, quando o Coringa visitou a Dra. Haywood e a chantageou para que o ajudasse a conseguir suprimentos médicos ilegais, o passado de Sheila voltou para assombrá-la. Tanto que ela estava disposta a vender seu filho para que sua antiga vida não destruísse esta nova.

Quando descobriu que Jason e Robin eram a mesma pessoa, ela entregou o garoto para o Coringa. Feliz como uma criança na loja de doces, o Coringa espancou Jason com um pé de cabra até que não restasse um suspiro de vida no garoto. Depois, como uma recompensa para a Dra. Haywood, ele deixou mãe e filho num armazém trancado com uma bomba programada para explodir minutos depois.

Mas, como eu disse, Jason era um lutador. Ele conseguiu desamarrar sua mãe e chegar até a porta quando a bomba explodiu, chegando a cobrir o corpo dela com o seu, o que deu à Dra. Haywood mais alguns minutos de vida, ao mesmo tempo que sacrificava a sua. Foi tempo o bastante para que ela me contasse sua história quando a encontrei nos detritos. Viveu mais do que merecia.

Quando dispensei Dick Grayson do papel de Robin, eu estava convencido de que tinha ensinado a ele tudo o que eu podia. Eu sabia que ele se daria bem sozinho, e já era hora de ele sair de minha sombra. Mas eu não disse nada disto a ele. O que fiz foi inventar uma desculpa e nós lutamos. Ele foi embora sem olhar para trás. Por isso, quando encontrei Jason, vi uma segunda chance de ser pai. Achei que poderia ser melhor desta vez. Acreditei que estava disposto a fazer os sacrifícios necessários pelo bem do garoto problemático. Mas não importa quanto eu queira ser, eu não era pai de verdade. Esta vida não era para o Jason, não importa o quão arrogante eu era, ou até onde eu poderia ajudá-lo, as coisas nunca se encaixariam. O garoto tinha muita raiva. Já tinha passado por muita coisa. A última coisa de que precisava era mais violência. Mais injustiça. Mais um familiar incapaz de dar ao menino a vida de que precisava.

Eu estava errado sobre Jason. E não tenho mais como dizer isto a ele.

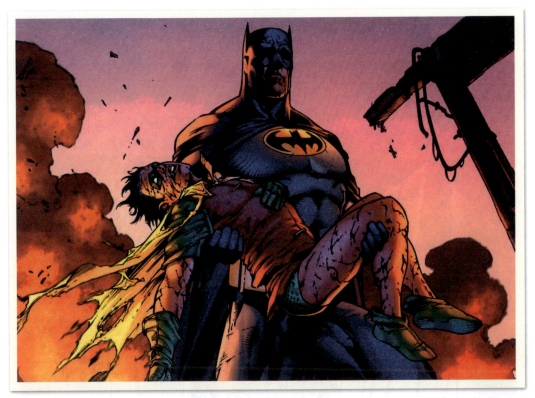

Foto tirada por um curioso local. Ele entregou a câmera sem argumentar.

O memorial de Jason Todd na batcaverna.

SUPERMAN IMPEDE ATENTADO TERRORISTA IRANIANO

POR LOIS LANE

NOVA YORK — Se o embaixador do Irã nas Nações Unidas parecia estranhamente familiar, com a pele branca como giz, cabelo verde e um sorriso marcante, há uma razão para tal. Numa ação controversa que deixou o mundo de prontidão, o Irã promoveu o assassino condenado conhecido como Coringa à função outrora gloriosa de embaixador. Aproveitando, ou melhor, se aproveitando da imunidade diplomática que acompanha o cargo, o Coringa ganhou uma ficha limpa, cortesia de seus benfeitores iranianos, e ficou livre de todos os seus inúmeros crimes cometidos no passado. Talvez o mais assustador seja o fato de que o novo emprego do Coringa o deixe imune a qualquer crime cometido em solo americano no futuro.

Resumindo, o Irã deu a um psicótico assassino um "Passe livre da cadeia". Este é o tipo de oportunidade que um maníaco depravado como o Coringa não deixaria passar.

Vista por alguns como uma maneira de o Irã protestar contra o tratamento recebido nas últimas negociações nas Nações Unidas, a nova promoção do Coringa mostrou que terá vida curta, já que ontem à tarde o Príncipe Palhaço do Crime tentou assassinar todos os membros da Assembleia Geral das Nações Unidas. No púlpito para se dirigir aos colegas embaixadores, o Coringa, em trajes típicos iranianos, causou pavor na plateia quando rasgou as roupas e mostrou frascos de sua mortal Toxina do Coringa presos à sua cintura.

Quando ele tentou lançar o gás nas pessoas, um segurança avançou e esmagou a arma com a própria mão. O guarda então aspirou todo o gás com seus poderosos pulmões, eliminando a toxina do ar. Antes de partir, de maneira dramática, o guarda abriu a camisa e revelou o famoso "S" vermelho e amarelo que os cidadãos de Metrópolis tanto admiram.

Quando o Superman saiu voando, ao que parece em busca de algum local seguro

> **Resumindo, o Irã deu a um psicótico assassino um "Passe livre da cadeia".**

para expelir o gás venenoso, o Coringa puxou um pequeno controle remoto de seu bolso e supostamente começou a disparar explosivos escondidos no salão da Assembleia Geral. O bandido então escapou da arena e, de acordo com testemunhas, foi perseguido por uma figura que lembrava um "morcego gigante".

Segundo as autoridades, um helicóptero, supostamente levando o Coringa e seus capangas, foi visto decolando momentos depois da explosão no prédio das Nações Unidas. O mesmo helicóptero foi visto mais tarde ao cair num cais nas proximidades, ao que parece, sem sobreviventes.

O corpo do Coringa ainda não foi encontrado, mas autoridades locais estão confiantes de que ele morreu no acidente. Relutante em gravar depoimento, um funcionário do governo insistiu que o famoso Batman de Gotham foi o responsável pela derrubada da aeronave, e talvez o próprio Cavaleiro das Trevas tenha sido vítima da explosão. Quando encontrado para comentar, (CONTINUA NA PÁGINA 2A)

NOME DO ARQUIVO	NOME
CAÇADORA	HELENA ROSA BERTINELLI
ALTURA	PESO
1,80 m	58 kg
OLHOS	CABELOS
AZUIS	PRETOS
CODINOMES CONHECIDOS	BASE DE OPERAÇÕES
BATGIRL III	GOTHAM

PROFISSÃO PROFESSORA, HEROÍNA

CONEXÕES CONHECIDAS CANÁRIO NEGRO II, QUESTÃO (falecido), QUESTÃO II, FAMÍLIA BERTINELLI (falecida), ORÁCULO, LADY BLACKHAWK, DICK GRAYSON, ROBIN VERMELHO, RICHARD DRAGON, DET. SGTO. DAN HOLTZ (falecido), SALVATORE ASARO, TONY ANGELO

AFILIAÇÕES AVES DE RAPINA, LIGA DA JUSTIÇA DA AMÉRICA, RENEGADOS, CORPORAÇÃO BATMAN, A REDE

ARQUIVOS ASSOCIADOS Unidos Cairemos, Em Cada Fim Um Começo, Legado de Sangue, Caçadora: Ano Um, O Dia da Caçadora, Uma Escuridão Maior, Aves de Rapina, Terra de Ninguém, Silêncio

ANOTAÇÕES

Nunca fui fã da Caçadora, e não tenho mais receio de expressar isto. Mas Helena Bertinelli continua a lutar, não importa quantas vezes eu a avise para desistir. Originalmente, ela lutava por vingança, depois para ter minha aprovação, e agora luta porque acha que é a coisa certa a ser feita. Levou anos, mas a Caçadora ganhou meu respeito. Embora, tenho de admitir, com relutância.

Helena era filha do mafioso Franco "Guido" Bertinelli. Ela cresceu acostumada com o luxo, com tudo o que queria, e admirada por um bairro dominado pelo medo gerado pelos negócios desumanos de seu pai. Mas sua vida feliz logo foi comprometida quando ela foi levada de casa ainda jovem por uma família mafiosa rival. Helena nunca falou sobre o que ocorreu enquanto esteve sequestrada, mas o episódio obviamente a traumatizou.

Infelizmente, o que ela sofreu naquele dia não se compara ao que ocorreu na casa dela logo depois. Quando ela tinha apenas oito anos de idade, um chefão da máfia siciliana chamado Stefano Mandragora encomendou a morte de toda a sua família. Helena não apenas viu o pai, a mãe e o irmão mais velho, Pino, serem assassinados a tiros diante de seus olhos, mas o resto de sua família também foi morta sistematicamente para pôr um fim na linhagem dos Bertinelli. Helena foi poupada, aparentemente, por um erro de comunicação de um dos que conspiravam com a família Mandragora e o verdadeiro pai de Helena, Santo Cassamento, que na verdade pediu para que a mãe de Helena fosse poupada.

Helena foi enviada à Sicília com seu primo Salvatore Asaro, um bem-sucedido matador da máfia. Ferida e traumatizada, ela começou a praticar com uma série de armas com seu primo, além de diferentes artes marciais para recuperar sua confiança e descobrir sua força interior. Conforme ela foi ficando mais velha, entrou para um colégio interno na Europa e começou a entender o que exatamente eram os negócios de sua família. Helena se sentiu traída e furiosa, por isso, quando retornou a Gotham e me encontrou durante uma visita bastante violenta ao mafioso Pasquale "Junior" Galante, Helena viu uma oportunidade.

Ela voltou da Europa e seu treino, inspirada pela ausência de medo em mim ao lidar com os supostamente intocáveis capangas de Galante. Já com seu uniforme, ela voltou a Gotham, decidida a seguir meu exemplo. Depois da morte de Mandrágora, com o qual ela pode ou não estar envolvida, e sua brutal vitória contra o pistoleiro dele, Omerta, a Caçadora adotou sua nova identidade em período integral e começou sua cruzada como vigilante em minha cidade, voltada principalmente para as forças do crime organizado.

Helena tinha em mim uma espécie de figura paterna, e buscava minha bênção e minha aprovação, mas seus métodos eram muito violentos. Ela se equilibrava numa linha tênue, muito desconfortável para mim. Seu entusiasmo e talento natural me lembravam os de Barbara Gordon, mas sua idade me remetia a Jason. E eu não queria que ela repetisse o destino de nenhum dos dois.

Entretanto, a Caçadora nunca desistiu de tentar me agradar, e chegou a adotar a identidade da Batgirl durante o período em que Gotham se tornou Terra de Ninguém. Mas a raiva ainda estava ali, e eu tirei o uniforme dela e passei para Cassie Cain (ver Morcego Negro). Mas Helena não se deu por vencida.

Depois de treinar com o Questão e seu sensei, Richard Dragon, a Caçadora começou o longo caminho para acalmar seus demônios internos. Ela teve uma grande evolução (CONTINUA)

211

Quadra de Lama

O primeiro a adotar o nome de Cara de Barro foi Basil Karlo, um ex-ator de cinema que se tornou um assassino em série. Quando eu o conheci, ele não tinha superpoderes, apenas uma máscara de lama e sua mente transtornada.

Matt Hagen, o Cara de Barro II. Capaz de transformar seu corpo em qualquer forma imaginável, era extremamente forte, e morreu durante o evento cósmico que ficou conhecido como Crise.

Preston Payne foi o terceiro homem a carregar o nome de Cara de Barro. Vítima de hiperpituitarismo. As deformidades de Payne tomaram proporções distorcidas, exageradas. Ao se injetar com um extrato isolado do sangue de Hagen, Payne conseguiu deixar seu corpo maleável, mas muito além do que ele esperava.

Forçado a usar um traje para sustentar seu corpo, Cara de Barro III também sofre com surtos periódicos de dor intensa. Por que ele apenas alivia se a transmitir para outros humanos pelo contato direto com a pele. O resultado reduz suas vítimas a bolhas inertes de protoplasma, e dá a Payne um alívio momentâneo de seu sofrimento.

Modificada em laboratório num experimento conduzido pela seita terrorista conhecida como Kobra, Sondra Fuller foi transformada no Cara de Barro IV. Capaz de imitar a forma não apenas de humanos e animais, mas também os poderes de meta-humanos por um curto período de tempo, Sondra encontrou um espírito afetuoso em Preston Payne, e os dois se apaixonaram. Posteriormente ela deu à luz o filho dele, Cassius Payne, o Cara de Barro V.

Depois de coletar amostras de sangue de outros membros da Quadra da Lama (incluindo uma amostra do falecido Hagen), Basil Karlo ficou com poderes parecidos com os de Hagen e, por um tempo, com a habilidade de derreter como Preston Payne. Logo ele se autodenominou o Cara de Barro Definitivo.

Além de Cassius, há dois outros Caras de Barro. O Dr. Peter Malley e John Williams. Ambos morreram logo depois de adquirirem seus poderes. Entretanto, Karlo ainda está na ativa, e determinado a provar que é mais letal que qualquer outro que adotou seu nome.

Esse não é o Batman que eu conheço. Ele está diferente desde que o Jason morreu. Parece cansado, só que mais determinado. Não sei se ele percebe quando precisa descansar.

Se Bruce continuar assim, ele acabará morto. Ele precisa lembrar como era a vida dele antes de os pais morrerem. Dick Grayson e até o Jason, acho, lembravam ele de ser um pouco feliz.

O Batman precisa de um Robin.

Páginas de um álbum que Tim Drake fez sobre mim.

Depois que Jason morreu, eu precisava de uma luta. Sem dormir nem comer, eu estava sempre mal preparado para ser o Batman, me punido.

Foi então que apareceu um menino de treze anos chamado Timothy Drake. Quando criança, Tim estava presente quando seus heróis, Os Graysons Voadores, caíram para a morte no Circo Haly. Anos depois, quando viu Dick Grayson em ação como Robin, Tim reconheceu o mortal quádruplo de Dick, executado com uma técnica que só os Graysons tinham. Usando seu poder de dedução, Tim logo juntou as peças de nossa história.

Tim Drake viu um problema que precisava ser resolvido, e foi atrás da solução. Quando se viu incapaz de convencer Dick a voltar à sua velha identidade como Robin, Tim decidiu tomar as rédeas do problema com as próprias mãos.

Depois de saber que eu e o Asa Noturna fomos pegos em uma explosão provocada pelo Duas-Caras, Tim pegou o antigo uniforme de Dick e foi à luta.

Ele salvou nossas vidas e me fez pensar que talvez ele tenha mesmo razão.

Talvez tenha sido um erro deixar a Dupla Dinâmica acabar.

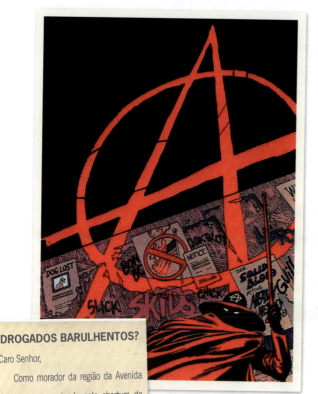

"Eu vendo drogas. Eu mato crianças." Estas palavras estavam pichadas na parede de um beco acima do corpo do roqueiro Johnny Vomit. Perto dele, em tinta vermelha havia um "A" dentro de um círculo. Com esta ação simples, o vigilante conhecido como Anarquia iniciou um movimento.

DROGADOS BARULHENTOS?
Caro Senhor,
Como morador da região da Avenida Jaxon, agora arruinada pela abertura da casa de shows de rock "Heavy-Heavy", eu gostaria de protestar em nome de todo o bairro. Nossas vidas estão sendo arruinadas por uma combinação de um BARULHO INFERNAL com as gangues imundas e drogados que esta espelunca atrai. Queremos saber, onde é que está a polícia? É melhor eles darem as caras por aqui, antes que algum cidadão de bem seja forçado a fazer valer a lei com as próprias mãos!
DAVE STANG, Av. Jaxon, 443, Gotham

Anarquia se considerava um homem do povo, e vasculhou as seções de Cartas do Leitor nos jornais locais em busca de injustiças para consertar. Mas seus métodos eram violentos e, embora parecidos com os meus, passavam do ponto do comportamento criminoso.

O Anarquia vestia um traje bizarro que alongava seu pescoço e dava a ele a aparência de um adulto. Na verdade ele era um estudante chamado Lonnie Machin.

Do seu próprio jeito, Lonnie tentava fazer do mundo um lugar melhor, mas suas ações o colocaram em mais de uma instituição para menores delinquentes e, mais tarde, em estado catatônico, apenas capaz de se comunicar por meio de avançados computadores.

Seu nome foi usurpado por Ulysses Hadrian Armstrong, um brilhante e jovem estrategista, também chamado de General, que perverteu e distorceu os princípios de Lonnie para que se encaixassem em sua perturbadora pauta.

O terceiro Robin

Faça o que sabe. As mãos estão amarradas atrás de mim com uma corda grossa. Mantenha a calma.

O Espantalho está diante de mim, gritando como sempre. Nada de novo. Ele vem aterrorizando a cidade, fazendo com que pessoas inocentes saiam de si em ataques de raiva e assassinato. Eu segui sua trilha até a Química Gotham, exatamente como ele queria. Todo o espetáculo de mortes foi apenas para chamar minha atenção. Só para me trazer aqui. Funcionou. Caí da escada de incêndio. Três andares. Uma costela trincada, no mínimo, e meu ombro esquerdo deslocado. Um corte profundo no braço esquerdo também. Ficar pendurado de cabeça para baixo não vai ajudar muito. Atenção na corda.

Acompanhei a fala do Espantalho por um tempo, mas ele já parou de contar sua história. Sobre como ele engenhosamente enviou cartões de Natal fechados com sua droga hipnótica para cinquenta cidadãos desavisados de Gotham. Consegui quase todo o tempo que ele estava disposto a me dar. Agora ele está pronto.

Ele destampa um frasco de sua toxina do medo. Uma mistura específica. Aranhas. De uma hora para outra, eu as sinto subindo pelo meu corpo. Caindo do teto em minhas pernas. Andando pelo meu rosto. Dentro da minha boca e nariz. Acalme-se e cuide das malditas cordas.

Perdi a noção do tempo, mas a sensação passou. A droga é tão forte que não sei se ainda estou consciente como quero estar. O Espantalho está aprimorando suas fórmulas.

Ele pega outro frasco. Chama-o de "Essência do Trauma". Eu sei o que ele mostrará, e não quero ver. É o que vejo toda noite na hora de dormir.

Apesar de tudo, estou naquele beco novamente. Mamãe, papai, noite fresca de verão. Passos atrás de nós. Tiros e pérolas no chão.

Mas agora tem uma voz vindo do canto da sala. Uma voz de menino. Tim. Por que ele está aqui? Ele grita. Tim grita no beco? Um som de estilhaços. Vidro. Agora quem grita é o Espantalho.

A droga começa a perder efeito. Tim está diante de mim com uma jaqueta e uma máscara de esqui. O Espantalho está no canto, em posição fetal e balançando repetidamente. Deve ter aspirado uma de suas toxinas.

Tim desobedeceu minhas ordens. Ele deveria ter ficado na caverna. Não está pronto para sair às ruas. Mas ele salvou minha vida novamente e, ainda alterado, chamo o garoto de Robin. Ele sorri.

Ele me ajuda a descer e me põe de pé. Corta as cordas que eu não consegui cortar.

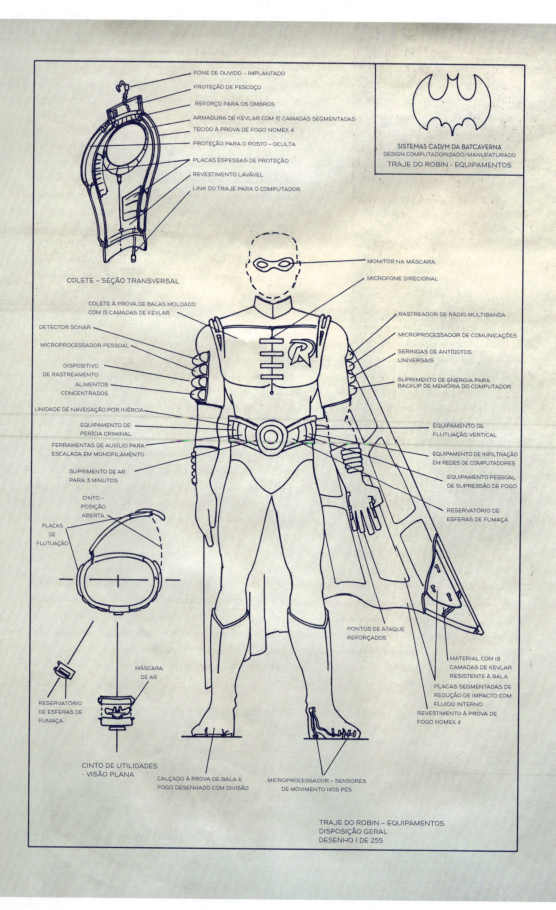

Eu não cometeria com Tim os erros que cometi com Jason. Não se tratava de substituir um soldado. O objetivo era construir um.

Depois de passar a maior parte de sua vida treinando para emular seus heróis, Tim se dedicou às suas lições com uma dedicação que eu nunca tinha visto. Detetive nato e com domínio de computadores, o menino estava determinado a honrar o manto do Robin.

Quase imediatamente, Tim se mostrou um dos parceiros mais independentes com quem já trabalhei. Talvez porque morasse ao lado do pai, e não na Mansão, ele se sentia livre para enfrentar várias missões sozinho, ou talvez seja o jeito dele de ser encontrado pelos problemas.

Qualquer que seja a razão, Tim nunca recuou diante de um desafio, e suas já impressionantes habilidades continuaram a evoluir com a prática.

NOME DO ARQUIVO	NOME
ORÁCULO	BARBARA GORDON
ALTURA	PESO
1,84 m	61 kg
OLHOS	CABELOS
AZUIS	RUIVOS
CODINOMES CONHECIDOS	BASE DE OPERAÇÕES
ANTERIORMENTE BATGIRL II	GOTHAM

PROFISSÃO
GURU DE INFORMAÇÕES, EX-HEROÍNA, PROFESSORA UNIVERSITÁRIA ASSISTENTE, EX-BIBLIOTECÁRIA

CONEXÕES CONHECIDAS
pai adotivo JAMES W. GORDON, RICHARD DRAGON, CANÁRIO NEGRO II, CAÇADORA, LADY FALCÃO NEGRO, JASON BARD, BATGIRL IV, MARGINAL, DICK GRAYSON, SERVIDOR, BESOURO AZUL II (falecido)

AFILIAÇÕES
OS SETE SOLDADOS DA VITÓRIA, ESQUADRÃO SUICIDA, A REDE, AVES DE RAPINA, LIGA DA JUSTIÇA DA AMÉRICA, CORPORAÇÃO BATMAN

ARQUIVOS ASSOCIADOS A Milionária Estreia da Batgirl, Batgirl: Ano Um, A Piada Mortal, Estranhos Jogos de Guerra, Oráculo: Ano Um, Aves de Rapina

ANOTAÇÕES

Barbara Gordon foi uma ótima Batgirl. Esperta, determinada e bem mais capaz do que eu lhe dei crédito. Por isso, quando o tiro do Coringa atravessou sua espinha, não chegou nem perto de encerrar sua carreira.

Ao vasculhar as forças por trás da internet e ao se tornar uma hacker antes que eles ganhassem fama, Barbara logo tomou a decisão de aplicar estas habilidades para um bem maior. Depois de recuperar sua confiança treinando artes marciais com o especialista Richard Dragon, Barbara ofereceu seus serviços especializados para Amanda Waller, chefe da organização governamental clandestina Força Tarefa X, conhecida informalmente como Esquadrão Suicida. Este programa secreto usava criminosos condenados em missões de risco ou consideradas impossíveis, que envolviam geralmente a segurança nacional. Sob o codinome de Oráculo, Barbara se estabeleceu como uma primorosa coletora de informações e logo decidiu agir sozinha.

Ao se restabelecer em Gotham, Barbara se tornou um recurso valiosíssimo para mim e para vários de meus parceiros. Ela se aliou a Canário Negro, ex-integrante da Liga da Justiça, e da parceria no trabalho logo brotou uma profunda amizade. Sob o nome de Aves de Rapina, as duas chamaram a Caçadora para atuar com elas, além de várias outras heroínas ao longo dos anos, incluindo a Lady Falcão Negro, Rapina e Columba (ver Columba II).

Com o passar dos anos, Barbara expandiu ainda mais seus serviços, a ponto de ser tornar membro efetivo da LJA. Por um tempo, ela ampliou suas Aves de Rapina para utilizar as habilidades de outras integrantes femininas, e chegou à poderosa Grande Barda, dos Novos Deuses, e até à vigilante das ruas conhecida como Justiceira (ver Justiceira II).

Dedicada a fazer a diferença, a Oráculo foi a mentora de várias jovens combatentes do crime em sua carreira, incluindo a quarta heroína a adotar o nome da Batgirl, Cassandra Cain, além da suscetível Marginal, que tinha o poder de se teletransportar. Recentemente, Barbara se aproximou bastante da atual Batgirl, Stephanie Brown, e até encontrou tempo para treinar a ex-integrante dos Jovens Titãs Wendy Harris, que se tornou sua jovem parceira Servidor.

Não muito tempo atrás, a Oráculo decidiu limitar sua exposição ao mundo exterior. Por atrair muita atenção de criminosos obsessivos como o Calculador, a Oráculo decidiu simular sua morte num plano complexo para garantir a segurança das pessoas próximas a ela. Com quase todos os heróis e vilões acreditando nos relatos de sua morte, Barbara interrompeu toda a comunicação com os colegas que não faziam parte de seu círculo secreto.

Para minha sorte, ela escolheu seguir com nossa parceria, como fez com outros heróis de nossa Rede, incluindo as Aves de Rapina. Eu respeito sua decisão, mas penso como a comunidade de super-heróis funcionará sem o valoroso auxílio da Oráculo para guiar e (CONTINUA)

Harold

Ele parece preocupado quando entramos na caverna, mas não faz som algum, sem os gritos guturais de quando está incomodado. Acho que ele está atormentado com o que a vida guarda para ele agora. Aprendeu a não confiar facilmente.

Faz todo o sentido. Harold é mudo e um tanto abalado, então nem mesmo sei seu sobrenome. Mas sei o bastante para ver como sua vida foi ruim até este ponto. É natural que ele suspeite sempre do pior.

Por sorte, quando eu desacelero o carro para estacionar na plataforma principal, ele sorri. Ele percebeu a tecnologia na batcaverna. E, embora Harold tenha perdido no palitinho da compleição física, ele é provavelmente o maior gênio da eletrônica que já conheci. Para ele, a batcaverna deve parecer uma caixa de brinquedos gigante.

Quando saímos do carro, é quase uma luta para acompanhá-lo quando ele corre para o computador principal. Ele já driblou as senhas e desbloqueou meus arquivos pessoais antes mesmo que eu percebesse o que ele está fazendo. O segredo parece que já foi para o espaço. Tiro a máscara.

"Senhor?", pergunta Alfred, da escadaria.

"Está tudo bem, Alfred", respondo. "Este é Harold, ele vai passar um tempo conosco. Se ele quiser, claro."

Harold para um pouco de puxar meus arquivos de Arkham para balançar a cabeça empolgado.

"Tudo... bem", diz Alfred. "Isto significa que passarei minhas noites costurando mais um uniforme de Robin?"

"Ótimo", digo. "Você se lembra de Harold daquele caso com o Pinguim, há um tempo. Harold foi usado pelo Pinguim, que explorou suas habilidades."

"Estou certo de que a estada dele conosco será bem diferente, então?"

"Não sei se gosto do seu tom, Alfred", falo enquanto ando na direção dele. Harold não está prestando atenção em nós, alterando ainda mais meus programas. Não sei exatamente o que ele faz, mas não há como pará-lo, mesmo que eu quisesse.

"O senhor tem mesmo uma tendência a se perder em sua missão pessoal", afirma Alfred. "O senhor há de me desculpar se me certifico de que está trazendo para cá outra alma perdida pelas razões certas, e não porque pode ser benéfico para a eficácia do Batman."

"Sabe o que Harold fazia quando eu o encontrei hoje? Ele estava ocupado sendo alvo de um linchamento. Vivia num prédio abandonado prestes a ser demolido. Este homem foi mastigado e cuspido sua vida inteira. Eu garanto a você, Alfred, não tenho a menor intenção de permitir que isto aconteça a ele novamente. Nem por mim, nem por ninguém."

Alfred olha para o chão da caverna. Meu tom foi muito ríspido. Defensivo demais.

"Claro, senhor", ele diz. "Passei tanto tempo me preocupando com a vida que escolheu para si que às vezes me esqueço."

"Alfred?"

"Eu me esqueço do bom homem que se tornou, e do quanto eu deveria me orgulhar do senhor." Ele se vira e vai em direção às escadas. "Vou arrumar um lugar a mais para o jantar."

Quando volto a olhar para o computador, vejo Harold me olhando, com aquele sorriso paralisado em seu rosto. Parece que ele estava em modo multitarefa e prestou atenção em nossa conversa.

Eu balanço a cabeça. "Você está se divertindo com isto", digo enquanto vou em sua direção. "Espere até eu lhe mostrar as coisas caras."

Tim tinha talento, mas lhe faltava confiança. Seus pais, Jack e Janet Drake, eram ricos industriais, e foram sequestrados por um criminoso chamado Homem Obeah. Janet não sobreviveu ao incidente, e, embora Jack tenha saído vivo, ficou completamente paralisado.

Tim parecia impressionantemente equilibrado, considerando o que houve, mas ainda se preocupava com suas habilidades e como lidaria com os desafios da vida como Robin.

O garoto precisava sair de Gotham para espairecer. Ele precisava enxergar que conquistou sua vaga, apesar das dúvidas. Resolvi então mandá-lo para Paris, estudar com Rahul Lama, mestre das técnicas de luta e cura.

Oi, Bruce e Alfred!
Sei que as pessoas chamam de Cidade-Luz, mas não dá pra entender o porquê. Meu quarto nem eletricidade tem. Por outro lado, tudo certo com meu estágio. O meu monitor é um cara interessante. Eu tô aprendendo umas paradas que serão bem importantes quando eu começar naquela nossa carreira.

Tim

Sr. Bruce Wayne
Mansão Wayne
Gotham
EUA

Quando as coisas não ocorreram conforme o planejado, Tim acabou agindo sozinho, como em seu encontro com Sir Edmund Torrance, criminoso internacional conhecido como Rei Cobra. Logo Tim se viu indo para Hong Kong para acabar com as operações de Torrance, ao lado da mulher mais letal do mundo, a mestre das artes marciais Lady Shiva.

Olha, Alfred, que bom que você colocou meu... uniforme de trabalho na bagagem. Ele tem me ajudado mais do que eu imaginava. Ah, Bruce, sei que você não deve estar nada feliz com os professores que eu arrumo, mas ela é sensacional. Tô aprendendo pra caramba. Ela tem um ponto de vista diferente do nosso, mas tenho que admitir que ela é mesmo uma... artista quando você pensa nas técnicas dela. E nada feia inclusive, também.... (Não vai dizer que eu escrevi isso.)

Daqui a pouco estou de volta.
Tim

Sr. Alfred Pennyworth

Yuan chinês que Tim trouxe de Hong Kong.

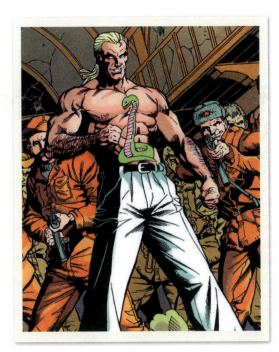

Sir Edmund Dorrance, o Rei Cobra. Mestre cego das artes marciais e líder da Gangue dos Dragões Fantasmas.

Eu encarei o Rei Cobra em mais de uma ocasião, e ele desenvolveu um desejo de vingança contra o Robin. Um ódio que levou para o túmulo quando tentou dominar a seita terrorista conhecida como Kobra.

O braço direito do Rei Cobra, Ling, mais conhecida por seu apelido das ruas, Lince. Apesar de o Rei Cobra ter arrancado seu olho como castigo por suas falhas, Lince se manteve fiel ao chefe do crime. Assim como seu antecessor Rei Cobra, ela estava destinada a ter um fim violento.

Mais recentemente, uma segunda Lince emergiu em Gotham e chamou a atenção de Tim em mais de um sentido.

Zsasz

"Você é pesado", diz ele ao carregar o menino morto pelo concreto. O sangue do garoto, que sai da garganta cortada, deixa um rastro estreito quase até a cerca. Uma lembrança de onde ele passou seus últimos minutos. O homem de cartola deixa o rapaz entre seus dois amigos. "Aí está", fala ele. "Jovens e felizes zumbis, alinhados. Seus jogos inúteis chegaram ao fim. Por que não senta um pouco?"

Ele se levanta e alonga, sem pressa de deixar o local do crime. Como é tarde, talvez isso o incentive, mas matar os garotos num parque público mostra uma autoconfiança gritante. Ele não parece se preocupar se será descoberto. Com mais de trinta mortes nas costas, talvez ele tenha perdido um pouco da adrenalina da caçada. Mas cavalo dado não se olha os dentes. Sem o seu descuido, eu jamais me arriscaria com Victor Zsasz enquanto arrumava suas vítimas. Eu apenas continuaria minha busca impossível por um assassino violento que ataca aleatoriamente.

"Onde eu estava?", pergunta-se Zsasz, enquanto arregaça as mangas, que deixam à mostra várias cicatrizes. "Aqui", ele comemora discretamente ao virar o braço e revelar dois cortes recentes no antebraço. "Agora são cinco." Eu me desloco enquanto ele está ocupado cortando o braço com a faca para atualizar a sua conta. Ele reduz mulheres e homens a arte corporal sangrenta.

Ele ouve quando aterrisso atrás dele, como eu queria. Quando ele se vira, a única coisa que vê é meu punho.

"B-bat...", gagueja.

Eu não digo nada, apenas o acerto novamente. Ele é rápido e forte, e tenta lutar. Avança em mim com a faca.

Desfiro mais um soco.

A faca desliza pelo chão de concreto em direção aos meninos mortos.

Outro soco.

Ele se contorce de dor, mas olha para mim com olhar calmo. Ele não liga para nada disto.

O quinto murro.

Ele cai de joelhos. Eu não me mexo. Expiro. Tento não pensar sobre essa coisa... insensível. Tento não pensar em suas vítimas anteriores, nos jovens mortos que assistem de camarote à nossa luta. Zsasz não machucará mais ninguém. Ele já era. Acabou.

Não é o que eu queria, mas... outro soco.

O Asilo Arkham para Criminosos Insanos. Segundo lar de alguns dos homens e mulheres mais perigosos que já enfrentei. Foi fundado por Amadeus Arkham, um homem que perdeu a própria sanidade durante o período em que foi diretor da instituição.

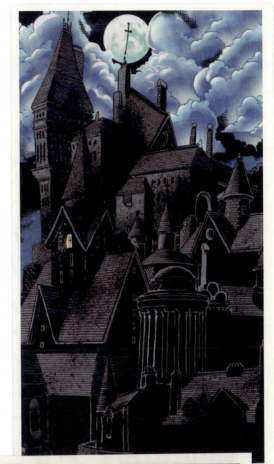

Anos depois da morte de Amadeus, seu sobrinho Jeremiah assumiu o posto do tio. Obcecado com o funcionamento da mente criminosa, Jeremiah Arkham parecia obter muito prazer em suas funções, e sempre achei que ele fosse um dia sucumbir às pressões de seu cargo.

Morador de Arkham, o Amídala, ou Aaron Helzinger, é uma montanha de músculos ambulante com tendências violentas e mente infantil.

Arkham parece não conseguir conter seus mais abomináveis pacientes. Um problema que já custou centenas de vidas inocentes.

Quando Jeremiah assumiu como diretor do Arkham, sua primeira atitude foi remodelar as instalações antiquadas e torná-las uma penitenciária psiquiátrica de última geração, com o mais moderno sistema de segurança.

Não deu muito certo.

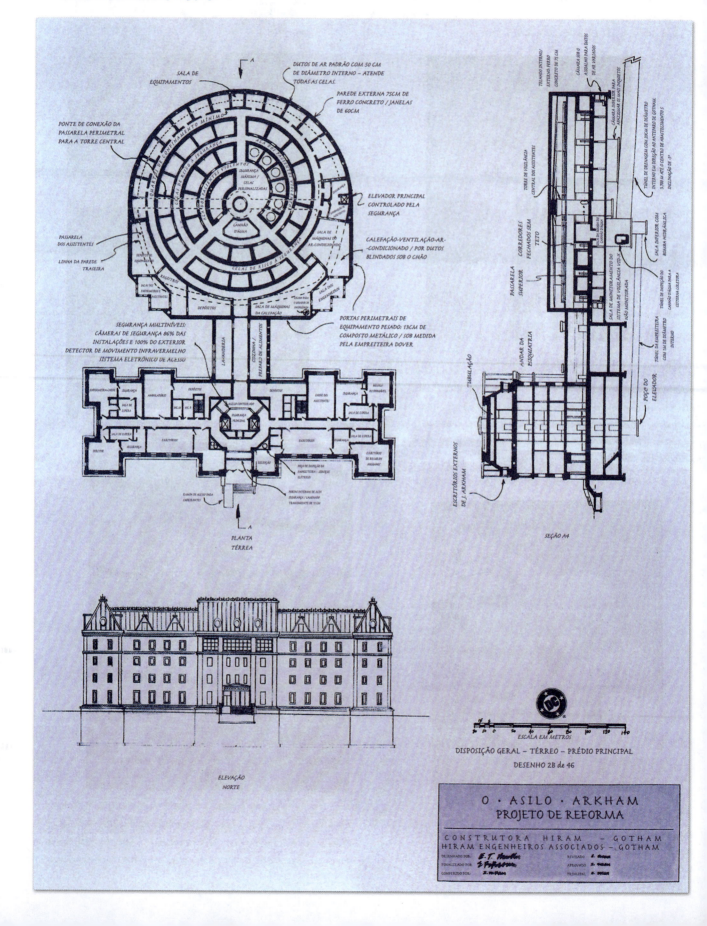

Devido à imensa quantidade de motins e fugas, além de fatores externos como o cataclísmico terremoto em Gotham, o Arkham passou por muitas outras reformas desde a remodelação inicial de Jeremiah. Mesmo com todas as mudanças, Arkham ainda parece ultrapassado. Um lugar perigoso para ficar.

A Salteadora

Eu gosto do nome. É um que eu poderia sugerir. Ela rouba as informações certas. Sabia onde e quando o Mestre das Pistas atacaria e nos deu tudo de que precisávamos para evitar seu minúsculo e patético retorno. Mas ela não ficou de fora como a instruímos. Queria acabar com o Mestre das Pistas com as próprias mãos. E agora estamos num aquário gigante cheio de dinheiro roubado, presos a um helicóptero, centenas de metros acima de Gotham. No lado oposto ao meu está o Mestre das Pistas, segurando uma cápsula de ácido perto do rosto mascarado da Salteadora, pronto para sacrificar esta nova heroína e fugir de maneira ridícula.

"Você não quer fazer isto, Brown", argumento. Ele não quer, não está a fim de me testar hoje. Não com tudo o que está havendo. Não paro de pensar em Vicki Vale. Como eu a deixei ir novamente. Já que não digo a verdade para ela sobre o Batman. São pessoas como o Mestre das Pistas, gente que tenta deixar sua marca quando não fizeram nada que os faça merecer. Homens como ele não me permitem levar uma vida normal.

Olho para a garota em seus braços, e resisto à tentação de arremessar um bat-arangue. Não vale o risco. Porém, quando o Mestre das Pistas me pergunta por que deveria se preocupar com a vida da garota que está em seus braços em troca de resgate, eu apenas digo a verdade.

"Ela é sua filha", conto.

Ele arranca a máscara da Salteadora e vê o rosto de Stephanie Brown. É o suficiente para fazê-lo parar. Soltá-la por um segundo, o que dá a ela folga para atingir o peito dele com seu cotovelo, e dois socos no estômago na sequência.

Quando chego a eles, ela já envolveu uma das correntes que sustentam o tanque ao redor do pescoço de seu pai. Agora ela faz pressão.

Eu conheço aquele olhar. Frustração. Raiva. Mas só vai até ali. Ela não é uma assassina. Ela não se tornará alguém como o pai. Este é o motivo de ela estar vestida de uniforme colante e capa. Ela pode ser qualquer coisa, menos a princesinha do papai.

As palavras que digo a ela são supérfluas, no máximo. Nós dois sabemos que ela o deixará ir, até que o faz. Mas ela queria que ele suasse frio. Que soubesse o que ela passou em todos esses anos e, acima de tudo, que era por causa dela que ele voltaria para a cadeia. Foi Stephanie Brown quem estragou tudo.

E foi mesmo. Por isso, quando nos aproximamos do alto de um prédio, eu fingi dar as costas para que ela pudesse saltar em segurança. Não queria dar sermão, pois não espero vê-la novamente.

Apenas se a Salteadora voltar nós teremos problemas. Ela balança no ar. Espero nunca mais vê-la, com ou sem o genial nome que adotou.

Quando eu conheci Harvey Bullock ele era um paspalho desajeitado que mais atrapalhava do que ajudava. Mas, com o passar dos anos, ele se mostrou extremamente fiel a Jim Gordon e à polícia.

Embora seja um pouco vulgar, em Gotham, Bullock é o melhor possível.

Antiga parceira e voz da razão para Bullock, Renée Montoya era outra ótima policial que entrou no fechado círculo de confiança de Gordon. Mais tarde ela se tornou parceira de Crispus Allen, que foi baleado e morto por Jim Corrigan, um dos mais corruptos do DPG, e, por este motivo, Montoya se afastou da polícia.

Incapaz de lidar com a morte do parceiro, Renée largou o distintivo e começou a beber descontroladamente. Mas quando Vic Sage, o justiceiro conhecido como Questão, a acolheu, Renée deu um novo rumo à sua vida, e chegou a substituir Sage quando ele morreu, se tornando a mais nova Questão em Gotham.

Encontrando Azrael

Eu não estou inconsciente, isto conta a meu favor. Entretanto, o fato de eu estar pendurado de cabeça para baixo nos destroços de um helicóptero em algum lugar nas montanhas de Suíça pesa contra mim. Veremos.

Alfred não responde quando digo seu nome, mas sinto, por uma veia em sua testa, que seu pulso é estável. Parece desmaiado. Não creio que os que estavam na cabana abaixo de nós tiveram a mesma sorte. O que nos derrubou foi apenas consequência da explosão de um míssil direcionado para a cabana. E como aquela pequena construção era nossa única pista para encontrar informações sobre a misteriosa Ordem de São Dumas, a organização secreta que rastreamos desde Gotham, e se estávamos "quentes", agora estamos gelados como o ar que entra pela rachadura nas janelas do helicóptero.

De repente, Alfred acorda e pergunta quanto tempo durou sua soneca. Resgatamos botas de neve do compartimento de carga e vamos em direção ao local onde ficava a cabana. Alfred já está tremendo sob a parca e por isso lhe entrego a minha. Eu estou usando meu uniforme de trabalho por baixo das roupas. O modelo isolado com fibras plásticas e filamentos a bateria que aquecem. Vou ficar bem aquecido e, quando o chão treme sob nossos pés, entendo que precisarei usar os trajes adequados.

Diante de nós, um aerodeslizador sobe em meio a uma nuvem de vapor e fumaça. Ele joga a capa com o vento e desequilibra Alfred. É um veículo extremamente avançado. Está à frente de qualquer coisa que os rapazes da Whynetech já criaram. Logicamente terei que descobrir algumas coisas com seus tripulantes. Mas quando salto no imenso pontão do veículo e entro na cabine, o homem que me aguarda veste uma espécie de armadura medieval e não parece interessado em responder perguntas. Para falar a verdade, nem mesmo em conversar.

Eu desvio de seu primeiro soco, mas percebo força ali, além de anos de treinamento. O segundo golpe me joga para a lateral, e o terceiro me derruba ainda mais. A neve mais rasa está na altura dos joelhos, tenho dificuldade para me movimentar, especialmente porque não sei de onde virá o próximo ataque. Este cavaleiro é bom, mas não incrível.

Quando ele pega a espada em suas costas, as coisas ficam sérias. A espada imediatamente fica em chamas, mas posso ver por sua linguagem corporal que ele confia demais naquilo. Eu solto minha capa e me concentro em tirar o brinquedo dele.

Ele se move como eu previ, e a capa pega a espada com facilidade. Um golpe de judô faixa branca o joga no chão e lança a espada mais longe ainda. Estou em vantagem e, quem está no aerodeslizador não gostou muito disto, pois ele me jogou a cerca de cinco metros de distância, o que deu a seu amigo tempo o bastante para subir a bordo.

Eles somem em alguns segundos, e preciso de todos os meus esforços para ficar de pé novamente. Pelo menos isto.

Inicialmente com o uniforme de seu pai, inclusive a espada flamejante, Azrael mais tarde adotou um uniforme a seu gosto, com adagas retráteis nas luvas. Claro, quando eu lhe dei abrigo e comecei a treiná-lo com Robin, ele ganhou um uniforme preto e azul feito por Tim e que visava encorajar técnicas não letais.

FUGA!
Internos do Arkham escapam de maneira ousada

POR DOUG APARO

ILHA ARKHAM — Foi uma cena de caos total. No que parecia ser um ataque meticulosamente planejado e organizado, centenas de internos das instalações de segurança máxima do Asilo Arkham para Criminosos Insanos foram libertados quando aliados externos não identificados demoliram várias das paredes da instituição recentemente reformada.

De acordo com funcionários do Arkham, aproximadamente às 17h30 de ontem, uma explosão estremeceu o prédio, vinda da Ala dos Pacientes Violentos. A polícia declarou que o impacto pode ter sido causado por uma bomba à base de nitrogênio, mas quem armou a bomba e causou a fuga ainda é desconhecido pelas autoridades. Assim como o modo pelo qual a bomba foi entregue.

"A explosão inicial libertou apenas alguns pacientes", declarou o diretor do asilo, Dr. Jeremiah Arkham, que quase não escapou com vida. "Mas, infelizmente, um dos internos era o Coringa." De acordo com Arkham, e pelo que a polícia soube pelas câmeras de segurança, o assassino em massa conhecido apenas como Coringa aproveitou a oportunidade para libertar vários de seus colegas internos, e matou pelo menos três guardas. Enquanto isso, o caos do lado de fora do asilo só aumentava, quando os invasores usaram bazucas para continuar o ataque no lado externo da instituição.

"O ataque ao Arkham foi planejado", disse o Comissário de Polícia James Gordon. "Não foi uma tentativa de fuga aleatória. A execução foi precisa e intencional. Temos todas as razões para acreditar que os culpados pelo recente assalto ao 43º Setor de Armas também são responsáveis por este ataque."

"Depois que a parede externa foi aberta pela bazuca, eles começaram a trazer os caixotes do Setor de Armas", declarou a recém-contratada psiquiatra Dra. Bridget Fitzpatrick. "De onde nos escondemos, na sala de descanso dos funcionários, dava para ver os caixotes no jardim, e os rifles e metralhadoras que brotavam deles. Foi assustador, parecia cena de filme. Em seguida, os pacientes saíram aos montes dos buracos na parede, pegavam as armas e atiravam para todos os lados. Tudo o que pudemos fazer foi nos abraçar e esperar por ajuda."

O Dr. Arkham declarou: "Como todo mundo, eu não tinha o que fazer. O Coringa veio ao meu escritório e segurou uma escopeta contra minha cabeça. Eu tinha certeza de que morreria, apesar de todas as horas que passamos juntos na terapia. Porém, o Coringa estava mais interessado em escapar e simplesmente (CONTINUA NA PÁGINA 2A)

Um policial registrou esta imagem do Coringa fugindo da cena.

LISTA DOS FUGITIVOS MAIS IMPORTANTES

Amídala	Chapeleiro Louco
Máscara Negra	Maxie Zeus
Homem-Calendário	Zsasz
Cavaleiro	Hera Venenosa
Cornelius Stirk	Charada
Doutor Destino	Espantalho
Cinemaníaco	Tweedledee
Vaga-Lume	Tweedledum
Coringa	Duas-Caras
Crocodilo	Ventríloquo

Bane

    Mantenha os olhos abertos, Bruce. Fique acordado. Levante-se. Isso. Aja como homem. Fique acordado.

    Ele me arremessa na escadaria. Pelo relógio do meu avô e de volta à caverna. As escadas de pedra me atingem mais e mais, não há o que eu possa fazer. Estou fraco demais até para rolar. Exausto, eu apenas caio.

    Tudo escurece, mas luto para ficar acordado. A caverna é apenas um borrão. Não vejo nada claramente. Mas ouço Bane atrás de mim. Passos pesados. Altos. Casuais. Ele está se divertindo.

    A fadiga me domina. Há dias, já. Eu deveria ter dado ouvidos ao conselho da Dra. Kinsolving. Shondra. Eu deveria ter tomado os sedativos e obrigado meu corpo a relaxar. Mas Bane chegou a Gotham.

    Desmaio novamente, mas estou de joelhos. Quase de pé. Levante-se, Bruce. Bane põe o pé em meu ombro. Ele me força contra o chão. Um chute forte. Preciso. Esperava algo mais grosseiro. Eu... não sei nada sobre meu adversário.

    Eu me levanto. Ele me dá todo o tempo do mundo. E aí me joga no chão novamente. Não passo de uma mosca fantasiada. Fique de pé, Bruce.

    Não sei por que ele começou isto. A explosão no Arkham. Todos aqueles... assassinos soltos nas ruas. Eu não tinha como descansar como Shondra pediu. Não suportaria o Chapeleiro, o Ventríloquo, o Zsasz, o Coringa, o Jason, o Espantalho. Não, estou errado. Jason não estava lá. Estava? Não. Jason está morto.

    Tento ir até o console do computador. Digitando a esmo. Bane está parado atrás de mim. Pense, Bruce. Não... não...

    Eu enfrentei a turma de Bane. Seus maiores parceiros. Trogg. Zumbi. Pássaro. Acabei com eles. Mas quando voltei para casa. Quando subi as escadas da casa do meu pai.... Bane. Na casa do meu pai...

    Meus pés formigam. Isto significa que me levantei. Ótimo. Bom soldado, Bruce. Ótimo... mas caindo. Vidro quebrando em minhas costas. A proteção dos troféus. Fecho os olhos. Não sinto nada.

    Eu acordo com a máscara do Robin em minha mão. Jason. Onde ele... Não. Me desculpe, Jason. Eu sinto muito. Mas agora acabou para mim também.

    Eu apago e de repente há um buraco do meu lado. Não sei o que houve. Não importa. Bane me pegou. Ele ordena que eu implore perdão. Eu considero. Meu Deus, eu considero mesmo implorar a ele. Mas eu digo a ele que vá para o inferno.

    Ele me levanta no ar. Não vou morrer me lamentando, vou? Tudo pisca, vai escurecendo até que tudo fica vermelho quando ele me joga contra seu joelho. A dor em minhas costas. Eu não lembro como... não. Não adianta.

    Estou quebrado. Bane confirma. Ele... está certo. Eu lamento, Jason. Me perdoe, pai. Você não gostaria que eu... você...

    Eu... eu fui derrotado.

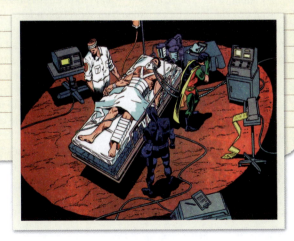

235

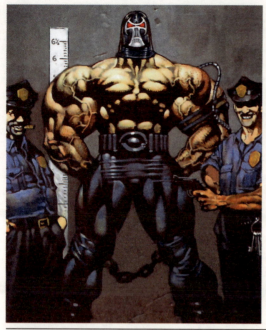

NOME DO ARQUIVO	NOME
BANE	DESCONHECIDO
ALTURA	PESO
2,03 m	160 kg (190 com Veneno)
OLHOS	CABELOS
CASTANHOS	CASTANHOS
CODINOMES CONHECIDOS	BASE DE OPERAÇÕES
NENHUM	GOTHAM

PROFISSÃO
CRIMINOSO PROFISSIONAL

CONEXÕES CONHECIDAS
PÁSSARO, TROGG, ZUMBI, MULHER-GATO, CAÇA-RATOS, ELMO GALVAN, KGBESTA, RA'S AL GHUL, TALIA AL GHUL, ESCÂNDALO SAVAGE, pai REI COBRA

AFILIAÇÕES
SEXTETO SECRETO, A SOCIEDADE, ESQUADRÃO SUICIDA

ARQUIVOS ASSOCIADOS
A Vingança de Bane, A Queda do Morcego, A Redenção, Bane e o Demônio, Legado, Terra de Ninguém, Tábula Rasa, Veritas Liberat, Sexteto Secreto

ANOTAÇÕES

Quando conheci o homem que atende por Bane, ele estava simplesmente escondido nas sombras e me vendo trabalhar. Quando finalmente falou comigo, foi para expressar sua surpresa pelo fato de que eu realmente não mato. Ele não entendia como uma "criatura envolta em pesadelo" poderia instilar tanto medo numa cidade sem nunca ter tirado uma vida. Perguntei quem ele era, e o que me disse é que um dia eu saberia seu nome. Naquele dia, eu imploraria por perdão. Mas ele estava apenas meio certo.

Filho do criminoso Rei Cobra, o garoto que um dia se tornaria o Bane nasceu na ilha de Santa Prisca, dentro de uma das mais corruptas prisões, Pena Duro. Devido ao sistema judiciário quase medieval daquele país, que perdura até hoje, o garoto foi condenado à mesma prisão perpétua do pai. De acordo com a lei, o garoto passaria toda sua vida dentro de Pena Duro.

O garoto tinha apenas seis anos quando a mãe morreu, ao desistir do último respingo de esperança que mantinha apenas por seu filho. Sem um guardião que lhe garantisse a segurança, o garoto foi jogado numa cela comum, apenas com seu urso de pelúcia Osoito para lhe fazer companhia. Mas o coração do garoto já estava endurecido, e ele logo matou um de seus companheiros de cela.

Foi naquele dia que Bane ganhou seu nome. Colocado na solitária, uma cela dominada por parasitas e inundada toda noite pela maré alta, Bane aprendeu a lutar por sua vida e se tornou um homem. Mas quando foi levado novamente para o convívio com os demais prisioneiros, ele tinha se tornado muito mais do que imaginava. Para os prisioneiros de Pena Duro, ele era uma lenda e conquistou seu lugar no alto da hierarquia local, e treinou corpo e mente para serem o mais próximos da perfeição humana. Logo ele reuniu um bando bem variado, com o especialista em eletrônica Trogg, o químico conhecido como Zumbi e o exilado de Gotham, Pássaro. Foi Pássaro que capturou a imaginação de Bane, enchendo sua cabeça de histórias sobre Gotham e seu "líder", o Batman. Aquilo fascinou Bane, que se tornou obcecado pela ideia de me derrotar e dominar aquele local exótico num país estrangeiro.

Enquanto isso, Bane acabou ficando forte demais para o gosto do Diretor da Prisão. Depois de matar seu 30º colega de cela, Bane foi escolhido para ser cobaia à força de uma série de cirurgias na prisão, e foi inoculado com um hiperesteroide chamado Veneno. Seu corpo suportou os tratamentos, e com o aprimoramento artificial, ele se tornou mais poderoso que nunca. Então, decidiu que era hora de deixar Santa Prisca. Depois de fingir sua própria morte, ele escapou da prisão onde nasceu, para depois voltar e resgatar seus amigos e causar a morte do diretor.

Com a ajuda de seus amigos, Bane veio para Gotham com um bom estoque de Veneno, e começou uma campanha para garantir minha derrota. Como eu estava fora de combate, ele acabou sendo vencido pelo meu substituto mais violento, Jean Paul Valley. Preso na Penitenciária Blackgate, Bane aproveitou para se livrar do vício em Veneno e treinar seu corpo à perfeição. Mais tarde ele escapou, dizendo que não tinha mais nenhum motivo para enfrentar o Batman.

Apesar disso, eu e Bane nos enfrentamos várias vezes ao longo dos anos. Em certo ponto, ele se aliou a Ra's al Ghul para tentar se tornar herdeiro do terrorista. Mas quando eu o venci em nossa revanche, Ra's rompeu de vez com o bandido.

Por anos, Bane esteve à deriva na vida, em busca de seu passado e de um propósito, até que seu caminho cruzou o de Escândalo Savage e os demais mercenários do Sexteto Secreto. Logo se juntou a eles, (CONTINUA)

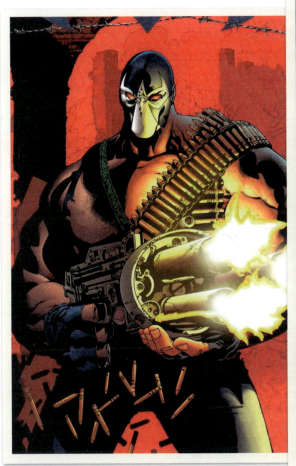

NOME DO ARQUIVO	NOME REAL
AZRAEL	JEAN PAUL VALLEY
ALTURA	PESO
1,88 m	95 kg
OLHOS	CABELOS
AZUIS	LOUROS
CODINOMES CONHECIDOS	BASE DE OPERAÇÕES
BATMAN	GOTHAM

PROFISSÃO
"ANJO" VINGADOR

CONEXÕES CONHECIDAS
ALFRED PENNYWORTH, BRIAN BRYAN, IRMÃ LILHY, NOMOZ, TIM DRAKE, DICK GRAYSON, ORÁCULO, DRA. LESLIE THOMPKINS, BATGIRL IV

AFILIAÇÕES
ORDEM DE SÃO DUMAS

ARQUIVOS ASSOCIADOS
A Espada de Azrael, A Queda do Morcego, A Cruzada, O Começo do Fim, Anjo Caído, Terra de Ninguém, Ciclo Completo

ANOTAÇÕES

Jean Paul Valley nunca teve uma chance. Uma noite ele foi para a cama como um típico estudante de ciências da computação da Universidade de Gotham e, na manhã seguinte, ele viria a suceder seu pai como assassino da Ordem de São Dumas. Como descobriu quando seu pai apareceu na porta de sua casa, mortalmente ferido e trajando roupas medievais, Jean Paul vinha sendo preparado para isto a vida inteira. Desde seu nascimento, seu pai usava exercícios de condicionamento e hipnose para treinar seu corpo e mente para os desígnios mortais de Azrael, o anjo vingador de Dumas. Além do mais, Jean Paul foi tirado de sua mãe ainda em seu ventre, e seu DNA misturado ao de vários animais para que se tornasse algo além de humano. Gostasse ele ou não, Jean Paul já estava em vias de ser um dos maiores assassinos conhecidos pelo homem civilizado.

Obedecendo aos desejos finais de seu pai, ele voou até uma pequena pista de pouso na Suíça e encontrou um devoto seguidor da Ordem chamado Nomoz. Em uma cabana no meio do nada, Nomoz desbloqueou o treinamento subliminar de Jean Paul ao lhe mostrar o símbolo de São Dumas. De repente "O Sistema" dominou as habilidades motoras dele e lhe deu reflexos aprimorados, força aumentada e poder de cura, além da memória muscular de um dos maiores lutadores do planeta. Em um instante, Jean Paul Valley tinha se tornado Azrael.

Foi quando nos conhecemos. Na verdade não nos demos muito bem de início, e da segunda vez ele já estava com outra versão de seu uniforme de Azrael. Equipado com adagas flamejantes retráteis Bundi ocultas em suas manoplas, além de sua armadura, tão sofisticada quanto, Azrael partiu em busca do homem que planejou a morte de seu pai, Carleton LeHah. Pelo caminho, ele salvou minha vida, uma dívida que me sinto obrigado a retribuir. Por isso, em vez de deixar Jean Paul cair na vida que Nomoz preparou para ele, eu o convidei para perto de mim, dei a ele um uniforme e pedi que Robin mostrasse as cordas a ele. Robin inclusive pediu a ele que me substituísse em noites de fadiga extrema, para que eu pudesse ter uma folga.

Eu sabia que deveria recorrer a Dick Grayson quando Bane me quebrou, mas na época eu não achei que tinha o direito de interromper a vida de Dick e o que fiz foi promover Azrael a um cargo para o qual ele não estava minimamente preparado. Em seguida ele já era o Batman.

Mas a programação do "Sistema" era mais forte do que imaginávamos e eu fui obrigado a tirar o uniforme de meu suposto protegido. Perdido e sem direção, Azrael perambulou pelas ruas de Gotham, paranoico com seus erros. Mas ele não era o único a estar arrependido. Era minha culpa, também. Fui ao encontro dele e conversamos. Ele tinha um passado a ser descoberto e, se seguiria um novo caminho, ele precisava refazê-lo. Eu lhe entreguei seu velho traje de São Dumas e disse a ele para partir.

Levou um tempo, mas Azrael logo se encontrou. Ele fez aliados ao longo do caminho, como o ex-psiquiatra que se tornou um sem-teto, Brian Bryan, e a antiga devota da Ordem, a misteriosa Irmã Lilhy. Juntos eles derrubaram a principal e mais corrupta facção da ordem de São Dumas, e Azrael pôde descobrir os mistérios de seu passado. Um novo homem, Jean Paul voltou a Gotham para se tornar um de meus aliados mais fiéis, uma posição que ele manteve até ser morto num conflito violento contra Nicholas Scratch e Carleton LeHah. Foi uma morte para a qual eu não estava preparado e, na época, sequer considerava possível. Não pude deixar de ver como outra falha, um lembrete gritante da arrogância em deixar que outros lutem a minha guerra particular. Talvez a vida de Jean Paul fosse (CONTINUA)

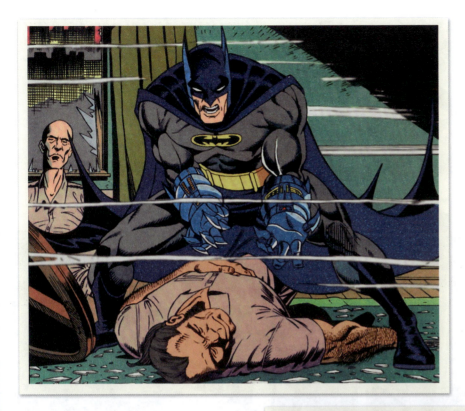

Assim que Bane estilhaçou minha coluna, ficou evidente que Gotham precisava de um Batman. Para controlar os rumores da morte do Batman, pedi que Robin entregasse o manto do morcego para Jean Paul Valley.

Mas Jean Paul estava diferente de antes. Excessivamente violento e sem remorsos. O treinamento em seu subconsciente chamado "O Sistema" começava a se infiltrar em suas ações. Ele logo desenharia seu par de manoplas que serviriam melhor ao seu estilo de Batman.

Apesar de minhas instruções claras, Jean Paul quase imediatamente foi atrás de Bane. Usando "O Sistema" para desenhar e construir um uniforme de Batman todo blindado, Paul enfrentou Bane na Praça de Gotham, onde eu falhei. Mas ele quebrou Bane.

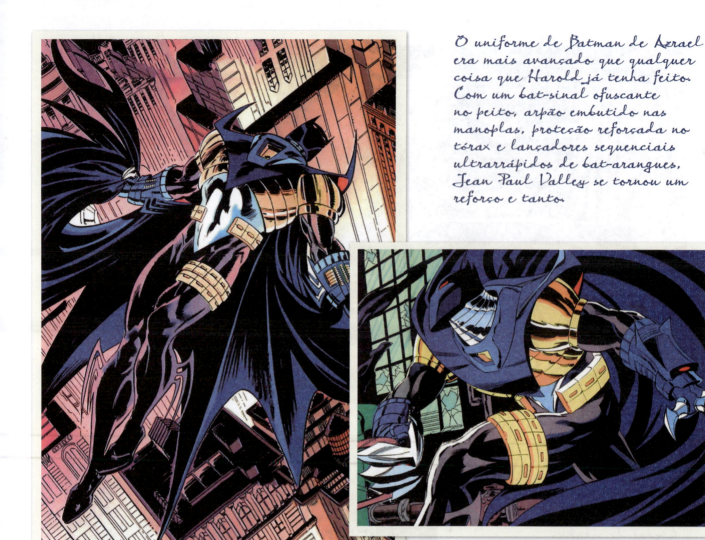

O uniforme de Batman de Azrael era mais avançado que qualquer coisa que Harold já tenha feito. Com um bat-sinal ofuscante no peito, arpão embutido nas manoplas, proteção reforçada no tórax e lançadores sequenciais ultrarrápidos de bat-arangues, Jean Paul Valley se tornou um reforço e tanto.

Quanto mais tempo Azrael passava com a roupa do Batman, mais "O Sistema" dominava sua mente. Ele passou a agir cada vez com mais violência e fez ajustes ao traje de acordo com seu humor.

Uma de suas alterações mais significantes foi redesenhar a capa com uma série de placas blindadas, além de aumentar a velocidade de lançamento das manoplas para que disparassem dez shurikens por segundo. Uma arma perigosa, considerando o reservatório com dois mil deles no cinto.

PÁSSARO VERMELHO

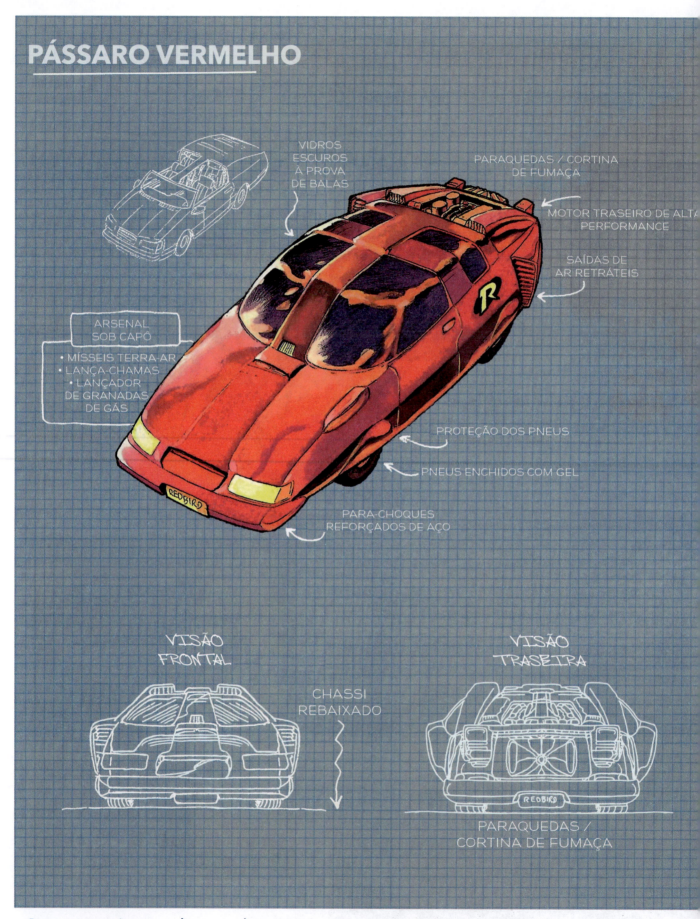

- VIDROS ESCUROS À PROVA DE BALAS
- PARAQUEDAS / CORTINA DE FUMAÇA
- MOTOR TRASEIRO DE ALTA PERFORMANCE
- SAÍDAS DE AR RETRÁTEIS
- ARSENAL SOB CAPÔ
  - MÍSSEIS TERRA-AR
  - LANÇA-CHAMAS
  - LANÇADOR DE GRANADAS DE GÁS
- PROTEÇÃO DOS PNEUS
- PNEUS ENCHIDOS COM GEL
- PARA-CHOQUES REFORÇADOS DE AÇO

VISÃO FRONTAL

CHASSI REBAIXADO

VISÃO TRASEIRA

PARAQUEDAS / CORTINA DE FUMAÇA

Em seu período como Batman, Azrael fechou a entrada particular subterrânea para o Robin chegar à batcaverna, deixando claro para o garoto que ele não era bem-vindo. Por sorte, Robin estava acostumado a se virar, um esforço que ficou mais fácil com o Pássaro Vermelho.

Criado por Harold Allnut, o batfoguete subterrâneo deu a Azrael um modo mais eficiente de se deslocar. Capaz de atingir velocidades acima de 400 km/h, o foguete utilizava trilhos abandonados sob a batcaverna que se conectavam ao sistema de metrô da cidade.

Embora o foguete fosse equipado com tecnologia que localizava todos os trens em uso na cidade, numa emergência, ele poderia mudar instantaneamente de direção usando um motor a jato poderoso.

O Talião original, um assassino com dezenas de mortes no currículo, se não forem centenas. Quando ele foi para cima do Batman, Azrael virou o jogo e quase o matou.

Quando Azrael ficou mais violento, não foi apenas a minha equipe que percebeu. Gordon ficou revoltado com as ações extremas de Jean Paul.

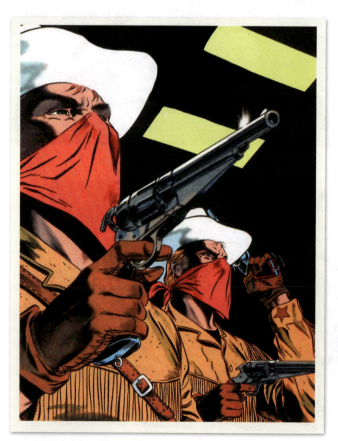

Inspirados por uma dupla de heróis do Velho Oeste, Tad e Tom Trigger cometeram uma série de crimes de faroeste até que Azrael os pegou. Anos depois, eles encontraram um fim adequado, com uma chuva de balas.

Conforme "O Sistema" foi tomando conta de Jean Paul Valley, ele começou a ter sérias alucinações, acreditando que falava com São Dumas em pessoa, morto há séculos, e também com seu pai. E, embora Azrael tenha removido a maior parte das câmeras da batcaverna, ele não conseguiu desativar os sistemas de gravação de áudio. Esta é a transcrição de uma destas gravações.

JEAN PAUL VALLEY: P-Pai? É... é você?

JPV: Eu não entendo. Você não está infeliz com minhas... atuações como Batman... eu...

JPV: São Dumas! Me perdoe, achei que fosse o que queria. Não foi uma fraqueza. O homem... já está morto, mesmo. Matadouro. Caiu morto.

JPV: Pai, não... Não é (inaudível). Eu não o matei. Ele estava pendurado lá, sobre o tonel. Mas eu não pude decidir. Não o salvei como você me pediu. Eu não podia... simplesmente matá-lo como São Dumas queria. Então eu... eu deixei ele cair.

JPV: Não sou como você! Não sou assassino.

JPV: Não! (grita) NÃO!

JPV: Não é apenas "O Sistema." Não é...

JPV: Sinto muito. Eu não queria.... Não posso decepcionar (inaudível) mais. Eu vi você morrer, e....

JPV: Não.

JPV: Não, apenas... apenas me diga o que fazer, certo? Eu farei. Decida e me avise.

JPV: Não consigo fazer isso sozinho.

JPV: Por favor, apenas me diga o que fazer.

Enquanto Azrael pervertia o nome do Batman em Gotham, eu estava ocupado viajando o mundo em busca da Dra. Shondra Kinsolving. Ela tinha sido sequestrada por um homem chamado Benedict Asp. Com uma pequena ajuda, eu salvei a vida de Shondra, mas não antes que Asp tomasse sua mente.

Foi assim que eu perdi mais uma mulher importante em minha vida.

Eu segui Asp, mas também aproveitei para treinar. Tentando voltar à velha forma. Alfred e Tim fizeram o trabalho de verdade em Gotham, quando me deram Decadron, um remédio específico para lesões medulares. Cabia a mim juntar as peças que faltavam.

Depois de semanas de trabalho duro e reaprendizado das técnicas com a ajuda de Lady Shiva, eu logo fui submetido a um teste definitivo. Ao colocar em mim a máscara de Tengu, o espírito do morcego, Shiva me colocou diante dos lutadores mais perigosos que Gotham tinha a oferecer.

E, embora eu discordasse de seus métodos, no fim eu estava pronto para retomar meu manto e minha cidade.

Hora de derrubar o Batman

Levo alguns minutos para derrubar os tijolos.

Jean Paul / Azrael fechou as entradas que eu conhecia para a caverna, incluindo a escadaria principal atrás do relógio do meu avô. Ele não precisava da vida de Bruce Wayne. Na verdade, de vida nenhuma. Tudo o que lhe interessava era ser o Batman, e graças aos anos de programação violenta e lavagem cerebral, ele levou o papel longe demais e precisava ser detido. Eu peguei um dos truques que aprendi com Bane e o surpreendi na Mansão. Eu queria que Azrael percebesse que estou de volta à minha casa.

Quando ele sobe as escadarias, eu mando que tire o uniforme. Ele responde com seus minibat-arangues. Dezenas deles. E corre de volta para a caverna. Eu o sigo, mas vou por outro caminho. Um que ele não conhece.

Quando eu o encontro, ele está pronto. Confiante no traje que veste. Combinado com seu treinamento, isto lhe dá certa vantagem. Ou melhor, daria. Mas estamos na batcaverna.

Ele não me dará ouvidos, então faço com que ele me siga por um dos corredores mais estreitos da caverna. Uma volta ao meu passado. Como esperado, ele não desiste e continua vindo. Mas vai se desfazendo dos componentes do traje quando o túnel fica ainda mais estreito e ele tem dificuldades para passar. Quando chega ao final, resta um homem e seu capacete. Pronto para lutar. Para matar. Mas não é por isso que eu o trouxe aqui.

Eu empurro a placa de madeira sobre minha cabeça, permitindo a entrada da luz do dia. É o mesmo buraco de onde caí anos atrás, quando descobri este local. Ele está usando lentes de visão noturna, e essa luz o cega. Azrael tira a máscara e me vê pela primeira vez.

Vejo que as coisas estão se encaixando em sua cabeça. Ele pisca repetidas vezes e, de repente, só existe um Batman, e não é ele. A programação mental foi desativada. Eu o ajudo a sair do buraco, conversamos e deixo que ele vá. Não sei se vou me arrepender depois, mas parece ser a coisa certa a ser feita. Dar uma chance ao garoto.

Por um minuto eu fico parado no jardim, observando Jean Paul Valley se afastar do Batman.

Dick Grayson: Batman

Eu deveria ter percebido antes. Dick já é o Asa Noturna há anos e um homem independente desde então. Mas quando ele fica diante de mim, vestindo o uniforme que Alfred ajustou para ele, com o símbolo do morcego no peito, a ficha cai. O garoto cresceu.

"Eu não posso te substituir, Bruce...", Dick fala. "Mas eu estaria mentindo se dissesse que não será maneiro ficar no teu lugar." Dick sorri e coloca o capuz. Não sou mais o único a perceber.

"Um Batman que ri", diverte-se Tim. "Taí uma coisa que nunca imaginei." Dick olha para Robin, depois para mim. E pergunta se tenho certeza sobre isto.

Eu tenho. Apressei minha volta sem necessidade. Tinha que arrumar a bagunça que causei com Jean Paul, mas ainda não estou pronto para a capa. Ainda tenho coisas a fazer. Precauções que precisam ser tomadas para garantir que o que houve com Bane... Para garantir que o Batman nunca mais seja quebrado. Mas neste período, Gotham precisa do Batman, e desta vez, acredito que escolhi a pessoa certa para o trabalho.

Dei um panorama do que ele deve procurar, e parto para as sombras da caverna. Dick precisa de um tempo para absorver tudo, para se acostumar à máscara. Para sair da minha sombra.

Quando ele acha que eu já fui, vira para Robin e diz: "Você está errado sobre o Bruce."

"Como assim?", pergunta Robin.

"Ele sorri o tempo todo, mas precisa saber a hora certa de prestar atenção."

"Ah, é?"

"É sério. Olha bem quando ele arrancar os dentes de um bandido. O cara adora o que faz", conta Dick.

Agora é o Robin que sorri. Em seguida, como dois alunos de colégio ao ouvirem o sinal da última aula, os dois correm para o carro e partem para a primeira patrulha.

Batman e Robin.

Tem que dar certo.

DEPARTAMENTO DE POLÍCIA DE GOTHAM
BOLETIM DE OCORRÊNCIA #WR 9005-1
Hora de Registro:

FORMULÁRIO DE DECLARAÇÃO DE TESTEMUNHA

Nome: *Amy Chance*
Endereço: *Rua Jimenez, 1.194 apto. D*
Data: *23/12*

Referência a: *Incidente com o "Duas-Caras" no tribunal.*
Número do caso: *011513*

Narrativa:

Primeiramente eu gostaria de registrar que eu acho ridículo o DPG não ter uma opção on-line para registrar os boletins de ocorrência. É um imenso desperdício do tempo e do dinheiro do contribuinte usar esta coisa antiquada de papel.

Como devem ou não saber pelo meu depoimento anterior, meu nome é Amy Chance e trabalho no departamento de registros eletrônicos no subsolo do Tribunal de Gotham. Ontem, o criminoso conhecido como "Duas-Caras" invadiu meu departamento com uma motosserra nas mãos e escoltado por dois brutamontes armados. Depois ele destruiu milhares de dólares em equipamentos caros, em uma tentativa tosca de levar o caos ao sistema judiciário da cidade.

Atrasados demais para salvar nossos valorosos computadores, a dupla de "combatentes do crime" que ninguém chamou, que atendem pelos nomes de Batman e Robin, perseguiram o "Duas-Caras" pelo prédio. Aí é que eu consegui terminar minhas coisas, ou o que sobrou delas, levando em consideração que ele destruiu o mainframe. Vai levar horas e horas de trabalho pra reinserir os dados no sistema, que foi atualizado há uns meses. Um problema que a gente poderia ter evitado se o "ilustre" prefeito Krol permitisse que meu departamento adquirisse os HDs externos para fazer cópias de segurança.

Eu queria então deixar claro meu descontentamento com o mandato do prefeito Armand Krol. Podem ter certeza de que não votarei nele na próxima eleição.

Assinatura da Vítima: *Amy Chance*
Assinatura do policial: *Renee Montoya*

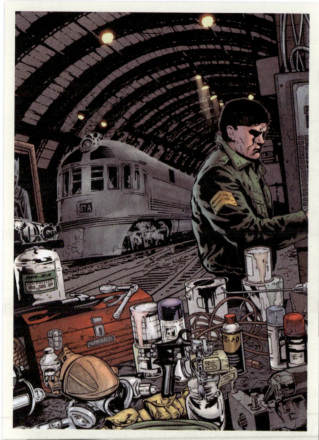

Enquanto Dick trabalhava como Batman interino, eu estava ocupado montando bunkers por toda Gotham, que serviriam como batcavernas-satélite, com equipamento médico e armas, sistemas de computador, laboratórios de perícia, comida para emergência e até um modesto quarto.

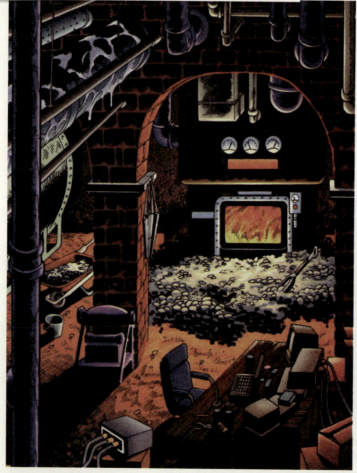

A batcaverna noroeste.

Com um veículo reserva, esta caverna específica fica embaixo do Asilo Arkham.

A batcaverna central fica quinze metros abaixo do Reservatório do Parque Robinson e é acessível por uma entrada secreta na base de uma das Doze Estátuas de César no parque.

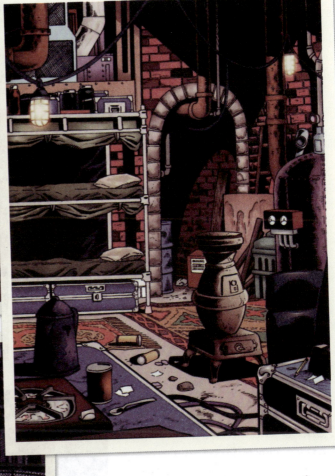

A batcaverna sul foi construída em uma caldeira de um estaleiro desativado do lado oposto à Ilha Paris.

A batcaverna leste fica numa refinaria abandonada que pertence às Empresas Wayne.

NOVO DESENHO DO BAT-TRAJE

Quando finalmente voltei à ativa como Batman em tempo integral, decidi fazer algumas alterações no traje para melhorar sua eficiência. Embora eu tenha brincado com a ideia de vestir uma peça única de Kevlar sob a capa, com lâminas na perna e tudo, eu acabei achando-as muito incômodas e não tão eficientes como as que uso no antebraço.

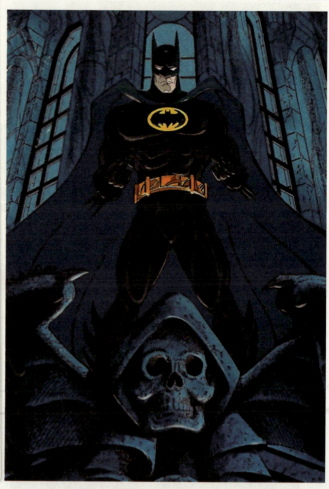

No fim, decidi por uma versão aperfeiçoada do meu uniforme anterior, escurecendo o cinza do corpo e o azul da capa para me ajudar a sumir nas sombras de Gotham. Também decidi voltar a usar luvas e botas para amortecimento de choque e proteção contra radiação.

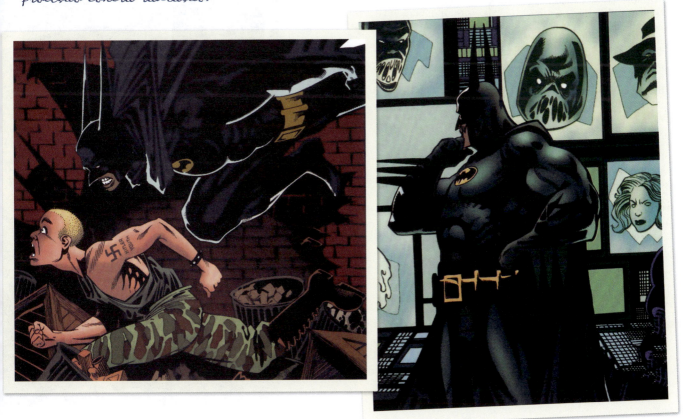

GOTHAM GLOBE **opinião**

A queda da Babilônia

Por Alexander Knox

"Eles o chamam de 'O Esmagador'. Seu nome técnico é Ebola Golfo-A, um vírus que ataca os músculos do corpo, de contaminação através do ar. No início, o corpo apresenta sinais como os da gripe. Em seguida os olhos começam a sangrar. Os músculos então definham e se contorcem, causando deformações extremas. Por fim, os ossos não suportam a tensão e se rompem. É uma doença horrível e mortal com um período de incubação de 48 horas. E graças às ações irresponsáveis dos ricos, ele está à solta em Gotham.

Daniel Maris sabia que o "Esmagador" vinha para Gotham. Ele não disse como sabia, mas que tinha conhecimento. Então ele decidiu dar o primeiro passo e informou seus ricos inquilinos das sofisticadas Torres Babilônia de Gotham sobre o perigo iminente da "Praga do Apocalipse". Ele pensou que, ao lado de seus amigos, estaria a salvo dentro da fortaleza de marfim climatizada e com água filtrada, mas o que ele não sabia é que ele mesmo era um vetor do "Esmagador". Ao colocar as Torres Babilônia em isolamento, Daniel Maris colocou todos os seus amigos numa armadilha mortal à prova de fuga. Como uma versão moderna da "Máscara da Morte Rubra", de Poe, ninguém sairia vivo.

Mas, como você sabe, a praga não acabou aqui. Maris teve contato com várias pessoas a caminho de Gotham, que estavam circulando, em contato com a população geral e espalhando o vírus mortal para o homem comum. Com a ajuda da vergonhosa falta de liderança do Prefeito Krol e do Comissário de Polícia Howe, os bons cidadãos de Gotham se tornaram outra coisa. Eles se tornaram uma multidão furiosa.

E nós sabemos do que uma multidão furiosa é capaz, não? Eles atacam o que

> "É uma doença horrível e mortal com um período de incubação de 48 horas."

os assusta e o queimam até que suma. Com a maior parte da grande mídia reportando a quarentena autoimposta das Torres Babilônia como a fonte do contágio, Gotham se voltou contra seus "primeiros cidadãos" e foram até as Torres com suas tochas e forçados em riste. A multidão daria um jeito de ver as Torres queimarem.

Mas isto foi ontem. Hoje há uma cura. Um homem de capa chamado "Azrael" apareceu diante do Centro Médico de Gotham com um punhado de papéis que significavam a diferença entre a extinção e um novo sopro de vida. E os cidadãos de Gotham celebraram e dançaram pelas ruas, com seus forçados largados na calçada.

Haverá quem diga para você se divertir com esta "vitória", mas eu não sou este tipo de pessoa. A maior parte da cidade pode estar contente e enxergar o copo meio cheio, considerar uma bênção e voltar para suas casas. Eu estou aqui para contar os mortos, oferecer meu respeito e prestar atenção em quais são as pessoas de Gotham que decidiram carregar suas tochas e forçados de volta para casa.

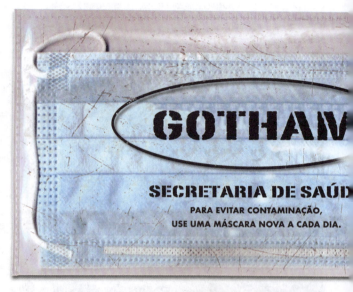

Quando o prefeito Armand Krol morreu por uma nova mutação do vírus "Esmagador", as esperanças de milhares de moradores de Gotham se foram com ele. A antitoxina que Azrael descobriu não era permanente, e a ameaça desta "Praga do Apocalipse" era novamente real.

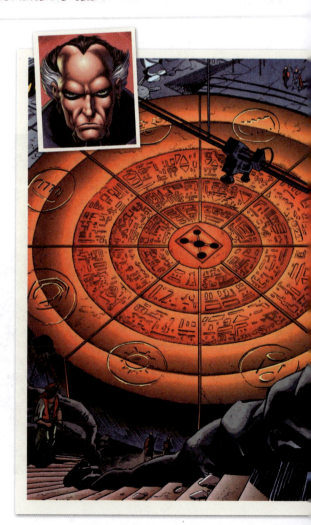

Tim foi uma das pessoas contaminadas pelo "Esmagador" no contágio inicial. Por isso era adequado que eu trouxesse o garoto e o Asa Noturna comigo para o Sudão quando eu rastreei a origem do vírus até um antigo mecanismo chamado O Círculo das Pragas e seu dono era o líder rival da Ordem de São Dumas, Ra's al Ghul.

Enquanto o Asa Noturna e a Caçadora combatiam Ra's e Talia, Robin e Oráculo se concentravam em invadir os computadores de Ra's e, usando uma imagem computadorizada do Círculo das Pragas, encontraram uma verdadeira cura para o "Esmagador."

Salvamos Gotham aquela noite. Pelo menos, por um tempo maior.

Ao desistir do seu sonho de me ver como seu sucessor, Ra's escolheu Bane para ser o novo esposo de Talia. Enquanto eu me ocupava acertando as contas com o homem que me quebrou, o resto de minha equipe fazia o serviço pesado de verdade.

Blüdhaven

"Seu apartamento é... interessante."

"O quê, você não está impressionado pela região barra pesada da cidade?", diz ele, sarcástico, olhando pela janela do passageiro. "Cara, a gente está há oito horas sem um esfaqueamento. Nada mau pro meu novo pedaço."

"Tem certeza de que é isto o que quer?", pergunto já sabendo a resposta. Dick não é de tomar decisões por impulso. Ele já passou dessa fase da vida há tempos. Se ele decidiu ficar em Blüdhaven, é porque já pensou bastante sobre o assunto.

"Eu não sei o que eu quero, mas é algo que vale a pena ser feito", ele diz, se ajeitando no banco. As luzes da viatura passam atrás dele, pela janela escurecida do batmóvel. "Blüdhaven está o quê, a uns 45 minutos ao sul de Gotham pela via expressa? É perto, mas poderia ser em outro país. Estou falando, isso aqui é como o Velho Oeste. Polícia bandida, políticos corruptos, ruas imundas..."

"Hmmm", respondo. O sorriso é puro reflexo. Não entendo a tempo.

"O quê?", pergunta ele.

"Parece familiar."

"Ah, é?", diz ele.

"Dick... eu..." Eu nunca fui bom com este tipo de coisa. Nunca. "O que você está fazendo aqui... É um trabalho e tanto. Uma cidade como esta, com tudo contra você. Vai ser duro. Mas se você for firme... vai... daqui a dez anos, você vai olhar em volta e ver as mudanças. Mudanças de verdade."

Ele não diz nada. Apenas olha pelo vidro quando paro perto da ponte.

"Este será um grande dia", digo.

Ele sorri e abre a porta do carro. "Valeu pela ajuda com o Arrasa-Quarteirão", agradece ele. "E pela carona."

Dick desce do carro, se ajeita, dispara o arpão no ar e em seguida é puxado pelo cabo. Ele sobe com o mesmo entusiasmo e agilidade daquela primeira noite que saímos em patrulha e ele usava aqueles sapatos de duende ridículos e a capa amarela brilhante.

Por um segundo, eu o invejo. O garoto está no melhor momento da vida.

Fotos do Asa Noturna ao longo dos anos capturadas principalmente pela rede de câmeras e satélites de segurança da Oráculo. Por alguma razão, ela tem mais imagens do Asa Noturna do que qualquer outro membro da equipe...

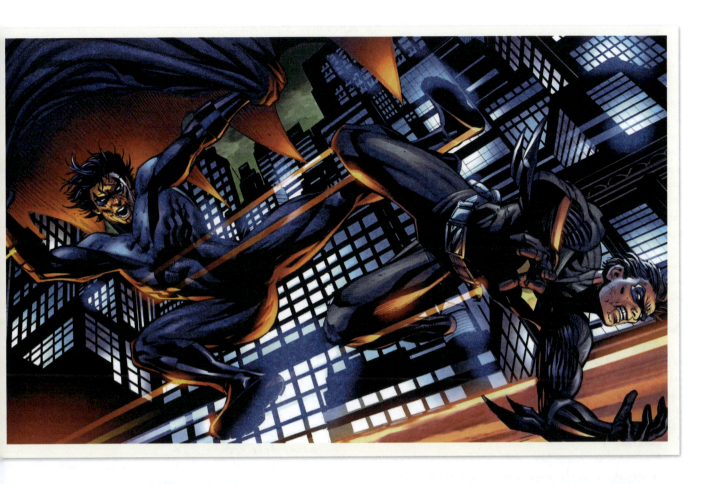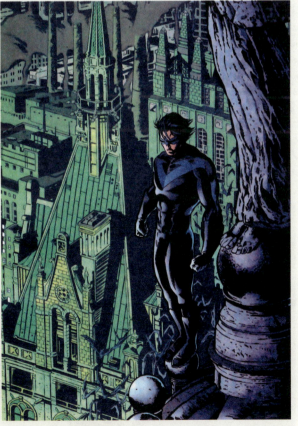

As Aves de Rapina

A Oráculo mudou sua frequência. Deve ter percebido que eu estava interceptando suas escutas há um tempo. Desde a festa no Club Rouge e a tentativa de incursão dela com a Canário Negro. Esta nova ideia dela, de ajudar a Canário a tomar um rumo na vida sendo agente regular, está funcionando. Já tem alguns rumores sobre as "Aves de Rapina" nos lugares favoritos de "Fósforos" Malone. O submundo odeia o que a Oráculo está fazendo, o que é sempre um bom sinal.

Para ser sincero, eu achei que Barbara fosse me cortar bem antes. Por isso, ficar sem ouvir suas conversas não seria um problema em condições normais. Mas ajudaria bastante esta noite, quando vi a Canário descer por uma claraboia na filial de Gotham da Eletrônicos Kord.

O computador no cinto me diz que o alarme silencioso foi disparado. Um descuido nada comum para a Oráculo, então tem alguém no prédio. E a Canário veio à caça. Vou atrás dela e entro. Sigo os sons pelo corredor. Metal contra metal, raspando e batendo. Não parece um delicado trabalho eletrônico.

Eu viro no corredor, mas fico nas sombras. Primeiro observo. Não quero me apressar. Diante de mim, perto de uma oficina repleta de tecnologia que só um especialista poderia identificar, está a Canário Negro chutando o rosto do bandido chamado Engrenagem. O chute é um pouco desleixado. Eu espero um pouco mais de controle quando se trata de Dinah. Espero que ela não tenha subestimado Finch.

Quando vejo a Canário sob as garras metálicas do Engrenagem, há uma voz em minha cabeça que me diz para lutar. Nathan Finch é problema meu. Eu deveria cuidar dele. Anos atrás, ele estava fugindo de mim sobre o lago congelado e, quando o gelo debaixo dele se quebrou, eu tinha que escol salvar a menina inocente ou seu sequestrador. Eu optei pela garota, e agora Finch se tornou algo muito pior. Com a ajuda de partes biônica e próteses avançadas, ele se tornou uma arma ambulante. Dinah não devia enfrentá-lo sozinho

Ponho a mão no cinto. Começo com um bat-arangue explosivo. O Engrenagem parece confia bastante em seus braços biônicos. Ele os transfor em dois canivetes suíços de alta tecnologia. El usa mais o direito, então é o que atacarei prime Mas preciso que a Canário se afaste um pouco.

"Deixa com a gente, Batman", diz uma voz e meu ouvido. Não respondo para não dar minha localização ao Finch. Enquanto isso, a Canário joga o Engrenagem pela janela. Usou uma técni mais apurada desta vez. Ótimo. Ela mergulha atrás dele e eu a sigo.

"Batman! Deixa com a gente!", repete Orácul pelo comunicador do capuz.

Quatro andares abaixo da minha janela, o Engrenagem arremessa Canário em um telhado mais baixo. Saco o bat-arangue. Está na mira. Compensar o vento a esta altitude não é...

"Bruce", Oráculo diz. "Quero fazer meu trab Você não precisa estar aqui."

A Canário está de pé. O Engrenagem avança sobre ela, suas garras afiadas cortam o violentamente. Ponho o bat-arangue de volta no cinto.

A Oráculo está certa. Demonstre confiança vez na vida, Bruce.

Mas eu fico e observo pela janela. Para gara

NOME DO ARQUIVO	NOME REAL
CANÁRIO NEGRO II	DINAH LAUREL LANCE
ALTURA	PESO
1,65 m	52 kg
OLHOS	CABELOS
VERDES-AZULADOS	LOIROS, ANTERIORMENTE PRETOS
CODINOMES CONHECIDOS	BASE DE OPERAÇÕES
SIU JERK JAI	GOTHAM
PROFISSÃO	HEROÍNA

CONEXÕES CONHECIDAS ORÁCULO, CAÇADORA, filha adotiva SIN, ex-marido ARQUEIRO VERDE, LADY FALCÃO NEGRO, ARSENAL, LIAN HARPER (falecida), RAY II, mãe CANÁRIO NEGRO (falecida), pai LARRY LANCE (falecido), PANTERA, ex-marido CRAIG WINDROW, LADY SHIVA, DR. MEIA-NOITE III, CONNOR HAWKE, RICARDITA

AFILIAÇÕES AVES DE RAPINA, LIGA DA JUSTIÇA DA AMÉRICA, SOCIEDADE DA JUSTIÇA DA AMÉRICA, A REDE

ARQUIVOS ASSOCIADOS LJA: Ano Um, Os Caçadores, Novas Asas, Cultuando Heróis, Em Nome do Pai, Aves de Rapina, Vivendo em Pecado, Arqueiro Verde/Canário Negro, O Fim da Linha

ANOTAÇÕES

Eu fico surpreso com o número de pessoas do meu ramo de atividade que foram inspiradas a fazer o que fazemos simplesmente porque dariam sequência aos "negócios da família". Dinah Laurel Lance é uma delas e, embora eu não entenda o que exatamente a torna tão dedicada a combater o crime, tenho que admitir que sua carreira é absolutamente legítima. Em poucos anos, Dinah amadureceu de adolescente rebelde a uma das mais perigosas lutadoras do planeta. Quando você inclui seu "Grito da Canário" metagenético e os anos de experiência, ela entra como uma das mais influentes e eficientes agentes que eu já conheci. Não é à toa que, com tantos heróis povoando nosso mundo, a Oráculo viu algo especial em Dinah e logo a recrutou para uma posição de destaque nas "Aves de Rapina".

Dinah começou sua carreira para provocar a mãe, uma reação natural para uma filha única cansada de ser reprimida por pais autoritários. A mãe de Dinah era a famosa Dinah Drake Lance, que, como a Canário Negro original, fez parte dos Aventureiros Misteriosos nos anos 1940 e da histórica Sociedade da Justiça da América. Ela proibiu Dinah de seguir sua perigosa carreira, uma opinião diferente da que seu marido, um detetive particular e ex-policial, tinha. Larry Lance parecia ter grande orgulho do fato de sua filha querer transformar o mundo em um lugar melhor, especialmente quando queria agir como o pai. Já adulta, Dinah costumava ir com o pai em suas missões, o que deu à jovem um gostinho da vida que queria levar. Não demorou para Dinah vestir o velho uniforme da mãe, com a peruca loira para cobrir os cabelos pretos e tudo, e partir para a ação como a nova Canário Negro.

Uma das primeiras integrantes da Liga da Justiça da América, Dinah deixou sua marca de maneira rápida e eficiente. Os anos de treinamento com seus pais e com os membros sobreviventes da SJA, incluindo o herói boxeador Ted Grant (ver Pantera), deram a ela um preparo sem igual em situações de combate, especialmente as que envolvem meta-humanos. Seu grito sônico capaz de estilhaçar pedras é apenas a cereja do bolo. Foi um orgulho trabalhar ao seu lado, já que eu... sabia de suas habilidades bem antes de Dinah adotar a identidade da mãe.

Para o bem ou para o mal, a Canário logo conheceu e se apaixonou por Oliver Queen, também conhecido como o justiceiro politizado e ostentador Arqueiro Verde. Como Dinah, Oliver é um aliado de confiança, mas isto não faz dele o melhor candidato para os sentimentos de Dinah. Um caso verdadeiro de opostos que se atraem, Dinah e Ollie têm um romance cheio de altos e baixos desde os primeiros dias da Liga, chegaram a se casar, mas depois se divorciaram.

Com liderança e espírito de equipe, Dinah operou em várias formações da Liga antes de ir para a SJA, quando o grupo se reuniu há alguns anos. Mas nenhuma equipe foi tão adequada para a Canário Negro do que as Aves de Rapina. A versão experimental da equipe da Oráculo, em que ela trabalhou ao lado da Poderosa, fracassou totalmente, mas as "Aves" evoluíram com a chegada de Dinah. Ela se tornou a agente mais importante da Oráculo, executando com os punhos o que Barbara não conseguia com o teclado. A Oráculo precisava de uma agente que pudesse guiar, e Dinah precisava de direcionamento. Foi uma parceria perfeita desde o início, um relacionamento que perdura até hoje.

Ao longo dos anos, o comprometimento de Dinah à nossa causa foi testado várias vezes. Seu "Grito da Canário" foi violentamente arrancado dela, e recuperado anos depois após uma prova de fogo mental. Mas ela (CONTINUA)

A TORRE DO RELÓGIO DA ORÁCULO

PRÉDIO CONSTRUÍDO POR WAYNE TEM ESTRUTURA REFORÇADA CAPAZ DE SUPORTAR UM TERREMOTO DE 8.5 NA ESCALA RICHTER OU EVENTO SEMELHANTE

ANDAR SUPERIOR SERVE COMO CENTRO DE INFORMAÇÕES DO ESCRITÓRIO

EQUIPAMENTO EXTERIOR DE VIGILÂNCIA E SEGURANÇA AVANÇADO OCULTO EM DETALHES ESCULTURAIS

FACHADA INTERIOR DO RELÓGIO

SEIS SUPERCOMPUTADORES DE YALE SEQUENCIADOS POR INTERFACE CONECTADA À VOZ DA ORÁCULO

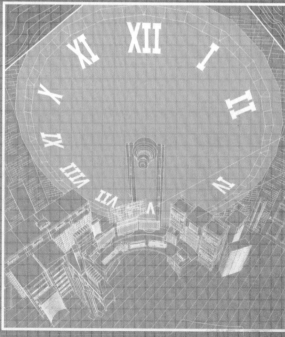

MAINFRAME DE ÚLTIMA GERAÇÃO GERA PAINEL DE CONTROLE HOLOGRÁFICO SALA ANEXA DE TREINAMENTO COM PROJEÇÃO DE REALIDADE VIRTUAL

Depois que a Torre do Relógio foi destruída no evento chamado "Jogos de Guerra", a Oráculo deslocou as Aves de Rapina várias vezes antes de voltarem a Gotham. Sua base atual fica em local seguro na Torre Kord. Para o público, a torre é apenas uma atração turística de Gotham, com restaurante italiano de luxo, mirante, cafeteria e loja de presentes. Porém, escondida no terceiro andar, está a nova base de operações da Oráculo.

COBERTURA COMPLETA DO TERREMOTO

PLANETA DIÁRIO

★★★★ EDIÇÃO ESPECIAL ★★★★   TERÇA-FEIRA, OUTUBRO 5, 19★★★★

EDIÇÃO EXTRA ESPECIAL

CATÁSTROFE EM GOTHAM

POR LOIS LANE

Por uma questão de preferência, eu não gosto de falar de Gotham. Sou uma garota de Metrópolis de coração e por mais que eu tenha feito mais que a minha parte vindo até aqui à custa do *Planeta Diário*, dou meu melhor quando estou em casa. Mas estou digitando num hotel relativamente seguro e lotado, a cerca de 20 km ao sul de Gotham. Jogar "fora de casa" não é o que me incomoda. É o fato de que isto é o mais perto da cidade que podemos nos aproximar. A única vista do horizonte da cidade é uma nuvem negra de fumaça visível do meu quarto no 12º andar.

A terrível verdade é que Gotham está em ruínas. Precisamente às 19h03 de ontem, a cidade foi devastada por um poderoso terremoto que atingiu 7,65 na escala Richter. O epicentro do tremor foi a 16 km do centro da cidade, na região do condado de Bristol. Atualmente, Gotham está sofrendo com grandes áreas sem energia, centenas de incêndios por causa de rupturas na tubulação de gás e serviços telefônicos bastante limitados. Estes são os fatos conhecidos, mas apenas pequenas peças em um quebra-cabeça assustador.

Gotham é uma metrópole construída sobre uma base de rochas e xisto. De acordo com especialistas, esta condição aparentemente estável pode amplificar ondas sísmicas e piorar a destruição que vem com o movimento das placas tectônicas. Para piorar, Gotham quase não tem equipamentos para lidar com atividade sísmica de qualquer natureza. Assim como outras grandes cidades, incluindo Nova York, Gotham há tempos parou de se preocupar com uma falha sob sua superfície. Como resultado, quase nenhum prédio em seu território tem um abrigo antiterremotos.

Como exceção à regra, estão as propriedades de Bruce Wayne, e de suas Empresas Wayne. Ele foi publicamente ridicularizado por não poupar gastos quando se tratava de manter a estabilidade estrutural de suas companhias, e todas as suas instalações suportam um terremoto de até 8,5 na Escala Richter. Porém, descobri recentemente que, numa destas ironias do destino, a casa onde Bruce Wayne mora era o único dos prédios sem os tais reforços, por conta de preservação de itens históricos e de sua privacidade. De acordo com nossas informações, a Mansão Wayne fica a cerca de 1 km do epicentro do terremoto.

Enquanto escrevo, minha mesa está cheia de relatos confirmados ou não. Segundo testemunhas, há uma enorme destruição no centro da cidade e no bairro Neville. A Ponte Westward aparentemente caiu, isolando toda a região de Tricorner. A Via Expressa 61 foi destruída onde ela cruza o viaduto central. Houve desmoronamentos nos túneis do metrô das linhas A e D, mas outras também devem estar avariadas. Outros relatos dão conta de que a vibração transformou o solo em um processo conhecido como liquefação. Quatro dos arranha-céus mais altos da cidade, incluindo o Davenport Center, desabaram, deixando centenas de mortos e vários outros feridos. A Penitenciária Blackgate foi inundada, matando e libertando centenas de prisioneiros perigosos.

Não há nenhum contato oficial com a prefeita Marion Grange, e o estado do Departamento de Polícia é de total ruína.

Mais uma vez, não estou na minha melhor condição, em uma mesa de hotel minúscula, com péssima conexão à internet e o barulho dos outros repórteres passando no corredor. Para ajudar, as paredes são finas. Quando eu voltar para a minha cidade, com suas ruas limpas e céu azul, será fácil esquecer de qualquer tragédia que eu tenha de encarar pelo trabalho. Mas aqui, nos arredores de uma cidade tão destruída na qual sequer posso colocar os pés, não tem ruas limpas, nem céu azul, muito menos Superman. Neste momento, Gotham precisa desesperadamente dos três.

WAYNE NÃO CONSEGUE AJUDA FEDERAL PARA GOTHAM

Por Alex Gale

WASHINGTON D.C. — Se a vida em Gotham fosse uma franquia de filmes, o título deste seria "Sr. Wayne vai a Washington", e, para ser franco, seria um fracasso de bilheteria.

Ontem, o bilionário industrial e celebridade de Gotham Bruce Wayne traiu o personagem do playboy ao defender sua cidade diante do Congresso e do mundo. Apesar da natureza poética do bem-executado discurso de Wayne, suas palavras pareciam não ter o peso necessário para mudar a opinião dos poderes no Capitólio.

Feito de maneira eloquente como raramente vemos o Sr. Wayne, seu discurso apaixonado citou as "sete milhões de almas" cujas vidas "dependem da decisão" do Senado e seu comitê de finanças. Embora beirando o melodramático, o recado de Wayne era direto. Ele repetidamente citava as qualidades positivas de sua cidade natal, e também sua natureza "infeliz" e comparou Gotham a uma bigorna que fortalece ou quebra quem a encontra.

Entretanto, a bem preparada fala de Wayne tentou continuamente dar à condição atual de Gotham um ar otimista, focando a batalhadora comunidade industrial e a capacidade da população de se recuperar da pior tragédia.

Gotham é uma cidade difícil para qualquer um vender, imagine um homem com uma reputação longe do impecável. Muitas autoridades em Washington acreditam que o discurso de Wayne foi uma peça de propaganda muito bem elaborada, com a única finalidade de assegurar o futuro das muitas propriedades das Empresas Wayne.

"Foi tão emocionante quanto um cartão de boas festas", disse o senador Joshua Gold, de Ohio. "A coisa toda foi feita para brincar com a nostalgia das pessoas por uma grande cidade que já era. Poderia ter funcionado, se Gotham fosse mesmo aquilo. Mesmo em seu auge, a cidade nunca passou de uma latrina de violência e insanidade. Como alguém vive lá é algo incompreensível."

Contudo, como várias decisões tomadas em Washington, o fator principal contra a preservação de Gotham é financeiro. Depois de viver uma praga de proporções quase bíblicas com "O Esmagador", a cidade foi quase imediatamente assolada por um terremoto de 7,6 pontos que deixou a cidade já cambaleante em estado de destruição quase total. O projeto apresentado para dar ajuda a Gotham, de autoria do senador Esterbrook Halivan, custaria à nação bilhões de dólares pelos próximos vinte anos.

"É um valor absurdo", disse a conhecida senadora de direita e ex-apresentadora de rádio Lindsay Smith. "E a que preço? Para ressuscitar a versão moderna de Sodoma e Gomorra? Estes desastres naturais ocorreram por uma razão e por desígios superiores. Gotham é um parasita para nosso belo país e deveria ser eliminada, apesar do que a mídia esquerdista de elite quer que vocês acreditem."

A mais forte oposição a Wayne vem do fenômeno popular Nicholas Scrath. Ex--astrônomo, apresentador de *talk show* e roqueiro, Scratch recentemente passou a dar sua opinião na área política e se tornou uma fonte de citações no debate sobre o futuro de Gotham. Veementemente contra a reabilitação da cidade, as palavras de Scratch influenciaram milhões de americanos, ainda mais aqueles que Scratch chama de "Senhor e Senhora Povão".

A especialista em política Anna Palkie declarou: "Quando você pesa os custos, o número de incêndios em Gotham, a influência de Scratch, a morte da prefeita Marion Grange, o futuro de Gotham se torna bastante óbvio. É uma batalha perdida que temos (CONTINUA NA PÁGINA 14)

Postado em 12 de janeiro, 22h21

Minha Terra de Ninguém

Por Alexander Knox

Este é o último editorial que escrevo de meu escritório em Gotham. Ou melhor, o último do que restou de meu escritório. Ou de minha cidade.

Gotham fez minha carreira. Seu crime e corrupção atraíram um "Homem-Morcego" e o Batman acabou atraindo leitores para o que eu escrevo. Minhas matérias, eu admito, muito críticas, acabaram se tornando editoriais ainda mais críticos, e depois de negociar um livro que deve estar esquecido nas mentes da maioria dos cidadãos de Gotham, eu pude sair do meu quarto e sala na Zona Leste para um modesto apartamento de dois quartos no Tricorner. Eu tenho até um jardim ou um caixote de concreto de dois por dois que chamo assim. Para ser mais preciso, acho que na verdade eu *tinha* um jardim.

Quando aconteceu o terremoto, o caixote de concreto partiu em três pedaços, acabou com minha churrasqueira a gás e a mesa do pátio de uma vez só. Minhas prateleiras de livros caíram em cima do aquário, tirando a vida de Arthur e Mera, meus peixes-palhaço, além de doze exemplares de primeira edição de Raymond Chandlers. Apenas dois pratos sobreviveram em minha cozinha (ambos de plástico), e minhas manchetes favoritas saltaram de suas molduras e caíram rasgadas e amassadas em meu assoalho cheio de rachaduras.

Ah, treze pessoas do meu prédio morreram, incluindo o síndico, meu melhor amigo e parceiro de pôquer, Trevor Peterson. Ele tinha só 38 anos.

Achei que poderia continuar, e era isto que eu faria. Mas ontem, quando recebi o terceiro aviso de emergência na caixinha do correio, decidi ceder, fazer as malas e aceitar a oferta da cidade de Opal que está na minha mesa há meses.

Então, se esta cidade, com seu horizonte maravilhoso e cidadãos engajados tem sido tão boa para mim ao longo dos anos, por que estou indo embora? Uma única razão. Amanhã o *Gotham Globe* parará de publicar. Não ter um jornal onde escrever é um incentivo e tanto. Mas a principal razão? O presidente mandou.

Como o resto de meus colegas cidadãos, eu recebi 48 horas para evacuar a cidade através de um decreto do Presidente dos Estados Unidos. Gotham foi declarada "Terra de Ninguém", uma zona de desastre que o governo decidiu colocar em quarentena para "conter e isolar elementos sociais negativos que a tornam inabitável." Eu tenho exatamente sete horas e quarenta e dois minutos para me juntar aos milhões de pessoas que deixam a cidade a pé, de bicicleta ou esmagados em um carro com todos os seus pertences, antes que as pontes sejam implodidas e eu me torne um preso em uma ilha-prisão, cercada de água e arame farpado, isolada para sempre do resto do mundo.

Não tem erro, estou indo embora. Não sou corajoso ou louco o bastante para viver nas condições subterceiro--mundistas que serão o destino de Gotham. Sem energia, sem água nem aquecimento, e se os rumores forem reais, com toda a população do Arkham à solta pelas ruas entre os necessitados e teimosos. Não, eu estou terminando esta postagem para nossa versão on-line. Se você é um de nossos leitores regulares, saiba que a prensa foi destruída como efeito colateral do terremoto. Agora estou enchendo uma mala com minhas coisas favoritas e vou andando rumo à Ponte Vincefinkel.

Esta coisa que restou onde antes ficava Gotham não me basta. Mas eu desejo boa sorte e sentirei falta de ouvir suas histórias e de provocá-la e de brincar com seus sentimentos. Assim que eu cruzar a ponte, agradecerei e me despedirei.

Mas nunca mais escreverei sobre ela. Nunca mais.

Blog do *Gotham Globe*

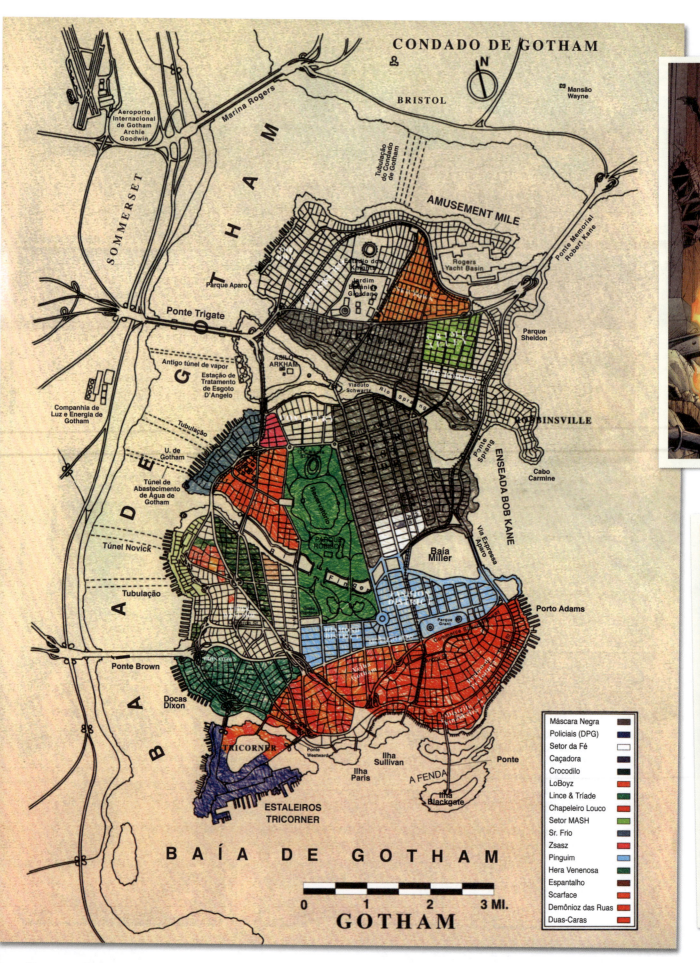

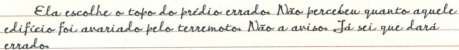

Terra de Ninguém

Ela escolhe o topo do prédio errado. Não percebeu quanto aquele edifício foi avariado pelo terremoto. Não a aviso. Já sei que dará errado.

A nova Batgirl gira no ar quando o piso cede debaixo dela. Ela se segura e consegue subir. Ainda estou deixando que ela se vire. Ela se levanta e recomeça. Faz o pivô e salta para o próximo prédio. Um passo em falso. Deveria ter coberto o rosto e escondido o cabelo no novo capuz, mas todo movimento dela me diz o que preciso saber. O fato de ela estar usando meu símbolo não significa que, mesmo por um segundo, eu acredite que a Caçadora mudou seus métodos. Eu sei que precisarei tirá-la de circulação.

Eu a sigo, mas fico do outro lado da rua. O caminho por aqui está limpo. É uma das rotas que eu achei quando redescobri a cidade. Já estou há um bom tempo em Gotham, ativando as cavernas e bunkers escondidos na cidade enquanto Dick estava em meu lugar. Eu me preparei para isto. Não exatamente para o que houve, mas para o inesperado. Para a pior das hipóteses.

Para eles, o povo de Gotham, para Jim Gordon, Oráculo, e todos os que ficaram para trás, eu estou afastado há mais de cem dias. Após as sessões no Senado, depois que Gotham foi declarada zona de desastre, eu não poderia voltar. Pode ter sido uma falha, ou algo completamente diferente, mas eu desisti de tudo por um tempo. Tentei ser Bruce Wayne em tempo integral. Tempo integral e em outro lugar. Dois erros.

Por isso tomei o rumo de Gotham. Passei a Guarda Nacional, o rio minado e as pontes demolidas. Preciso aprender as novas regras da cidade. Mapear os territórios. Descobrir quais quadrilhas dominam quais áreas, onde o DPG se meteu, e onde os outros, Coringa, Pinguim, Duas-Caras, onde os loucos já estavam dominando. Aprendi a como me deslocar na cidade, e como usá-la a meu favor. Para que o Batman faça seu trabalho, ele precisa aparentar ter total controle da situação. Ou não funciona. Não pode haver um traço de fraqueza. O Batman precisa voltar a ter um significado.

Ouço o barulho de um spray no beco abaixo de mim. A nova Batgirl está usando seus truques contra eles. Marcando seu território como as quadrilhas fazem nesta "Terra de Ninguém". O contorno de um morcego em amarelo bem brilhante.

É uma boa ideia marcar presença deste jeito. Criará mais medo. Funcionará até eu aparecer novamente. Como um pôster e um trailer de filme, mostra que tem algo vindo por aí.

Terei que tirar esta menina das ruas logo, logo. A nova Batgirl. Ela é meio irresponsável e não demorará a passar do ponto novamente, mas dessa vez fará em meu nome. Esta é uma Gotham ainda indefinida. Agora eu percebi, e não poderei mais agir como antes.

Por isso a Batgirl está livre para agir hoje, e eu tenho um soldado por mais um tempo.

Até a noite em que ela não estará mais livre e eu não a terei.

ASILO ARKHAM
para Criminosos Insanos

Desde 1921   Capacidade 500   *"Até a mente mais doentia pode ser curada."*

PERFIL PSICOLÓGICO DO PACIENTE

DATA: 17 abr
PSIQUIATRA RESPONSÁVEL: Dr. Jeremiah Arkham
CODINOME: Arlequina
NOME COMPLETO: Quinzel (SOBRENOME) Harleen (PRIMEIRO NOME) (NOME DO MEIO)
ALTURA: 1,70 m   **PESO:** 52 kg
CABELOS: LOUROS   **OLHOS:** AZUIS

AVALIAÇÃO:

Eu devo admitir que o curioso caso da Dra. Harleen Quinzel é um tanto doloroso para mim. Quando conheci a jovem doutora, eu tinha tanta esperança nela. Meus colegas diziam que ela estava fazendo estágio no Asilo Arkham a fim de reunir detalhes tórridos para um livro sobre tudo o que acontecia dentro de nossos muros, mas eu dei a ela o benefício da dúvida. Talvez a beleza dela tenha me influenciado. Talvez tenha sido meu trágico defeito de sempre ver o bem na humanidade. De qualquer forma, eu estava mesmo errado sobre as verdadeiras intenções da Dra. Harleen Quinzel.

Minha insensatez logo ficou aparente quando a Dra. Quinzel usou seus talentos femininos para obter uma entrevista com o Coringa. Mais do que uma tentativa de tratar a mente atormentada e perversa do Coringa, a Dra. Quinzel se apaixonou loucamente pelo seu paciente, e acreditou em todas as quase que certamente fictícias histórias sobre suas tragédias do passado. Não demorou para que ela começasse a ajudar o Coringa em suas várias fugas, convencida de que seu "pudinzinho" precisava de um tempo nas ruas para que sua terapia fizesse efeito. Quando soube dos favorecimentos passionais, percebi que a doutora estava tão doente quanto o interno. Harleen se tornou perigosamente obsessiva pelo Coringa, por isso fiz questão que revogassem sua licença de psiquiatra e que depois ela tivesse sua cela individual em nossa instituição.

Após os eventos do abominável terremoto de Gotham e os subsequentes motim e fuga em massa do meu asilo, Harleen partiu para a "Terra de Ninguém" que a cidade havia se tornado, se apossou de um uniforme e do nome Arlequina. Ela foi em busca do Coringa e, depois de ajudá-lo a se dar bem em uma disputa com Oswald Cobblepot, finalmente ficou com o objeto de toda a sua afeição, passando a ser sua amante.

Entretanto, a Arlequina logo percebeu as verdadeiras intenções do Coringa quando ele tentou matá-la depois de cansar de sua companhia. Solta e sem rumo no caos de Gotham, ela fez amizade com Pamela Isley, que usou seu controle sobre as plantas para amplificar a força e agilidade naturais da garota, além de dar à sua nova amiga imunidade contra a maioria dos venenos e toxinas. Apesar de xingar o "Sr. C.", como a Arlequina o chama, sua obsessão reacendeu, e ela se uniu novamente com seu abusivo

NOME DO ARQUIVO	NOME REAL
MORCEGO NEGRA	CASSANDRA CAIN
ALTURA	ALTURA
1,65 m	50 kg
OLHOS	CABELOS
VERDES	PRETOS
CODINOMES CONHECIDOS	BASE DE OPERAÇÕES
BATGIRL IV, KASUMI	HONG KONG

PROFISSÃO	HEROÍNA

CONEXÕES CONHECIDAS
ORÁCULO, ROBIN VERMELHO, ALFRED PENNYWORTH, pai DAVID CAIN, mãe LADY SHIVA, BATGIRL V, CONNOR HAWKE

AFILIAÇÕES
CORPORAÇÃO BATMAN, LIGA DA JUSTIÇA ELITE, TITÃS DA COSTA LESTE, A REDE

ARQUIVOS ASSOCIADOS
A Marca de Cain, Bruce Wayne: Assassino, Bruce Wayne: Fugitivo, Amor Brutal, Jogos de Guerra, A Filha da Destruição, Sangue Derramado, Redemption Road, The Hit List, Nyktomorph

ANOTAÇÕES

O termo "pai violento" não é o bastante para descrever o assassino David Cain. Um dos homens mais amorais com quem já treinei, antes de me tornar o Batman, Cain é um exímio matador, caçador e lutador. Mas, de todas as vidas que já arruinou com a profissão que escolheu, nenhuma foi mais afetada que a de sua filha, Cassandra.

Por toda sua vida, Cain queria um herdeiro. Depois de tentativas frustradas de treinar seu sucessor, ele decidiu exigir um favor devido pela lutadora Lady Shiva, e a usou para gerar um aluno de sua própria linhagem. Filha de lutadores e gerada para ser uma, tudo o que Cassandra precisava era de uma vida de treinamento.

E foi exatamente o Cain deu a ela. Optou por não ensinar Cassandra a falar, mas a se comunicar por linguagem corporal. Através de intenso treinamento em artes marciais e armas, o método doentio de Cain funcionou e sua filha se tornou, para todos os efeitos, uma arma viva, capaz de prever todos os movimentos de seu oponente. Mas, quando foi colocar esta arma em uso, Cain perdeu a filha para sempre.

Ela era apenas uma garotinha de oito anos, quando dilacerou a garganta de um homem. Ela matou por seu pai pela primeira vez, e apesar da vida que levou, de todos os anos de sua retórica e lavagem cerebral, Cassie sabia que tinha feito algo errado. Por isso ela fugiu, e como muitos dos que foram abandonados pelo mundo, ela encontrou abrigo em Gotham.

Na época em que Gotham era "Terra de Ninguém", Cassandra prosperou no ambiente desolado. Ela conheceu Barbara Gordon e começou a fazer pequenos favores para ela, como um dos muitos olhos da Oráculo na cidade destruída. Barbara viu um pouco de si na garota, e começou a guiar Cassie, ensinando palavras básicas e a ler e escrever. Mas Cassandra não conseguiria fugir de seu passado, e logo David Cain veio a Gotham.

Quando Cain tentou assassinar James Gordon, Cassie se colocou entre seu pai e o alvo. Ela salvou a vida de Gordon em duas situações, e chamou minha atenção. Com Gotham mergulhada no caos, eu precisava de toda ajuda possível. Aproveitei a oportunidade para tirar o manto da Batgirl que estava com a Caçadora, pois sabia que Helena era emotiva e indisciplinada demais para o símbolo do morcego. Mas Cassandra era a definição de disciplina e, além do mais, ela queria se redimir. Ela queria desesperadamente consertar seu passado e eu dei a ela uma oportunidade.

Ela não me decepcionou. A Batgirl foi uma soldada e tanto, com um desejo genuíno de aprender e evoluir. Parte de sua educação foi acelerada quando, durante uma patrulha noturna, ela se encontrou com um meta-humano com poderes físicos chamado Sr. Jeffers, que era capaz de instintivamente desbloquear os centros de linguagem de Cassandra, e apesar de suas habilidades de luta sofrerem um pouco com isso, Cassie pode ouvir pela primeira vez seus pensamentos. Depois de um rápido tempo de estudo, a Batgirl estava falando frases completas e finalmente pôde se comunicar com a Oráculo e suas demais aliadas.

Naturalmente curiosa sobre seu passado, Batgirl encontrou Lady Shiva muitas vezes, e quase conseguiu o impossível quando, em mais de uma ocasião, venceu Shiva lutando. Depois de passar um tempo sozinha, Cassie foi vítima das armações de Slade Wilson, conhecido como o Exterminador, quando ele a drogou e a manipulou para que ela assumisse um grupo da Liga dos Assassinos e depois se juntasse à sua versão distorcida dos Jovens Titãs, chamada Titãs da Costa Oeste.

Mas Cassie era uma lutadora de nascença, e com a ajuda de Tim Drake, conseguiu eliminar a droga de Slade de seu corpo. Com tanta coisa em sua cabeça e vários assassinatos na consciência, Cassie passou o manto para Stephanie Brown e voltou para o Oriente com o nome de Morcego Negra. (CONTINUA)

LEX LUTHOR SALVA GOTHAM

Por Devin Rucka

GOTHAM — Graças a um decreto do Presidente dos Estados Unidos às 10h30 da manhã de ontem, em um mês a cidade de Gotham será reaberta ao público.

A antiga zona de desastre será novamente ligada ao seu estado, acabando com o período de quase um ano de "Terra de Ninguém", medida tomada após vários desastres naturais e que tornaram inviável o uso da cidade para habitação, segundo o governo. Este resgate monumental, em escala mastodôntica, teve influência fundamental de Lex Luthor, o cidadão mais influente de Metrópolis.

"'Terra de Ninguém' é uma vergonha, uma traição aos valores fundamentais de nosso país", declarou Luthor em um discurso feito na Terra de Ninguém que ficou famoso. No que foi uma ação oficialmente ilegal, Luthor enviou seus homens ao Parque Grant para que começassem um projeto de contratação e construção em massa, usando centenas dos necessitados de Gotham para participarem da reconstrução da outrora orgulhosa cidade.

Enquanto Washington protocolou nada menos que quatro ordens judiciais distintas contra Luthor, chegando a congelar seus bens no exterior, o empresário filantropo não foi impedido por interdições burocráticas.

"Há uma lei mais importante em vigor aqui. Maldito seja eu se me curvar perante uma máquina política tão volúvel", declarou Luthor.

Para mostrar que o discurso de Luthor está correto, após 323 dias de exílio, Gotham voltou a fazer parte dos EUA, recebida pelo presidente em um aparente movimento para aliviar as pressões da flutuante opinião pública. Agora livre para trabalhar legalmente em conjunto com outras companhias como as Empresas Wayne e os Laboratórios STAR, Luthor e sua equipe receberam ajuda na forma de auxílios federais e do Corpo de Engenheiros do Exército.

Embora tenha a tarefa hercúlea de restaurar a infraestrutura e os serviços básicos como água e eletricidade de uma cidade com condições de vida inferiores às de muitas nações do terceiro mundo, a LexCorp confia em suas capacidades, e declara que reestabelecerá o abastecimento de água na maior parte da cidade até meados de dezembro. Um prazo que Luthor pretende cumprir, pois, de acordo com sua agenda e com o decreto do Presidente, Gotham será reaberta no dia primeiro de janeiro.

Embora tenha conseguido vencer a opinião pública e a aprovação do governo, as ações de Lex Luthor ainda são alvo de desconfiança de alguns verdadeiros cínicos.

"Você tem que se perguntar: qual o ponto de vista?", disse o ex-morador de Gotham e atualmente apresentador de *talk show* em Metrópolis, Jack Ryder. "Estamos falando de Lex Luthor. Não importa o que ele quer que você acredite, este cara é um dos mais cruéis empresários do planeta. Se ele quer salvar Gotham, pode apostar que ele quer algo em troca. E deve ser muito, mas muito mais do que um simples trato na aparência."

Apesar dos argumentos passionais de Ryder, sua opinião não representa a maioria. De acordo com a pesquisa feita *(continua na página 8)*

Lex Luthor e sua secretária, Mercy Graves. Luthor viu "Terra de Ninguém" como uma oportunidade de fazer uma chacina no mercado imobiliário, um plano que teria seu fim imposto pelas Empresas Wayne.

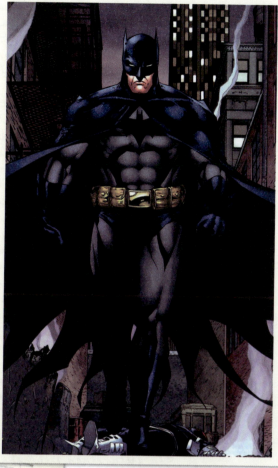

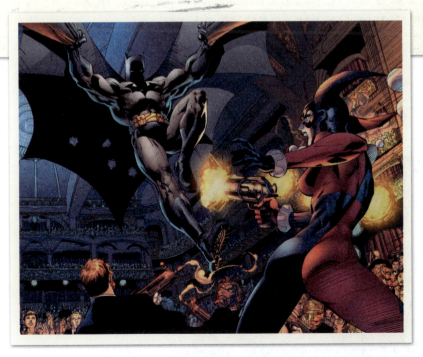

Terra de Ninguém trouxe o Batman de volta para o início. Eu fui forçado a começar do zero, como se estivesse agindo numa cidade completamente nova. Com a mentalidade voltada para este recomeço, voltei a usar o cinto com bolsos bem parecido com o que usei nos meus primeiros anos.

Quando Gotham reabriu para a população, decidi reformar todo o uniforme para refletir um novo início. O resultado ficou parecido com o original, mas um pouco mais avançado.

Sasha

Quatro meses do pior comportamento de Bruce Wayne. Quatro meses dando desculpas, fugindo assim que ela virava as costas, fazendo-a passar vergonha na frente dos funcionários. Quatro meses e Sasha Bordeaux não deu sinais de que desistiria. Ela foi contratada por Lucius Fox para ser a guarda-costas particular de Bruce Wayne, e não havia nada que Wayne pudesse fazer para ela desistir de seu compromisso. E isto estava atrapalhando o Batman.

Não tinha percebido quanto a situação estava séria até que me dei conta de que minha maleta tinha sido adulterada. O compartimento secreto no fundo foi mexido. Um pouco, mas o bastante para que eu soubesse que alguém a abriu e viu os bat-arangues e as cápsulas. Eu sabia que Sasha estava ficando desconfiada, ela é esperta demais para não ver que as coisas não se encaixavam, mas isto mudava tudo.

"Eu não farei isto", disse ela. "Eu estou usando a máscara e o Nomex, que ficou meio folgado, mas não pularei de um prédio porque você mandou."

"Quantas vezes vamos ter que falar sobre isto?", pergunto. "Você quer fazer seu trabalho, quer proteger Bruce Wayne, mas acontece que tem mais sobre o Sr. Wayne do que você imaginava. Está livre para desistir quando quiser."

"Certo. Eu sobrevivi aos seus trinta dias de treinamento no inferno e desistirei agora?", explica ela, olhando pela beirada para a rua quarenta andares abaixo de nós. Seu rosto não parece tão confiante quanto suas palavras.

"Então atire o arpão, Sasha", eu a desafio. "Prove que estou errado."

Ela tenta evitar que suas mãos tremam ao disparar o arpão no parapeito do prédio do outro lado da rua. Eu digo a ela que o cabo vai retrair automaticamente, mas não acho que ela esteja ouvindo. Ela diz que não consegue. Respira ofegantemente.

"Vai conseguir", digo. Eu não gosto de fazer o papel da mamãe pássaro, mas eu a jogo do prédio.

Ela grita, xinga e eu acho que reza um Pai-Nosso em pleno ar. Mas ela aguenta e balança no cabo até pousar no topo do prédio. Não suavemente, mas pousa.

Eu não ajudo Sasha a se levantar, pois ela não precisa. Ela sorri, efeito da adrenalina. Como uma criança descendo da montanha-russa.

Penso se ela vai gostar do passeio depois de eu mandar ela repetir umas trinta vezes. Se ela achou que lidar com Bruce Wayne era um desafio, ela vai descobrir que o Batman é ainda menos receptivo. Sei que ela não vai desistir, pois é teimosa demais, dedicada demais. Mas isto não significa que não vou dar a ela um teste e tanto.

O truque é não deixar ela perceber que eu estou me divertindo.

Departamento de Polícia de Gotham
SUPLEMENTO DE OCORRÊNCIA #10-766-40

Proibida a divulgação ao público

ARQUIVADO EM: 07/12

1. Polegar direito 2. Indicador direito 3. Médio direito 4. Anelar direito 5. Mínimo direito

CONJUNTO COMPLETO DE DIGITAIS COM O ESCRIVÃO DO CONDADO

Caso:
ASSASSINATO DE VESPER FAIRCHILD

Categoria do Crime:
HOMICÍDIO EM PRIMEIRO GRAU

Horário/Data da Denúncia:
06/12 3h58

Oficial Declarante:
TENENTE MAGGIE SAWYER

Envolvidos:
Nome — Sexo — Raça — Idade — DN — Telefone — Endereço

WAYNE, BRUCE

Infratores:
Condição — Nome — Sexo — Raça — Idade — DN — Telefone — Endereço

Veículos:

Propriedade:
Categoria — Descrição — Tipo — Modelo — No de série — Valor

Narrativa:

Em 6 de dezembro, aproximadamente às 5h01, eu, tenente Maggie Sawyer, respondi a um alerta de uma ligação para o 911 da Mansão Wayne feita às 3h58. Ao chegar à cena do crime, fui recebida pelos detetives Renée Montoya e Crispus Allen, que me inteiraram da situação. Vesper Fairchild, conhecida como "A Sereia da Noite", apresentadora de rádio e jornalista, foi encontrada morta no local. Quando duas unidades responderam ao chamado inicial de um "Assalto em andamento", encontraram o suspeito Bruce Wayne ajoelhado junto ao corpo, preparando-se para removê-lo. A guarda-costas do Sr. Wayne, Sasha Bordeaux, também estava presente, mas sem relatos claros de seu envolvimento.

Os sapatos da vítima foram encontrados no quarto de Wayne, no fim do corredor, e quatro perfurações de balas nas costas da vítima, além de três outros projéteis no chão. Nem o Sr. Wayne nem a Srta. Bordeaux deram declarações.

Ambos preferiram evitar comentários antes de conversar por telefone.

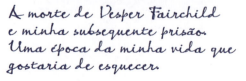

A morte de Vesper Fairchild e minha subsequente prisão. Uma época da minha vida que gostaria de esquecer.

WAYNE INOCENTADO!

O assassino de Fairchild confessa à polícia

por Ed McDaniel

GOTHAM — Uma exaustiva caçada de cinco meses pelo assassino da jornalista Vesper Fairchild finalmente terminou ontem, de acordo com a polícia.

Num caso que atraiu a atenção de todo o país, Fairchild foi encontrada morta na casa do bilionário Bruce Wayne, uma descoberta que fez a polícia deter o empresário e sua guarda-costas, Sasha Bordeaux, para interrogatório, levando às suas prisões.

Entretanto, o homem que a polícia agora tem sob custódia e está sendo formalmente acusado da morte da jornalista não é Bruce Wayne. A polícia declarou que Fairchild foi morta por um matador profissional chamado David Cain.

De acordo com fontes na Interpol, Cain é um dos mais bem pagos assassinos profissionais do mundo. Por isso, quando ele apareceu nas escadarias da Central de Polícia admitindo o crime hediondo, os oficiais logo o atenderam.

"Desta vez, temos todos os motivos para crer que Cain diz a verdade... que ele foi contratado para incriminar Bruce Wayne e que matou Vesper por este motivo", declarou o comissário Michael Akins.

Akins acrescentou que Cain tinha conhecimento e provas do crime que ninguém além do assassino poderia saber.

A polícia ainda precisa descobrir quem contratou Cain ou o porquê, mas até

David Cain

hoje, o assassino não respondeu a estas perguntas, aparentemente tentando proteger seu patrão.

Ainda sem esclarecimentos está o destino de Bruce Wayne. Em uma bizarra sequência de fatos na Penitenciária Blackgate, Bruce Wayne escapou da custódia da polícia e está escondido desde então. Acredita-se que ele buscou asilo num país estrangeiro.

"Eu ainda não fui contatado pelo Sr. Wayne", disse Rae Green, advogada dele. "O que não surpreende, considerando o tratamento que o sistema judiciário dá, além da perseguição da imprensa. Mas tenham certeza de que marcarei uma audiência com a tenente Maggie Sawyer do DPG assim que possível, para me certificar de que meu cliente não terá mais que enfrentar estes ataques pessoais e acusações difamatórias."

Como o caso continua em andamento, a cidade espera por notícias de seu outrora filho predileto, e seus cidadãos se perguntam se os danos causados à reputação de Wayne podem ser reparados.

Depois de fugir da prisão, eu encontrei David Cain e o convenci a confessar seus crimes para o DPG. Embora ele tenha mantido sua palavra, Cain se recusou a entregar o homem que o contratou, Lex Luthor. Como Bruce Wayne, feri o ego de Luthor perto do fim de "Terra de Ninguém", quando revelei que seu esquema, que levaria bilhões de dólares em imóveis de Gotham foi por água abaixo depois de seu investimento pesado na restauração da cidade.

Mas, enquanto as palavras de Cain livraram Bruce Wayne, Sasha Bordeaux já tinha sido considerada culpada como cúmplice do assassinato de Fairchild. A vida de Sasha se tornou um emaranhado burocrático e, quando ela foi contatada pelo Xeque-Mate, a rede de espionagem clandestina do governo, aceitou a oferta de uma nova vida, e gradualmente foi sendo promovida até a badalada posição de Rainha Negra.

Não creio que ela me perdoará pelo que meus segredos fizeram com ela. Ou pelo que eles fizeram com o que estava nascendo entre nós. Honestamente, não acho que ela deveria.

Silêncio

Jason. Ele está diante de mim com uma faca no pescoço do Robin. Jason Todd. Não, não é Jason. Um impostor. Tem que ser.

Pense, Bruce. Você acabou de vencer o Espantalho. Sua mente foi afetada. Isto não é...

A Mulher-Gato não parece estar raciocinando. Ela salta sem alvo, chicoteia o braço de "Jason" e faz com que ele solte Robin. Eu reajo, ataco o impostor e Tim desvia com precisão. Agora um soco no queixo do homem vestido como meu garoto. Mais forte do que deveria. Não. Não foi o bastante.

Não pode ser Jason. Jason morreu. Mas as pessoas voltam à vida o tempo todo em meu mundo. Clark voltou.

Pense, Bruce. Siga lutando, mas pense. Olhe os pés dele.

Tem alguém brincando com o Batman. Contratou o Crocodilo, a Hera Venenosa, o Coringa e, aqui no cemitério, o Espantalho. Tudo para mexer com minha cabeça. Jason, este jovem batendo em mim com o chicote com habilidade e agilidade iguais às do Asa Noturna. Pode ser apenas o efeito do gás do medo. Pense, Bruce. Preste atenção. Jason nunca lutou tão bem assim.

Ele rola com o soco.

Entretanto, havia um resíduo do poço de Lázaro no caminhão que o Charada usou. Quando fui ver o Ra's, ele disse que alguém tinha usado um dos Poços recentemente sem seu conhecimento.

O impostor leva outro soco. Você está fora, meu velho.

Velho. Sua idade. A idade de Jason não está certa.

Ele não estaria tão velho, a não ser que tivesse usado o poço anos atrás. Ele não pode ser um visitante recente de Ra's. Mas é o corpo do garoto. Não está em seu túmulo. Fico com dúvida. Provavelmente era a intenção.

Droga, alguém está brincando com a minha cabeça. Alguém que gosta de jogos.

Ele me chuta novamente. Jason não sabia essa técnica. Vem do Quênia. Eu nunca o ensinei...

Pense. O túmulo, seus sapatos. Aí está. Tem barro misturado com a lama.

Eu jogo um bat-arangue em sua coxa e arranco as luvas do garoto. O impostor não gosta muito do castigo. Ele foge para a igreja e eu o perco de vista por um segundo. Mas eu o sigo e continuamos de onde paramos. Porém agora ele não me ataca, enfraquecido pela chuva. Não tem experiência. Ele não é Jason. Eu o acerto com mais força, e logo seu rosto está todo machucado, até que derrete com a chuva. Tudo o que ganho com meus esforços é um uniforme encharcado, sujo de lama em minhas mãos.

O Cara de Barro se foi e com ele todos os truques que ele roubou imitando o Asa Noturna. Jason está morto há tempos. Eles tiveram que criar sua aparência. Baseada em alguém ainda vivo. Alguém que pudesse lutar como Jason.

Mas o corpo do meu garoto ainda não apareceu, e o homem que o desenterrou, que contratou o Cara de Barro para este jogo doentio, ainda está solto. Azar o dele.

Isto não vai acabar bem. Devo isto ao garoto.

NOME DO ARQUIVO	NOME
SILÊNCIO	DR. THOMAS ELLIOT
ALTURA	PESO
1,90 m	100 kg
OLHOS	CABELOS
AZUIS	RUIVOS
CODINOMES CONHECIDOS	BASE DE OPERAÇÕES
BRUCE WAYNE	GOTHAM

PROFISSÃO
CRIMINOSO, EX-CIRURGIÃO

CONEXÕES CONHECIDAS CHARADA, PROMETEUS II (falecido), JASON TODD, CROCODILO, HERA VENENOSA, CORINGA, ARLEQUINA, CARA DE BARRO VII (falecido), ESPANTALHO, HAROLD ALLNUT (falecido), HARVEY DENT, SKEL, DOUTOR MORTE,, CAÇADORA

AFILIAÇÕES
NENHUMA

ARQUIVOS ASSOCIADOS
Silêncio, Os Jogos que as Pessoas Jogam, A Natureza Humana, A Forma de Coisas que Estão Por Vir, Vingança, Coração do Silêncio, A Casa Do Silêncio

ANOTAÇÕES

Thomas Elliot era meu melhor amigo. Quando garotos, antes da morte dos meus pais, éramos praticamente inseparáveis. Nós nos conhecemos na escola e descobrimos que ambos éramos apaixonados por jogos de estratégia. Jogávamos com frequência em minha casa, já que Tommy não gostava de ficar na sua. Talvez se eu soubesse tudo o que sei agora, teria percebido o quanto ele era infeliz. Ou muito perturbado.

Eu e Tommy éramos tão parecidos quanto diferentes. Enquanto eu colocava meus pais em um pedestal, Tommy odiava os dele, e queria que morressem. Em uma noite chuvosa ele seguiu seus instintos e mexeu nos freios da limusine da família. Seu pai morreu no acidente, mas sua mãe sobreviveu, graças às técnicas cirúrgicas do meu próprio pai. Ele fez tudo certo, e Tommy ficou furioso. Quando minha família morreu antes que ele pudesse se vingar, viu em mim seu próximo alvo. O único filho de Thomas Wayne. O garoto que tinha tudo, inclusive a ausência dos pais. Eu.

Sua raiva cresceu ao longo dos anos. Enquanto eu viajava para meu treinamento, Tommy ficou ao lado de sua mãe e, contra sua vontade, começou a sair com uma mulher chamada Peyton Riley (ver Ventríloquo II). Ao escolher a mesma área do meu pai, se tornou um brilhante neurocirurgião, além de ser bom em outras especialidades incluindo cirurgia plástica. Finalmente, após anos lidando com sua mãe opressora, que constantemente o comparava com o fictício Bruce Wayne, Tommy a espancou e a sufocou, iniciando o percurso violento do resto de sua vida, levando consigo a herança da família.

Mas apenas depois de fazer uma visita ao Charada que as coisas se encaixaram. O Charada tinha recentemente ido a um Poço de Lázaro para tratar um tumor cerebral, e seu mergulho nas substâncias químicas deu a ele uma certa clareza de pensamento. O Charada deduziu minha identidade secreta e contou a Tommy, e juntos os dois começaram a planejar uma vingança contra o Batman.

Ao executar um complexo plano que envolvia as manipulações do Crocodilo, Caçadora, Coringa, Arlequina, Hera Venenosa e o oitavo Cara de Barro, Johnny Williams, Tommy se fantasiou e adotou o nome de Silêncio. Ele usou suas brilhantes habilidades como cirurgião para desfazer a aparência deformada do Duas-Caras e consertar as deformidades de Harold Allnut em troca da lealdade dele e de ajuda para seu bizarro esquema que visava destruir toda minha vida.

Mas no fim, corrigir a aparência Duas-Caras na verdade devolveu a Harvey Dent a parte sã de sua personalidade dividida. Harvey traiu o Silêncio, e atirou nele, forçando Elliot a escapar pelas águas turvas sob a Ponte de Gotham. Entretanto, Harvey chegou na cena muito tarde. Elliot já tinha atirado e assassinado Harold, destruindo qualquer chance de meu velho amigo voltar a ter uma vida normal e feliz.

O Silêncio voltaria várias vezes depois daquela noite, e seus planos se tornariam mais e mais perversos. Ele se aliou ao segundo homem a se chamar Prometeus, incriminou Alfred por assassinato e literalmente arrancou o coração do corpo da Mulher-Gato. Apenas devido ao avançado conhecimento médico do Dr. Meia-Noite, da Sociedade da Justiça da América, Selina pôde sobreviver ao encontro.

Mais tarde, em um esquema para me substituir como Bruce Wayne, o Silêncio usou suas fantásticas técnicas cirúrgicas para transformar seu rosto em uma réplica quase exata do meu, e por pouco não conseguiu roubar a fortuna dos Wayne durante o período em que eu estava perdido no tempo e considerado morto. Por sorte, meus aliados o impediram. Quando a perturbada assassina serial chamada Imitadora literalmente arrancou a pele de sua face, a armação de Tommy foi (CONTINUA)

Quando o pai de Tim Drake descobriu a vida dupla do filho como Robin, foi naturalmente contra a ideia de sua vocação perigosa. Mais do que acabar com o que sobrou de sua família, Tim decidiu desfazer sua parceria comigo.

Naquele período, Stephanie Brown havia se tornado uma figura recorrente em nossa vida como a justiceira fantasiada conhecida como Salteadora. Ao ver sua dedicação e seu talento natural, deixei que ela soubesse os segredos de Batman e Robin. Por isso, quando Tim se aposentou fez sentido treinar Stephanie como sua substituta.

Em retrospecto, eu fiz com Stephanie o que eu fiz com Jason. Peguei alguém despreparado para a intensidade que a vida como o Robin requer e usei para preencher de maneira egoísta um vazio em minha vida. Stephanie era leal, corajosa e esperta, mas ainda não estava pronta.

Mas, em vez de contar tudo a ela, esperei até que cometesse o mínimo erro, e a demiti.

Foi uma decisão covarde, e eu pagaria um alto preço por ela meses mais tarde.

Houve um evento cósmico que alguns chamaram de "Crise Infinita". Um superser atacou uma parede interdimensional, e uma brecha no tempo se formou. Uma brecha que trouxe Jason Todd dos mortos, seis meses depois de sua morte.

Inconsciente e sem rumo, Jason foi encontrado por Talia al Ghul. Através do Poço de Lázaro, ajudou Jason a voltar a si e depois fez com que ele ficasse ainda melhor.

Quando Jason descobriu que eu havia deixado o Coringa vivo, ele ficou furioso comigo. Ele se sentiu traído e por isso anos depois recorreu a um homem chamado Silêncio. Quando finalmente vi Jason, achei que fosse um impostor, e nós lutamos em sua tumba. Depois ele trocou de lugar com o Cara de Barro, e me deixou pensar que o garoto que conheci estava verdadeiramente morto depois de tudo.

Jason era um garoto agressivo, e isto pioraria com o tempo. Ele começou uma guerra contra os criminosos de Gotham. Mas fez as coisas de seu próprio jeito, e usou força letal várias vezes. Quando ele finalmente se anunciou para mim eu sabia que ele estava longe demais para ser salvo. Mas continuei tentando.

Agora com o nome de Capuz Vermelho, o mesmo nome usado originalmente pelo homem que o matou, Jason continua imprevisível e chegou a adotar uma parceira chamada Escarlate.

Cada vez que nos encontramos penso a mesma coisa, mesmo de volta dos mortos, Jason Todd é ainda a minha maior falha.

A segunda Batwoman.

O sol logo vai nascer. Acho que está bom por hoje. O carro está estacionado no beco perto da Robinson. Tiro um minuto e aprecio a vista do alto. Respiro o ar de Gotham. Foi um ano longo. Mas ela está de pé. Não precisa de mim tanto quanto eu gostaria.

Eu desço no beco e uso o controle remoto do cinto para destravar o carro. Vejo uma luz por trás das janelas congeladas do armazém no beco. Não achei que fosse haver alguém lá dentro a esta hora da noite.

Vejo um corpo atravessar uma das janelas e cair numa pilha de lixo perto do carro. Verifico o pulso do homem. Está vivo, mas inconsciente.

Outro corpo estilhaça a janela atrás de mim. Novamente, cai em cima do lixo, inconsciente. Volto a travar o carro pelo batcinto, pois ainda não está na hora de dirigir.

Ninguém me vê entrar pela janela, porque ninguém tem tempo de me ver. Há dois homens no centro da sala, armas em punho, que apontam e sacodem. Seu alvo é uma mulher vestida de vermelho e preto. Eu a reconheci imediatamente dos arquivos que Dick inseriu no sistema quando eu estive longe de Gotham. Ela se chama Batwoman. Nome verdadeiro, Kate Kane. Uma rica socialite que frequenta os mesmos círculos de Bruce Wayne. Parente de Kathy Kane, a Batwoman original. O parentesco com Kathy lhe dá o benefício da dúvida, por isso acredito que ela teve bons motivos para arremessar os homens pela janela.

Ela luta como um soldado. Precisa. Sem coreografias ou firulas em seus movimentos. Quase robótica. Mas nesse caso, funciona bem.

Ela usa o medo deles a seu favor, mas com violência. Para que eles não esqueçam. Suas mãos tremerão ainda mais da próxima vez que pegar numa arma de fogo. Sem mais janelas para estilhaçar, ela finaliza os dois homens que sobraram jogando o primeiro contra uma parede e o segundo contra sua bota. Ela percebe a minha presença depois que o trabalho termina, mas quando olha eu não estou mais na janela.

Arranco com o carro para a Robinson e vou rumo ao norte em direção à Via Expressa e depois Bristol. Parece que Gotham esteve em boas mãos durante minha ausência. Mas eu me pergunto como ela vai reagir agora que eu voltei.

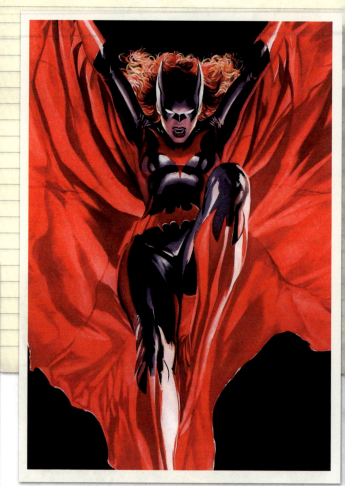

Quando criança, Kate Kane e sua irmã gêmea, Beth, faziam tudo juntas. Filhas de militares, que precisavam se mudar o tempo todo por causa da profissão do pai, as duas eram muito próximas. Quando Kate, sua mãe e sua irmã foram sequestradas, ela, que aparentemente foi a única a sobreviver à experiência, escolheu seguir os passos do pai e se alistou no Exército. Mas quando sua orientação sexual a forçou a deixar a vida militar, o passado de Kate veio à tona e ela lutou para encontrar seu lugar no mundo.

Sem direção nem ambição, Kate constantemente sabotava as coisas boas em sua vida, incluindo seu relacionamento com a namorada Renée Montoya. Entretanto, um encontro com o Batman mostrou a Kate uma maneira de fazer a diferença no mundo e ela começou um rigoroso treinamento com ajuda de seu pai, Jacob Kane.

Não demorou para que uma nova Batwoman surgisse.

Eu saí de Gotham por um ano. Carreguei muito peso em meus ombros desde que Jason morreu e, com seu retorno e os eventos da Crise Infinita, eu precisava me dar um tempo. Tempo para refazer os passos do meu treinamento e para redescobrir o Batman.

Enquanto estive fora, deixei a cidade sob os cuidados de Harvey Dent. Agora, com o rosto curado graças ao Silêncio, ele estava pronto para acertar as contas por seus crimes no passado. Após um breve período de treinamento, ele passou a defender a cidade na minha ausência.

Levou um tempo, mas finalmente eu estava pronto para voltar. Robin aproveitou a oportunidade para mudar seu uniforme em respeito ao seu amigo Superboy, que aparentemente morreu durante a Crise Infinita. Vermelho e preto eram as cores do Superboy.

Como se estivesse esperando por nosso retorno, um assassino em série atacou Gotham. Primeiro ele assassinou o KGBesta e depois a vilã Magpie. Estava claro que alguém queria limpar as ruas de uma forma extremamente violenta.

O Ventríloquo era o próximo da lista do assassino, seguido pela vilã oceânica Orca.

Com a ajuda do detetive particular Jason Bard, descobri que o assassino se chamava Talião, o segundo a usar este nome. Usando uma arma que pertencia a Harvey Dent, o Talião estava tentando incriminá-lo por seus assassinatos.

Ocorreu que Warren White, o Grande Tubarão Branco, se tornou o mais novo chefão do crime em Gotham, agindo em segurança de dentro do Asilo Arkham. Seu único competidor pelo controle do submundo era o Pinguim, por isso ele contratou o Talião para sistematicamente assassinar os melhores talentos de Oswald. Ao incriminar Dent, White também se livrou do novo guardião de Gotham, matando dois coelhos com uma cajadada.

Apesar de sua inocência, a pressão foi muito grande para mente frágil de Harvey. Usando um bisturi e uma garrafa de ácido nítrico, ele novamente deformou metade do seu rosto, libertando a segunda personalidade do Duas-Caras.

O Grande Tubarão Branco havia vencido, e o submundo era dele. Prêmio que pode não significar nada da próxima vez que ele encontrar com o Duas-Caras.

283

Humphry Dumpler, também conhecido como Humpty Dumpty. Com uma mente infantil e uma obsessão por quebrar as coisas e depois juntá-las, Dumpler desavisadamente provocou uma destruição em massa no horizonte de Gotham, alterando para sempre o visual da cidade. Mas seu crime mais perturbador foi a tentativa de consertar o temperamento irritadiço de sua avó, literalmente partindo a mulher em dois e depois tentando costurá-la novamente.

Roxy Rocket, uma ladra comum com seu meio de transporte bastante incomum.

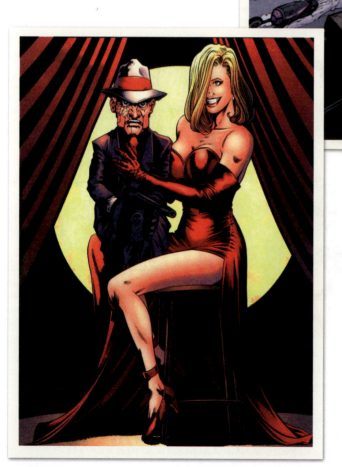

Peyton Riley, a segunda Ventriloquista. Quando Arnold Wesker foi assassinado, Peyton partiu de onde ele parou, usando a mística do Scarface e sua própria mente avariada para rapidamente impressionar o submundo de Gotham.

Encontrando Damian

Ele se parece comigo. Especialmente os olhos. Mas é difícil dizer. A iluminação não é das melhores aqui nas docas. Acabo de acordar depois de me deixarem inconsciente. Dois morcegos humanos ninjas me seguram. São alguns fatores que me atrapalham em dar ao garoto total atenção.

Talia me diz que seu nome é Damian. Que ele é fruto de uma noite que passamos juntos há dez anos, e que passou a vida inteira aprendendo a como matar e mutilar com os homens e mulheres da Liga dos Assassinos de Ra's al Ghul. Talia conta que até ela mesma tem problemas para controlar Damian. Que ele não tem disciplina. Que passar um tempo com o pai fará bem a ele.

O garoto se aproxima de mim e segura uma katana perto da minha garganta.

"Pai", diz ele. "Achei que você fosse mais alto."

Enquanto eu olho para ele, Talia está indo para o submarino. Ela e os morcegos humanos sobem a bordo, e ela acena para mim, despreocupada, como se estivesse saindo para passar a tarde com as amigas e fosse voltar dentro de algumas horas. Não parece que o que aconteceu foi: "Aqui está seu filho, que você nunca soube que tinha. Vou deixá-lo para você criar."

Depois que o submarino submergiu, os outros dois morcegos humanos me soltam e saem voando. Estou fraco demais por causa da luta no museu e não tenho como reagir. Fico apenas observando o garoto no cais.

Após cerca de um minuto de silêncio, ele abaixa a espada. "Ouvi dizer que você tem uma batcaverna", diz ele.

"É, tenho."

"E uma mansão também."

"Sim."

"Mas acho que vou preferir o meu quarto na mansão", avisa.

"Vou ver o que posso fazer."

Os olhos são meus, as sobrancelhas também, mas sua boca é toda de Talia.

Zur-En-Arrh

O homenzinho em meu ombro está falando daquele outro planeta novamente. Falando de anos atrás. Um outro mundo onde eu era superforte, onde outro Batman chamado Tlano lutou a mesma batalha que eu. Mas o pequenino disse que foi tudo uma alucinação. Algo provocado pela arma de gás do professor Milo. Ele não vai parar de falar, esta coisa. O pequeno Bat-Mirim. Eu me lembro dele. Mas não digo nada. Porque as pessoas estão fazendo barulho do lado de fora do Cinema Monarch. Gente que não era para estar ali. Eu não as quero ali.

Ponho o capuz. A capa. Pego o bat-rádio. O pirulito. Que Bat-Bat, ah, ah!

O Bat-Mirim não quer vir junto, então o deixo no banheiro. Vou para as docas mais tarde. Acho que ele não vai querer vir junto. Lá fora, os dois homens estão empurrando a mulher contra a parede. Um está com a mão na coxa dela, alisando. O outro está segurando sua garganta. O rímel está borrado.

O rímel.

Horrível.

"Ei, peraí", diz o homem que segura sua garganta ao me ver. Eu abaixo o pirulito, que, na verdade, é um taco de beisebol. E bate. Bat. "Olha esse malu..."

Ele não termina porque está morrendo de dor, cuspindo sangue e um pó branco que costumava ser seus dentes há alguns segundos. Bruce Wayne não aprovaria este taco. Mas ele não está mais aqui.

O segundo homem solta a garota. Ergue as mãos, pede desculpas. Empurro a ponta do taco em seu estômago. Bato com o cotovelo em seu rosto. Pego o homem pelo pescoço.

"O que sabe sobre o planeta 'X?', pergunto.

Ele olha para o seu amigo. Como se ele tivesse a resposta. Eu sei que ele não tem.

O bat-rádio falou.

Eu o empurro contra a parede do cinema. Jura. Ele está chorando.

"Cara, eu não... eu não sei... eu..."

"Zur-En-Arrh", digo.

"Sei lá, cara."

"O Batman de Zur-En-Arrh. Lembre-se disto."

"Sei lá, tudo bem. Eu..."

Eu o jogo em cima do seu amigo. A mulher já fugiu. Ótimo. Não havia mais nada para ela ver, mesmo.

Agora vou para as docas. Sei o que o Bat-Mirim dirá, mas não preciso lavar o taco. Vou sujá-lo mais uma vez.

NOME DO ARQUIVO	NOME
DR. SIMON HURT	DR. THOMAS WAYNE
ALTURA	PESO
1,83 m	93 kg
OLHOS	CABELOS
CASTANHOS	CASTANHOS
CODINOMES CONHECIDOS	BASE DE OPERAÇÕES
EL PENITENTE	GOTHAM

PROFISSÃO CRIMINOSO

CONEXÕES CONHECIDAS CORINGA, JOHN MAYHEW, MANGROVE PIERCE, MARSHA LAMARR, LE BOSSU, CHARLIE CALIGULA, EL SOMBRERO, SCORPIANA, VIAJANTE, PIERROT LUNAIRE, REI KRAKEN, JEZEBEL JET, MICHAEL LANE, CARTER NICHOLS, BELIAL, DUKE VEPAR, NABERIUS, PROFESSOR PORKO

AFILIAÇÕES LUVA NEGRA, CLUBE DOS VILÕES

ARQUIVOS ASSOCIADOS O Robin Morre ao Amanhecer, O Batman Morre ao Amanhecer, Batman: Descanse em Paz, O Retorno de Bruce Wayne, Batman e Robin Devem Morrer

ANOTAÇÕES

A história do Dr. Hurt começou em 1765, quando ele abandonou o seu nome verdadeiro, Thomas Wayne. Líder de uma seita de adoradores do diabo que praticavam sacrifício humano para libertar um demônio chamado Barbatos e enganar a morte e os efeitos da idade, Thomas Wayne era a ovelha negra da minha família, determinado a desfazer as boas ações da linhagem Wayne.

Eu conheci Thomas anos atrás, quando Dick ainda era o Robin. Naquela época, já se chamava Dr. Simon Hurt e trabalhava com o governo americano. Fui voluntário num experimento conduzido por ele que me forçou a passar dez dias preso numa câmara de isolamento. A ideia era ver quanto a solidão absoluta afetaria astronautas do programa espacial. Eu me submeti para ter uma ideia do que é a mente psicótica. Para entender homens como o Coringa.

Durante meu período na câmara, minha mente começou a gerar seu próprio conteúdo para preencher o vazio. Vi Robin morrer num mundo estranho e experimentei uma perda que eu não sentia desde a morte dos meus pais. O que eu não sabia era que Hurt estava dando as cartas do seu próprio jogo. Enquanto eu estava no isolamento, ele implantou uma palavra-chave pós-hipnótica em minha mente. E eu não estava só.

Mais tarde, os militares e o Departamento de Polícia de Gotham reuniram forças em um experimento para treinar três substitutos no caso de uma eventual morte do Batman. Hurt liderava o fracassado programa, e implantou suas palavras-chave nas mentes dos candidatos. Anos depois, ele acionou as palavras e libertou os três violentos justiceiros em Gotham. Eu derrotei os três e apenas um sobreviveu (ver Azrael II).

Naquele tempo eu comecei a namorar uma mulher chamada Jezebel Jet. Ela descobriu o meu segredo, e facilmente ganhou a minha confiança. Deixei que ela entrasse em minha vida e na batcaverna, para depois descobrir que ela era membro da Luva Negra, uma organização secreta liderada pelo Dr. Hurt. Ela esperou pelo momento certo para ativar a palavra implantada em mim: Zur-En-Arrh.

Enquanto isso, Hurt estava ocupado usando fotos e documentos falsos para difamar meus pais, e semear dúvidas na população, fazendo com que eles acreditassem que meu pai poderia estar vivo. Enquanto eu sofria um surto psicótico, Hurt invadiu a batcaverna e injetou em mim cristais de metanfetamina de uso militar e heroína barata. Seu "Clube dos Vilões" partiu para cima dos meus aliados, e eu fui largado nas ruas como mendigo, sem memória. Hurt tomou o Arkham como sua base de operações e achou que Gotham era sua.

O que ele não sabia era que eu estava preparado para o dia que violassem a minha mente. Eu havia criado uma personalidade subliminar que chamei de Batman de Zur-En-Arrh. Então eu costurei minha própria versão do traje e invadi o Asilo Arkham. Lá, Hurt usou meus sentimentos por Jezebel contra mim, e tentou me matar me enterrando vivo. Foi o que precisei para voltar à sanidade. Entretanto ele me enganou aquela noite quando o helicóptero que nos levava caiu no Rio Gotham. E embora eu não tenha achado o seu corpo nas ferragens, minha busca por Hurt teve uma pausa, pois uma crise cósmica tomou toda minha atenção.

Sequestrado por um deus chamado Darkseid, enviado através do tempo como resultado de nossa luta, batalhei para voltar ao presente, aprendi um pouco sobre Hurt e preparei uma armadilha para ele centenas de anos atrás. Com ajuda de Dick e Damian, nós conseguimos impedir a última tentativa de Hurt ressuscitar Barbatos. Embora estivesse "resolvido" para sempre, por causa do Coringa, ele ainda conseguiu arruinar a reputação do meu pai, passando-se por ele aos olhos do público, algo que eu precisei consertar assim que (CONTINUA)

A MORTE DO BATMAN!

por Sergius Hannigan

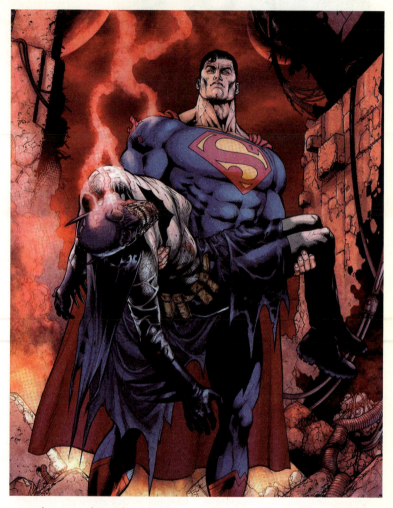

METRÓPOLIS — Naquela que está sendo chamada de "Crise Final", Metrópolis, e o mundo, para todos os efeitos, está sitiada por uma tropa de "deuses" alienígenas em sua guerra contra a humanidade. A batalha parece estar diminuindo, mas a perda de vidas tem sido enorme, pois super-heróis e os homens comuns têm morrido em combate contra a divindade maligna conhecida como Darkseid e as forças de sua "Equação Antivida".

Enquanto muitos dos chamados jornais legítimos podem estar cobrindo os terríveis eventos desta guerra trágica, os intrépidos repórteres e fotógrafos daqui do *Rumor Nacional* descobriram uma notícia chocante que certamente afetará os cidadãos de Gotham em particular: Batman morreu. A icônica e controversa figura da noite foi assassinada essa semana por ninguém menos do que o próprio Darkseid.

Como você pode ou não estar sabendo, o *Rumor* tem uma relação longa e histórica com o Cavaleiro das Trevas de Gotham. Nós fomos um dos primeiros órgãos de imprensa a anunciar sua estreia, e temos registrado seus atos heroicos ao longo dos tempos.

Pode ser que haja alguns erros de interpretação pelo grande público com relação aos nossos sentimentos pelas ações do Batman, mas nossos verdadeiros leitores vão se lembrar que nossas edições sempre respeitaram o Homem-Morcego, ignorando as acusações com as quais jornais mais "renomados" atacaram a reputação deste bravo herói. Por isso, parece adequado que sejamos o único veículo a registrar a despedida do Batman.

Como vocês certamente já viram na imagem da capa desta edição, repetida neste artigo, nosso bravo fotógrafo Grant Mahnke capturou a poderosa imagem do Superman carregando o corpo de seu amigo pelas ruas devastadas desta cidade. Inegavelmente aquele uniforme é do Batman, e os restos carbonizados dentro dele mostram que o herói nos braços do Superman teve um destino terrível. Várias outras agências de notícias vêm tentando caluniar nossos esforços insistentemente, declarando que esta imagem é falsa. Eu gostaria de declarar que a foto é legítima, e poderia apostar toda minha estimada carreira nisto.

De acordo com nossas fontes, que preferem permanecer anônimas, o Batman morreu numa batalha sangrenta contra Darkseid, o líder da invasão alienígena. De posse de uma arma carregada com projétil mágico de origem desconhecida, o Batman atirou no peito do vilão, o que ajudou a dar um fim no reino de terror desta divindade brutal. Mas, em seu leito de morte, o deus maligno emanou uma Rajada Furiosa de raios Ômega, carbonizando o Batman instantaneamente.

Nós aqui do *Rumor* lamentamos o falecimento do Batman, e como tributo a este evento histórico, eu gostaria de anunciar nossa parceria com a Casa da Moeda Americana no lançamento de um conjunto de moedas comemorativas em sua homenagem. Em cada dólar de prata estará a imagem colorida da foto de Grant Mahnke (CONTINUA NA PÁGINA 5A)

Quando os raios Ômega de Darkseid provocaram minha viagem no tempo, o mundo acreditou que eu estava morto. As quadrilhas em Gotham rapidamente perceberam a ausência do Batman, e não demorou para que saques e revoltas começassem, pois o submundo entrou em guerra. Embora o Asa Noturna e o Robin tenham chamado reforços na forma da Rede, um grupo de nossos aliados mais confiáveis, estava claro que Gotham precisava de um Batman.

As coisas só pioraram quando um novo Máscara Negra surgiu e libertou os internos mais perigosos do Arkham. Num esforço para garantir seu lugar como líder do submundo de Gotham, ele colocou um implante químico na cabeça de cada um dos internos, e os chantageou para que se unissem a ele.

Quando Dick Grayson relutou em vestir o uniforme do Batman, Tim Drake assumiu o papel e quase foi morto por Jason Todd. Jason tinha adotado um traje do Batman da época do programa dos substitutos do Batman do Dr. Hurt, e queria se firmar como um novo tipo de Cavaleiro das Trevas.

Finalmente, Dick aceitou a função que ele sabia ser de sua responsabilidade e se tornou o mais novo Batman de Gotham, pronto para destronar o misterioso herdeiro do legado do Máscara Negra.

289

ASILO ARKHAM
para Criminosos Insanos

Desde 1921   Capacidade 500   *"Até a mente mais doentia pode ser curada."*

PERFIL PSICOLÓGICO DO PACIENTE

DATA:

PSIQUIATRA RESPONSÁVEL: Dra. Alyce Sinner

CODINOME: MÁSCARA NEGRA II

NOME COMPLETO: Arkham (SOBRENOME) Jeremiah (PRIMEIRO NOME) (NOME DO MEIO)

ALTURA: 1,80 m   PESO: 80 kg

CABELOS: Castanhos   OLHOS: Castanhos

AVALIAÇÃO:

Como nova diretora do Asilo Arkham, as muitas obrigações de meu antecessor passaram para mim. Infelizmente, isto inclui escrever o perfil psicológico de meu antigo chefe e colega, o Dr. Jeremiah Arkham.

Ao ler os antigos arquivos de Jeremiah e suas avaliações de outros internos, é fácil reconhecer o brilho que ele tinha em sua melhor época. Entretanto, sua genialidade foi atrapalhada por suas emoções pessoais e comentários parciais que não apenas diluíram a precisão de suas observações da mente criminosa, mas também serviram para indicar uma obsessão prejudicial por vários pacientes que ele estudou. Um exame rápido de seus registros é tudo o que preciso para ver as sementes de sua doença mental. Jeremiah foi incapaz de se cercar dos doentes e atormentados sem ter sua vida diretamente influenciada como consequência.

Eu acredito que Jeremiah esteve à beira da insanidade por muitos anos, e ele foi finalmente empurrado para seu lado obscuro por dois de seus mais perigosos pacientes, o Coringa e o professor Hugo Strange. Exposto a um psicotrópico potente, a parte sombria da personalidade de Arkham veio a superfície e o dominou. Com sua obsessão pelos loucos mascarados de Gotham, não foi uma surpresa que Jeremiah tenha adotado a aparência do criminoso recentemente falecido, o Máscara Negra.

Lutando contra sua nova personalidade dividida, Jeremiah usou sua autoridade no asilo para implantar em seus pacientes um dispositivo químico, preparado para ser acionado por controle eletrônico. Pouco depois de adotar o disfarce do Máscara Negra, ele provocou não apenas uma fuga em massa do asilo, mas também aproveitou a oportunidade para demolir a instituição que foi sua com tanto orgulho. E, enquanto Arkham foi reconstruído com a ajuda dos impostos e do influente Comitê de Proteção de Gotham, a mente de Jeremiah não teve tanta sorte. Graças aos esforços do Batman, Jeremiah se tornou um paciente numa cela criada por ele mesmo. Embora ele diga constantemente que recuperou sua sanidade, minha opinião profissional diz que Jeremiah Arkham ainda tem um longo caminho (continua)

A nova promotora de Gotham

POR GEORGES ANDREYKO

PREFEITURA — A derrota de Los Angeles é a vitória de Gotham. Este foi o consenso geral na coletiva de imprensa que oficialmente anunciou Kate Spencer como emergencial promotora interina de Gotham. No dia seguinte ao assassinato do antigo promotor, Linus Hampton, Spencer foi transferida para Gotham para preencher a vaga em aberto.

Em sua destacada carreira, Spencer trabalhou tanto na acusação quanto na defesa de dezenas de julgamentos em sua cidade natal, Los Angeles, e se especializou em casos envolvendo meta-humanos. Uma experiência que será bastante útil para a Srta. Spencer numa cidade cheia de criminosos do tipo que desafia os padrões convencionais. Ainda se adaptando ao novo cargo, Spencer admitiu os perigos da tarefa que aguarda.

"Minha colega disse que o único trabalho com expectativa de vida menor do que ser promotora em Gotham é usar a malha vermelha em *Star Trek*", brincou Spencer em seu discurso.

Apesar de seu bom humor com relação aos perigos de seu cargo, ela aproveitou a oportunidade para se dirigir aos criminosos que buscam algum tipo de fraqueza na estrutura de poder da cidade.

"Não temos medo de vocês!", disse Spencer. "Vocês é que devem nos temer!"

Se as palavras de Spencer foram um aviso claro ou um desafio ousado aos mais notórios criminosos da cidade, ainda descobriremos. Entretanto, de acordo com as palmas entusiasmadas da multidão aglomerada em frente à prefeitura, a atitude corajosa da nova promotora parece ser exatamente do que Gotham precisa.

A mais nova titular de uma longa linha de vigilantes de nome "Caçador", Kate Spencer adotou seu alter ego de justiceira uniformizada quando não conseguiu condenar o terrível assassino Cobra Venenosa. Ela roubou armas de um depósito de provas (incluindo as manoplas de Jean Paul Valley), e começou sua carreira como vigilante, perseguindo o Cobra Venenosa e matando-o durante um confronto.

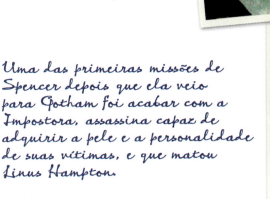

Uma das primeiras missões de Spencer depois que ela veio para Gotham foi acabar com a Impostora, assassina capaz de adquirir a pele e a personalidade de suas vítimas, e que matou Linus Hampton.

Os efeitos do tempo

É difícil segurar a caneta, mas preciso terminar isto. Vou começar de onde parei.

Ouço as esporas atrás de mim. Passadas pesadas de um homem confiante. A pólvora e o cheiro de suor no ar se misturam com o cheiro da chuva e a fumaça. Eu me viro para o homem que daqui a décadas passará a se chamar Dr. Hurt, e encaro o Confederado.

Ele respira pelo nariz. As narinas se movem. Ele franze a sobrancelha, e apesar das sombras feitas pelo seu chapéu, a metade deformada de seu rosto é mais proeminente por causa de sua expressão. Jonah Hex. O lendário caçador de recompensas e atirador. Daqui a uma ou duas gerações, seu boneco estará enfrentando o do Fantasma Cinzento no chão da minha sala, enquanto papai lê o jornal na poltrona atrás de mim. É surpreendente como a fábrica de brinquedos reproduzirá suas feições.

"Trabalho é trabalho", ele diz. Hurt o contratou, e apesar do que ele soube sobre seu contratante, a reputação de Jonah Hex é mais importante para ele do que a vida de um homem que ele nunca viu antes. Há um som em sua garganta, e levo um segundo para registrar exatamente o que ele diz. Quando consigo, é tarde demais. Sei que estou morto. "Saque", diz ele.

Mal puxo o bat-arangue do meu cinto quando a bala atinge meu abdômen. Meu primeiro pensamento é de que não dói tanto assim. Meu segundo pensamento é sobre como a água está fria quando caio de costas no rio. Não importa. Eu impedi Hurt como precisava.

Quando acordo, ainda está chovendo, mas Gotham mudou completamente. As ruas de terra deram lugar a becos imundos. Olho para o meu peito, e puxo o diário do bolso. Está manchado de sangue, mas pouco, está intacto. Pelo jeito, ele absorveu o impacto da bala. A caneta é mais forte, acho.

Encontro um canto e começo a escrever. Escrevo tudo. Ainda estou perdendo sangue, mas o diário é importante. Preciso de um registro, ou estarei mais perdido que nunca. Mantenho os detalhes frescos, caso me esqueça de algo.

Enquanto escrevia esta página, apaguei umas duas ou três vezes. Não sei ao certo. Seria uma vergonha morrer aqui. Pela aparência das coisas, estou chegando perto. Gotham está quase exatamente como me lembro dela quando era garoto. Fico me perguntando se posso encontrar um dos bonecos do Jonah Hex por aí. Fico me perguntando se consigo permanecer acordado por mais tempo. Fico

Os novos Batman e Robin

Então... hã... Diário de Bordo, Data Estelar tipo... doze. Sei lá. Eu não sei direito como começar isto. É tudo ideia do Alfred. Ah, eu já tive diários no passado, mas não como Batman. Então é um pouco estranho para mim. Tudo que tem "Batman" carrega um peso implícito. Com o Asa Noturna, tanto faz como tanto fez. Era só cuidar das minhas coisas, dar uma surra nos bandidos e de repente até ter vida social. Bem, tipo vida social. Mas o Batman... Isso é tipo escrever um livro de história ou colocar cenas extras no "Cidadão Kane". O Batman é uma lenda.

Enfim, acho que vou começar e ver onde vai dar.

O Damian ainda é um desafio, depois da confusão na Central de Polícia, ele saiu por aí sozinho. Foi sequestrado pelo novo chefão do pedaço chamado Professor Porko. O Porko é doido, mas organizado. Ele se acha um artista e usa tortura, drogas e máscaras bizarras para liderar um exército de caras irracionais. Ele era um dono de circo chamado Lazlo Valentin, que decidiu bancar sua loucura vendendo narcóticos de última geração.

Quando eu finalmente peguei o Porko, eu o vi pisando em Damian no centro do picadeiro, com uma tocha acesa nas mãos. Ele já brincou com o garoto e estava pronto para acabar com tudo. O cará lá, em pé, com o barrigão e a máscara do Presuntinho dos "Tiny Toons". Então eu curto bastante o momento de entrar com o quadriciclo e dar um bom e velho pescoção nele.

Ele cai no chão e se arrasta em direção à lona, dizendo que não fez nada errado. Depois que eu apago o Porko, meia dúzia das "Bonecatrônicas" dele, com máscaras permanentes no rosto, vem em nossa direção. Eu e Damian acabamos com elas rapidinho, mas não temos escolha a não ser usar a força. Vira uma coisa sangrenta, mas a gente consegue, e Gordon e os caras dele chegam antes que a gente perceba.

Sabe o que é estranho? Quando eu olho para o Damian, eu vejo um pouco do Bruce. Acho que é por isso que o chamei para ser o Robin. Ou ainda estou tentando impressionar o Batman, mesmo sem ele estar aqui. Fazer um favor e dar um jeito no moleque dele.

Batman. Ainda não caiu a ficha. Agora sou eu. Quanto tempo será que vai levar? Então, acho que é isso. Aqui é o Batman, desligando.

Cara, preciso me acostumar com esse lance de diário.

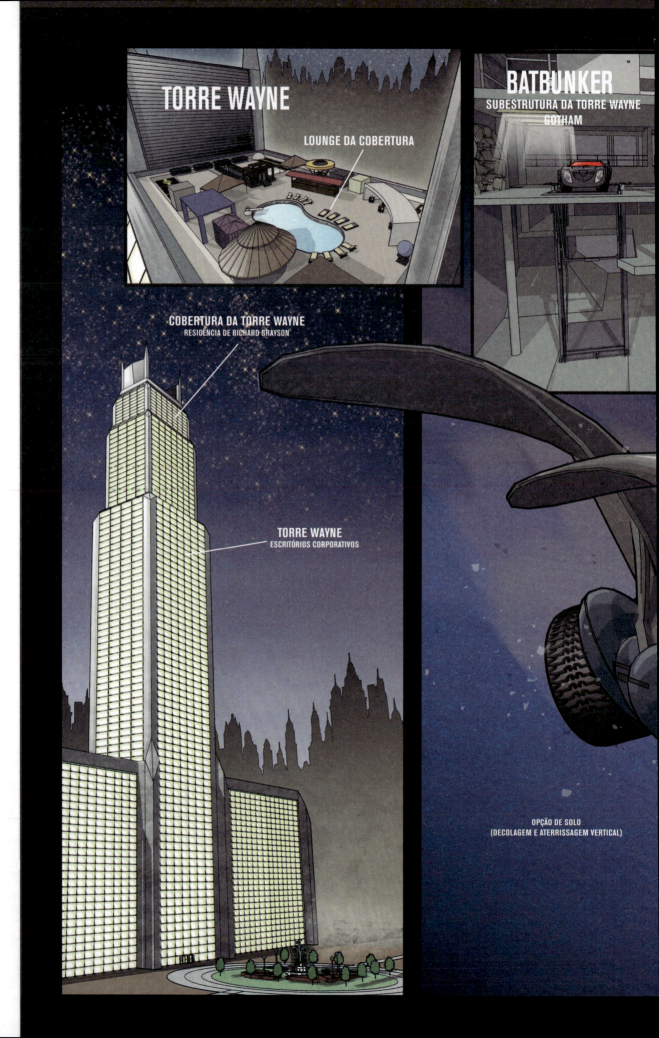

PLATAFORMA DO BUNKER
PARA VEÍCULOS OPERACIONAIS
BATMÓVEIS V.22/V.15/V.23
TÚNEL PARA O JATO SUBTERRÂNEO
TRANSPORTE PARA: BATPLANO V. 14-1 / 14-2
BAT-LANCHA V.7
BAT-SUBMARINO V.2

NOVA BASE DE OPERAÇÕES DE DICK GRAYSON

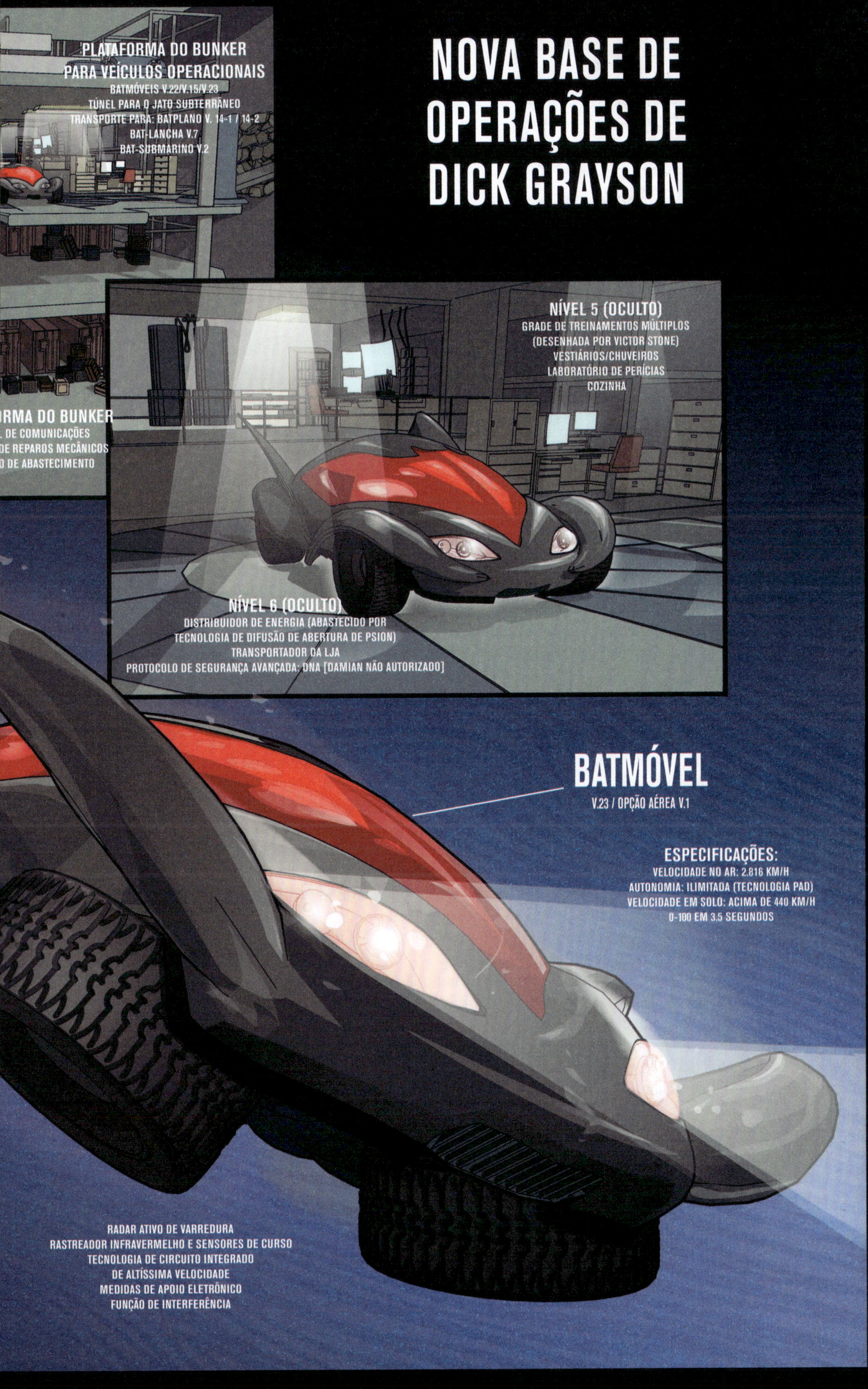

...RMA DO BUNKER
...L DE COMUNICAÇÕES
...DE REPAROS MECÂNICOS
...O DE ABASTECIMENTO

NÍVEL 5 (OCULTO)
GRADE DE TREINAMENTOS MÚLTIPLOS
(DESENHADA POR VICTOR STONE)
VESTIÁRIOS/CHUVEIROS
LABORATÓRIO DE PERÍCIAS
COZINHA

NÍVEL 6 (OCULTO)
DISTRIBUIDOR DE ENERGIA (ABASTECIDO POR
TECNOLOGIA DE DIFUSÃO DE ABERTURA DE PSION)
TRANSPORTADOR DA LJA
PROTOCOLO DE SEGURANÇA AVANÇADA: DNA [DAMIAN NÃO AUTORIZADO]

BATMÓVEL
V.23 / OPÇÃO AÉREA V.1

ESPECIFICAÇÕES:
VELOCIDADE NO AR: 2.816 KM/H
AUTONOMIA: ILIMITADA (TECNOLOGIA PAD)
VELOCIDADE EM SOLO: ACIMA DE 440 KM/H
0-100 EM 3.5 SEGUNDOS

RADAR ATIVO DE VARREDURA
RASTREADOR INFRAVERMELHO E SENSORES DE CURSO
TECNOLOGIA DE CIRCUITO INTEGRADO
DE ALTÍSSIMA VELOCIDADE
MEDIDAS DE APOIO ELETRÔNICO
FUNÇÃO DE INTERFERÊNCIA

NOME DO ARQUIVO		NOME	
ROBIN V		DAMIAN WAYNE	
ALTURA	1,37 m	PESO	40 kg
OLHOS	AZUIS	CABELOS	PRETOS
CODINOMES CONHECIDOS	NENHUM	BASE DE OPERAÇÕES	GOTHAM

PROFISSÃO HERÓI

CONEXÕES CONHECIDAS
DICK GRAYSON, mãe TALIA AL GHUL, avô RA'S AL GHUL, BATGIRL V, ALFRED PENNYWORTH, SUPERGIRL III, JOVENS TITÃS

AFILIAÇÕES
CORPORAÇÃO BATMAN, LIGA DOS ASSASSINOS

ARQUIVOS ASSOCIADOS
Batman e Filho, A Ressurreição de Ra's al Ghul, Batman: Descanse em Paz, Batman: Renascido, A Vingança do Capuz Vermelho, Cavaleiro da Escuridão, Batman vs. Robin, Batman e Robin Devem Morrer

ANOTAÇÕES

Damian não é um garoto fácil de se gostar. Mesmo para mim, e ao que tudo indica, sou pai dele. Genioso, cheio de opiniões, arrogante, eu vejo nele tudo de que não gosto em mim. Mas também vejo o mesmo brilho que vi em Dick Grayson e em Tim Drake. Damian teve uma infância que não desejo a ninguém, e há muito de bom no garoto para deixar que seguisse o péssimo caminho que trilhava. Ele precisa de um Batman em sua vida.

Eu fui pego de surpresa quando Talia me apresentou ao garoto e me disse que ele era meu filho. Eu suspeitava que ela escondia algo de mim. Algo mais sombrio e importante do que os planos que ela normalmente guarda para si. Então não é algo tão absurdo imaginar que a noite que passamos juntos há dez anos resultaria numa criança.

Depois de a mãe insistir, Damian veio morar na mansão. Tenho que admitir que foi um tanto estranho, especialmente pelo fato de que eu tinha adotado recentemente Tim Drake como filho. O pai dele, Jack, foi morto pelo Capitão Bumerangue, um inimigo do Flash, e eu decidi demonstrar ao garoto o quanto me importava com ele, dando a Tim meu sobrenome, se ele quisesse. Com Damian, meu gesto pareceu vazio, especialmente considerando sua atitude áspera.

Como não confiava no menino, mantive Damian trancado na mansão, usando um sistema de segurança que ele infelizmente não teve dificuldades de driblar para ir até a cidade provar que era mesmo um combatente do crime. Depois de passar toda sua vida na companhia da Liga dos Assassinos, Damian se tornou um matador habilidoso, sem a noção total das consequências de suas ações. Por isso, quando ele encontrou o vilão conhecido como Assombração, matou-o e trouxe a cabeça do criminoso para a batcaverna como uma espécie de troféu. A criação de Talia afetou o garoto de verdade. Mais tarde, quando seu avô Ra's al Ghul tentou matá-lo e usá-lo como invólucro para sua mente perversa, o garoto percebeu o nível de maldade que o cercou durante toda sua vida, e escolheu ficar ao meu lado, afastando-se da mãe.

Quando Darkseid me fez viajar no tempo e o mundo achou que eu estivesse morto, Dick Grayson adotou a identidade do Batman e aceitou Damian como seu Robin. Embora uma dupla improvável, Damian não demorou a respeitar Dick, e provou sua lealdade ao novo mentor mais de uma vez. Em seu fascínio pelo pai, Damian se provou um bom soldado, amadurecendo e aprendendo a controlar seu comportamento violento.

Pelo que li nos relatos de Dick, ele e Damian encararam uma nova variedade de ameaças, e também alguns rostos familiares. Entre o demente Professor Porko e seu Circo do Estranho, a volta de Jason Todd como Capuz Vermelho, e até o disfarce do Coringa como o autor inglês Oberon Sexton, o assassino depravado conhecido como Flamingo, e até o cadáver reanimado de um clone meu. A mais nova "Dupla Dinâmica" de Gotham certamente teve muito o que fazer.

Quando eu retornei de minhas... viagens, fiquei feliz pelas drásticas adaptações de Damian. A influência de Dick sobre ele foi mais eficaz do que eu poderia esperar, por isso fazia sentido que eles seguissem como Batman e Robin, mesmo comigo de volta ao manto do Batman.

Embora Damian pareça ser um garoto normal, seu corpo é na verdade resultado de tecnologia cirúrgica de última geração desenvolvida e colocada à disposição de Talia al Ghul e seu (CONTINUA)

O conceito de Dick Grayson para o uniforme de Robin de Damian.

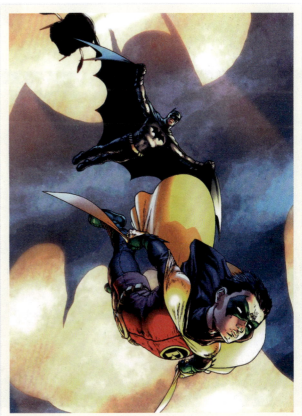

Convencido de que eu estava vivo mesmo após minha luta com Darkseid, Tim Drake, agora Tim Wayne, partiu numa busca internacional para encontrar provas de minha sobrevivência. Quando Dick optou por dar o título de Robin para Damian, Tim escolheu um uniforme que permitiria que ele se distanciasse da "família" Batman e pudesse agir sem que suas ações o trouxessem diretamente de volta a Gotham.

Ele adotou o nome de Robin Vermelho, e usou o uniforme que foi usado brevemente por Jason Todd.

Os rascunhos de Tim para o Robin Vermelho

Depois de conseguir superar os esforços de Ra's al Ghul, Tim não via mais o título de Robin Vermelho como uma espécie de castigo, e abraçou sua nova identidade, personalizando e adaptando o traje para combinar com sua personalidade.

NOME DO ARQUIVO	NOME REAL
BATGIRL V	STEPHANIE BROWN
ALTURA	PESO
1,65 m	50 kg
OLHOS	CABELOS
AZUIS	LOUROS
CODINOMES CONHECIDOS	BASE DE OPERAÇÕES
SALTEADORA, ROBIN IV	GOTHAM

PROFISSÃO HEROÍNA

CONEXÕES CONHECIDAS
ORÁCULO, SERVIDOR, ROBIN VERMELHO, DRA. LESLIE THOMPKINS, pai MESTRE DAS PISTAS, mãe CRYSTAL BROWN, SUPERGIRL III, Detetive NICK GAGE

AFILIAÇÕES
CORPORAÇÃO BATMAN, REDE

ARQUIVOS ASSOCIADOS
Mentes Curiosas, A Perplexidade de Cada Crime, Ferida, Sem Fôlego, Em Busca de Pistas, Quando Tudo Desaba, Congelada, Cataclismo, O Amor é Uma Droga, Os Estranhos, Um Evento Abençoado, Segredos Revelados, Uma Vida Mais Ordinária, Jogos de Guerra, Katavi, O Despertar da Batgirl

ANOTAÇÕES

Stephanie Brown não é exatamente nova no combate ao crime. Filha do criminoso de segundo escalão Mestre das Pistas, ela chamou minha atenção pela primeira vez quando mandou vários indícios ao DPG em uma tentativa de frustrar o retorno de seu pai. Usando o capuz e o uniforme roxo e com o nome de Salteadora, Stephanie conseguiu levar seu pai à justiça, embora sua identidade secreta tenha sido comprometida. Não apenas eu e Robin (ver Tim Drake), mas também seu pai descobriu quem ela realmente era.

Quando Robin começou a agir sozinho, primeiro pela insistência violenta do Batman de então, Jean Paul Valley, ele começou a encontrar a Salteadora mais e mais vezes. Eu discordava completamente da ideia de colocar Stephanie em risco, mas Tim não enxergava do mesmo jeito. Embora ele tenha avisado Stephanie para desistir da vida de vigilante, os dois trabalharam juntos em diversas ocasiões, até que começaram um relacionamento, complicado devido à recusa de Robin em mostrar sua identidade secreta.

Mas a lealdade de Tim aos segredos do Batman seria a menor das preocupações de Stephanie, pois logo no início do namoro ela descobriu que estava grávida de um ex-namorado. Quando ela decidiu ter o bebê e dá-lo para adoção, Tim ficou ao seu lado, chegando a frequentar aulas para gestantes em seu disfarce de Alvin Draper. Apesar de sua dedicação, o segredo de Tim acabou colocando um fim no relacionamento deles, algo que desavisadamente eu piorei, quando Robin estava fora do país lutando contra as forças do Kobra. Ao tentar descobrir a localização de Tim, eu revelei minha identidade secreta para Stephanie e concordei em treiná-la, expondo a identidade de Tim. Mais tarde, quando ele foi forçado por seu pai a deixar de ser o Robin, eu deixei as coisas ainda piores, chamando Stephanie para o posto de Robin, o que Tim viu como outra traição.

Em minha pressa para preencher o vazio que a ausência de Tim havia criado, eu me deixei acreditar que Stephanie estava pronta para ser minha parceira. Mas, embora talentosa e determinada, ela não estava preparada para o peso de ser Robin. Eu a dispensei, numa tentativa de afastá-la agindo friamente e ainda mais apático do que de costume. Mas eu julguei Stephanie erradamente, e minha crueldade apenas fortaleceu sua decisão. Numa tentativa de se mostrar digna do manto do Robin, Stephanie colocou em prática um plano de ataque puramente hipotético que eu havia criado no batcomputador, visando controlar as quadrilhas de Gotham. Mas, sem a minha participação, Stephanie provocou contra a sua vontade uma guerra de gangues na cidade que resultou na ascensão ao poder do Máscara Negra. Durante o processo, ele sequestrou Stephanie e a torturou quase até a morte, um destino que só pôde ser evitado com ajuda das habilidades médicas da Dra. Leslie Thompkins.

Enojada pelo círculo de violência no mundo de Batman, Leslie decidiu simular a morte de Stephanie, e levou a garota com ela para uma missão humanitária na África. Mas, apesar das boas intenções de Leslie, Stephanie precisava de Gotham, e a Salteadora logo voltou para sua cidade natal.

Stephanie não ficaria como a Salteadora por muito tempo. Quando a quarta Batgirl, Cassandra Cain, desistiu do uniforme do morcego, ela passou o nome e seu traje para Stephanie. Agora uma caloura na Universidade de Gotham, Stephanie aceitou sua nova vida como Batgirl, e não demorou a ganhar aprovação da Oráculo, além de um novo uniforme mais condizente com o seu gosto. Trabalhando ao lado de Wendy Harris, aprendiz da Oráculo e especialista em computadores conhecida como Servidor, a Batgirl passou a morar no bunker secreto chamado Firewall, e começou (CONTINUA)

Vestindo um uniforme especificamente desenhado pela Oráculo para refletir seu familiar traje de Salteadora, Stephanie Brown naturalmente se adaptou ao papel de Batgirl.

Outra ajuda da Oráculo para o início da carreira de Stephanie foi o triciclo chamado Ricochete, que veio equipado com um espetacular assento ejetor.

301

Trecho do Caderno Branco

Tim está atrás de mim no topo do prédio, não quer ir na frente. Mas fica perto, como se estivesse me mostrando que é mais do que capaz de me acompanhar. A verdade é que ele cresceu desde que me afastei e não sabe exatamente como me dizer. Como se o uniforme do Robin Vermelho já não fosse claro o bastante. Assim como quando Dick se tornou o Asa Noturna, Tim já não quer mais o papel secundário. Eu deveria estar orgulhoso, mas me sinto nostálgico, um pai que perdeu os primeiros passos do filho. Eu sorrio, e o ar gelado da noite atinge meu rosto durante um salto entre dois prédios. Sentimental o bastante para um Batman.

Acho que é bom não ser o Batman esta noite.

A ideia é observar no protótipo do traje Infiltrado, com pouco ou nenhum contato com as pessoas. Descobrir como a equipe está se saindo enquanto eu estava ausente, tentando voltar ao meu próprio tempo. Descubro o que precisa melhorar, onde eu me encaixo nesse grande esquema. Até agora, Dick e Damian excederam minhas expectativas. Seu trabalho em equipe ao salvar a vida do prefeito Hady foi mais do que digno do nome Batman e Robin. Mas o Infiltrado precisa de ajustes. Por isso, com Tim a par do segredo, eu o convenci a se juntar a mim numa rápida patrulha para tirar a ferrugem.

Eu salto por cima de outro beco e pouso com cuidado no telhado de vidro de uma estufa. Eu deslizo pela junta entre duas vidraças e uso o impulso para meu salto através da rua em direção a outro prédio. Ao chegar, ouço os pés de Tim atrás de mim, aperto um botão no punho do Infiltrado e de repente estou de volta ao telhado da estufa.

O teletransporte funciona. Está sintonizado na frequência da LJA. O mostrador diz que tenho exatamente 24 horas antes de poder tentar refazer o truque. Os sistemas de regeneração são um problema, o traje consome muita energia. Um olhar confuso de Tim quando me ouve atrás dele fez a noite valer a pena.

Ele para no telhado quando percebe o que aconteceu, esperando que eu me aproxime.

"Continue", digo ao saltar o beco novamente. "Estou atrás de você."

Tim embala novamente em sua corrida, e eu tento alcançá-lo.

Capaz de imitar os poderes de vários dos meus colegas na Liga da Justiça, meu uniforme temporário de Infiltrado disparava rajadas de fogo de "visão de calor" simulada, imitava a invisibilidade e gerava supervelocidade, além de pulsos de força concussiva.

Foi uma ferramenta bastante útil, e posso tirá-lo da aposentadoria em breve.

TRAJE INFILTRADO
DESENHO CONCEITUAL

A viagem no tempo teve seu preço. Eu não apenas vi partes do passado que nunca imaginei que fosse testemunhar, mas também tive lampejos do futuro. E o futuro precisará de um novo tipo de Batman. Um Batman que pode estar em todo e qualquer lugar sombrio, impedindo que criminosos tenham onde se esconder.

Ao combinar vários elementos dos meus antigos uniformes, e acrescentando uma variedade de novas armas e melhorias, meu novo traje inclui novos retoques, como um bat-símbolo que acende, e projeta feixes de luz brilhante, e um cinto que combina a conveniência do modelo com bolsos e a aerodinâmica da versão com cápsulas.

Um traje equipado com jato, cortesia da WayneTech R&D

CORPORAÇÃO BATMAN

Bruce Wayne sempre foi um dos cidadãos mais intrigantes de Gotham, mas sua fama cresceu absurdamente há algumas semanas quando anunciou numa coletiva de imprensa que ele mesmo financia a carreira do Batman há anos. Além do mais, houve a polêmica declaração de Wayne sobre a criação da Corporação Batman, uma organização internacional que levará as ações do Homem-Morcego ao redor do globo, e que virou o assunto mais falado em todos os meios. Sentamos com o bilionário playboy para ouvir o seu lado da história, descobrir um pouco mais sobre o homem por trás do Batman.

Os Bravos e Destemidos: Mais uma vez obrigado por nos encaixar em sua agenda apertada, Sr. Wayne. Eu gostaria de começar falando sobre o seu passado, se não houver problema. Seus pais foram mortos diante de seus olhos quando você era apenas um garoto, e pela primeira vez em mais de vinte anos sua vida social tem sido quase que reclusa. Embora tenha sido uma figura pública pela maior parte de sua vida, por que abandonar sua privacidade agora? Por que revelar sua conexão com o Batman?

Bruce Wayne: Como todos já sabem, o nome da minha família foi parar na lama recentemente. Não é a primeira vez que isso acontece, duvido que será a última. Mas quando o Batman veio até mim com a ideia de levar sua cruzada para uma arena internacional, eu percebi que ele precisava de alguém do "mundo real" das finanças para ajudá-lo a navegar nessas novas águas e me pareceu a oportunidade perfeita para limpar o nome do meu pai, e de uma vez por todas ajudar uma causa digna. Achei que fosse a oportunidade certa de falar sobre o que faço com o meu dinheiro, por isso me posicionei.

B&D: Pode explicar aos nossos leitores o que é a Corporação Batman?

BW: Com prazer. Eu estou em contato constante com Batman, e posso lhe garantir que em mais de uma ocasião ele expressou suas frustrações sobre o trabalho limitado que pode fazer sozinho. Embora seja o primeiro a dizer que se sente pouco confortável trabalhando em equipe, ele é esperto o bastante para entender que sua guerra é grande demais para um homem lutar sozinho. Então ele se juntou ao jovem combatente do crime, o Robin, e depois veio a Batgirl, e agora ele pretende estender essa ideia.

A Corporação Batman é um empreendimento altruísta bancado pela Fundação Wayne, com o objetivo de estabelecer mais homens e mulheres-morcego pelo mundo. Em seu estágio inicial já temos agentes no Japão, França, África, Reino Unido e Austrália, com muitos candidatos na ativa, além de outros agentes que operarão em sigilo.

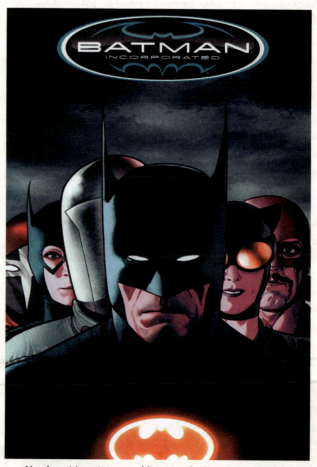

Um dos vários pôsteres publicitários da Corporação Batman

B&D: Então isto significa que também há membros secretos na Corporação Batman?

BW: Claro. O Batman trabalha melhor longe dos holofotes. A ideia da Corporação Batman é manter os criminosos no escuro o máximo possível. É muito mais difícil eles se precaverem contra o Batman se não sabem qual Batman os atacará, nem em que número.

B&D: Você tocou num assunto que enlouquece nossos leitores há anos. Com uma revista que trata bastante de super-heróis, nem mesmo nós conseguimos determinar se o Batman é sempre uma pessoa ou um grupo de indivíduos lutando contra o crime pelo bem comum. Talvez o senhor possa esclarecer um pouco este assunto para nós, Sr. Wayne.

BW: O que digo é: esta é uma excelente pergunta. Eu não comentarei quantos Cavaleiros das Trevas houve ao longo dos anos, nem quantos estão operando agora, mas digo que o original está muito à frente na organização. O Batman é um mistério, e se eu falar mais sobre o assunto, estarei prestando um desserviço ao meu negócio, não acha? (CONTINUA NA PÁGINA 6)

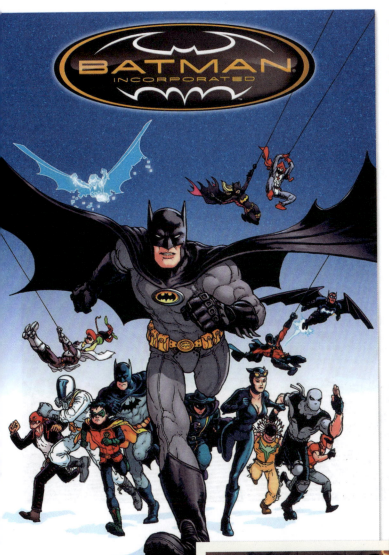

Eu tinha visto o futuro durante minha viagem no tempo. Havia algo a caminho. Uma organização chamada Leviatã. Para encará-la, eu precisava de um exército.

Era hora de o Batman se tornar uma corporação.

A Corporação Batman era uma organização internacional, por isso precisava de membros e aliados de diferentes partes do mundo. Da Inglaterra, eu recrutei o superespião conhecido como Capuz, além da ajuda dos equivalentes Britânicos de Batman e Robin, o Cavaleiro e a Escudeira. O Batman do Japão nasceu do herói conhecido anteriormente como Sr. Desconhecido. Na França, eu busquei a ajuda do Acrobata Noturno, e no Norte da África, a tecnologia da Waynetech deu uma ajuda na carreira do Batwing.

Além de muitos dos meus aliados de Gotham, eu também fui atrás de antigos membros do Clube de Heróis, como o indígena Homem dos Morcegos e seu parceiro Corvo Vermelho, do argentino chamado Gaúcho e do segundo Ranger Sombrio, da Austrália.

Já sem o manto da Batgirl, Cassandra Caine se juntou à Corporação Batman com a identidade de Morcego Negra.

Para que a Corporação Batman fosse realmente eficiente, ela precisava de seus agentes secretos. Por isso eu coloquei o Robin Vermelho como encarregado do novo time dos Renegados: Divina, Metamorfo, Katana, Halo e o recém-chegado Cargueiro.

Michael Lane teve uma vida violenta como soldado e policial, mas seu mundo ficou definitivamente mais sombrio quando ele foi recrutado como parte de um programa secreto liderado pelo DPG e pelos militares para treinar como um substituto para o Batman caso eu morresse. Quando este experimento deu terrivelmente errado, a mente de Michael estava arruinada, e ele foi deixado sem identidade nem missão. Ao adotar o papel do novo Azrael de uma dissidência da Ordem de São Dumas, Michael recebeu duas espadas alquímicas, e a "Armadura da Aflição", que eu usaria por um tempo durante a mais recente ressurreição de Ra's al Ghul.

Um zelote religioso sem lealdade a ninguém além do seu próprio deus, este novo Azrael não se encaixava na Corporação Batman, mas ele concordou em servir como nosso aliado quando nossos objetivos coincidissem. O que foi bom para manter Lane no meu radar, assim como aprendi a fazer com os homens mais perigosos.

Estou olhando este livro há cerca de uma hora, e para ser bastante sincero, acho todo este projeto um pouco incômodo. Entendo que essas informações serão compartilhadas apenas em caso de minha morte ou algo imprevisível, mas ainda há uma parte de mim que quer guardar tudo. Foi como viver a minha vida inteira. Eu me escondi. Guardei tudo para mim. Embora meu segredo seja uma grande parte do sucesso do Batman, eles também são a maior contribuição para o fracasso de Bruce Wayne.

O objetivo agora é ampliar meus horizontes. Eu vejo o mundo de uma nova perspectiva e me desafio com ideias e pensamentos que acho desconfortáveis. Acho desconfortáveis os esforços globais da Corporação Batman, ao trazer novos aliados como a Batgirl e a Caçadora para meu convívio, permitindo que o público veja uma conexão entre o passado trágico de Bruce Wayne e o futuro do Batman. Aos poucos, estou mudando o meu modo de agir. Será que estou correndo riscos, e me deixando exposto e vulnerável? Provavelmente. Mas tenho que admitir, é bom abrir um segredo para o mundo, mesmo que não seja toda a verdade.

Eu ainda tenho um longo caminho a percorrer. Existem alguns casos que não incluí neste livro. Alguns por falta de importância, outros que tomariam muito tempo. Entretanto, alguns foram excluídos pela natureza pessoal do assunto. Eu entendo que algumas dessas menções omitidas podem ser úteis para a compreensão de como ou por que eu faço o que faço, mas há algumas partes de meu passado que precisam permanecer apenas comigo. Eu gostaria que minha vida fosse um livro aberto para o meu sucessor, mas sei que isso não é realmente possível. É egoísta e humano, e não nego ser ambos.

Este livro é minha melhor tentativa de compartilhar quem eu sou e contar a história de minha vida. Pode estar um pouco mal acabado, mas acho que já passei mais tempo nele do que deveria. Pois agora, neste exato momento, do lado de fora do escritório do meu pai, posso ver o símbolo do morcego projetado no céu. O que estiver acontecendo lá fora esta noite, o motivo pelo qual Gordon decidiu me chamar, é muito mais importante do que qualquer lição de vida que eu poderia colocar neste livro. Esta é a minha essência fundamental.

Agora, se me dão licença, tenho trabalho a fazer.

— O Batman

Considerações finais

Toda história conta.

É uma filosofia bastante simples, mas, no meu ramo de trabalho, uma regra difícil de assimilar. Quando se trata de um assunto como a vida do Batman, existem tantas histórias, tantas diferentes interpretações, que a maioria das pessoas acha necessário ignorar partes específicas. Afinal, se uma história não condiz com o seu gosto ou a sua visão, é muito mais fácil fingir que ela nunca aconteceu.

Mas o problema é: aconteceu. E aconteceu mesmo, reconheça você ou não.

O segredo é entender que a história não foi escrita pelo Batman; foi escrita por uma pessoa sobre o Batman. Uma pessoa, um ser humano com falhas e opiniões. Cada pessoa interpreta as coisas de maneira diferente; por isso, ao compilar este livro e tentar reunir todas as peças do quebra-cabeça da vida do Batman, eu tive que levar em conta dois fatores em particular: meu viés pessoal e o erro humano (para ser honesto, provavelmente adquiri mais de ambos pelo caminho). Talvez a pessoa que contou essa história tenha errado a patente de James Gordon, ou a pessoa que contou aquela história tenha interpretado o uniforme do Batman incorretamente para aquele período de tempo. Naquela história Robin estava mais velho, nesta aqui a Caçadora tinha outro nome do meio.

A solução para essa situação frustrante é olhar para a parte central da história, não para os detalhes. Digamos que três pessoas de três origens distintas sejam testemunhas do mesmo assalto a banco. A probabilidade é de que a polícia terá três diferentes relatos do que aconteceu de verdade. Num deles, o ladrão pode ser extremamente forte e intimidador. Em outro, ele pode estar armado até os dentes, e no terceiro talvez ele tenha um sotaque estranho. Mas, no fundo, a história é a mesma: um cara fugiu com uma bolsa de dinheiro. Para chegar à essência, é preciso paciência e muita pesquisa.

Por falar em paciência, ao trabalhar neste livro, descobri pessoas que tinham essa qualidade em quantidades absurdas. Uma delas se tornou o meu cúmplice. Michael Reagan, da Lionheart Books, que meticulosamente reproduziu todas as artes que você viu nestas páginas. Ele veio para esse projeto como fã da ideia do Batman, mas, sem conhecer profundamente o personagem, Michael provavelmente está terminando o livro com um rancor ainda maior da sua complexa continuidade. Mas este projeto não teria acontecido sem ele, e não teria a mesma qualidade sem sua flexibilidade e dedicação. Nestas mesmas linhas, Steve Korté na DC Comics também se mostrou muito paciente, igualmente generoso quando se trata do tanto de liberdade que me deu para trabalhar com o veículo mais precioso da companhia, como o pessoal da Editora Andrews McMeel, que nunca negou apoio a este projeto. Mike Marts nos escritórios do Batman na DC também doou seu tempo e seus recursos, muito estimados e extremamente valiosos, é bom acrescentar; não tenho palavras para o incrível trabalho dos artistas George Corsillo e Freddie E. Williams II, cujas contribuições acrescentaram uma boa dose de realismo e graça a estas páginas. Obrigado também a Frank Pittarese na DC por sua valorosa assistência.

Este livro foi uma obra de amor para mim, mas devido a um prazo curtíssimo, tive que abrir mão dos dois outros amores de minha vida: minha bela esposa, Dorothy, e nossa igualmente linda filha, Lillian. Eu devo a elas vários dias de folga num futuro próximo.

Por fim, não posso levar todo o crédito pela maioria das histórias contidas dentro dessas capas. Existem centenas de roteiristas e artistas, que contribuíram para a vida e as aventuras do Batman, e tudo o que eu fiz foi uni-las num pequeno pacote. Bom, se você está iniciando na mitologia do Batman, eu recomendo que procure as versões originais dessas histórias em sua forma sequencial. Você vai encontrar elementos contraditórios que se recusam a trabalhar em conjunto, mas você estará diante das horas mais divertidas de sua vida, trazidas para você por alguns dos mais criativos e talentosos contadores de histórias da indústria do entretenimento.

Espero que tenha gostado dos arquivos secretos do Batman, e a versão da biografia de Bruce Wayne que tentamos contar. Se não gostou, sinta-se livre para ficar com aquela de que você mais gosta. Ela tem a mesma importância.

— Matthew K. Manning
Mystic, Connecticut

Copyright © 2011 DC Comics
BATMAN e todos os personagens relacionados e seus elementos
são marcas registradas da © DC Comics (s17)

Copyright © 2017 Casa da Palavra/LeYa, Carlos Henrique Rutz

Título original: *The Batman Files*

Todos os direitos reservados e protegidos pela Lei 9.610, de 19.02.1998.
É proibida a reprodução total ou parcial sem a expressa anuência da editora.

PREPARAÇÃO
Thiago Braz

REVISÃO
Octavio Aragão

PROJETO GRÁFICO DO MIOLO
Michael Reagan

DIAGRAMAÇÃO
Filigrana

CAPA
Leandro Dittz

CURADORIA
Affonso Solano

TEXTO DE
Matthew K. Manning

Agradecimentos especiais a George Corsillo, da Design Monsters,
por arte e design adicionais e a Freddie E. Williams II.

Dados Internacionais de Catalogação na Publicação (CIP)
Angélica Ilacqua CRB-8/7057

Manning, Matthew K.
  Batman: os arquivos secretos do Homem-Morcego / Matthew K. Manning; tradução de Carlos Henrique Rutz; ilustrado por Michael Reagan. – Rio de Janeiro: LeYa, 2017.
  312 p.: il., color.

  ISBN 978-85-441-0529-0
  Título original: The Batman Files

  1. Super-heróis - Histórias em quadrinhos 2. Batman (Personagem fictício) I. Título II. Rutz, Carlos Henrique III. Reagan, Michael

17-0501   CDD 741.5

---

1. Super-heróis - Histórias em quadrinhos

Todos os direitos reservados à
EDITORA CASA DA PALAVRA
Avenida Calógeras, 6 - sala 701
20030-070 - Rio de Janeiro - RJ
WWW.LEYA.COM.BR